Christine kämpft sich durch

Ein autobiografischer Schicksalsroman

Christine wächst zehn Jahre als ein Mitläuferkind bei Ihrer Großmutter in Wien auf. Editha, ihre Mutter, ist von zu Hause seelisch und körperlich misshandelt, dann verstoßen worden.
Editha möchte Rache an ihrer Mutter nehmen, benötig dazu ihr Kind. Das Fürsorgeamt spricht Editha das Kind nur zu, wenn sie geordnete Verhältnisse und einen festen Wohnsitz hat. Editha heiratet Raimund Bleisteiner und kann Haus mit Garten vorweisen.
Nach einer missglückten Vergeltung, schlägt Editha ihr Kind brutal zu Boden.
Großvater, der das Anwesen aufgebaut hat und im selben Haus wohnt, ist zu schwach, um Christine vor den Misshandlungen ihrer Mutter zu schützen und bittet seinen Neffen Raimund Bleisteiner, Christine beizustehen.
Editha wird eifersüchtig. Nach einem Vorfall bringt sie ihre Tochter an einen unbekannten Ort.
Doch dann geschieht etwas, mit dem niemand gerechnet hat.

AF206417

9 783746 057057

Christine mit 15 Jahren

Ein himmlischer, wolkenloser, strahlend blauer Tag ist erwacht Er verspricht einen heißen Sommertag. Aus der Ferne hört Christl ganz leise das Geläut der Kirchenglocken. Vorsichtig und unauffällig krabbelt sie aus dem Doppelbett, in dem Mutti, Vati und Helene noch schlafen.

Das Glockengebimmel klingt auffordernd, mahnend und appellierend. Von der Familie Prochazka geht keiner in die Kirche. Nur damit der Teufel sie nicht holen kann, wurden alle bereits schon als Wickelkinder römisch katholisch getauft. Doch das Gotteshaus wird gemieden. Vielleicht, weil die Familie kein Auto hat? Das können sich auch nur Großverdiener, Fabrikbesitzer und Unternehmer leisten. Auch solche, denen Geld sehr leicht zukommt. Onkel Johann hat ein Motorrad und Roswitha ein Fahrrad.

Mit Roswithas Fahrrad haben Helene und Christl seinerzeit das Radfahren gelernt. Das war ganz lustig. Aber nur solange Helene den Sattel am Fahrrad fest hielt und mitgelaufen ist. Als sich Christl einmal umdrehte und sah, dass Helene weit entfernt von ihr war, fühlte sie sich unsicher und sprang ab. Prallte mit vollem Körpergewicht, sie wog etwas über 20 kg, mit dem Schambein an die Fahrradstange. Das waren arg fürchterliche Schmerzen! Sie warf seinerzeit erbost das Fahrrad hin und lief heulend zu Mutti. Von Helene war sie bitter enttäuscht. Später probierte Christl das Fahrradfahren allein. Nach etlichen Blessuren, hat`s sie`s geschafft.

Aber warum geht wirklich keiner in die Kirche? Sicher aus Bequemlichkeit. Mag sein, wegen dem langen Fußmarsch vom letzten Haus der Parzelle bis nach Jedlesee zum Lorettoplatz?

Wann war Christl mal in einer Kirche? In so einem Gotteshaus stand sie zur ihrer Erst-Kommunion. Ja genau! Sie erlebte eine einmalige, unvergessliche und feierliche Veranstaltung. Riesengroße Statuen von Heiligen sah sie in dem hohen Kirchenraum, die mit Namen beschriftet waren. Rechts die Statue des heiligen Florian, links eine des heiligen Sebastian. Unwahrscheinlich große Seitenaltarbilder von Heiligen hingen an der Kirchwand. Am oberen Teil vom Altarfenster war die Statue der Gottes Mutter mit ein paar goldenen Engerln zu sehen. Dahinter drängten Strahlen eines riesigen goldenen Sterns hervor.

An diesem Kommunions-Tag war nicht nur der Kirchenraum besonders dekorativ aufgeputzt worden. Ein roter Teppich führte zum Kircheneingang, an dem links und rechts Birkenbäumchen in Blumentöpfen gepflanzt waren. Weiße Blüten mit Schleierkraut und grünem Blattwerk, sowie weiße Satinbänder schmückten Altar und die Eingänge der Bänke.

Der Geistliche erschien in einem langen, schwarzen, glänzenden Gewand, der Soutane. Dreiunddreißig Knöpfe zierten das gute Stück, weil Jesus so viele Jahre auf Erden lebte. Ein weißer steifer Stehkragen lag ringförmigen um seinen Hals. Dem Römerkragen. Die Kinder wurden monatelang im Religionsunterricht für dieses besondere Ereignis vorbereitet. Man lehrte sie, wie sie sich zu verhalten und was sie zu sagen haben. Auch wie sie sich kleiden sollen. Mädchen in weißen Kleidern und den dazu gehörenden verschiedenen Accessoires. Die Buben in dunklen Anzügen, weißen Hemden, womöglich mit Krawatten und am Revers eine Anstecknadel aus Buchs mit zarten weißen Blüten.

Es ist eine alte Tradition, dass die Feier der Erstkommunion am ersten Sonntag nach Ostern, gefeiert wird. Dabei leitet sich der Name »Weißer Sonntag« von den weißen Gewändern ab.

Die Kommunion-Kinder empfangen zum ersten Mal das Sakrament der Eucharistie. Das Wichtigste ist, dass sie getauft sind und dass sie zuvor die erste Beichte ablegten. Dadurch würden sie von Sünden befreit und könnten den Leib Christi empfangen. Zur ihrer Gewissenserforschung dienen die Gebote aus dem Beichtspiegel. Auf einen Zettel sollen sich die Kinder ihre Sünden notieren und im Beichtstuhl vorlesen. Als Buße und Reue müssen sie je nach Schwere der Sünden ein oder zwei „Gegrüßet seist du Maria" oder „das Vaterunser", in der Kirchenbank kniend schweigend beten.

Die Sünden werden nie verraten. Sie unterstehen dem Beichtgeheimnis. Sagen die Geistlichen aus dem Gotteshaus.

Die zehn Gebote Gottes konnte Christl fließend aufsagen. Aber die Sünden? Die machten ihr echte Gewissensbisse.

„Mutti?" fragte Christl nach der Schule, „was ist Unkeuschheit?"

„Wie kommst du denn jetzt da drauf?" Fragte Mutti forsch, denn wie immer hatte sie wenig Zeit.

„Wir sollen unsere Sünden beichten. Ob wir gelogen und gestohlen haben. Und das fragt der Katechet auch: Hast du Unkeusches gedacht, gesehen oder gemacht. Was soll ich darauf sagen?"

„Frag ihn doch! Er muss es ja wissen."

Das tat Christl auch. Der Religionslehrer stellte im Unterricht wieder mal eine heikle Frage:
„Kinder, wenn ihr Filmplakate mit spärlich bekleideten Menschen seht, gefallen euch diese, und denkt ihr dabei unkeusch?"

Er sah, dass Christl die Hand mit den beiden Zeigefingern hoch gehoben hat. Sie wartete brennend auf seine Antwort. Er deutet mit dem Stab auf sie hin und rief:
„Ja, du! Hast du Unkeusches gedacht oder gemacht?"

Die ganze Klasse war plötzlich muxmäuschenstill. Mit Spannung lauschten die Kinder was nun Christl zu sagen hatte.
„Bitte, Herr Katechet, was ist Unkeusch?"

Lautes Gelächter. Der Katechet drehte sich abrupt um und schrieb mit Kreide einige Sünden an die Tafel.
Ein paar Mitschülerinnen lachten damals ungeniert ganz laut. Sie hatten Christine ausgelacht. Hielten die Hand der Nachbarin vors Ohr, tuschelten und kicherten.
Ihre Sitznachbarin lachte nicht und meinte tröstend:

„Ich weiß es auch nicht. Sage einfach NEIN."

„Wird mich der liebe Gott dann auch nicht bestrafen?"

„Das kann er doch nicht. Wenn du was vergessen hast oder nicht weißt, bist du unschuldig."
„Ruhe, jetzt!" Ertönte mahnend die Stimme des Katecheten.
„Unterhalten könnt ihr euch in der Pause.
Nehmt eure Hefte und notiert, was an der Tafel geschrieben steht."

Bin ich gegen andere lieblos oder gehässig gewesen?
Habe ich andere beschimpft oder ihnen Böses gewünscht?
Habe ich mit anderen gestritten? Sie geschlagen. Gerauft?
Habe ich andere zur Sünde verführt? Zum Stehlen, Lügen, zu Unkeuschem?
Habe ich Tiere gequält?
„Wenn ihr damit fertig seid und euren Sündenzettel ausgefüllt habt, dürft ihr nach Hause gehen."

Einundzwanzig Mädchen, die meisten aus der 4. Klasse Volksschule in Jedlesee und fünf Buben nahmen seinerzeit an dieser Feierlichkeit teil.

ৎৡৢ ✦ ৎৡৢ

Mutti hatte für diesen großen Tag sich selbst, Helene und Christl beim Frisör für Dauerwellen angemeldet. Oh Gott, was war das für eine langwierige und unangenehme Prozedur. Christl sträubte sich gegen Locken und besonders gegen kurze Haare. Mit einem gekrausten Lockenkopf müsste sie dann rumlaufen. Die dicken Zöpfe, die sie schon selbst flechten konnte, wurden erbarmungslos abgeschnitten. Dafür könnte der Frisör eine neue Perücke knüpfen. Ihr Rumgemaule half nichts. Sie musste sich mit dem schwarz gekräuselten Lockenkopf abfinden. Sicher hatte Mutti für all den Trubel schon längere Zeit gespart. Auch für die schön verzierte lange Kommunion-Kerze. Die Garderobe für Christl verlieh die Caritas.
Es war so weit. Angehörige und Gläubige saßen und standen bereits in der Kirche. Dann traten begleitet von Orgelmusik die festlich gekleideten Kinder zwischen acht

und zehn Jahren in Zweierreihe hinter dem Priester auf dem roten Teppich bis vor zum Altar. Dort entnahm der Geistliche aus einem goldglänzenden schön verzierten Schrank im Altarraum, dem Tabernakel die geweihten Hostien. Bei der Erstkommunion bestätigten katholisch getaufte Kinder, dass sie an Gott und an die Katholische Kirche glauben.

Die Predigt dauerte fast schon eine Stunde, bevor den Kindern durch den ordinierten Geistlichen erstmalig die heilige Kommunion ausgeteilt wurde. Nach dem Empfang gingen die Kinder mit gesenktem Kopf, händefaltend in ihre Bänke zurück und betenden kniend. Als Christl an der Reihe war, öffnete sie wie die anderen den Mund und streckte ein klein wenig ihre Zunge raus. Sie wollte zuerst die Augen schließen. Doch sie war neugierig und musste genau sehen, wie der Leib Christi aussieht. Dann sah sie die Hostie deutlich vor sich.
„Der Leib Christi", sagte der Pfarrer und legte die Hostie auf ihre Zunge.
Christl staunte nicht wenig. Das ist eine Oblate! Genauso eine dünne, weiße Scheibe aus Mehl und Wasser, die Mutti für ihre Lieblingsbäckerei als Unterlage für Kokosbusserln verwendete. Hm. Aber es gibt einen Unterschied. Diese Oblaten werden geweiht und dann heißen sie eben Hostie. Somit hatte Christl eine plausible Erklärung gefunden.

Gut situierte Leute feierten nach dem Gottesdienst mit ihren Familien, Verwandten und Freunden zu Hause oder sogar in einem Restaurant das Fest weiter. Dort erhielten dann die Kommunikanten Geschenke von allen Gästen.
Doch dieses Ritual blieb für Christl und auch für so manch anderes Kommunionkind aus.

ославия ✶ ославия

Der Herr Katechet hat allen Kindern nahegelegt, und sie sollten es als Pflicht betrachten, in Kommunionkleidung zur Maiandacht zu kommen. An diesem Nachmittag ging Christl ganz allein zur Mai-Andacht in die Jedleseer Pfarrkirche. Da ereignete sich was Außergewöhnliches, das dem Mädchen bis heute in Erinnerung blieb.

Sie trug zum zweiten Mal das festliche Kommunion-Kleid aus zarter weißer Baumwolle. Den weißen mit Perlen besetzten Blütenkranz steckte sie selbst in ihr blau-schwarz gelocktes Haar. Um ihr Handgelenk legte sie den Rosenkranz; eine Kette mit einem Kreuz und vielen weißen Perlen, sowie ein weißes kleines Spitzentuch, in das bei der Kommunion die lange weiße Kerze eingeschlagen war.
Bis zur Maiandacht durfte Christl das weiße Kleidchen behalten. Dann wurde es an die Caritas zurückgegeben. Gerade als sie seinerzeit durch die Gärten zur Hauptstraße schlenderte, um bis zur Pfarrkirche Jedlesee zu gelangen, fing es an zu regnen. Sie müsste dann noch die Hauptstraße überqueren, über einen Feldweg bis zur Anton Bosch Straße laufen und in den Lorettoplatz einbiegen.
Unterwegs widerfuhr ihr das Besondere. Aus dem teils mit Glas eingesetzten Beton-Unterstand der 132er Straßenbahn - Haltestelle, winkte sie ein junges Pärchen zu sich.
„Komm schnell her. Stell dich unter. Du wirst ja ganz nass", meinte der junge Mann.
Christl zögerte. Sie soll sich doch vor fremden Leuten in Acht nehmen. Sie verlangsamte ihre Schritte und wollte dann kurz vor dem Unterstell-Häuschen schnell weiter laufen. Der Mann kam an sie ran, schob sie leicht an ihrer Schulter ins Wartehäuschen. Dabei hielt er schützend einen Regenschirm über sie.

„Warte hier den Regen ab. Dieser Wolkenbruch wird bald vorbei sein", bot er Christl an und wandte sich zu seiner Begleiterin:
„Das ist wohl der süßeste Engel, den ich je gesehen habe und auch noch lebendig."

„Wenn das kein gutes Omen ist", meinte seine Begleiterin.

„Sicher. Ich halte es für möglich. Sie ist ein Zeichen vom Himmel, der kleine schwarzgelockte Engel", meinte er.

„Wohin willst du denn?" Fragte die junge Frau und kramte in ihrer Tasche.

„Zur Maiandacht in die Maria Loretto-Kirche", antwortete Christl.
„Fahr mit uns mit der Bim. An der Anton Bosch Straße kannst du dann aussteigen. Du wirst ja sonst ganz nass und erkältest dich."

„Aber nein. Ich laufe über die Felder und bin schneller als die Bim."
Die junge Frau überreichte Christl ein in buntem Glanzpapier verpacktes Zuckerl (Bonbon) und fragte ihren Begleiter: „Hast du etwas Geld für die Kleine?"

Der Mann fasste in seine Hosentasche und überreichte Christl einen Schilling.
„Dankeschön", strahlte sie und fühlte sich in einer überglücklichen Gemütsverfassung. Die Tramway nahm das junge Pärchen mit. Sie winkten Christl freundlich zu.
„Ba-Ba, Engerl".
Der heftige Regen hatte nachgelassen. Es tröpfelte. Komischerweise hat kein einziges Regentröpfchen

Christls Haare oder das Kleidchen erfasst. Christl blieb trocken bis hin den weiten Weg zur Kirche. Erstaunt fragte sie sich: „bin ich wirklich ein Engerl?"

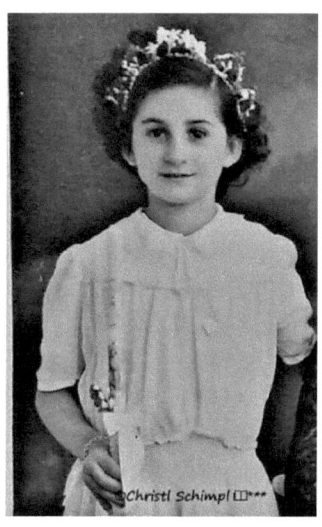

Christl Schimpl □***

In der Kirche angekommen, reihte sich Christl zu den anderen Kindern ein. Orgelmusik drang an ihr Ohr. Dies erfüllte sie mit Inbrunst und sie faltete andächtig die Hände. Gerade als der Gottesdiener am Altar predigte: „Und alles, was ihr tut mit Worten oder mit Werken, das tut ihr alles in dem Namen des HERRN Jesu", lief der Mesner mit dem Klingelbeutel auffordern von Bank zu Bank und in die Gänge der Kirche.
Der Küster schepperte den Opfer-Beutel, der an langen Stäben befestigt war, auch vor Christl auf und ab. Sie guckte ihn mit großen Augen an, zögerte kurz und ließ den einen Schilling wohlgesinnt in den Beutel fallen: „Das gehört dem lieben Gott".
Das war vor zwei Jahren.

ஜ ✱ ஜ

Warum gehen wir nicht in die Kirche, Mutti?" hat Christl mal gefragt.

„Wozu? Ich brauche die nicht. Die Paffen predigen Wasser und trinken selbst Wein", erklärte seinerzeit die Mutti.

„Ihre Märchen kann glauben wer mag. Glauben heißt nämlich nichts wissen. Ich weiß, dass ein Kilo Rindfleisch eine gute Suppe gibt. Die ganze Sippschaft der sogenannten selbst ernannten Heiligen sind Heuchler. Sogar gegen ihr Zölibat verstoßen diese vermeintlichen Gottesdiener. In den Klöster-Kindergärten findet man etliche Waisenkinder, deren Herkunft keiner kennt. Pharisäer sind`s.

Und die gläubigen Weiber? Protzen in der Kirche mit ihrem Sonntagsstaat. Glotzen von einer zur anderen, klatschen und tratschen. Reden über die Angelegenheiten anderer und das, meist schlecht. Scheinheilig schlucken sie mit niedergeschlagen Blick und gefalteten Händen die Hostie. Das soll Jesus sein, der Leib Christi. Somit glauben sie, jetzt sind`s gesegnete heilige Bürger und sündigen seelenruhig weiter.

Sündigen – beichten – beten, dann ist alles wieder vergeben. Wenn du ned grad eine Todsünde begangen hast. Und was machen einige von denen ihre Männer? Pah! Saufen! Die sitzen in der Zwischenzeit im Wirtshaus beim Frühschoppen, an ihrem Stammtisch!

Und von wegen „Beichtgeheimnis". Mich hat mal der Herr hochwürdige Herr Pfarrer verpfiffen!

„Bumm! Ein Ausdruck, den Christl benutzt, wenn sie über etwas staunt oder überrascht ist.

„Mutti, erzähl weiter".

„Es war eigentlich nur eine Mutprobe zwischen meinen Brüdern und mir. Meine Brüder dachten, ich würde mich nicht trauen, beim Oberlehrer die Äpfel zu klauen", erzählte Agnes Prochazka.

„Und? Hast du die Äpfel geklaut, Mutti?" Christl wollte alles wissen.

„Na, klar. Warum auch nicht? Gottes Früchte sind für alle gewachsen. Der Zaun war niedrig. Außerdem verhalfen mir die Geschwister rüber und n`über. Ah, was hangen da auf dem Baum für herrlich große Äpfel. Oh, Mann, waren die saftig! Jeder Biss krachte und spritzte.

Doch dann plagte mich das schlechte Gewissen. War das Diebstahl? Naja, wegen dem siebenten Gebot: „Du sollst nicht stehlen". Dann ging ich auch brav zur Beichte.

„Was ist dann passiert, Mutti?"

„Ach du lieber mein Gott! Wenn ich daran denke! Gleich am nächsten Schultag, zog mich der Herr Oberlehrer vor den anderen Kindern an den Ohren in den Konferenzraum und schrie mich an: „Hände ausstrecken!"

Und stell dir vor, mit seinem Holzstab schlug er mir einige Male mal von oben und mal auf die Innenfläche meiner Hände. Die sind natürlich gleich rot und dick angeschwollen. Ich schrie Gotts erbärmlich. Er ließ mich dann in der Ecke eine halbe Stunde lang knien.

„Au weh. Durfte er denn das mit dir machen?" fragte Christl entrüstet.

„Ja mei, mein Kind! Körperliche Züchtigung von Kindern in den Schulen und auch daheim mit Schlägen war zu unserer Zeit ganz normal. Da habt es ihr in der jetzigen Zeit schon besser. Da wird der Lehrer von den Eltern gleich angezeigt."

„Und was war dann, Mutti?"

„Nix war dann. Ich heulte kniend weiter wie ein Schoßhund. Aber das hat den Herrn Oberlehrer in keiner Weise beeindruckt.

Na, na, na ! Mich bringen keine zehn Pferde in so ein Bethaus."

„Und deswegen gehst nimmer in die Kirche. Kann ich verstehen", bejahte damals Christl Muttis Meinung.

„Das sollst du noch wissen. Meine Mutter stammte aus einer adeligen Familie. Ihre einzige Sünde war, dass sie einen bürgerlichen geheiratet hat. Meinen Vater. Er war Viehhirte und arm. Meine Mutter wurde enterbt. Ich hatte noch drei Brüder. Ich war das vierte Kind. Meine Mutter ist bei meiner Geburt gestorben. Sie war eine zarte Frau, erzählte mir mein Vater, der uns alle vier großgezogen hat. Ich wurde aber von meinem Vater und meinen Brüdern sehr verwöhnt.

„Ach Mutti, dann warst du ja eine Halbweise."

„Ja, aber ich hatte einen guten Vater. Damals galt auch noch der „Ablass". Die Sünden wurden einem Sterbenden erlassen, wenn sein Hab und Gut der römisch-katholischen Kirche überschrieben wurde. Ja, ja, das war so. Und jeder hat`s geglaubt und gedacht, er kommt in den Himmel. Wie der ausgeschaut hat, der Himmel, das hat sich halt auch jeder selbst ausgemalt. Vielleicht hat auch mein Großvater Hab und Gut an die Kirche vermacht."

„Oh, Mutti! Das ist eine entsetzliche Geschichte. Deswegen hat man früher Bücher verboten, um die Leute dumm zu halten", leuchtete es Christl ein.

„Jetzt kannst du auch verstehen, weshalb ich so überhaupt nichts mehr von der Kirche und deren ganzen Hokuspokus halte." Äußerte sich Agnes Prochazka.

Tja, das war schon eine sehr schlimme Zeit. Aber auch, dass die Kind-Erziehung mit beabsichtigten körperlichen Schmerzen erfolgte. Leider geben es die meisten von damals „Geprügelten und Gezüchtigten" es heute immer noch an Schwächere weiter.

ଔଓ ✶ ଔଓ

14

Der Sonntag, der kein Sonntag war

Irgendwie fühlt sich Christl an diesem Sonntag recht unwohl. Jetzt ist die ganze Familie schon auf den Beinen. Vati trinkt aus einem Blechhäferl seinen schwarzen Kaffee und dreht geräuschvoll die Sender am Radio. Es gibt eh nur drei. Aber diese klirrenden, pfeifenden Schwingtöne gehen durch Mark und Bein. Mutti klappert mit Geschirr im Esszimmer. Doch weder Streit noch Türenschlagen wie üblich, ist heute zu hören. Das ist arg unheimlich. Helene kuschelt noch im Bett mit dem Kopfkissen. Jetzt gehört es ihr ganz allein. Sie reckt sich breit und ausgestreckt in dem großen Doppelbett. So viel Platz auf einmal zu haben, muss sie auskosten.
Irgendwas stimmt heute nicht. Die dicke Luft ist zum Greifen.
Streichelnd fragt Christl ihren unterm Küchentisch liegenden Hund, der eigentlich Roswitha gehört:

„Sag mal Prinzilen, ist was passiert? Hast Du was angestellt? Oder ich vielleicht ?"

Prinz klopft nur mit dem Schwanz auf dem Boden und Christl hat Hunger. Sie verteilt Haferflocken auf Teller für den Hund und für sich. Prinz steht unterm Küchentisch auf und blickt mit wedelndem Schwanz Christl erwartungsvoll an. Sie selbst mischt sich zu den Haferflocken eine große Portion Zucker hinzu. Was Besseres zum Essen gibt's im Moment nicht.
Prinz leckt schmatzend den Teller leer, begibt sich zurück in seine gewohnte Liegestellung und beobachtet Christl, ob sie bald mit ihm „Gassi„ geht. Diese hüpft auf die gepolsterte Eckbank und schiebt die Scheibenvorhänge vom Küchenfenster zurück. Sie blinzelt hinaus zu der kleinen Rasenfläche vorm Haus. Ihre Blicke streifen den

seit einer Ewigkeit stehenden Mörteltrog, den Haufen mit den teils total kaputten und teils mit Zement behafteten Ziegelsteinen, sowie zum breiten, unebenen Schotterweg, der zur Bahndammwiese führt. Menschenleer ist`s da draußen. Das Herumziehen, Streunen über Wiesen und Felder, fällt heute für die beiden Vagabunden flach. Auch das ausgelassene, fröhliche Drehen mit ausgestreckten Armen unter den warmen Sonnenstrahlen. Und Blumen für Mutti? Nein. Die Blumen interessieren sie heute auch nicht. Fast täglich pflückte sie für ihre Mutti auf den Bahndamm der Franz-Josef-Bahn eine Hand voll blühender Gräser, Blumen und Blätter. Beim Überreichen des bunten Sträußchens strahlte sie ihre Mutti an und sagte immer die gleichen Worte:

"Für dich Mutti. Hast mich lieb?"

Mit einem gedehnten ´Jaaaa´ wurde Christl jedes Mal zur Seite geschoben. „Jetzt gib halt wieder mal a Ruah. Wie oft fragst denn noch?"

Hm, wie lange Christl noch bohren wird ? Naja, bis sie mal was vom Liebhaben bemerken und spüren würde. Sie sehnt sich danach, mal in den Arm genommen und gestreichelt zu werden. Genauso wie sie es mit ihrem Hund Prinz macht. Den zeigt sie jeden Moment, dass sie ihn lieb hat. Allen ist sie im Weg, keiner beachtet sie.
Sie hat sich entschlossen, doch noch mit Prinz nach draußen zu gehen. Auf der Wiese pflückt sie für Mutti Blümchen und steht erwartungsvoll vor ihr in der Küche. Vati sitzt mit dem Häferl frisch dampfenden schwarzen Kaffee beim Küchentisch und hält eine Zeitung vors Gesicht. Zwischen seinen Fingern qualmt eine Dreier-Zigarette. Keiner hat sein Augenmerk auf Christl

gerichtet. Mit hängendem Kopf steckt sie das Wiesensträußchen in einen Becher mit Wasser und stellt es in die Mitte vom großen Esstisch im Wohnzimmer.

„Komm Prinz, wir laufen über die Wiesen."

Plötzlich stehen Editha, Christls Mama und ein fremder Mann im Hausflur. Mutti geht auf die beiden zu. Sie debattieren derart laut, als würden sie streiten. Oh-ja, sie streiten wirklich! Gerade möchte sich Christl unter den Streitenden mit ihrem Hund Prinz verdrücken, da packt sie kurz vorm Ausgang ihre Mama am Arm.

"Halt mein Fräulein, hiergeblieben. Wir haben dir einiges mitzuteilen".

„Mutti, ich will raus!" Christl erhofft sich von Mutti die nötige Hilfe.

„Was heißt hier Mutti"?! Sagt entrüstet Christls Mama.
Erstens, grüßt man Leute, wenn sie kommen.
Zweitens, ist diese Frau nicht deine Mutti! Sie ist deine Großmutter. Du nennst sie ab sofort auch so! Großmutter ! Verstanden?!
Drittens, du hast jetzt einen Papa". Editha deutet auf ihre Begleitung.
„Und viertens, meine Tochter, du heißt nicht so primitiv Christl, sondern Christine!
Deine Großmutter hat mich damals taktlos übergangen. Herrschsüchtig wie sie ist, hat sie den Namen Christl in die Geburtsurkunde eintragen lassen."
Christl starrt Editha reglos und entgeistert an. Agnes Prochazka will was erwidern, aber Editha schneidet ihr das Wort ab.

„Wir bringen dich in ein wunderschönes Haus mit Garten. Du hast ein eigenes Zimmer. Ein eigenes Bett. Du wirst es gut haben bei uns. Ein Wasserbecken zum Plantschen wartet auch schon auf dich in einem großen Garten."

Der fremde Mann fügt hinzu: „Zwei Gärten mit Obstbäumen hast du. Zwei!"
Er wendet sich an Agnes Prochazka:
"Hat denn das Kind keine Schuhe? Ziehen sie dem Kind was Ordentliches an, Frau Prochazka!"

„Die Christl bleibt da!" pfaucht Agnes Prochazka.

„Heute müssen sie uns das Kind aushändigen. Das Dokument ist ordnungsgemäß. Diesmal steht der Name richtig darin, den sie damals so blödsinnig und primitiv auf „Christl" ausstellen ließen. Sonst kommen wir nochmals mit der Polizei."

"Von ihnen lasse ich mir schon gar nichts befehlen. Ihre Papiere können sie sich sonst wohin stecken. Von mir aus auch an ihren doofen Hut. Herr … Herr . Wie heißen sie?"
„Raimund Bleisteiner ist mein Name und ich bin der gesetzlich angetraute Ehemann von ihrer Tochter Editha."

„Die Christl will doch gar nicht zu euch. Hier ist ihr zu Hause. Das war es von Anfang an und so soll es auch bleiben! Ihr habt euch volle neun Jahre bis jetzt einen Dreck um sie gekümmert. Woher denn euer plötzlicher Sinneswandel? Schleicht euch, aber sofort! Verschwindet auf der Stelle!"

Agnes Prochazka kramt das zerknäulte Dokument aus ihrer Schürzentasche. Liest es nochmals durch und betrachtet den amtlichen Stempel vom Jugendamt. Murmelnd neigt sie sich zu Christl:
"So einem dahergelaufenen Gesindel kann man kein Kind anvertrauen. Wer weiß, was die dem Jugendamt vorgelogen haben. Christl, willst du mit den Zweien mit? Weg von mir, deiner Mutti? Für immer? Zu dieser aufgedonnerten Frau, die jetzt auf einmal deine Mama sein möchte. Und zu diesem aufgeblasene Gockel? Dein Papa! Pahhh!"

"Zu Mama"? hört sich Christl selbst weinerlich sprechen. Mehr brachte sie aus ihrer Kehle nicht raus. In ihrem Kopf verheddern sich die Gedanken wie ein aufgelöster wirrer Wollknäuel.

"Reden sie dem Kind nicht solch einen Blödsinn ein. Sie haben keine Erziehungsberechtigung mehr. Sie werden sich noch wundern, was ihnen das Jugendamt noch vorwerfen wird. Sie haben das Kind total verwahrlost aufwachsen lassen. Und wie man sieht, haben sie durch Ihre Vernachlässigung eine chronische Unterversorgung des Kindes bewirkt. Es schädigt seine Lebensbedürfnisse. Hemmt die körperliche, geistige und seelische Entwicklung.
So, und jetzt machen sie das Kind endlich reisefertig."

Editha mischt sich ein: "Christine soll sich erst mal waschen. Mit so einem verdreckten Kind fallen wir unangenehm auf. Man erntet nur missbilligende Blicke."
"Ja, wie redet denn der auf einmal gar so geschwollen daher! Sie aufgeblasener Wichtigtuer. Hier habe immer noch ICH das Wort! Und ICH sage WAS und WANN was gemacht wird. Ihr habt doch mit der Christl was

Bestimmtes vor?! Das kann mir keiner weismachen, dass ihr aus Rücksicht und Liebe das Kind zu euch holt. Da steckt doch sicher eine bösartige Schlechtigkeit dahinter. Ich kenn euch schon, ihr dahergelaufenes Gesindel. Christl, geh dich waschen!" Muttis unweigerlicher, auszuführender Befehl.

„Halten sie doch ihren schmutzigen Mund, Frau Prochazka. Achten sie lieber auf ihre Sauberkeit. Man kann nicht in Worte fassen, wie schmuddelig sie aussehen. Ich erkennen bei Ihnen, wie auch bei Christine, dass Körperpflege ein Fremdwort für sie ist", schimpft Raimund Bleisteiner und verlässt das Haus.

„Schleich dich, du aufschneiderischer Hanswurst." Agnes Prochazka wirft dem Mann von Editha noch einige böse Schimpfworte hinterher und geht aufgebracht in die Küche zu ihrem Mann, Maximilian Prochazka.
„Vater, so sag halt auch einmal was! Sprich mal ein Machtwort. Die wollen die Christl wegnehmen", fleht Agnes Prochazka ihren Mann an.
„Ein Kind gehört zur Mutter. Mehr sag ich nicht". Maximilian Prochazka liest selenruhig in seiner Zeitung weiter.
„Einmal, wenn man von dir Hilfe braucht. Du bist seit sie dich von Stalingrad heimgelassen haben, zu nichts zu gebrauchen. Ein Gefrett ist`s mit dir", jammert Agnes Prochazka.

Christl schaut verschreckt von einem zum anderen. Dann beugt sie sich über ihren Hund Prinz. Kauert sich hilflos schutzsuchend zu ihm unterm Küchentisch. Unaufhaltsamer Tränenfluss rollt über ihr Gesicht. Sie streichelt ihren Hund Prinz und er leckt ihre Tränen ab.

＄ﾟ ﾟ ﾟﾟ

Ein Hund spürt alles; er fühlt Deinen Kummer, deinen Schmerz.
Ein Hund zeigt Freude, Liebe und auch Trauer mit seinem kleinen Herz.
Ein Hund besitzt DAS, was man bei Menschen häufig vermisst -
Traurig, wenn man sein Tier verlassen muss oder gar vergisst.

＄ﾟ ﾟ ﾟﾟ

Der Mann, den sie Papa nennen soll, kommt zurück und zerrt das Mädchen ruckartig an einem Arm hoch:
"Das ist unhygienisch Christine! Wasch dich jetzt, wir müssen fahren, es wird sonst zu spät. Du musst morgen früh zeitig aus dem Bett."

Folgsam steht sie auf. Sieht traurig immer wieder nach ihrem Prinz, während sie ihr Gesicht und Hals mit Kernseife in einer Waschschüssel mit kaltem Wasser reinigt. Sie blickt sich suchend mit nass tropfenden Gesichtchen und Händen nach einem Abtrocktuch um.
Mutti fährt ihr mit ihrer ungewaschenen Arbeits-Schürze ins Gesicht und schubst sie zu den Wartenden.
Eine feste Hand zieht Christine aus dem Haus, in dem sie fast zehn Jahre glücklich gelebt hat.

Editha hat mit Raimunds Unterstützung und mit Hilfe der Fürsorge erreicht was sie wollte. Nicht aus Sehnsucht, und schon gar nicht aus Liebe zu ihrem Kind, hat sie ihre Tochter von Agnes Prochazka weggeholt. Sie kann nun ihren Racheplan in die Tat umsetzen. Christine ist bei ihr. Wann wird Christine Ihren Hund Prinz wiedersehen? Wer füttert nun die Hühner, Ziegen und Hasen, wenn sie nicht mehr da ist?

Das neue Zuhause

Mit quälenden Gedanken und hängendem Kopf bewegt sich Christine zwischen Editha und dem Mann zur Tramway-Station Floridsdorf.

Es ist nur ein dreißig Minuten langer Fußmarsch. Für Christl, ach so, jetzt heißt sie Christine, ist es diesmal ein mühselig, beschwerlicher Weg.

Ein Papa soll das sein? Das ist nicht ihr Papa! Ihren richtigen Papa hat sie schon oft in ihren Träumen gesehen.

Er ist groß und stark. Hat breite Schultern und viele dunkle Haare wie sie. Er hat ein strenges aber auch ein gütiges Gesicht. Seine großen Hände sind zum Beschützen da. Er trägt sie so oft im Traum am Arm und streichelte sie. Kauft ihr viele bunte Zuckerln, Cremschnitten, Schokolade und im Sommer täglich zwei Kugeln Eis. Er hat auch ein Auto. Ein großes, schwarzes Auto. Einen Mercedes. Christines schönster Traum.

Dieser Mann kann gar nicht ihr Papa sein. Er hat eine viel zu große Nase und seine Haare sind hell und kleben fast auf seinem Kopf. Freundlich ist er auch nicht. Er mag den Hund Prinz nicht. Unhygienisch sei es, wenn der Hund Tränen ableckt, hat er gesagt. Wenn er keine Hunde leiden kann, mag er auch keine Kinder.

Und die Mama? Sie mag doch ihre Tochter gar nicht. Kein einziges Mal hat sie das Mädchen gestreichelt oder was Nettes zu ihr gesagt. Warum und wozu holen sie wohl

Christine von ihrer Mutti weg, von ihrem Prinz aus einer kindlichen Idylle?

Still und bekümmert sitzt Christine zwischen ihren jetzigen Erziehern in der Tramway. Sie versteht nicht, was sich Mama und der neue Papa laufend flüsternd zu sagen haben. Warum tuscheln sie? Darf sie das nicht hören? Ihr Inneres und ihr Kopf lehnen sich bereits gegen diese beiden Menschen auf.

Eineinhalb Stunden sind sie schon unterwegs. Von der 132iger BIM, der Tramway müssen sie in die 46. Bahn umsteigen und bis nach Ottakring fahren. Nach einem zwanzig Minuten langen Fußmarsch erreichen sie das Siedlungshaus, das Christines neues Heim werden soll. Es ist schon spät am Abend und Christine wird ins Bett im ersten Stock des Hauses geschickt.

Ihr Zimmer erreicht sie durch eine steile schmale Holztreppe. Sie sieht sich in dem Kabinett um, das nun ihr ganz allein gehören soll.

Es ist schön, bemerkt sie leise. Eine weiße Kommode mit einem großen schwenkbaren runden Spiegel, davor ein breiter weißer Holz-Stuhl mit Armlehnen stehen in einer Ecke neben einem dreiteiligen Fenster. Schade, es ist leider schon finster. Christine kann nur die Lichter einiger Straßenlaternen in der Weite erkennen.

Neben einer weiß lackierten Holztür steht ein weiß lackierter Kleiderschrank. Sie öffnet ihn. Ein komischer unangenehmer Geruch von Mottenkugeln strömt ihr in die Nase. Sie sieht ein dunkelblaues Baumwollkleid mit weißem verwaschenem Kragen, einen grauen abgetragenen Wollmantel, eine hellblaue Strickweste mit Lederverstärkung an den Ellenbogen und unten findet sie ein Paar hellbraune Halbschuhe mit ganz, ganz dicken beigen Kunststoff-Sohlen; eine braun gemusterte Wolldecke liegt gefaltet daneben. Sind diese Sachen für Christine? Oder war da schon ein anderes Kind?

Ihr Magen knurrt und zwickt. Morgen wird sie sich umsehen, ob und was es zu essen gibt. Die werden doch sicher Haferflocken haben.

Christine hört ihre Mutter von unten rufen.

"Mach sofort das Licht aus und schlaf. Du musst früh auf. Schlaf jetzt!"

Sie nimmt ihr Bett in Augenschein. Es ist auch weiß. Ein hohes, weißes Holzbett mit einer dicken blau gemusterten Gras-Matratze drauf.
So ein schönes Bett! Auch noch zwei Kopfpolster! Und die dicke, große weiß überzogene Federdecke. Das alles ist für sie allein! Sie schnuppert am Bettlaken und Kopfkissen. Es riecht nicht unangenehm, nur ungewohnt. Es erinnert Christl an eine Wiese im Herbst.
Neben der Tür ist der Kippschalter fürs Licht. Bevor sie ihn betätigt, guckt sie zur Deckenlampe. Um den zart geblümten Lampenschirm aus Glas schwirren Falter und andere Insekten.

„Wenn`s finster ist, werden die Viecher schon auch schlafen gehen", denkt sie und legt sich gemächlich auf die Matratze. Wirft ein Kopfkissen ans Fußende, knipst die Stehlampe am Nachtkästchen an und streift mit staunenden Blicken ihr Kabinett ab. Durchs offene Fenster flattern jetzt weitere verschiedene Insekten. Unter anderem singenden Stechmücken. Autsch! Schnell knipst Christl das Licht am Nachtkästchen aus und stellt sich ans offene Fenster. Sie kann jetzt noch nicht schlafen. Die Eindrücke sind für das kleine Mädchen neu und außergewöhnlich. Außerdem rebelliert ihr Magen. Er zwickt und knurrt. Er meldet Kohldampf. Das ignoriert sie, so gut sie kann und schaut noch geraume Zeit träumerisch durch die lauwarme Nacht zu den funkelnden Sternen. Sie verteilt Namen an die glitzernden Himmelskörper. Der hellste Stern bekommt den Namen ihres Hundes, „Prinz". Handi-Bussi für dich, geliebter Prinz. Schlaf gut. Bestimmt darf sie bald den Hund zu sich holen. Die haben so viel Platz. Viele, viele

Bussis drückt Christine innig auf ihre Hand und pustet diese weit in den Nachthimmel. Sie faltet die Hände zum Gebet und sagt ganz laut:

"Lieber Gott, ich bin jetzt ganz wo anders. Hoffentlich findest du mich wieder."

Ihre Gedanken wandern zu ihrem Hund Prinz. „Jetzt musst du auch allein schlafen. Aber nicht mehr lange. Bald hole ich dich zu mir. Bald ! Ganz sicher. Du fehlst mir sehr!"

Die Decke wärmt zu gut. Sie schiebt sie nach unten und rollt sich wie ihr Hund Prinz ein. Sie kann nicht einschlafen, obwohl sie todmüde ist.

So vieles schwirrt in ihrem Köpfchen rum. Auch halten sie die stechenden Plagegeister wach. Nach dem Pieken spricht ihre Hand „klatsch, klatsch" auf ihrem Körper. So hat sie einige dieser bösen Gössen (Gelsen, Moskitos) erschlagen können. Sie wälzt sich von einer Seite auf die andere und kann nicht einschlafen.

Der Schlaf muss sie dann doch übermannt haben, denn Mama steht plötzlich vor ihr.

"Aufwachen! Willst du nicht aufstehen? Das Frühstück wartet!"

Oh ja! Hunger hatte sie doch, und was für einen großen. Schnell schlüpft sie in ihr Kleid und springt barfuß die vielen knarrenden Holztreppen runter.

Unten empfängt sie Mama:

"Rechts ist die Toilette und hier in der Küche wäscht du dich erst mal. Mundhygiene gehört zur Körperpflege. Täglich früh und abends und Händewaschen vor jedem Essen. Merk dir das. Wenn du fertig bist, kannst ins Wohnzimmer zum Frühstücken kommen."

In einem kleinen Raum, das die Küche ist, steht in der Mitte ein weiß lackierter Holz-Hocker, darauf eine weiße große Email Schüssel mit etwas lauwarmem Wasser. Daneben liegen Seife, Waschlappen, Blendax-Zahnpasta mit Zahnbürste, ein Handtuch und ein Kamm.
Alles ist für die neue Mitbewohnerin schon hergerichtet.
Vielleicht mögen sie das Mädchen doch?
Gewaschen, die langen, schwarzen Haare gekämmt und zu zwei lockigen Schwänzen gebunden, tänzelt Christine links und rechts an ihrem Kleidchen ziehend erfreut ins Wohnzimmer. Plötzlich stößt sie im Türrahmen mit einer älteren Frau zusammen.
Erschrocken halten beide inne und starren sich an. Die fremde Frau stellt ihren Koffer und die Handtasche ab, stützt ihre Arme in die Hüften und mustert Christine von oben bis unten.

"Du bist also die dieses Kind, wegen dem ich aus dem Haus muss! Mit eigenen Händen habe ICH das Haus mit aufgebaut. Es ist eine Schande! Man wirft mich einfach herzlos raus. Das Zimmer das jetzt Dir gehört war immer meines. Ich habe gekocht, gewaschen, geputzt, die ganze Gartenarbeit gemacht - alles - ja alles hier in Ordnung gehalten. Dann kommt so eine Herrscherin wie deine Mutter. Sie wirft mich hier so mir nix dir nix raus!"

Mit Tränen in den Augen neigt sie sich zu Christine:
"Werde du Kleines nicht so hart wie deine Mutter und wie mein Neffe Raimund."

Sie drückt mit dem Daumen ein Kreuzeichen auf Christines Stirn.

"Gott segne dich mein Kind; du hast warmherzige Augen. Du kannst ja nichts dafür."

"Lass das Kind in Ruhe und gehe nun endlich", schimpft ihr Neffe Raimund. Steht vom Stuhl auf, schiebt seine alte Tante ins Freie, wirft ihr Koffer und Tasche hinterher und verschließt die Tür.

Die Fröhlichkeit ist entflohen. Ein bedrückendes Gefühl kriecht in Christine hoch. Sie hat Schuld, dass die Frau aus dem Haus muss.

„Setze dich auf die Eckbank zu den Kissen", sagt ihre Mutter und geht zurück in die Küche.

Im Wohnzimmer erwartet Christine ein nahezu festlich gedeckter Tisch mit weißer Spitzendecke. Brennenden Kerzen geben dem Raum etwas Romantisches.

In der Mitte vom Tisch steht ein Körbchen mit viel verschiedenem Gebäck. Ein paar Milch Kipferl, Kaisersemmeln, geflochtene Mohnbrötchen und butterweiche Rosinenbrötchen. Butter, Wurst, Käse, Eier, Marmelade – fast alles was das Herz begehrt. Dem zehnjährigen Mädchen läuft bei diesem Anblick schon das Wasser in Mund zusammen.

Zwei Porzellan Kaffeehäferln mit Untertassen im zarten Streublumendekor mit hellblauem Band am Rand und feinen Goldzahnkanten stehen je auf den Stirnseiten vom Tisch.

„Den allmorgendlichen Kaffee aus diesen exquisiten Kaffeetassen im Biedermeier Stil zu trinken, ist unser Ritual. Das Geschirr stammt aus der Wiener Porzellanmanufaktur Augarten. Unter dem Häferln siehst du die Schutzmarke, das Logo der Porzellanmanufaktur".

Sagt Raimund Bleisteiner und setzt sich bequem an eine Stirnseite vom Tisch auf einem antiken Stuhl.

Scherzend fügt er hinzu: „Um das Logo zu sehen, kippe bloß dein Häferl nicht, wenn es gefüllt ist.

Damit hat man schon manche foppen können. Erst als der Inhalt ausgeschüttet war, haben sie bemerkt, dass sie zum Narren gehalten wurden", lacht und schenkt sich Kaffee ein.

Der braune Energiespender rinnt aus einer Porzellankanne, die das ähnliche Dekor wie die Häferln, die beiden Schalen für Butter und Marmelade hat.

Und was hat Christine für eine besondere Tasse? Ihren Kakao trinkt sie aus einem weißen mit Goldrand verzierten Porzellan-Häferl. Sie betrachtet das Stück von Österreichs populärsten Süßwaren Waren-Hersteller Manner. Innerhalb eines schwarz verschnörkelten Kranzes mit Schleife ist der Stephansdom abgebildet und überm Stephansdom liest sie „Schoclade Manner Wien". Dieses wunderschöne Häferl wird sie in Ehren halten.

Gegenüber von Christine sitzt in einem breiten gepolsterten Armlehne-Sessel ein alter Mann mit langem weißem Bart. Sein Schnauzbart ist nach beiden Außenseiten geschwungen und sehr gepflegt. Der betagte Mann mustert über den Tisch Christine; spricht jedoch kein Wort.

Aber er hat ein auffallend wunderschönes vergoldetes Häferl mit Porträts von zwei Kaisern, Franz Josef I. und Wilhelm II. mit dem österreichischen Adler. Der sympathische weißhaarige Mann bröckelt grad eine Semmel in seinen Milchkaffee. Laut schlürfend löffelt er diesen aus.

Am liebsten hätte jetzt Christine gesagt, „Was für ein Logo ist auf deinem Häferl". Aber aus Rücksicht auf sein Alter, unterlässt sie solche Späße. Diesmal. Er könnte eventuell wirklich darunter gucken, dann wäre die Brühe auf seinem Schoß.

Christine grinst und macht es den alten Mann gleich. Er zwinkerte ihr von unten nach oben kurz überm Tisch zu.

"Schlürf nicht so. Du hast gar keine Manieren, meine Tochter! Der Alte schon gar nicht".
Mama setzt sich soeben auf die andere Stirnseite vom Tisch, auf das kürzere Stück der Eckbank. Genau gegenüber von Raimund Bleisteiner.

"Das ist der Großvater. Er wohnt nebenan in der Kammer. Dort hast du nichts zu suchen. Verstanden?" hört sie ihre Mama sagen

„Beeile dich mit dem Frühstück. Geht´s nicht ein bisserl schneller? Wir müssen dich in der Schule anmelden und dir die Haare schneiden lassen. - Lange Haare kurzer Verstand -, lass dir das gesagt sein! Außerdem wollen wir dich vor Putz- und Gefallsüchtigkeit schützen."

Christine erschrickt. Ihre Haare will sie ihr schneiden lassen? Um wieviel sollen die kürzer werden? Erst mal abwarten und sich nicht jetzt schon über ungelegte Eier Sorgen machen.
Eier, Marmelade, Butter, Brot und Semmeln befinden sich verführerisch greifnahe auf dem Tisch. Hm, lecker. Schlaraffenland hat geöffnet. Aber sie kann nicht richtig genießen und alles essen, was sie möchte, weil sie sich beeilen muss.

Es verbleibt Christine auch nicht viel Zeit den Garten zu begutachten. Aber was sie sieht, das gefällt ihr. Früchte tragende Bäume und Sträucher, ein riesengroßer Nussbaum zum Raufklettern und viele bunte Blumen. Sie stopft sich den Mund mit einem Rosinenbrötchen voll und folgt ihrer Mama zur Tramway.

Dem Großvater schickt sie ganz schnell hinter dem Rücken ihrer Mutter ein Handi-Bussi, schluckt rasch den einen Bissen vom Rosinenbrötchen runter und ruft:

"Ba-Ba, bin gleich wieder da Großvater!"

Und mampft genussvoll das leckere Brötchen aus Hefeteig, Quark und mit Rosinen, weiter.
Großvater, Franz-Josef Navratil mit vollem Namen, ist 79 Jahre. Er winkt dem kleinen Mädchen zurück und drehte verlegen an seinem Zwirbelbart.
Die vielen neuen Eindrücke bewegen sich aufgewühlt und aufregend in Christines Kopf.
Dass man ihre langen blauschwarzen Haare ratzeputz abgeschnitten hat, darüber ist zu traurig. Sie betrachtet sich im Schwenkspiegel:

„Ist ja schrecklich! Ich sehe jetzt wie ein Junge aus! So läuft doch kein Mädchen rum. Meine schönen dicken Zöpfe sind abgeschnitten. "
Hm. Lange Haare kurzer Verstand, hat Mama gesagt. Jetzt müsste ja der Verstand wachsen, wenn das stimmt.
Sichtlich bedrückt und lustlos möchte sich Christine wieder hinauf in ihr Zimmer begeben und sich in ihr Bett verkriechen. Aber Edithas Stimme mit einem gewissen drohenden Unterton hält sie zurück.

„Sag mal, wer weiß denn schon von deinen Freunden, dass du hier wohnst?" fragt sie ihre Mutter so aus heiterem Himmel.

„Freunde? Welche Freunde? Ich habe doch nur meinen Hund Prinz und die kleine Sieglinde vom Bahnwärterhaus und Heidrun aus der Parzelle wo Mutti wohnt. Die wissen doch nicht, dass ich nicht mehr in Floridsdorf wohne". Christine ist verunsichert.

„Warum?"

„Ja, nur so. Da haben ein paar Burschen in den Garten geschaut. Die sind etwas länger stehen geblieben. So, als würden sie auf dich warten. Wer waren die?" Forscht ihre Mutter.

„Das weiß ich nicht, Ich habe niemanden gesehen." Entgegnet Christine und schickt sich an auf ihr Zimmer zu gehen.

„Hierbleiben! Ich bin noch nicht fertig". Editha   befragt ihre Tochter weiter gefährlich beißend und scharf:

„Hast du ein Zuckerl (Bonbon) in deiner Goschen, so kurz vorm Essen? Du weißt doch, dass man vor dem Essen nicht nascht!"

Oh, ja, das weiß Christine. Aber was soll sie darauf sagen? Wieso benimmt Mama sich so komisch. Ja, sie hat den extragroßen Himbeerbonbon noch im Mund. Das sind ihre Lieblings-Zuckerln. Das Sackerl mit den großen Himbeer-Bonbons liegt grad so auffordernd offen am Tisch, als würden sie sagen: „nimm mich, nimm mich". Spontan schluckt sie das Zuckerl runter. Beinahe wäre der große Bonbon im Hals stecken geblieben. Doch jetzt hat sie ihn nicht mehr in Mund. Der Bonbon ist weg. Um die skurrile Situation abzuschwächen sagt sie lächelnd „nein".

„Hauch mich an!" Brüllt die Mutter.

Christine gehorcht und denkt, es sei Spaß. Doch das sieht ihre Mutter anders. Sie riecht an Christines Mund und gerät in Rage.

„Du Lügnerin, du verdammte! Du Bangert von einem Ausländer. Ich bring dich um."

Sie haut auf ihre Tochter unbeherrscht und hemmungslos mit Händen, den Fäusten so lange ein, bis ihr Kind zusammen gekauert am Boden liegt. Dann tritt sie das zehnjährige Mädchen mit den Füßen, sodass Christine Wasser und Kot verliert. Christine schreit nicht. Sie weint auch nicht. Lediglich ein unangenehmes ständiges Aufstoßen wie Schluckauf durchzuckt ihren Körper.
Durch das Geschrei von Editha, die während des Tretens immer noch kreischt:
„ich bring dich um, ich bring dich um" stürmen Großvater und Raimund Bleisteiner ins Wohnzimmer. Raimund Bleisteiner zieht Editha von ihrer Tochter weg und beschwichtigt seine Frau. Großvater weint. Er droht der Frau mit dem Stock und beugt sich über das kleine Bündel am Boden.

„Mein armes Kind. Deine Mutter gehört eingesperrt."

Editha hat gehört, was der alte Mann gesagt hat und will auf ihn losstürzen. Raimund hält sie fest am Arm zurück.

„Was war denn los Editha. Wir reden gleich miteinander. Ich bringe dein Kind erst mal rauf in ihr Zimmer".
Er zündet Editha eine Zigarette an.

„Rauch mal in Ruhe und dann reden wir. Ich bin gleich wieder da.

Franz geh du in deine Kammer, hast gehört?" befiehlt Raimund dem Großvater. Der nickt bejahend und schlurft in seine Kammer zurück.

Der Stiefvater trägt Christine, so wie sie gekauert hat, rauf in ihr Bett und deckt sie zu. Dann geht er wieder runter. Das ständige ruckartige Aufstoßen in Christines Körper hört nicht auf: „ick , ick , ick, ick". Sie kann`s nicht stoppen.

Sie weiß nicht wie lange sie schon im Bett liegt. Plötzlich spürt sie eine streichelnde Hand am Kopf und Gesicht. Christine macht die Augen auf und sieht ihre Mutter. Erschreckt zuckt sie zurück unter die Decke. Kein Wort sagt die Mutter zu ihr und streichelt ihre Tochter weiter über der Decke. Überraschend ist das Aufstoßen weg. Christine weint lautlos.

Ihre Mutter bleibt noch lange still an Christines Bett sitzen. Zieht die Bettdecke vorsichtig etwas zurück, merkt, dass ihre Tochter eingeschlafen sein muss und geht zurück ins Wohnzimmer. Christine ist nicht eingeschlafen. Sie verspürt auch keine Schmerzen. Sie ist nur unsagbar todunglücklich. Man versteht sie nicht.
Langsam bewegt sie sich aus ihrer gekrümmte Haltung. Sie lebt noch. Streckt behutsam ihre Beine aus, betrachtet ihre Arme und denkt „ist alles noch dran", und schläft ein.

Christine hat die Nacht durchgeschlafen. Die Sonne strahlt ins Zimmer. Sanft bläst der Wind immer wieder Weinblätter vom Spalier an der Mauer, die zum Kammer-Fenster hochgewachsen sind. Ein kleiner Vogel fliegt aufs Fensterbrett. Er hat ein hellblaues Köpfchen und ein weißes Gesicht. Ein schmaler, schwarzer Augenstreifen geht rundum bis zu seinem kleinen, dunkel, hornbraunen Schnabel. Sein Gefieder ist blau-gelb. Es ist eine Blaumeise. So einen lieben, kleinen Vogel hat sie noch nie gesehen. Ob das Vöglein der liebe Gott geschickt hat?

Das Mädchen schaut lange zum Fenster. Dort ist die Freiheit. Im Himmel.

Das Vögelchen hüpft so vergnügt hin und her und bleibt ziemlich lang am Fenster. Es hopst das ganze Fensterbrett ab. Verhält sich für einen Moment ganz ruhig und sieht Christine an. Jetzt fliegt es weg. Hat sich mein Schutzengerl gemeldet? Nimm mich mit Schutzengerl.

Beim Aufstehen hat das Mädchen am ganzen Körper Schmerzen. Seufzt und stöhnt.
Wenn nicht zusätzlich der Magen knurren und zwicken würde, hätte sie die Zimmertür abgesperrt und wäre im Bett liegen geblieben. Was war das gestern bloß für ein schlimmer Tag. Sie wird so gehasst, dass ihre Mutter Gründe sucht, sie zu bestrafen. Sie hat doch nicht gelogen. Das Zuckerl war doch schon im Schlund. Das hat ihre Mutter nicht witzig aufgefasst.

Es wäre sehr schön hier. Eine Oase in einer Großstadt. Doch was nützt es, wenn sich Menschen nicht mögen und nicht vertragen.

CZ8O ✻ CZ8O

Die neue Schule

Die alte Volkschule in Jedlesee besucht Christine nie mehr. Sie kommt jetzt in die 1. Klasse der „Kooperativen Mittelschule„ im Wiener vierzehnten Bezirk in der Lortzinggasse. Neue Kameradinnen lernt sie kennen und findet sofort Anschluss. Sie geht sehr gerne zur Schule. Die Frau Lehrerin Schamschurer ist besonders nett. Sie lobt Christine für Ihr aufmerksames Mitwirken im Unterricht, die richtigen Hausaufgaben und ihr auffallend gutes Sozialverhalten.

Bildung und strenge Erziehung für Christine haben Editha und ihr Mann fest im Auge. Es ist wichtig für ihr Fortkommen. Damit Christine nicht auf dumme Gedanken kommt und auf die schiefe Bahn gerät, stellen Editha und Raimund Bleisteiner einen Tagesplan auf.

Für Hausaufgaben und Freizeit bekommt Christine am Tag je eine Stunde.

Die übrige Zeit nach der Schule und am Wochenende ist ebenfalls fest verplant. Hausarbeit verrichten.

Geschirr abwaschen, Wohnzimmer aufräumen, Boden kehren und wischen. Die Kunststoff-Läufer mit Spezialfett einlassen und polieren. Blumen gießen, Schuhe putzen. Bei Bedarf, auch einkaufen gehen und dem Großvater täglich mit dem Tee-Ei Tee machen. Wäsche in Ordnung bringen; das bedeutet, Socken flicken, die von Großvater, Papa und die eigenen Strümpfe.

Sie kann aber keine Socken flicken. Das wird ihr trotz Protest und Tränen in Kürze beigebracht. Auf dem Stopfholz steht eingebrannt:

„Wenn dich die bösen Buben locken, bleib zu Haus und stopfe Socken".

Mama trägt Seidenstrümpfe und Christine Strickstrümpfe mit Hüfthalter. Weil die Klipse vom Straps nicht halten und ständig kaputt gehen, dann auch noch die Strümpfe runter rutschen, trägt das Mädchen zusätzlich Gummibänder. Am geeignetsten dafür findet sie die dicken, roten Einweckgummis von Mamas Einkochgläsern. Sie schämt sich, noch mit Strickstrümpfen zur Schule zu gehen, während ihre Mitschülerinnen Strümpfe aus Perlon tragen. Sogar Seidenstrümpfe mit Naht. Christine bemerkt die mitleidsvollen Blicke ihrer Kameradinnen, zuckt die Achsel und senkt betreten den Kopf. Was soll sie tun. Na gut, sie zieht ihre Strickstrümpfe - egal bei welchem Wetter - nach ein paar Metern von zu Hause wieder aus. Ihre Beine haben beinahe die gleiche Farbe wie die hauchdünnen Seiden- und Perlonstrümpfe Ihrer Schulkameradinnen.
Bei Mama Einspruch zu erheben, Protest einzulegen ist vergebens. Christine hat´s paarmal probiert gemeckert und gemotzt.

„Was? Du widersprichst? Du schreibst jetzt zehn Mal - ich soll nicht widersprechen. Widersprichst du nochmals werden es zwanzig Mal sein und so weiter. Also überleg es dir ja gut! Du büßt das alles von deiner Freizeit ein".

Rebellisch widerspricht Christine immer wieder. Trotzig und zornig stampft sie wütend mit dem Fuß auf.
„Solltest du nochmals aufstampfen, bekommst du eine Woche Hausarrest Und auch eine saftige Watschen!"

„Pah – ich komme doch eh schon nicht mehr aus dem Haus wegen eurer Arbeit, die ICH machen muss." Lehnt sich das jetzt erboste, zornige Mädchen auf.

„So! Das hast du dir jetzt selbst zu zuschreiben. Eine Woche Hausarrest und außerdem schreibst hundert Mal ich soll nicht frech zurück reden.

Jetzt verschwind schleunigst nach oben in dein Zimmer, aber flott bevor mir die Hand ausrutscht."

Vor Wut heulend trampelt Christine heftig polternd die Holztreppen hoch und sperrt sich in ihrer Kammer ein. Sie beginnt zu schreiben. Ein Din A4 Papier fängt mit dem Satz an: „ich soll nicht widersprechen". Darunter setzt sie zwanzig Mal die Apostroph Zeichen als Wiederholung.

Das zweite Blatt Papier enthält den Satz „ich soll nicht frech zurückreden". Christine zeichnet einhundert Apostroph Zeichen als Wiederholung und kommt sich sehr witzig und schlau vor.

Da sowieso keiner mehr im Haus außer dem Großvater ist, fühlt sie sich erleichtert und leistet Großvater Gesellschaft.

Sie macht es dem hochbetagten Herrn im Wohnzimmer auf seinem breiten gepolsterten Arm-Lehnsessel mit einem Kissen gemütlich. Reicht ihm seine Lieblingszigarre, die Virginia und möchte diese mit einem Streichholz anzünden. Die Streichholzschachtel ist ein wenig feucht. Drei Hölzer hat sie schon verbraucht. Sie sind entweder abgebrochen oder die Zündköpfe abgeschliffen. Sie gibt nicht auf, und wenn es das letzte Streichholz wäre - sie schafft es.

Genüsslich zieht Großvater an der langen, dünnen Zigarre mit Mundstück und lächelt sie dankbar an.

„Du bist mein Sonnenschein. Seit dem du hier bist, gefällt mir das Leben wieder".

Das zehnjährige Mädchen will ein klein wenig Romantik ins Wohnzimmer zaubern. Brennende Kerzen schaffen ein besonderes Fluidum.

„Die doofen Zündholzer. Dauernd gehen`s aus".

Großvater formt seinen Mund zu einem O, dann pustet er ruckartig kleine Ringe aus. Das gefällt Christine. Ganz schnell entleert sie den stinkenden Aschenbecher, der von Mama und Papa voll mit Zigarettenkippen ist, damit Großvater seine Virginia sauber ablegen kann. Dann hüpft sie auf seinen Schoß, zwirbelt an seinen Schnauzbart, aber so, wie es Großvater immer tut – nach außen.

Der Zwirbelbart

Hatte ich was angestellt und Sorgen, habe ich nichts vor ihm verborgen.
Kletterte ich auf seinen Schoß, fühlte ich mich riesengroß.
Er hatte immer für mich Zeit – seine Geschichten versetzten mich in die Unendlichkeit.
Sein Bart war so weich und weiß - Ich durfte ich streicheln auf sein Geheiß.
Damit der Bart seine Form nicht verlor, befestigte er nachts eine Bartbinde hinters Ohr.
Ich kämmte nach außen, nach links und nach rechts sein Haar -
Nur an seiner Oberlippe, weil auf seinem Haupt keines mehr war.
Die seitlich langen Barthaare an den Enden – durfte ich zwirbeln, drehen und nach oben wenden.
So war sein Zwirbelbart stets gehegt und gepflegt.
Seinen Gehstock und Zylinder reichte ich ihm beherzt für seinen Weg.

Ein großer Spiegel mit goldverziertem Rahmen hing an der Wand.
Großvater prüfte darin streng Zylinder, Zwirbelbart und Gewand.
Er kam zu mir, streichelte mein Haupt mit seiner schwächlichen Hand.
Ich spürte wie mein Herz aufging - seine Hand war zwar zittrig doch sanft.
Er lächelte und sagte: „Mein Kind, das hast du sehr gut gemacht".

ෆ৪৩ ✸ ෆ৪৩

„Tja, was soll ich dir denn erzählen. Möchtest du Märchen hören? Oh, mein Mäderl, die habe ich leider alle schon vergessen."

„Erzähl mir halt irgendwas! Von früher. Egal was. Durchstöbere dein Hirnkastl. Irgendwas wirst schon drin finden."

Nach paar Zügen an seiner Virginia plaudert Großvater was Unverständliches: „Auf die Fiß Holzschlappen, Vrnack in`d Höh – Jerosinim Nĕmeci- haben`s an Idee"

„Was heißt das Großvater"

„Vrnak" ist böhmisch und heißt „Nase". Das haben wir über die hochnäsigen Leuten gesagt, die recht arrogant und überheblich waren, weißt du?" Sagt Großvater und rückt sich bequemer in seinem Stuhl zurecht.
„Ich weiß auch ein tschechisches Wort - Pupík. Mutti hat gesagt, dass mein Pupík zu arg aus meinem Bauch klotzt."

39

„Dein Bauchnabel steht zu arg raus? Entweder du hast einen Nabelbruch oder du solltest mehr essen. Du könntest ein bisschen Speck vertragen. Du bist etwas zu dünn, mein Kind."

„Hm, macht nichts. Erzähl weiter Großvater", bittet Christine lächelnd und schmiegt ihren Kopf an seine Brust.

ෆ৪൦ ✶ ෆ৪൦

„Großvater, bitte erzähl` mir was - hattest du früher viel mehr Spaß?
Was würdest du geben, Vergangenes nochmals zu erleben?!
Ist es denn wahr, wird man weise mit grauem Haar?
Opa, ich habe dich lieb, bin glücklich, dass es dich gibt!"

ෆ৪൦ ✶ ෆ৪൦

„Na gut. Da fällt mir was ein. Ist schon eine Ewigkeit her. Also ich hatte während meiner Studierzeit immer einen steifen schwarzen Zylinderhut. Auf den war ich sehr stolz. Ein paar meiner Kameraden hänselten mich deswegen und klopften abwechselnd auf meinen Kopfschmuck. Das hatte ich schon satt, und ich überlegt mir was".
Während Großvater in seinem Kopf nach Erinnerungen kramt, gibt er sich gleichzeitig dem Genuss seiner Virginia hin, an der in kurzen Zügen immer in längeren Abständen zieht.

Christine drängt ihn: „Weiter Großvater, bitte rede weiter"
„Prompt hatte ich eine pompöse, also eine großartige Idee. Kannst dir denken, dass ich den Tag kaum erwarten konnte, bis wieder mal so ein frecher Studiosus mich hänseln wollte. Still aber ungeduldig wartete ich."
Plötzlich lacht Großvater schallend aus vollem Halse, hält sich dabei seinen Bauch und hustet kräftig. Christine

muss auch lachen, wartet jedoch mit Spannung, was Großvater weiter erzählen wird.

Noch immer herzhaft lachend schildert Großvater die Gegebenheit:

„Ich saß auf der Bank im Park vor der Universität und wartete lauernd auf einen Draufgänger. Als sich zwei Lümmel mir näherten, ich erkannte sie schon, und sich über meinen Zylinder lustig machten, drehte ich mich ruckartig um und sagte zu dem größeren von beiden herausfordernd: ´He, du windiges Bürschlein, das schaffst du heute nicht, meinen Zylinder einzudepschen. Haha!

`Wie willst du das verhindern? Fragte der Kleinere und tippte schon frech grinsend auf meinen Zylinderhut.

`Du bist doch ein Schwächling`, habe ich ihm entgegnet. Und legte noch eins drauf, indem ich den anderen, den langen, schlanken Jüngling mit „Lulatsch" ansprach. Und du Bohnenstange, du langhalsiger Schreiberling schaffst es nicht mal den Bleistift zu halten. Kannst bald aus der Dachrinne saufen, du Lulatsch`. Ich forderte die beiden Flegel streitlustig heraus, und ich spekulierte darauf, dass sie in Rage gerieten".

„Ui- Großvater, es waren aber zwei Männer und du warst allein. Ganz schön mutig! Was haben dann die Bursche gemacht?"

„Das wussten doch die nicht, ob nicht meine Freunde in der Nähe waren. Wir waren damals immer zu fünft. Na, was denkst du, mein Sonnenschein, was der eine Lausejunge gemacht hat?"

„Keine Ahnung, Großvater, erzähl!"

„Der kochte bereits vor Wut. Und dann passierte es, auf das ich die ganze Zeit gewartet hatte.
Haha, ich konnte mich vor Schadenfreude nicht mehr halten und lachte und lachte. Das war sicherlich hinterhältig von mir. Aber die beiden Rabauken haben`s nicht anders verdient. Sie waren mir gegenüber doch auch übel gesinnt."
„Was ist passiert Großvater! Was denn?" drängt Christine.

„Ha, der lange unverschämte Bursche haute mit voller Wucht auf meinen Zylinder. Sogleich schrie er wie am Spieß. Im wahrsten Sinne der Worte. Er hielt vor Schmerzen seine Hand, schimpfte und hechtete davon. Der kleinere rannte wie ein Anhängsel hinter ihm her."

Die Erinnerungen an das Geschehen haben Großvater dermaßen erheitert, dass Tränen vor Lachen aus seinen Augen rollen. Und immer wieder zwirbelt er an seinen Schnauzer.
„Weiter Großvater, was hast du denn an dem Zylinder gemacht?"

„Tja, man hatte mich unterschätzt. Ich bastelte mir nämlich ein Nagelbrett, das ich unter den Zylinder steckte. Dass der Zylinder dann kaputt ist, war mir der Spaß wert."

„Bumm, der muss geschrien haben. Hattest dann Ruhe von den beiden oder haben sie sich gerächt?"

„Das wär ja noch schöner! So unverfroren wie die waren, ist dem Frechdachs Recht geschehen. Nein, der hat sich nichts mehr getraut. Meine Kameraden waren stolz auf mich. Dieser Vorfall schweißte uns noch mehr

zusammen. Ach, war das eine herrliche Zeit. Eine großartige, schöne Zeit."
Stundenlang hätte Christine Großvaters Geschichten hören wollen:

„Noch was, Großvater, bitte, bitte noch was".
„Ein anderes Mal, mein Sonnenschein. Jetzt muss ich mich ein bisserl hinlegen. Ausruhen und erholen von dem vielen Essen."

„Essen?" Fragt Christine erstaunt. „Woher? Was hast denn gegessen, Großvater?"

„Eben NIX!"

„Ui! Ich mache dir ein Brot mit Senf und ich mache mir Haferflocken mit Zucker. Willst auch Haferflocken mit Zucker?"

„Nein", lacht er, „die stauben mir aus den Ohren raus. Hol uns ein paar Birnen vom Garten, die essen wir.
War alles mal mein", sagt Großvater und schnalzt an seinen Hosenträgern. „Das Haus, die Gärten hinter und vorm Haus. Alles war mein."

„Na und jetzt nicht mehr, Großvater ?!"

„Ui-je, mein Mäderl. Das alles habe ich meinem Neffen und deiner Mutter überschreiben müssen. Dafür sollten sich mich Lebzeiten verpflegen und hegen. „Ha- Ha", setzt er verbittert hinzu.

„Großvater?" Fragt Christine „diese ältere Dame, die das Haus wegen mir verlassen musste, wer war das?"

„Meine Schwester. Och, Christinchen, wir haben zu dritt hier geschuftet. Meine Schwester, Raimunds Mutter und ich. Aus einem Trümmerhaufen stellten wir dieses Haus auf und haben die beiden Gärten angelegt.

Jaja, das waren meine Schwester Frieda, Hildegard, die Mutter meines Neffen und ich. Nur wir drei haben dies hier erschaffen.

Werfen meine Schwester kaltherzig raus. Die Mutter von Raimund, deinem jetzigen Stiefvater ist vor fünf Jahren gestorben. Frieda, meine Schwester, mit richtigen Namen Friedricke sorgte für den Haushalt und pflegte auch den Garten.

„Der Garten ist wunderschön Großvater. So viele Blumen und das köstliche Obst."

„Du wärst die gebührende Nachfolgerin für all das was ich geschaffen habe, mein Sonnenschein. Hätte ich nur von deiner Existenz vorher gewusst. Raimund und deine Mutter haben mich förmlich gezwungen, all das hier ihnen zu überschreiben.

„Dürfen sie das denn, Großvater" fragte Christine erstaunt.

Dürfen, dürfen", meint Großvater grimmig „Dumm war ich! Dumm ist gar kein Ausdruck dafür. Leichtgläubig, ich hatte ihren schönen Worten geglaubt und vertraut!

Deine Mutter stellte meine Schwester vor die vollendete Tatsache, dass sie ihre Kammer auf der Stelle räumen muss, weil ihr Kind, also du Christine, es braucht. Frieda weinte bitterlich. Sie wusste doch nicht, wohin sie sollte. Bettelte deine Mutter und ihren Großneffen an, wenigstens noch über den Winter hier bleiben zu können. Sie hat ja kein Einkommen. Ich konnte ihr nicht mehr helfen, weil ich alles schon übergeben hatte.

„Traurig ist das alles, und ich bin schuld."

„Aber nein, mein Sonnenschein. Dich trifft keine Schuld. Dass sie dich hierher geholt haben, ist eiskalte Berechnung von den beiden.

„Wieso Berechnung, Großvater?"

„Das verstehst du jetzt noch nicht. Ich befürchte, die hecken sicher weiter Schlechtes aus. Ich bin zwar alt und manchmal dumm gutgläubig, aber hören tu ich noch ganz gut."

„Was hast den gehört, Großvater."

Das gleiche hörst du doch auch, wenn sie sich wieder in den Haaren haben. Dann bewerfen sie sich nicht nur mit Schimpfworten, sondern halten sich gegenseitig ihre schlechten Taten vor."

„Ach so. Hm, da halte ich mir jedes Mal die Ohren zu. Dass sie mich nicht so lieb haben, wie andere Eltern ihre Kinder, das weiß ich schon. Sie wollen aus mir was Anständiges machen", meint Christine.

„Du bist anständig genug, mein Sonnenschein. Die brauchen das nicht aus dir mehr machen. Sie sollten sich selbst bei der Nase nehmen.
Mache dir keine Sorgen wegen meiner Schwester."
Beschwichtig der alte Mann.

„Die Genossenschaft hat Frieda zu einer kleinen Wohnung verholfen. Ihre Miete bezahle ich. Ich habe eine gute Pension."

„Du bist ein guter Mensch, Großvater." Christine streichelt seine Hand und Großvater gönnt sich noch eine Virginia, die ihm sein Sonnenschein wieder anzündet.
„Eigentlich wollte ich schon schlafen gehen. Aber es gefällt mir mit dir." lächelt der alte Mann. Und Großvater erzählt weiter:

„Ich war ja mal Konsumleiter. Habe sehr gut verdient und deshalb auch eine gute Pension. Bis auf die Miete von Frieda erhalten mein Neffe und deine Mutter die volle Pension. Ich sollte Taschengeld bekommen. Muss jedes Mal darum betteln. Möchte mir wenigstens die Virginia und mal ein Bier kaufen können.

„Ui je Großvater, dir geht's wie mir. Mit den Fünf Schilling in der Woche komme ich auch nicht weit."

„Früher war ich regelmäßig am Stammtisch in der Ottakringer Schutzhütte," führt Großvater weiter aus. Das haben´s mir verboten, weil ich zu viel Familiäres ausplaudere. Ach Mäderl, die zwei machen mir das Leben schwer. Ich bin so froh, dass du da bist."

Christine umarmt den Großvater und drückt ihm je ein Bussi links und rechts auf die Wangen.

„Sei nicht traurig Großvater, ich werde für dich sorgen. Und wenn ich Geld verdiene, wohnst du bei mir".

Großvater grinst „Bei Dir wohnen?! Du bist doch erst zehn Jahre! Oh, nein Kind, das schaffe ich in meinem Alter nicht mehr."

„Wie alt bist du jetzt Großvater?"

Ich werde bald achtzig. Lange werd` ich`s aber nimmer machen!"

„Aber geh, Großvater. Du bist super rüstig. Ich bin doch jetzt da. Außerdem brauch ich dich doch."

„Es ist schon schlimm mit deinen Quasi Eltern. Von regelmäßigen Mahlzeiten will ich gar nicht sprechen. Aber wenigsten zwei Mal am Tag sollte man schon essen dürfen. Ich brauch doch nicht mehr viel. Aber du brauchst ein regelmäßiges Essen. Du bist zu dünn.

„Zu mir haben`s immer Gandhi gesagt", lacht Christine.

„Ja,ja, Gandhi, der Hungerkünstler. Mich machen die zwei zu einem unfreiwilligen Gandhi. Ich werde nur noch geduldet, weil sie von meiner Pension leben".

Das klingt ziemlich verdrossen. Christine holt Birnen vom Garten. Mit einem freudigen Jubelschrei hüpft sie zurück:

„Schau Großvater, wie herrlich! Ich schenke dir Birnen-Gold!" Die beiden sind wieder guter Stimmung.

Während sie herzhaft in die gelbe, große, saftige Frucht beißt, holt Großvater sein Taschenmesser aus der Hosentasche, schält und schneidet die Birne in Stücke. Seine dritten Zähne halten nicht mehr richtig am Gaumen. Sie schaffen so einen festen ordentlichen Biss nicht mehr.
„Hmmm, Saftig und süß, gell Großvater ?!"

„Ja, sehr fein! Mein Sonnenschein, jetzt bin ich aber wirklich müde".

Christine reicht ihm seinen Gehstock und passt auf, dass er nicht über die Läufer fällt oder ausrutscht. Sein Gehstock hilft ihm dann auch nicht viel. Großvater schlürft in sein Zimmer und legt sich hin.

„Schnee am Haupt sind weiße Haare,
Zeigen Reife und die Jahre.
Doch man gehört noch lange nicht zum alten Eisen,
Wenn frischer Geist und Glut im Herzen es beweisen."

Großvater

ભ80 ✴ ભ80

Es ist bereits Abend und zu spät, um sich mit Freudinnen zu treffen. Sie steigt in den oberen Stock in ihr Kabinett. Das Gespräch mit Großvater hat ihr sehr gut getan. Leise sagt sie zu sich „ hab dich lieb Großvater. Ich werde auf dich aufpassen." Und setzt sich an ihre Schreibkommode.

Für die Geografie-Stunde malt sie die Umrisse vom Waldviertel und zeichnet die Städte ein. Horn, Zwettel, Rasterfeld, Weitra, Gmünd, Waidhofen an der Thaya und Heidenreichstein . Liest kurz ein bisschen über die „Bucklige Welt„ in Niederösterreich. Morgen ist eine schriftliche Probe in Erdkunde. Christine weiß nicht genau welcher Teil geprüft wird. Wenn sie mehr als verlangt wird lernt, ist sie für jeden Test gut vorbereitet. Jetzt ist auch sie rechtschaffen müde. Deswegen verzichtet sie ganz gerne auf Körperpflege, ordnet ihre Schulkleidung auf dem Stuhl, stellt den Wecker auf sieben Uhr, betet, anstatt dem Amen sagt sie

„gute Nacht Prinzilein, schlaf gut" und singt sich in den Schlaf.

ଏ୫ ✷ ଏ୫

Der „arme Mann" am Schulweg

Mama und Papa sind am nächsten Morgen im ganzen Haus nicht zu sehen. Christine legt irgendwie verschmitzt und doch mit etwas Bangen ihre Strafarbeit mit den vielen Wiederholungs-Zeichen auf den Wohnzimmertisch. In Großvaters Kammer ist es noch still. Nicht mal ein Schnarchen hört sie.
Durch die geschlossene Tür spricht sie:

„Ba-Ba Großvater! Ich geh jetzt – Bussi. Pass auf dich auf!"

Christine hebt einige runtergefallene Birnen auf und pflückt für sich und zwei ihrer Schulfreundinnen ein paar Zwetschgen für die Jausen-Pause. Dann macht sie sich auf den Weg zur Schule.
Den breiten direkten Schulweg kann sie zu Fuß nur durch Überquerung der Ameisbachzeile, vorbei an Schrebergärten und durch den schmalen steilen Pfad zwischen den Gärten erreichen. Oder sie läuft zwischen den Siedlungs-Häusern zur 46ziger Straßenbahn zum Flötzersteig. Dabei müsste sie einmal in den 10ner Wagen umsteigen und hat trotzdem noch fünfzehn Minuten Fußweg bis zum Schulgebäude. Meist fehlt für die Straßenbahnfahrt das Fahrgeld. Die Zeit bis zur Schule mit der Straßenbahn oder zu Fuß bleibt sich fast gleich - oft über eine Stunde. Zu Fuß ist sie schneller. Besonders wenn sie rennt. Das passiert, bei einer Verspätung. Sie würde sich schämen, zu spät in die Klasse zu kommen und sagen zu müssen „ Entschuldigung, ich habe verschlafen."
Heute ist so ein Tag, an dem sie später dran ist.
Den Wecker hätte sie ein halbe Stunde früher stellen sollen, dann würde die Zeit schon reichen. Sie läuft von

zu Hause vom Radiowerk Schrack, dem ehemaligen Zeiss-Werk Wien an der Abbegasse im 14. Bezirk vorbei. Oben angekommen hält sie inne. Sie muss erst einmal verschnaufen. Stützt ihre Hände in die Knie und holt tief Luft. Gerade möchte sie wieder losrennen und bleibt wie angewurzelt vor Schreck stehen.

Vor ihr steht ein nackter Mann mit geöffnetem Mantel. Der Anblick raubt ihr nur für Sekunden die Kraft. Dann rennt sie so schnell sie kann ohne Pausen bis in die Klasse. Wirft ihre Schultasche vom Rücken und lässt sich krachend in die Schulbank fallen. Sie hat Seitenstechen.

„Was ist denn? Was hast du? Du bist ja so aufgelöst und kreidebleich?"
Ihre Schulkameradin ist sichtlich besorgt um Christine. Tja, wie soll sie so eine Gegebenheit erklären? Was war denn das überhaupt.

„Ich habe jetzt krampfartige Schmerzen an der Seite. Direkt unter der letzten Rippe. U-u-und. Es hat mich ein Mann so sehr erschreckt. Dann bin ich vor Angst losgerannt."

„Wieso hat dich der Mann erschreckt? Was hat er gemacht?"

„Er stand halt plötzlich vor mir und hat, er hat - „" Christine stockt. Sie weiß es nicht zu erklären. Zu ihrem Glück läuten auch schon die schrillen Glocken den Unterricht ein. Die Lehrkraft steht in der Tür. Klatscht paarmal in die Hände und ruft: „Auf eure Plätze und sammelt euch zum Gebet".
Innig und still betet Christine stehend mit geschlossenen Augen:

„Lieber Gott. Ich habe keine Kleidung für den armen nackten Mann. Wenn er wieder auf meinem Schulweg steht, was soll ich tun!"

Fahr mit der Straßenbahn nach Hause, schießt es in ihren Kopf.

Mit einem tiefen Seufzer setzt sie sich. Kramt Hefte und Bücher für den Unterricht aus dem Ranzen. Schaut dabei nach, ob sie genug Taschengeld für die Tramway hat. Ja, sie hat. Beruhigt konzentriert sich auf die Ausführungen ihrer Lieblings-Lehrkraft.

Wie gerne hätte sie heute mit den beiden anderen Schülerinnen getauscht. Sie mussten eine Stunde nachsitzen, weil sie keine Hausaufgabe hatten. Dass man die Hausaufgabe mal vergisst, wird nicht übel genommen. Jedoch muss man vor dem Unterricht die Lehrkraft davon in Kenntnis setzen.

So geht sie zur Straßenbahnstation der Linie 10. Es ist eine sehr lange Trambahnstreck von der Volksschule Wien 14. Bezirk, Lortzinggasse bis zum Flötzersteig. Wie lange ist es denn her, dass sie mit der Straßenbahn gefahren ist. Ziemlich lange. Nicht mal bei Regen oder Schnee hat sie die Tramway genutzt und ist den weiten Schulweg zu Fuß gegangen.

Die 10er-Bim hält. Der Schaffner nimmt ihr Geld zwickt die Fahrkarte und händigt sie dem Mädchen aus. Sie fragt ihn:

„Oh, bitte, Herr Schaffner, wo muss ich denn umsteigen, dass ich zum Flötzersteig komme?"

„Du fährst mit mir bis zur Remise, das ist die Endstation. Von dort fährt der 46 Wagen ab, den nimmst du", antwortet ihr der Schaffner.

Ruhelos stellt sie sich zu der Haltestange am offenen Ausgang der Straßenbahn. Ein Bursche springt während der Fahrt auf, ein anderer wieder ab. Das darf aber normalerweise nicht sein. Der Schaffner schaut absichtlich weg.

„Setzt dich, Kleine. Es dauert schon noch eine Weile. Ich sag dir Bescheid, wenn du aussteigen musst", redet ihr der Schaffner zu. Er sieht, wie sich Christine bei jedem Ruck der Bahn festkrallt und vor den aufspringenden Passanten zusammenzuckt.

Verlegen befolgt sie seiner gut gemeinten Aufforderung, setzt sich und blickt interessiert aus dem Fenster. Plötzlich sieht sie ein Gebäude mit der großes Aufschrift ´Polizei´. Wie hypnotisiert steht sie auf und beim Halt der Bahn steigt sie aus.

„Nein, nein Kleine, wir sind noch nicht bei der Remise" ruft ihr der Schaffner nach.

„Ja, ich weiß. Danke. Ich muss aber hier noch was erledigen, Dankeschön!"

Christine überquert schnurstracks die Straße und läuft bis zum Polizeigebäude. An den ersten Stufen der Polizeiinspektion in der Leyserstraße hält sie inne. Sie fühlt sich nun recht unsicher, ob sie das Richtige tut. Wie soll sie denn erzählen, dass sie einen armen Mann gesehen, der nichts zum Anziehen und sie so sehr erschrocken hat, weil er plötzlich vor ihr stand? Aber wen kann sie sich denn sonst anvertrauen? Ihrer Mutter? Papa oder Großvater? Niemand von denen könnte ihr beistehen, wenn der Mann morgen wieder da steht. In diesem Fall doch nur die Polizei.

Ja, sie muss da rein. Sicher weiß ein Schutzmann, wie man so einem armen Mann helfen kann. Sie nimmt all ihren Mut zusammen und drückt die schwere Tür nach innen.

Ein Polizist fragt sie: „Was darf ich denn für dich tun kleines Fräulein" und führt sie dabei in einen kleinen Raum.

Dort fragt er nach ihren Namen, Adresse, Alter und schreibt alles nieder. Wie auswendig gelernt erzählt sie dem Schutzmann, was ihr auf dem Schulweg widerfahren ist.

„Ich muss dir sagen, hm", er guckt auf sein Protokoll - „Christine, das hast du wirklich großartig gemacht. Ab morgen kannst du den Schulweg getrost wieder gehen. Wir werden dem Mann Kleidung geben."

Der Polizist öffnet die Schublade seines Schreibtisches und überreicht Christine ein kleines Etui. Neugierig schaut sie im Beisein des Schutzmanns gleich rein und staunt: „Oh, ist das schön!"

„Zum Andenken und ein Dankeschön für deine mutige und gute Tat", sagt der freundliche Ordnungshüter und begleitet Christine mit seiner Hand auf ihrer Schulter zum Ausgang.

Es ist ein Metallpin POLIZEI WIEN. Auf blaufarbiger Oberfläche ist das Adler Wappen in der Mitte dem Rot-Weiß-Rot Österreich-Symbol. Auf der Rückseite ein vernickelter Butterflyclip zum Öffnen und Verschließen. Wie wunderbar! Das muss sie ganz besonders hüten.

Ob sie den Anstecker ihrer Mama zeigen soll? Nein lieber nicht. Dass sie so ein herrliches Geschenk von einem Polizisten erhalten hat, glauben Mama und Papa ihr sowieso nicht. Die machen wieder ein riesen Theater daraus und nehmen ihr den Anstecker weg. Aber Großvater darf die Anstecknadel sehen.

ଚ୍ଚ୫ ✳ ଚ୍ଚ୫

Erleichtert und guter Dinge geht sie zur Remise und steigt in die 46ziger Bim zum Flötzersteig ein. Von dort hat sie noch zirka 500 Meter durch einen engen Pfad bis zur Kohlesgasse. Das ist der vordere Eingang zu ihrem Zuhause. Ein schmaler kurzer Kieselsteinweg der an der linken Seite durch einige Ribiselsträucher (Johannisbeer-Sträucher) eingezäunt ist, führt zum Gartentürchen, dann noch fünf Steintreppen runter bis zur Eingangstür. Sie ist verschlossen. Im kleinen mit einem verschnörkelten Schmiedeeisen vergitterten Fenster, dem WC-Fenster, liegt meist hinter dem Verriegelungshaken der Schlüssel. Diesmal nicht. Also sind Mama oder Papa zu Hause. Und Großvater? Er ist jetzt immer zu Hause, weil er nicht aus dem Haus darf. Bis zu seiner hinteren Kammer neben der Kellertreppe hört er weder das Klingeln noch Klopfen an dieser doppelten Eingangstür im vorderen Garten. Großvater hat auch keinen Schlüssel mehr.

Christine klingelt und klopft abermals. Es rührt sich nichts. Sie ruft durchs WC-Fenster. Auch nichts. Dann drückt sie das Fenster der kleinen Küche an. Es ist offen. Ob sie dort einsteigen soll? Nein, lieber nicht. Das Geschirr und der Gasherd sind darunter. Sie könnte was kaputt machen. Naja, dann muss sie um die Häuser zum anderen Eingang laufen und dort über den Zaun klettern. Eine Glocke gibt's da nicht. Kaum dreht sie sich um, hört sie das Aufsperren der Türe, das Rasseln der Sperrkette und Mamas grelle Stimme:

„Wo kommst denn du jetzt erst her! Wo warst du so lange! Wo hast du dich rumgetrieben?! Komm nur rein, wir haben ein Hühnchen mit dir zu rupfen".

Mama zieht Christl an der Bluse ins Wohnzimmer. Raimund Bleisteiner steht breitbeinig mit einem Stock in der Hand und wartet auf seine Stieftochter.

Ui! Die Strafarbeit hat Christine total vergessen. Den beiden hat ihr Einfall mit den Wiederholungs-Gänsefüßchen also nicht gefallen. Papa klopft drohend mit dem Stock auf den Tisch. Christine fährt erschrocken zusammen:

„Was bildest du dir eigentlich ein. Glaubst du, du kannst uns hintergehen?! Wie blöd hältst du uns?! Das schreibst du jetzt nochmals und zwar doppelt so oft! Und ohne diesen Anführungszeichen!„ Scheltet der Stiefvater.
Mama unterbricht Papas Redeschwall und haut Christine mit flacher Hand links und rechts ins Gesicht. Das ist für deine bodenlose Frechheit. Wo hast du dich rumgetrieben? Es ist fast 17 Uhr! Die Schule war um 13 Uhr aus! Und lüg uns nicht an! Der Stock wartet schon auf dich".

„Ich bin heute mit der Tram gefahren", flüstert Christine eingeschüchtert mit gesenktem Kopf.

„WAaass!" rufen beide wie abgesprochen.

„Ja, mit der Bim bin ich heute gefahren und musste umsteigen, bin falsch ausgestiegen und war gezwungen, weit zu gehen", wimmert Christine und Tränen steigen hoch.
„Ja, da schau einer an! Die Gnädige muss mit der Tramway fahren! So lang braucht man auch mit der Straßenbahn nicht! Wo warst Du! Außerdem scheinst du zu viel Taschengeld zu haben! Na dann können wird es dir ja kürzen. Verschwind auf dein Zimmer, ich kann dich nicht mehr sehen. Das nächste Mal setzt es Prügel!"
Ihr Stiefvater haut sich ja mächtig ins Zeug. Wie sich der aufbläht. Was hat dieser Mann denn ihr schon zu sagen. Er ist nicht ihr Vater!

Christine steigt still weinend die dreizehn engen knarrenden Holzstufen zu ihrem Kabinett und schließt sich wieder ein.

Mama geht ihr nach und rüttelt an der Tür:

„Mach sofort auf! Was sperrst du dich denn ein?! Hast du was zu verbergen! Aufmachen sag ich, aber sofort!"

Christine sperrt die Zimmertür auf. Wirft sich schluchzend aufs Bett und zieht sich die Decke überm Kopf. Editha reißt ihr die Decke weg:

„Hast uns was verheimlicht? Ha?! Sag schon! Raus damit! Ich erfahre es eh und dann kriegst den Stock zu spüren. Also, sag's jetzt!"

„Nix ist gewesen. Ihr seid so böse zu mir. Das sag ich alles Mutti!"

„Halt bloß deine freche Goschen. Wir wollen nur, dass aus dir was Anständiges wird.

Der Mutti sagst du was?! Das ist nicht die Mutti! Das ist die Großmutter! Und der, hast du gar nichts zu sagen!"

Mama macht kehrt und geht erregt nach unten und ruft rauf: „Die Tür bleibt offen, verstanden?! Wir sprechen uns noch! Von wegen `das sag ich alles Mutti`!"

Christine setzt sich bedrückt zur Schreibkommode. Sie hat noch ihre Hausaufgabe zu erledigen. Der große Schwenkspiegel überm Schreibtisch stört sie. Ich will dich nicht mehr sehen, sagt sie zu sich. Du siehst hässlich aus! Keiner mag dich. Ich mich auch nicht. Deine Haare sind auch scheußlich. Dann kramt sie in ihrer Schultasche. Zum Glück liegt noch das Lesezeichen im Buch, so dass sie weiß, was sie ausarbeiten soll. Nichts ist heute in ihrem Kopf vom Unterricht geblieben. Sie hat alles total vergessen. Vergessen ? Was denn vergessen? Das hat sie auch vergessen. Im Hirnkastel ist`s leer.

Nach dem morgigen Stundenplan, müsste sie drei Aufgaben erledigen. In Deutsch, Geographie und Geschichte. Eine Prüfung steht sicher wieder bald an. Es folgt demnächst das Abschluss-Zeugnis.

In Geschichte sollen die Schüler ehemals geführte Schlachten und Kriege namhafter Heeresführer mit Jahreszahlen wissen. Mit Jahreszahlen und Orten hat Christine ein Problem. Das geht nicht in ihren Schädel rein. Sie kann sich halt diese Zahlen vor und nach Christi einfach nicht merken und schreibt die Jahreszahlen und die Anfangsbuchstaben der Orte auf einen Spickzettel. Wenn sie die Jahreszahlen und die Orte hat, weiß sie auch die Namen der Befehlshaber und eigentlich alles, was geschehen ist.

Zum Beispiel fand im Jahre 451 n. Chr die Schlacht auf den Katalaunischen Feldern durch Attila der Hunnen König statt. Sie notiert:

451 n - Kat
218 v. Alp 2xT = Alpenüberquerung mit Elefanten vom Heerführer Hannibal. Alle 37 Elefanten überlebten. Gefecht am Ticinus und die Schlacht an der Trebia
772 – 804 S = Sachsenkriege Karls des Großen
1800 Alp+M = Alpenüberquerung verschneiter Pässe beim Großen St. Bernhard von Napoleon Bonaparte
Schlacht bei Marengo

Den Zettel faltet sie winzig klein in der Absicht, ihn zu verwenden, wenn sie nicht weiter weiß und versteckt ihn in ihrem Federpenal, das sie am Schulbeginn von ihrem Stiefvater geschenkt bekommen hat. Das Federpenal ist eine rechteckige, glanzlackierte Holzschachtel mit bunten Blümchen und der Aufschrift „Ohne Fleiß kein Preis". In der Schachtel sind Bleistifte, Radiergummi, Schreibfedern und Federhalter untergebracht. Bei einer Probearbeit dürfen nur das Federpenal und die Tinte auf der Schulbank sein. All anderer Schreibkram und Bücher müssen unter der Bank im Ablagefach oder in der geschlossenen Schultasche verstaut sein.

So, Geschichte hat sie jetzt verarbeitet. Jetzt kommt die Anforderung für den Deutsch-Unterricht dran. Zehn Substantive aus dem Buch schreiben und Sätze und einem Adjektiv bilden. OK, das ist leicht und einfach. Sie schreibt ganz kurze Sätze. Sätze mit dem betreffenden Hauptwort und dem Beiwort, wie „ Die Straße ist lang, das Essen schmeckt gut …". Somit ist sie schneller fertig.

Geographie, also Erdkunde liegt ihr nicht besonders. Rechts und links der Donau soll sie die Namen der Flüsse auswendig lernen.

Wo ist auf der Karte rechts, und wo ist links bei der Donau. Sie müsste alle Namen lernen. Sie ist aber viel zu müde dazu. Sie liest die Namen nochmals durch und nimmt sich vor, zeitig in der Früh alle Namen nochmals zu lesen.

So recht und schlecht hat sie mit großer Mühe und gerade noch so, ihre Hausaufgabenpflicht erfüllt. Sie steckt das Geographiebuch unter ihr Kopfkissen in der Meinung, dass ihr im Schlaf die Flüsse Namen automatisch eingeprägt werden. Bei der Probe schreibt sie dann sicher eine gute Note. Sie stellt den Wecker etwas früher als sonst - auf sechs Uhr. Der Tag war ziemlich anstrengend, sie fällt bleiern in die Kissen und betet.

Beinahe wäre sie eingeschlafen, da dringt aus dem Wohnzimmer bis hinauf zu ihrem Kabinett lautes

"Hickhack". Nicht schon wieder! Mama und Papa streiten. Eigentlich müsste Christine diese Streitigkeiten schon gewohnt sein. Die zwei zanken in letzter Zeit immer häufiger. Manchmal wegen ihr, manchmal wegen Großvater, manchmal wegen ihnen selbst und manchmal wegen irgendwelcher Kleinigkeiten. Und auch wegen stets zu wenig vorhandenem Geld. Dieses Geschrei, Gepolter, Türenschlagen und Gebrüll macht das elfjährige Mädchen nervös und ruhelos. Sie will wieder zu Mutti. Bei Mutti wurden zwar auch Türen zugeschlagen und es wurde geschrien, aber Christine war nie Schuld.

Mutti darf sie nicht mehr sagen. Großmutter muss sie Mutti nennen. Wenn sie Mutti überhaupt noch erwähnen darf. Christine wird Mutti alles sagen - alles wird sie Mutti sagen. Auch dass Mama den Großvater schlecht behandelt.

Zerwürfnisse regen Christine immer sehr auf. Mit Beklemmen denkt sie an die Requisiten, die sie am nächsten Tag wie üblich finden wird. Splitter und Scherben von zerhautem Geschirr. Auch umgefallene Stühle sind keine Seltenheit.

Es gibt ein Sprichwort „Pack schlägt sich Pack verträgt sich"

Doch das tröstet Christine nicht. Verängstigt steht sie auf, hält sie sich die Ohren zu und blickt aus dem Fenster.

Das Abendrot dehnt sich breit wie ein Flammenmeer hinter der Schrack-Fabrik am Hügel. Man könnte denken, zwischen Himmel und Erde herrscht Friede. Aber es trügt. Fallende Sterne verglühen im Weltall. Donner und Blitze durchfahren die Erde, Wolkenbrüche überschwemmen das Land, Stürme, Orkane Tornados verwüsten ganze Städte und so weiter und so fort.

An die vielen himmlischen schauderhaften Spektakels denkt Christine nicht. Sie ist eine Romantikerin. Ein feinfühlendes Menschenkind mit gütigem Herzen. Sterne sind für sie Seelen, die mal auf der Erde lebten. Der Mond ist ein Freund, der in der Dunkelheit den Weg leuchtet und ihr oftmals sein lächelndes Gesicht zeigt. Nur vor Gewitter fürchtet sie sich arg. Der Donner ist schauderhaft. Es hallt im ganzen Haus und es vibriert auch noch der Boden. Dann krabbelt Christine unters Bett. Früher lag auch Ihr Hund Prinz mit ihr entweder unterm Bett oder unter der Decke im Bett.

„Wenn du den Donner hörst, ist das Schlimmste schon vorbei. Vor dem Blitz musst du Angst haben. Der schlägt in Wasser ein. Du bestehst zu siebzig Prozent aus Wasser. Deine vielen Haarspangen auf deinem Kopf sind aus Eisen. Das zieht den Blitz an. Er fährt durch dich durch und du bist tot."

Sie weiß nicht mehr, wer ihr das mal erzählte. Aber sie hat sich`s gemerkt. Seitdem fürchtet sie sich vor beiden. Vor Blitz und vor Donner.

Und heute ist Gott sei Dank kein Gewitter. Nur ein riesiges Donnerwetter im Wohnzimmer mit Beschimpfungen. Arges Gepolter und Krachen und Schreien hört Christine bis in ihr Zimmer. Sie hält sich immer wieder die Ohren zu.

Am nächsten Tag, ist sie wieder allein im Haus. Sie schaut nach ihrem Großvater. Er liegt noch im Bett. Erschrocken von dem Anblick, den ihr Großvater bietet, fragt sie:

„Sag mal Großvater, was ist mit dir passiert?! Bist du hingefallen?!" Und im gleichen Atemzug fragt sie weiter, weil sie ahnte, dass er ihr darauf nicht antworten wird,

„hast denn heut` schon was gegessen? Ich habe dich seit gestern und heute den ganzen Tag nicht gesehen?"

Besorgt mustert Christine den alten Mann. Was muss sie da sehen?! Großvater hat blaue, blutige Flecken und Schürfwunden im Gesicht.

„Nein, was soll ich denn gegessen haben? Ich darf ja nicht mal mehr aus der Kammer. Trau mich nur, wenn ich merke, dass keiner da ist."

Mit betrübter Mine fragt sie nochmals: „Bist du hingefallen Großvater?"
„Ja, ja, Hingefallen bin ich". Er setzt sich mit Stöhnen auf und schlupft in seine Pantoffel.
Was in Christines Kopf rumgeistert, könnte sogar stimmen. Sie denkt, Papa und Mama haben gestern Abend nicht miteinander gestritten, sie haben Großvater beschimpft. Haben sie ihn vielleicht gestoßen, sodass er hingefallen ist oder sogar geschlagen? Zuzutrauen ist es ihnen. Krach, Geschrei und Gepolter zwischen Mama und Papa ist ihr nicht fremd. Jetzt macht sich Christine einen Reim auf diesen argen Krach von gestern. Sie sind auf den Großvater losgegangen.

Damit Großvater ihre Bekümmertheit nicht bemerkt, macht sie ein freundliches Gesicht. In der Küche schaut sie nach was Essbarem für ihn. Er braucht jetzt was Feines zum Essen und was Fröhliches für sein Gemüt. Sie macht im Topf Wasser heiß und löst einen MAGGI Brühwürfel darin auf. In diese kochende Suppe, schlägt sie zum Schluss auch ein frisches Ei rein. Das Kräfte bringende Bouillon serviert sie ihrem Großvater mit einem Blümchen aus dem Garten. Das ganze stellt sie auf sein Nachtkästchen. Ein Tisch war nicht mehr vorhanden, nur ein alter breiter Holzsessel.

„Darfst du denn das?" fragt der alte weißhaarige Mann.

„Ja. Natürlich! Wer sollte mir denn DAS verbieten?" Grinst sie heroisch.

Großvater lächelt. Das freut Christine und will auch gleich Frischluft in die Kammer lassen. Das zweiflügelige innen weiß und außen grün gestrichene Fenster ist mit all möglichem Kram verbaut. Auch nicht geputzt. Bedächtig räumt Christine auf. Zeitungen, Bücher, benutzte Taschentücher, Teller und Tassen mit eigetrockneter Flüssigkeit und Speiseresten sowie Schmutzwäsche liegen rum. Sie nimmt Geschirr und Schmutzwäsche raus, legt die Wäschestücke in einen Eimer mit Wasser und Waschpulver, spült das Geschirr und stellt es in ein Regal in der Kammer, auf dem auch der Rasierer, Pinsel, Seife und eine Schale sind. Den Staub darauf wischt sie mit einem feuchten Tuch. Jetzt kann sie das Fenster öffnen und gleich putzen.

„Kann ich das Zeitungspapier benutzen, Großvater?"

„Mein Sonnenschein, wenn ich dich nicht hätte. Na klar kannst du`s haben. Ist ja altes Zeug. Ich weiß nicht wohin damit".

Sogleich macht sich Christine singend ans Fensterputzen. In der Zwischenzeit hat Großvater sein Bouillon gelöffelt.

„Das war lecker mein Sonnenschein. Du bist tüchtig"

„Alles für dich Großvater, weil ich dich lieb hab"

„Ich dich auch mein Kind, sehr sogar".

Sie lächeln sich an. Großvater legt sich mühevoll und ächzend ins Bett:

„Ich bin jetzt müde, mein Sonnenschein. Mache bitte das Fenster wieder zu".

Besorgt blickt Christine auf ihren Großvater. Sie schließt das Fenster, gibt Großvater ein Bussi auf die Stirn und verlässt mit dem Putzeimer und dem verbrauchtem Zeitungspapier die Kammer.

„Schlaf dich gesund lieber Großvater".

In der Tür bleibt Christine kurz stehen und blickt nochmals zum Großvater.

„Sag mal Großvater. Ich nenne dich immer Großvater. Möchtest du, dass ich Opa zu dir sage?"
„Ach, du mein Sonnenschein. Aus deinem Mund klingt das Wort „Großvater" wie Musik in meine Ohren. Nein, nein. Bleib nur bei Großvater. Du sagst es so sanft und lieb.
Fast alle nennen mich Großvater. Ich vergesse ganz, dass ich in Wirklichkeit Franz-Josef heiße." Großvater lacht verhalten.

„Ba-Ba. Bussi Großvater. Schlaf gut. Hab dich lieb"

„Ich dich auch. Nun lasse mich schlafen".

Leise schließt Christine Großvaters Kammertür. Vorm Schlafengehen soll sie immer Zähne putzen und sich waschen. Ja, ja. Sie hat heute keine große Lust dazu. Katzenwäsche ist heute ihre Körperpflege. Sie betupft nur Hände und Gesicht mit dem Wasser aus dem Lavour, einer weiße emaillierte Waschschüssel, das sie in der Küche auf den Hocker stellt. Das Wasser ist zu kalt und außerdem ist sie viel zu müde, den ganzen Körper zu reinigen. Das hat sie doch gestern erst getan. Sie möchte in das Tröpferlbad mit Ingrid gehen, und das warme Wasser über sich rieseln zu lassen. Darauf freut sich schon.

Sie schüttet das fast kaum gebrauchte Wasser in den Garten und hat so das gute Gefühl auch gleich gegossen zu haben. Hängt das benutzte Handtuch auf den Wäsche-Draht im Garten zum Trocknen und steigt barfüßig die dreizehn knarrenden Holzstufen hinauf in ihr Zimmer.

Oh, Gott, sie hat Großvaters Wäsche im Eimer vergessen. Wenn das die Mama sieht, gibt es sicher ein kräftiges Donnerwetter. Flink rennt sie die Treppen wieder runter, reibt und drückt die paar Wäschestücke und Socken unter dem Seifenpulver, schwenkt die Wäsche im klaren Wasser zwei Mal durch, drückt und dreht die Stücke so fest sie nur kann und schleicht sich damit in Großvaters Zimmer. Großvater schnarcht. Leise öffnet sie ein wenig die Fensterflügel, hängt die nassen Stücke links und rechts auf die Stangen der Fenster-Verriegelungen.

So, alles erledigt. Zufrieden geht sie wieder auf ihr Zimmer und schaut wehmütig in den Abendhimmel. Sie denkt an ihren Hund Prinz, betet und bittet Gott, ihren Hund Prinz auf die Siedlung zu bringen.

Christine ordnet ihre Kleidung für den nächsten Schultag. Guckt ob ihre Schuhe gut geputzt sind, betrachtet missmutig ihre kurzen Haare, kippt den Spiegel an der Schreibkommode, um sich nicht mehr sehen zu müssen nach hinten und legt sich in Ihr Bett.

`Prinz, wie geht es dir. Du fehlst mir. Er lässt dich nicht zu mir. Und der liebe Gott hört mich auch nicht. Der weiß sicher nicht wo ich bin.

Weißt, was der Stiefvater gesagt hat?

„So ein kläffendes Vieh brauchen wir hier nicht. Der frisst uns auch noch die Haare vom Kopf. Wenn du selbst Geld verdienst, kannst machen was du willst. So lange du von unserm Brot isst, hast du DAS zu tun, was wir dir vorschreiben. Kein Wort mehr drüber ! Fang nicht immer wieder davon an. Nein habe ich gesagt. Dabei bleibt es und Basta! Ich will nichts mehr von deinem Straßenköter hören, verstanden!"

Straßenköter, kläffendes Vieh nennt der Steifvater dich, mein Prinz. Naja, er ist ja nur ein Stiefvater und kein Papa. Er duldet keine Widerrede.

Christine legt wieder Ihr Geographie-Heft samt dem Buch unter ihr Kopfkissen und erhofft sich, dass ihr im Traum alles zugeflüstert wird und sie es im Gedächtnis behält. Dann stößt sie einen mächtigen Seufzer aus, schließt die Augen und fällt in einen tiefen Schlaf.

Der Staatsvertrag – Sonntag, 15. Mai 1955

Überall hört man Glockengeläute. Auch im Rundfunk. Die Nachrichten. Der Stiefvater dreht lauter. Nach sieben Jahren nationalsozialistischer Diktatur und zehn Jahren militärischer Besetzung von 1938 bis 1945 wird heute der österreichische Staatsvertrag von den Vertretern der vier alliierten Besatzungsmächte, Frankreich, Großbritannien, USA, Sowjetunion und dem österreichischen Außenminister Leopold Figl im Schloss Belvedere unterzeichnet." Danach ertönt zeremoniell die Österreichische Bundeshymne, ein Staatssymbol wie die Fahne.

An sämtlichen öffentlichen Gebäuden, Gemeindehäusern und vielen privaten Fenstern wedeln Flaggen und Fahnen in Rot-Weiß-Rot, der österreichischen Nationalflagge.

Am Montag, den 16. Mai wird den Schülern der Staatsvertrag erklärt.

„Aufstehen Kinder, heute ist ein ganz besonderer Tag", sagt die Lehrkraft. Sie verteilt an jedes Kind ein Fähnchen in den Farben Rot-Weiß-Rot, der Nationalflagge Österreichs. Dann singen die Schüler noch stehend, andächtig die Österreichische Bundeshymne:

> Land der Berge, Land am Strome,
> Land der Äcker, Land der Dome.
> Land der Hämmer, zukunftsreich!
> Heimat bist du großer Söhne
> ➢ Ab 2011 - Heimat großer Töchter und Söhne <
> Volk, begnadet für das Schöne, vielgerühmtes Österreich.

Zu Hause erzählt Christine ihrem Großvater von dem wichtigen Ereignis. Dass sie bereits durch die Nachrichten aus dem Radio informiert war, hat ihr Pluspunkte bei der Lehrkraft eingebracht. Steckt ihm das Rot-Weiß-Rote Fähnchen in den Rasiertopf und verzieht sich in Ihr Zimmer, um für die bevorstehende Prüfung zu lernen. Denn in Erdkunde, also in Geographie ist sie sehr schwach. Das Buch und das Heft unterm Kopfkissen muss sie anscheinend zu fest zugedrückt haben. Nichts ist im Kopf davon hängen geblieben.

CHEO ✳ CHEO

Die Prüfungsarbeiten

Der nächste Schultag ist für Christine unheimlich anstrengend. In Mathematik werden die Schüler mit einer nicht vorangekündigten Probe überrascht. Ein unwirsches Gemurmel und Geraune geht durch die ganzen Reihen. Die Mathe-Lehrerin verteilt die Arbeitsblätter mit A und B. Das bedeutet, die Sitznachbarin hat zwar die gleichen Aufgaben, aber einen anderen Text. Das gegenseitige Abschauen ist somit verhindert.
Christine fliegt schnell die acht gestellten Fragen durch und stutzt. Bei einer steht: „löse die Aufgabe mit dem Kettensatz". Mathe war bisher für Christine kein Problem. Aber bitte was ist ein Kettensatz in Mathematik?
Huch! Tja, was ist ein Kettensatz? Noch nie davon gehört. Wieso nicht? Na klar! Das muss an dem Tag durchgenommen worden sein, an dem sie wegen wiederholter arger Zahnschmerzen bei dem Kieferorthopäden war. Na, dann löst sie halt die Aufgabe mit Logik. Aber erst nach den anderen sieben Aufgaben,

die ihr keine Schwierigkeiten bereiten. Denn die Rechnung mit dem Kettensatz raubt ihr zu viel Zeit.
Vorschrift ist, nicht nur bei Rechenproben, sondern auch bei allen Hausaufgaben, einen Bei-Zettel an die Rechenaufgaben zu hängen, auf dem sämtliche Nebenrechnungen ersichtlich sind. Doch sie kommt nicht mal Ansatzweise an den Rechenweg. Totale Blockade. Systematisch geht sie die gestellten Fragen durch und notiert die Nebenrechnungen auf den Beizettel. Die Lehrkraft geht wie immer von Bank zu Bank und blickt auf die Arbeiten. Bei Christine klopft sie auf den Tisch und sagt:

„Die richtige Lösung ist mir nicht wichtig, Christine. Der Weg ist gefragt", und geht weiter.

Hm ! Sie weiß doch nicht wie! Jetzt zu sagen, dass sie beim Zahnarzt war, als der Kettensatz durchgenommen wurde, hätte doch auch keinen Sinn, oder doch? Nein, keine Zeit. Es klingelt. Es ist Ende der Mathe-Unterrichtstunde. Die Arbeiten sammelt die Lehrerin heute persönlich ein.
Was ist das heute bloß für ein übler Schultag. Kein besonders angenehmer für Christine.
In der Geographie Prüfung wurde weder was von der „ Buckligen Welt noch von den Namen rechts und links der Donau gefragt
Da muss sie was falsch verstanden oder aufgeschrieben haben.
„Schreibe die Länder mit den Hauptstädten, sowie angrenzende Länder Österreichs und deren wichtige Flüsse". Wie gut, dass sie recht oft mit ihren Freundinnen ´Stadt- und Land` spielte. Bei dieser erledigten Klassenarbeit hat sie ein gutes Gefühl.

In Geschichte sind tatsächlich die Schlachten und die Heeresführer mit den Jahreszahlen gefragt. Diese verflixten Jahreszahlen vor und nach Christi ! Da kann ihr nur der Spickzettel helfen. Er ist nicht mehr im Federpenal. Wo steckt bloß der Zettel. Sicher ist er aus dem Federpenal gefallen. Sie darf doch jetzt nicht auffallend in der Schultasche kramen. So stößt sie wie unabsichtlich gegen die Schulbank, ruft laut „auja„ und bückt sich.

Hurra! Sie hat den Zettel gefunden. Aufatmend kommt sie hoch und will grad den Spickzettel entfalten, steht die Lehrkraft vor ihr.

„Was haben wir denn da, Christine?"

Hochrot anlaufend krallt Christine den Zettel fest in ihre Faust und steht auf.

„Gib mir das mal", fordert sie Frau Lehrerin auf.

Christine überreicht mit gesenktem Kopf ihrer Lieblings Lehrerin das winzig klein zusammen gefaltete Papier.

„Nanu? Das ist hoch interessant!" hört sie ihre Lehrkraft sagen. Am liebsten möchte Christine augenblicklich in den Erdboden versinken.

„Ich habe keine Entschuldigung dafür, Frau Lehrerin" klagt sie.

„Setz dich - fünf " –.

Die Frau Lehrerin wendet sich sichtlich enttäuscht von Christine ab, geht an ihren Schreibtisch und mahnt:

„Noch fünf Minuten Kinder! Dann legt ihr eure Arbeit auf meinen Tisch".

Die „Fünf" ist die schlechteste Zensur in Österreich. Wenn diese im Zeugnis erscheint, darf man die gleiche Klasse nochmals absitzen.

Es ist nur gerecht, denkt Christine. Man betrügt nicht. Wieso hat sie nur wieder diesen dummen schlimmen Einfall gehabt. Weil sie ein Lob von der Lehrkraft wollte. Das ist auch keine Entschuldigung, dass man das tut. Sie ist durch und durch schlecht. Wie soll sie denn das Vergehen ihrer Mutter beichten. Muss sie es Mama beichten? Nein, beichten tut man dem Pfarrer. Und der, muss es auch nicht wissen.

Könnte so kurz vor Schulschluss kann diese schlechte Note auch noch in ihr Zeugnis kommen? Dann bleibt sie sitzen. So eine Schande.

Christine

Christine ist ein ehrgeiziges Mädchen. So schnell gibt sie nicht auf. Total betroffen versucht sie Ihre Arbeit, ohne den Jahreszahlen fortzusetzen. Fünf Minuten bleiben ihr. Also reißt sie sich zusammen und schreibt, was ihr im Gedächtnis geblieben ist wild drauf los. Dann stellt sie sich mit gesenktem Kopf in die Reihe der anderen und gibt ihre Arbeit ab.

Irgendwie empfindet Christine, dass sie die Lehrkraft nicht mehr gar so streng ansieht. Nimmt ihr die Arbeit aus der Hand und sagt:

„Wollen wir mal sehen, was noch gut zu machen ist".

Tränen unterdrückend und mit gesenktem Kopf schleicht sich Christine wieder zur Bank zurück. Verwundert stellt sie jedoch fest, dass von ihren Mitschülerinnen weder ein Vorwurf noch eine missbilligende Bemerkung kam. Hatten sie wohl auch geschummelt? Oha! Dann hatten sie großes Glück nicht erwischt worden zu sein.

Schuldbewusst und mit quälenden Gedanken schlendert sie den Heimweg entlang. Die Schritte sind so sehr schwer wie ihr Kopf. Muss sie es sagen? Wird die Lehrerin die schlechte Note auch in ihr Mitteilungsheft schreiben lassen und die Unterschrift der Eltern verlangen. Mit großem Bangen erreicht sie das Anwesen in der Ameisbachzeile. Die Eingangstür steht weit offen. Ui-je. Die sind alle daheim.

„Geh mal her, setzt dich hin, wir haben mit dir was zu besprechen" empfängt sie Mama.

Verdattert legt Christine die Schultasche ab und Schlimmes erwartend setzt sie sich auf die Eckbank im Wohnzimmer. Papa und Mama stehen vor ihr. Mama legt Füllhalter, ein weißes Din A 4 Blatt und ein Kuvert vor Christine hin und fordert sie auf:

„Schreib was wir dir jetzt sagen!"
Ein unwahrscheinlich ungutes Gefühl krabbelt in Christine hoch.
Wissen sie schon vom Spickzettel, von dem Betrug in der Schule? Was muss sie denn jetzt schreiben?

„Schreib! Hallo Großmutter!" Befiehlt Christines Mutter.
Christine fragt verdutzt: „Schreibt man nicht in einem Brief „Liebe Großmutter"?
„Nein schreib nur Großmutter"

Mama diktiert also einen Brief für Mutti. Seufz. Sie weiß noch nichts vom Spickzettel. Ein Stein fällt Christine vom Herzen und sie hält den Füllhalter zum Schreiben bereit.
„Schreib schon!
Großmutter, Du hast meine Mama sehr schlecht behandelt und sie immer ohne Grund geschlagen. Zu ihrer Hochzeit bekam sie als einziges Geschenk deinen alten Suppentopf. Du hast gelogen, denn mein Vater lebt.

Christine hält inne.
„Schreib weiter", befiehlt ihre Mama.
Er ist aber genau so schlecht wie du. Somit will ich von euch beiden nichts wissen."

Jetzt legt Christine den Füllhalter weg und starrt Mama an.
„Mein Vater lebt?" sagt sie freudig erstaunt.

„Wenn du alles weiter wissen willst, dann schreib und frag nicht so viel. Also. -
Meiner Mama und mir geht es sehr gut. Besser als ich es je bei Dir hatte. Ich habe ein eigenes Zimmer und muss nicht am Boden auf Fetzen oder zusammen gepfercht im Ehebett schlafen, wie bei Dir.

Dann soll ich Dir von Mama ausrichten, dass Du bald eine gerichtliche Vorladung wegen Helene und mir bekommen wirst. Du könntest dir schon denken, um was es sich dabei handelt.

Lasse dir nicht einfallen uns zu besuchen. Du bist hier unerwünscht, sowie es meine Mama stets bei Dir war.

Christine"

Mama legt einen Zettel vor Christine mit der Anschrift von Mutti.

„So, jetzt schreibst noch die Adresse auf das Kuvert und deinen Namen als Absender. Dann kannst auf dein Zimmer gehen."

Verstört gehorcht Christine. Sie legt sich weinend auf ihr Bett und wirft die Decke über ihren Kopf.

Jetzt darf sie zu ihrer Mutti auch nicht mehr. Wie wird sie den Brief auffassen. Kann sie sich nicht denken, dass Mama diesen Brief diktiert hat? Was sie alles auf dieses Blatt Papier geschrieben hat, drückt wie ein großer, schwerer Felsbrocken auf ihre Brust. Was meint ihre Mutter mit der Bemerkung mit Helene, ihr und dem Gericht?

Nicht viel nachdenken. aber eines verspricht Hoffnung in ihrer jetzigen trübseligen Stimmung. Das Wissen, dass Ihr richtiger Vater lebt und nicht wie Mutti sagte im Krieg gefallen ist. Ob er sie gern haben könnte, wenn er wüsste, dass es sie gibt? Nein bestimmt nicht. Wenn er erfahren würde, dass sie bei einer Prüfung einen Spickzettel hatte, würde er sie auch nicht mögen. Und Großvater? Was wird Großvater sagen? Wird er sehr von ihr enttäuscht sein und sie auch nicht mehr mögen?

Wenn sich Christine überhaupt jemanden anvertraut, dann nur dem Großvater und nicht einem Pfarrer. Die Apfel-Geschichte der Mutti hat sie noch im Kopf.

Großvater braucht jetzt nicht auch Christines Sorgen wissen. Also schweigt sie erstmal über die Spickzettel-

Angelegenheit. Sie wird stets ein Auge auf Großvater haben und ihn niemals im Stich lassen. Egal was sie auch angestellt hat und wie sie bestraft werden würde. Großvater wird bestimmt immer zu ihr halten. Wenngleich ein Fünfer im Zeugnis sein sollte.

Wie kann man bloß an einem einzigen Tag so viel Schlechtes tun. Christine quälen Gewissensbisse.

Die Frau Lehrerin hat sie arg enttäuscht - Ihre Lieblings-Lehrerin sogar. Ihrer Mutti, Großmutter, einen bitterbösen Brief geschrieben. Sicher irgendeine Klassenarbeit versaut. Ja, das ist alles sehr, sehr schlimm. Das drückt und tut auch arg weh.

Was daraus noch werden kann, will sie im Moment nicht wissen. Nicht mehr darüber nachdenken - jetzt nicht - einfach der Dinge ihren Lauf lassen. Es ist alles geschehen. Es hat keinen Sinn, sich danach das Hirn zu zermartern. Sie kann nichts ändern.

Schlafen möchte sie - alles vergessen. Aufwachen und sagen können, du hast das alles nur geträumt.

Todunglücklich, enttäuscht von sich selbst und vom ganzen niederschmetternden ereignisvollen Tag, wirft sich Christine aufs Bett.

,Prinz, mein Hündchen, wie geht es denn Dir? Ich habe drei Nachrichten für dich. Eine gute und zwei schlechte.

Welche willst du zuerst hören? OK, die gute. Stell dir vor, mein echter Papa lebt. Die eine schlechte, ich musste Mutti einen bitterbösen Brief schreiben, der sie sicher arg verletzt. Die nächste schlechte Nachricht. Hm, ich wollte betrügen und bin erwischt worden. Von meiner Lieblingslehrerin. Jetzt mag mich keiner mehr. Schlaf gut mein lieber, lieber Prinz.

Nach langem, schwer belastendem Grübeln und Denken schläft sie endlich ein.

༄ ⚞⚟ 🐾 ⚘༄

Schulschluss ist.

Die Sommerferien beginnen. Das Zeugnis ist in jeder Hinsicht zu Christines totaler Überraschung hervorragend. Bis auf einen einzigen Zweier in Geographie hat sie lauter Einser-Zensuren. Dass sie mal spaßig im Erdkunde-Unterricht „Kikeriki" geschrien hat, überging die Lehrkraft seinerzeit.
War ja nicht beabsichtigt gewesen, den Hahnenruf so laut erklingen zu lassen. Aber leiser ging`s so ein echter „Kikeriki-Schrei" nicht nachzumachen. Es klang aber wirklich echt. Ihre Mitschülerinnen rund um Ihre Bank hatten jeweils die Katze mit "Miau", den Hund mit „Wauwau", die Henne mit „Gack – gack - gack" und den Vogel mit „ Piep-Piep" vorgeführt. Aber leise. War eine schöne heitere Abwechslung in der so öden Erdkundestunde.
   Die schlechte Note, die FÜNF wegen ihres gewollten Schwindelns war vergessen. Selbst der Spickzettel wurde niemals mehr erwähnt. Christine wird nicht nur in die nächst höherer Stufe sondern auch in den anspruchsvolleren Leistungs-Klassenzug A versetzt. Bisher war sie in B. Es gibt noch einen Lernstoff-Grad zwischen A und B, den Klassenzug C.
Wunderbar rosig sieht nun Christines Welt aus. Der für Christine erstellte Tagesplan ist aufgrund ihrer guten Leistungen in der Schule etwas erleichtert worden. Sie hat Ausgang bis es dunkel wird. Aber nur, wenn sie zuvor sämtliche Arbeiten die auf dem Plan stehen erledigt hat.
Das gefällt Christine. Sie wird flink und alles gut erledigen. Dann kann sie mit den anderen Kindern der Siedlung öfter und auch länger zusammen sein. Sie machen ganz lustige Spiele, tauschen Schallplatten aus und singen die neuesten Schlager. Christine hat keine Schallplatten und tut sich auch sehr schwer mit dem

englischen Liedtext. Fremdsprachen hatte sie noch nicht. Erst im kommenden Schuljahr. Aber sie passt höllisch auf, um auch mitmachen zu können. Zu Hause dreht sie öfter mal den Radio an und lässt auch Großvater was hören. Aus sieben Mädels besteht ihre Gruppe. Dazu kommen die Brüder von zweien der Mädchen. Es ist eine fröhliche und lustige Clique.

Während der Sommerferien und bei schönem Wetter wandert die Schar angepackt mit Decken, Essen, Trinken und Badesachen ins Ottakringer Freibad. Das Essen wird gegenseitig ausgetauscht. Christl hat meistens nur Obst dabei. Das freut die anderen auch und sie bekommt dafür eine Wurstsemmel.

Hm, lecker so eine frische Wurstsemmel.

Sie haben zusammen stets viel Freude und Spaß. Kreischend und lachend springen, schwimmen, hänseln sie sich und bespritzen sich gegenseitig mit Wasser. Ihr Lärmen fällt unter dem Tumult der anderen Badegäste überhaupt nicht auf. Auf der Wiese spielen sie „Abschießen". Das erfolgt mit einem Ball. Die Mädchen bilden einen Kreis, eines stellt sich in die Mitte von dem Kreis auf die werden die Außenstehenden den Ball so fest, dass er nicht gehalten werden kann. Fängt das Kind den Ball, muss diejenige in den Kreis, die den Ball geworfen hat.

Christine erzählt fast täglich dem Großvater ihren Tagesablauf.

Leider steht Großvater seit dem Ereignis des Hinfallens fast nicht mehr vom Bett auf. Das beunruhigt Christine sehr und befragt ihre Mama, bewusst sehr direkt.

„Seit dem ihr beide das letzte Mal so arg gestritten habt und ich lauten Krach und Gepolter bis rauf ins Zimmer hörte, hat Großvater blaue und blutige Flecken im

Gesicht gehabt. Er kann gar nicht mehr richtig laufen und aufstehen. Weißt du was los war?"

„Ja, da schau einer an, was das Fräulein alles bemerkt. Was geht denn das dich überhaupt an! Kümmere dich lieber um deinen Kram. Gestritten wird überall und der Großvater ist ein alter Mann. Wahrscheinlich hat er zu viel gesoffen und ist hingefallen. Was hat dir denn der Alte erzählt?"

„Besoffen? Großvater? Der trinkt doch gar nichts!" meckert Christine. Aber jetzt muss Christine gut aufpassen was sie sagt, damit Großvater keinen Ärger und Schimpfe bekommt.
„Nichts hat Großvater gesagt. Ich habe nicht gefragt und er hat nichts gesagt. Ich sah nur seine blutigen Schürfungen und blauen Flecken im Gesicht."

„Hingefallen ist er", bekräftigt die Mutter ihre Aussage. „Er darf auch nicht mehr aus dem Haus. Das falsche Mitleid der Nachbarn kann er sich an den Hut stecken. Die scheren sich einen Dreck um ihn. Ich allein muss alles für den alten Sack tun. Hab keine Lust den vertrottelnden Alten irgendwo aufzusammeln".

Sichtlich enttäuscht von den bösen Äußerungen ihrer Mutter geht Christine schweigend auf ihr Zimmer. Ihr armer, armer lieber Großvater. Sie beschließt, bei jeder Gelegenheit, wenn Mama und Papa nicht zu Hause sind, sich um ihren Großvater zu kümmern.
Heimlich wäscht sie wieder von Hand seine rumliegenden Sachen und hängt sie auf die Stangen am Fenster zum Trocknen. Lüftet Bett und Kammer, wischt auf und trägt auch seinen Pipi -Topf zur Toilette. So, als hätte es Großvater selbst getan. Großvater sitzt etwas

verkrümmt in seinem breiten Holzsessel. Wartet, bis Christine fertig mit der Arbeit ist und legt sich wieder stöhnend ins Bett.

Wenn Mama und Papa nicht zu Hause sind, sucht Christine Essbares, Kleinigkeiten, die nicht so auffallen wie Käse, Kuchen oder Obst und bringt sie ihren Großvater. Tee für ihn zu kochen ist schon selbstverständlich. Loser schwarzer Tee und drei von den rostfreien Tee-Eier mit Edelstahl-Kette fehlen nie in der Kredenz.

Um das Geschirr zu säubern, wartet sie geduldig bis Großvater alles gegessen und getrunken hat. Nichts sollte darauf hindeuten, dass sie im Zimmer war. Dabei singt sie Großvater was vor, plaudert über das Erlebte am Tag – aber nur Lustiges, das sie in ihrem Kopf gefiltert hat.

Dass sie von der Lehrerin beim Schwindeln ihrer Prüfungsarbeit erwischt worden ist, hat sie Großvater bis jetzt verschwiegen. Wozu soll sie ihn damit auch noch belasten. Aber über ihr gutes Zeugnis hat er sich sehr gefreut.

„Du bist ein gescheites Mäderl, mein Sonnenschein. Ich weiß, dass ich mir um dich keine Sorgen machen muss. Du schaffst, was du erreichen möchtest. Bleib wie du bist und lasse dir von den Zweien - von niemandem das Leben versauen."

Der Umgang mit Großvater tut Christine unwahrscheinlich gut. Sie hat einen Menschen gefunden, dem sie alles, ja wirklich alles erzählen kann und darf. Großvater ist ein guter Zuhörer, auch wenn er mitten drin einschläft. Doch umgekehrt war es genauso. Christine tat den alten Mann, der bereits achtzig Jahre am Buckel hat ebenfalls ganz gut.

Langeweile kennt Christine nicht. In den Ferien findet sie täglich Neues und Interessantes, das für sie kleine

Abenteuer sind. Herrlich ist es, keinen Lerndruck zu haben und nicht an Hausaufgaben denken müssen. Es ist so schön, auch wenn das Wetter mal nicht so richtig passt. Zusammen mit Ingrid sprudeln aus ihnen mit Begeisterung die tollsten Einfälle. Ihre Freizeit gestalten sie für sich und auch für andere unbewusst sinnvoll und fröhlich.

Es regnet. Der Himmel hat die Schleusen offen. Das bereitet Christine und Ingrid keinen Kummer. Sie lernen an einem Vormittag auf der kleinen überdachten Terrasse bei Mama im vorderen Garten den Text von einem lustigen Schwank.

Nach der ersten Probe, wollen sie ihr Stück in der Gruppe vortragen. Ach wie ist das lustig. Sie Kichern bei jedem Versprecher und Text-Aussetzer. Ihre fröhliche Art übertragen sie sogar an Editha und Raimund Bleisteiner. Sie stecken neugierig ihre Köpfe durch die Tür. Dann kommt Editha mit zwei Gläser Himbeersaft.

„Hier, damit eure Kehle nicht vertrocknet".

„Danke, danke". Sie lachen so herzhaft über ihr eigenes Lachen, dass sie sich die Bäuche halten.

Der Schwank handelt von zwei Gesellschaftsschichten. Unterhaltung zwischen einer biederen Marktfrau und einer feine Dame. Die Mädchen sprechen ihren Text mit den jeweiligen Gesten. Über ihre Bewegungen und Grimassen lachen sie aus vollem Halse, sodass sie sich biegen vor Lachen und Tränen über ihr Gesicht rollen. Ihr schallendes Gelächter lässt sogar die Nachbarn aufhorchen. So gekichert und gelacht wurde schon lange nicht auf der Siedlung.

 CallIcon ✱ CallIcon

„Äpfel zu verkaufen, schöne Ess-Äpfel für sie gnädige Frau!

Fleckige, schmutzige, schrumpelig Äpfel sind`s, was ich schau
Ich bin fein und habe mein Zimmer schön aus tapeziert
ja, ja . Darunter haben sich die Wanzen einquartiert.
Ich bin besser als Sie. Ich spreche drei Sprachen und spiele Klavier.
Aber gehen`s hörn`s auf - i kann Säue füttern dafür…"

෨෬ ✶ ෨෬

Mit diesem Schwank handeln sich Ingrid und Christine nicht nur von ihren Freunden, sondern auch von deren Eltern riesigen Beifall ein. Das freut sie so sehr und sie beschließen, nochmals ein Stück einzustudieren und wieder der Gruppe vorzuführen.
Sie wollen das Gedicht "Über das Älterwerden" von Wilhelm Busch auswendig lernen.
„Ich möchte nicht immer nur lernen müssen. Ich will Spaß haben", frotzelt Ingrid.
„Warum, was ist? Gefällt es Dir nicht"
„Doch, aber das Gedicht ist mir zu lang", motzt Ingrid.
„Naja, dann kürzen wir es halt. Oder weißt was? Wir reimen selbst, " sagt Christine.
Und schon sprudelt sie eine Vers raus:

෨෬ ✶ ෨෬

Die biologische Uhr tickt unbarmherzig weiter.
Freud und Leid sind ständige Begleiter.
Lache, träume, scherze, sei lebensfroh in jedem Alter.
Sei unbesorgt, beschwingt wie in der Sonne der Falter.
Habe Freude und glückliche Momente an jedem Tag.
Egal was die Uhr schlägt und was sie zu sagen hat.

෨෬ ✶ ෨෬

Als nächstes planen sie, sich das Lied von Pirron und Knapp „das Tröpferlbad„ auswendig zu lernen.

„Du-u Christine, hast du Lust mit mir ins Tröpferlbad zu gehen?"

„Ja, schon. Ich muss aber meine Mama fragen. Was kostet denn so was?"

„Nicht viel, ein paar Schilling. Wir nehmen eine Monatskarte, dann ist`s billiger."
Ein Tröpferlbad ist eine Badeanstalt mit Duschkabinen. Das sind getrennte Brause- und Umkleideräume für Männer und Frauen. Weder Christine noch Ingrid haben zu Hause eine Dusche oder ein Bad.

„Mama darf ich mit Ingrid einmal die Woche ins Tröpferlbad?"

„Einmal im Monat reicht auch! Ist das die Ingrid mit der du neulich Theater gespielt hast?"

„Ja. Es gibt doch auch Monatskarten die billiger sind, wenn man einmal die Woche ins Brausebad geht."

„So ein Blödsinn, wenn du gar nicht hin gehst, ist`s noch billiger.
Wohnt diese Ingrid in der Siedlung? Wer sind denn ihre Eltern, wie heißt die mit Familiennamen."

„Sie wohnt auch in einem Siedlungshaus. Gegenüber vom Moser Hans, also über der Straße. Die haben sogar zwei große Kirschenbäume."

„Woher kennst denn du den Moser Hans?"

„Na von Dir! Du warst doch erst vorgestern bei ihm. Ich habe euch zwei in seinem Garten gesehen."

„Aha. Ich werde mit Papa reden. Wir sagen dir Bescheid, ob und wie oft und überhaupt du ins Tröpferlbad gehen kannst."
Endlich kommt der Stiefvater von der Arbeit. Er stellt wie immer seine lederne Aktentasche auf eine hellbraune von Hand mit Wurzelholz gearbeitete Kommode.
„Was gibt`s zu essen?"

„Heiße Frankfurter kannst haben mit Senf und Brot."
Mamas Blick trifft dabei Christine, die mit offen stehendem Mund sich grad freuen wollte.
„Ja du auch, und bring dem Großvater auch ein Paar in seine Kammer."

Papa schenkt sich Bier ein und Christl hält ein Glas hin.

„Du spinnst, wohl? Du bekommst Wasser und kein Bier."
Ich möchte Himbeersaft, das Bier ist für Großvater, bitte!"
Erstaunt aber doch willig schenkt Raimund Bleisteiner Bier für Großvater ein.
Freudig bringt Christine für Großvater Würstel und Bier zum Abendbrot.
„Bussi, Großvater. Lass es dir schmecken, ich komme später nochmals vorbei und hole das Geschirr ab."

„Du, mein Sonnenschein. Komm so oft du willst oder darfst. Ich freu mich".
Christine drückt Großvater ein Bussi auf die Stirn, streichelt sein spärlich weißes Haar und geht schleunigst zurück ins Wohnzimmer damit Mama nicht schimpft.

ෆ৪০ ✶ ෆ৪০

Am nächsten Tag klopft jemand an die vordere Tür des Siedlungshauses in dem Christine wohnt. Editha macht auf.

„Was gibt's?"

„Ich will Christine abholen. Wir studieren was Neues ein."

„Christine für dich" ruft Mama in die Küche.

Christine strahlt übers ganz Gesicht und ruft: „Ingrid! Ich komm gleich, ich muss nur noch das hier fertig machen."

Ingrid guckt sich das „nur noch fertig machen„ genauer an und meint besorgt:

„Jessas, so einen Haufen Geschirr! Christine! Du, ich glaube, da kommst heute nicht mehr raus. Bis du das alles abgespült hast – oh – oh. Wieso ist denn das gar so viel?! Hattet ihr Gäste?" Ingrid ist sichtlich erschrocken.

„Nein, wir hatten keine Gäste", grinst Christine: „Wenn meine Mama nicht nur kocht, sondern auch Kuchen backen tut, wird's halt so viel. Warte ein Moment, ich bring dir gleich ein Stück von dem leckeren Ribiselkuchen, den Mama gebacken hat."

Christine trocknet sich flink die Hände ab und holt vom Wohnzimmertisch ein Stück vom Johannisbeer-Kuchen. Ihr Blick fällt auf ihre Mutter, die mit ihrem Zeigefinger öfters auf ihre Stirn tupft und missmutig ihren Lippen zusammenpresst. Dann zischt sie:

„Bist du deppert? Wir haben nix zu verschenken"

Ui-je. Hoffentlich hört das Ingrid nicht. Christine hält aber das Stückchen Kuchen schon in der Hand, entscheidet sich blitzartig die Bemerkung von Mama ungehört und ihre Grimasse ungesehen zu haben, schließt die Wohnzimmertür hinter sich und geht ganz schnell zu Ihrer Freundin.

„Ich beeile mich, Ingrid. Wirst sehen ich bin bald bei euch."

Ingrid bedankt sich recht herzlich für den Kuchen und verlässt Christine mit einem Handi-Bussi, und noch eines, das sie ihr vom weiten zu pustet.

„Du pass mal auf, Christine. Kannst gleich der Ingrid sagen, dass du in nächster Zeit nicht da bist. Wir haben schon den Termin für dich in Hanusch Krankenhaus. Der Blinddarm muss raus."

„Aber der tut mir doch gar nicht weh, Mama!" entrüstet sich Christine.

„Spielt keine Rolle. Ich hab`s dir doch schon mal ausführlich erklärt und gesagt, dass der Blinddarm in den nächsten Schulferien raus kommt. Du darfst keinen Unterricht versäumen. Und so ein unnötiger Wurmfortsatz ist eben nur ein blinder Darm. Den brauchst nicht. Wir haben dich bereits für die "Appendix – OP" im Spital angemeldet. Erspar dir ein weiteres Ereifern, es hat keinen Sinn. Am Montag kommst du ins " Hanusch" und in ein oder zwei Wochen bist du wieder draußen."

„Aber ich habe doch Ferien" kontert ihre Tochter.

„Eben drum", sagt ihre Mutter.

Trotz der bitteren Nachricht ihrer Mutter verrichtet Christine die ihr aufgetragen Arbeiten. Spät am Nachmittag ist die Küche blitz blank fertig. Das Geschirr trocken an Ort und Stelle. Der Gasherd von den angebrannten Flecken gesäubert. Das Rohr vom Backofen geschrubbt, der Küchenboden gekehrt und gewischt. Die nassen Geschirrtücher und den Putzfetzen klammert sie auf einen Draht zwischen dem Flieder- und dem Marillen-Baum zum Trocknen.

Mama ist mit der Tram zum Brunnenmarkt gefahren und wählt Blumen für ihr Gewerbe. Bei den Heurigen bietet sie meist langstielige Rosen zum Verkauf an. Im Frühjahr verkauft Mama kleine Büschel Veilchen. Das sind sehr beliebte reizende, duftige Sträußchen. Christine hat mal beim Blumenbinden geholfen. Naja, man konnte die Sträußchen grad noch anbieten. aber zum Blumenbinden ist sie einfach nicht geschickt genug. Die fertigen Gebinde werden in feuchtes Zeitungspapier gerollt und im Keller gelagert, bis sie Editha braucht. Die Tür zur Kellertreppe ist neben Großvaters Kammer.

Christine möchte jetzt zu ihren Freundinnen gehen. Sie muss doch berichten, dass sie für zirka zwei Wochen nicht da ist. Doch Großvater schlurft soeben aus der Kammer und hält den Urin-Topf in seiner zittrigen Hand. Christine nimmt ihm den Topf ab, rümpft die Nase und leert den Inhalt ins Klo. Danach spült sie den Topf mit klarem kaltem Wasser, stellt den Topf unter Großvaters Bett.

Sie kann jetzt nicht zu den Freundinnen gehen. Der alte Mann ist genauso allein wie sie, deshalb widmet sie den restlichen Tag ihrem Großvater, solange Papa und Mama nicht zu Hause sind. Einen friedlichen, fröhlichen und angenehmen Abend will sie ihrem Großvater und sich selbst bereiten.

Kerzenlicht und ein Blumenstrauß gestalten nach ihrer Ansicht Großvaters Kammer romantischer. Von dem kleinen Rasen neben dem Fußweg hinter dem Anwesen pflückt sie, bevor es noch dunkler wird, flink ein paar Blümchen. Auch Klee ist dabei. Weiße und rote Blüten hat er. Die Lautstärke vom Radio stellt sie höher. Klassik Musik ertönt und nach jedem Stück folgt die Erläuterung.

„Das ist gut, mein Kind. Bilde dir ein geistiges und künstlerisches Gesamtbild. Und erforsche auch die Hintergründe. Das freut mich, dass du dich für Klassik interessierst und nicht nur diese neuartigen englischen Schnulzen. Da versteht man ja kein Wort."

„Also gefällt dir Klassik auch?"

„Naja, meine Musik spielen die nicht mehr so oft. Ich liebe das Böhmische. Polka und Blasmusik. hm tadada – brt- drdr – brt -drdr – hm tata" brummt Großvater und dann hustet er.

Christine lacht, „Soll ich den Sender suchen, Großvater?"

„Nein, nein, lass nur wie's ist. Sonst wirst du wieder geschimpft. Dein Musikgeschmack gefällt mir eh."

„Meine Freundinnen singen alle die neuesten englischen Schlager. Ich lerne auch bald Englisch. Dann kann ich endlich den Text mitsingen nicht nur die Melodie."

Großvater ist eingeschlafen. Gerade wollte sie ihm sagen, dass Mama sie ins Spital für ein bis zwei Wochen schickt. Ihr einfach den Bauch aufschneiden lässt. Dabei hat sie gar nichts am Blinddarm. Nun schläft der Großvater.

Christine stellt den Hörfunk ab. Die Musik ist so und so schon vorbei. Auf allen drei Programmen, die man wählen kann, kommt nur noch Geplapper. Mama und Papa sind immer noch nicht zu Hause. Das erleichtert Christine ihr Tun. Sie spült die Teetasse, den Brotzeit-Teller mit Besteck und stellt dies wieder ins Regal zurück. Einen Flügel vom Fenster lässt sie offen. Erstens hängt ja da noch die feuchte Wäsche und zweitens soll Großvater frische Luft haben. Sie deckt den nun selig schlafenden Mann liebevoll zu. Drückt ganz sachte ein Bussi auf die Stirn und streichelt ihn mit dem Zeigefinger an seiner Wange. Mit ihrem Fuß schiebt sie den Pipi-Topf unterm Bett etwas nach vorne, damit ihn Großvater leichter erwischt und geht.

In der Küche stellt sie wie jeden Morgen und Abend den alten weißen Holz-Hocker in die Mitte, füllt die Waschschüssel zur Hälfte mit kaltem Wasser aus der weißen emaillierten Küchen–Gießkanne.

Wien hat ein ziemlich weiches Wasser und - liegt bei 8,00 °dH. - Aus einem Karton entnimmt das inzwischen schon von Müdigkeit geprägte Mädchen ein größeres Stück der zerbröckelten Kernseifen und streift dies paar Mal über den feuchten Waschlappen. Fährt sich damit über Gesicht, Hals und Arme. Das Abwaschen der Seife mit dem eiskalten Wasser empfindet Christine an bestimmten Stellen als ziemlich unangenehm. Deshalb tippt sie Ihre Ohren und Bauch nur ein bisschen an. Zum Schluss, sind die Füße dran. Dann schüttet sie das Waschwasser wie immer in den Garten, steigt die dreizehn Holzstufen hoch, legt für den nächsten Tag die Kleidung zurecht, schließt das Fenster bis auf einen Spalt. Damit der Wind den Fensterflügel nicht hin und her wehen kann, sichert sie die Fensterladen, indem sie ein Holzstück einklemmt und schlüpft in ihr Bettchen.

Ihr abendliches Gebet endet nie mit „Amen‚‚, sondern wie immer mit Gedanken an ihren Hund Prinz:

„Gute Nacht Prinz, du fehlst mir so. Stell dir vor, Prinz, sie lässt mich jetzt auch noch aufschneiden!"

༄ 🐒 ༄

Der Blinddarm muss raus

Das Hanusch-Krankenhaus ist zirka fünfzehn Geh-Minuten vom Siedlungshaus entfernt. Editha hat für Christine Schlappen, Nachthemd, Zahnbürste, Waschlappen, Seife, Handtuch und einen Kamm in einer Einkaufstasche verstaut.

„Da, nimm", sagt Christines Mutter. „Mehr brauchst du nicht. Es sind gute Ärzte im Hanusch-Spital und du wirst gut versorgt."

Bis zum Pförtner hat Editha ihre Tochter begleitet.
„Also, mach`s gut. Es ist besser so, glaub mir, " dreht sich um und geht.

Zurück bleibt ein verängstigtes, aufgewühltes, fassungsloses, erschrecktes, und ratloses zwölfjähriges Mädchen. Der Pförtner lässt Christine von einer Krankenschwester abholen, die sie in die Aufnahme bringt.

„Hast recht arge Schmerzen, mein Kind? Du musst nicht lange warten. Die OP ist schon vorbereitet. Morgen früh kommst du als erste dran. Dann hast du`s überstanden".

„Ich habe doch keine Schmerzen. Noch nie gehabt!“, wirft Christine leise und ängstlich ein. Sie hatte sich erhofft, sich somit vor dem Aufschneiden zu retten.

Sie wird nicht gehört. Ebenso schenken sie ihr keinen Glauben. Sie sind bereits in der Aufnahme angekommen. Die Personalien haben sie auch schon erfasst. Christine folgt der Schwester ins Zimmer. Dort nehmen sie ihr die Kleidung ab, hängen diese in einen Spind. Eine Hilfsschwester bringt ein weißes Hemd. Christine soll einfach nur mit den Armen reinschlupfen. Anschließend wird es am Hals zugebunden.
Was ist das denn? Das lange Hemd ist hinten gänzlich offen. Man sieht ja den nackten Po! Die haben sich geirrt und ihr das Hemd versehentlich verkehrt rum umgehängt. Sie bindet das Hemd auf und zieht es wie es ihrer Meinung nach richtig ist, wieder an.

Ui-je. Jetzt ist vorne alles offen. Christine kann ihren nackten Körper nicht gänzlich mit diesem Hemd verdecken. Sie schlüpft aus Scham wieder in ihren Höschen, dabei bemerkt sie, dass sie beobachtet wird und dreht sich um.
„Du, das habe ich auch gedacht, dass sie mir das Hemd verkehrt rum angezogen haben. Aber es war schon richtig. Hinten muss es offen sein.“

Sagt mit zarter Stimme ein ungefähr fünfzehnjähriges Mädchen, das an einer Dauertropf-Infusion hängt.

„Ich soll am Blinddarm operiert. Der mir gar nicht weh tut. Und wenn, dann ist der bekanntlich im Bauch. Also vorne. Warum ist dann hinten alles offen?“ bemerkt Christine unsicher.

„Keine Ahnung. Die wollen das hier so. Bist du das erste Mal im Spital?"

„Nein. Als ich fünf Jahre war, hat man mir die Mandeln rausgenommen. Da bekam ich kein so ein Flatterhemd. Fliegen damit die Engerln in den Himmel?"

„Patientenhemden oder Flügelhemd heißt es. Ziehe es bitte wieder so an, wie wir es dir gegeben haben. Dann legst du dich ins Bett", sagt eine Schwester, die nach der Infusionsflasche bei der Fünfzehnjährigen schaut.
Nach geraumer Zeit öffnet sich die Krankenzimmertür und der fantastische Geruch einer Suppe strömt in Christines Nase. Doch die war nicht für sie. Sie bekam nur eine Tasse Kamillentee und eine Tablette. Nach ungefähr einer Stunde hat man die leere Suppentasse und die Teetasse rausgetragen.
Jetzt kommt sicher das Abendbrot. Ha, endlich! Die Tür öffnet sich wieder.
„Gute Nacht Sandra und Christine. Schlaft gut. Wenn was ist, einfach läuten!" Sagt eine Schwester und weg war sie. Kein Essen mehr. Und Christine hat so großen Hunger.
Zeitig in der Früh fährt eine Schwester Christine mit ihrem Bett in den OP-Saal. Die grellen Lampen hat sie noch in guter Erinnerung und sie ängstigt sich sehr.

„Ich bin doch gar nicht krank. Bitte schneidet mich nicht auf! Ich habe keine Schmerzen. Noch nie gehabt! Bitte nicht aufschneiden!"

„Beruhige dich, das kennen wir schon. Das ist die Angst. So, mein Fräulein, jetzt bekommst du eine Narkose. Du spürst gar nichts und bald ist alles vorbei".

Ein in grün gekleideter Mann legt Christine einen mit einem Tuch überzogenen Korb übers Gesicht und träufelt das Äther drauf. Diese schreckliche Äther-Narkose kennt sie noch von der Mandeloperation her. Eine andere Person in grün bindet nicht nur Christines Hände links und rechts an den OP-Tisch, sondern auch ihre Füße.

„Schön tief ein- und ausatmen Christine, bald hast du`s überstanden." Hört sie sagen und ist voll narkotisiert - bewusstlos.

Hilfe, Hilfe! Warum hilft mir denn keiner – bitte, bitte, ich will das nicht. Ich bin nicht krank! Bitte nicht fesseln und aufschneiden!
Christine bekommt gravierende Panik. Alle Leute ihrer Familie, ihre Freundin Ingrid, Mutti, Helene, Roswitha, und Prinz sieht sie. Ihre Mutter Editha sieht sie lachend mit ihrem Stiefvater hinter einem Baum hervorschauen. Sie wollen ihr nicht helfen. Sie soll sterben. Sie nimmt all ihre Kraft zusammen, will sich befreien, bäumt sich auf, zerrt an den Gurten der Handgelenke und Füßen. Spürt schneidende Schmerzen und schreit, und schreit. Doch keiner hört sie. Ihre Rufe schweben zum Himmel als grauer Nebel-Hauch.

ೞ✷ ☹ ✷ೞ

Christine wacht auf. Dieser fürchterliche Nachgeschmack in ihrem Hals und Mund von dem ekelhaften Äther bringen ihre unangenehme Erinnerung an ihre Mandel Operation. Gaumen und Lippen brennen und sind trocken.
Wo bin ich?! Wieso bin ich festgebunden. Links und rechts sind Gitter?

Laut wimmert sie vor Angst. Ganz allein liegt sie an Händen und Füßen gefesselt in einem vergitterten Bett und kann sich nicht bewegen.
Die Tür öffnet sich. Angsterfüllt harrt sie der Dinge, die da noch kommen.

„Na, mein Fräulein? Ausgetobt? Sind wir jetzt richtig wach oder wollen wir noch klettern?" fragte der Arzt im weißen Kittel und schiebt Christine das untere Augenlid etwas nach unten.

„Alles in Ordnung, Christine. Der böse Blinddarm ist entfernt. Bald bist du wieder voll auf den Beinen. Du befindest dich jetzt noch im Aufwachraum."
Der Arzt wendet sich an die Schwester, die grad mit dem Sterilisieren von Besteck beschäftigt ist:
„Heute Mittag und Nachmittag bekommt sie Tee und Zwieback. Kann sein, dass sie sich übergibt. Ab morgen darf sie alles essen."

Die Schwester notiert das Gehörte auf einen Papier, das an einen Brett steckt, und klammert es dann an Christines Krankenbett. Endlich entfernt sie die Gitter und die Fesseln.
Christine wird unheimlich übel, sie würgt. Die Schwester stützt Christine am Rücken zum Aufsitzen und hält ihr die Brechschale vor. Sie erbricht gelben Schleim. Mit der befleckten Nierenschale entfernt sich die Schwester.
Erschöpft aber auch erleichtert, weil sie nicht mehr eingesperrt und gefesselt ist, lässt sie ins Kissen zurückfallen. Ein fürchterlich stechender Schmerz im Bauch, der bis in den Rücken ausstrahlt zwingt sie, sich künftig sehr, sehr langsam zu bewegen.
Den kurzen schauerlichen Aufschrei hat die Schwester gehört. Sie bringt Christine, einen kleinen Sandsack, den

sie ihr auf den Bauch legt, stellt das Kopfteil etwas höher und reicht ihr zwei weiße Tabletten mit einem kleinem Glas Wasser.

„Schluck die Tabletten. Den Fieberthermometer stecke in die Achselhöhle. Ich komme bald wieder vorbei."

„Fieber messen? Habe ich jetzt auch noch Fieber!" Ängstigt sich Christine und denkt, jetzt machen sie mich total fertig. Laut sagt sie: „ Mir ist wieder übel." Und übergibt sich abermals.

„Ob du Fieber hast, das wollen wir doch jetzt erst prüfen, Mädchen. Ängstige dich doch nicht. Wir tun alles damit du wieder gesund wirst." Erklärt die Schwester. Christine hätte noch so viel zu sagen gehabt, sie war doch gar nicht krank. Sie ist zu schwach für Gegenargumente. Außerdem müsste jetzt der Arzt zugeben, dass der Blinddarm gar nicht zum Rausnehmen war. Und das tut er bestimmt nicht.

„Solltest du Fieber haben, bedeutet das, dass dein Körper mit Krankheitserregern kämpft. Das Fieber ist in der Lage, Bakterien und Viren zu killen. Und ob du Fieber hast, das prüfen wir nun."
Während dem die Schwester das Mädchen beschwichtigt ist die Zeit zum Fieberthermometer-Ablesen.

„Siehst, Kleines? Nur keine Aufregung! Du hast kein Fieber. Und deine Übelkeit wird auch bald vergehen, sowie die Schmerzen. Nachmittag kommst du wieder in dein altes Zimmer zu Sandra." Die Schwester verlässt das Krankenzimmer. Die Skala am Fieberthermometer zeigt 38,5. Das ist ganz normal bei frischen operierten Patienten.

Ferien hat sie. Die anderen Kinder sind im Bad oder in den Bergen mit ihren Eltern und sie liegt mit aufgeschnittenem Bauch im Krankenhaus. Und keiner weiß es. Nicht mal der Großvater. Auch nicht ihre Freundinnen. Wenn sie gestorben wäre, würde niemand wissen warum und wieso. Und Prinz? Hat er sie auch schon vergessen?

Dicke Tränen rollen übers Gesicht. Sie hält sich den Sandbeutel auf ihren Bauch.

„Oh, Gott, hast du mich denn immer noch nicht gefunden?"

ೞೞ ✶ ☹ ✶ ೞೞ

Am nächsten Tag der OP darf sie aufstehen. Die Schwester hilft Christine sich aufzusetzen. Ihr ist schwindelig. Übelkeit überkommt sie wieder. Sie würgt. Schnell hält die Schwester eine Nierenschale bereit. Zur Toiletten muss sie auch. Gebeugt und sich den Bauch haltend schleicht sie vorsichtig, gestützt von der Schwester aus dem Zimmer zum WC. Vor zwei Tag ist Christine noch freudig rumgesprungen und hat sogar Großvater was vorgetanzt. Heute kann sie nicht mal gehen ohne Schmerzen.

Ach tut das weh. Bei jeder Anstrengung verspürt sie die Messerstiche im Bauch.

„Schwester? fragt Christine zaghaft. „Kann es sein, ich meine ist es möglich, dass die im OP ein Messer, Nadel oder Schere in meinem Bauch vergessen haben? Kann das sein?"

Die Schwester lacht:

„Aber Kind, nein! Jeden Tag wirst du eine Besserung merken. Schmerzen sind nach einer OP immer sehr stark. So, wir haben es gleich geschafft."
Christine ist wieder im Bett. Die Schwester hebt das Kopfteil noch ein Stücken an
„Gleich bekommt ihr beide euer Frühstück." lächelnd geht sie.

Ihre Bettnachbarin liest ein Buch.
„Du-u Sandra? Ich habe den Verdacht, die haben irgendwas scharf Schneidendes in meinem Bauch liegen lassen", klagt Christine. „Sie haben bestimmt was vergessen, geben es nur nicht zu. Kann das sein? Die Schwester behauptet – nein - sie hätten die gründlichsten OP-Schwestern und die hervorragendsten Ärzte."

„Ha, mein Vater würde jetzt sagen, jeder lobt seinen eigenen Stall. Glaubst du wirklich, die haben was drinnen gelassen? Das kann man nur durch Röntgen feststellen. Ich denke, dass deine Schmerzen bald weg sind." Sagt Sandra wissend.

„Ist es wahr", stöhnt Christine.

„Weshalb liegst du im Spital, Sandra? Was hast du denn?"

„Ich hatte eine Zecke. Der Zeckenbiss juckte, war feuerrot und ist angeschwollen. Ich bekam eine allergische Reaktion auf den Erreger. Meine Familie und ich dachten, ich hätte eine Grippe. Alle Symptome deuteten darauf hin: Fieber, Kopf- und Gliederschmerzen. Dann stellte der Arzt eine Borreliose fest. Naja, jetzt bin ich schon eine Woche hier. Geht mir aber schon viel besser."

„Zecken sind die bösesten, grässlichsten Parasiten, die ich kenne. Die saugen sich an Mensch und Tier fest.
Was liest du denn für ein Buch, Sandra?"

„Was von Liebe"

„Das erlauben dir die Eltern zu lesen?"

„Warum denn nicht. Ich bin bald sechzehn! Naja, erst im nächsten Jahr. Ich darf alles."

„Darf ich auch mal reinschauen?"

„Na, klar, ich bleib so und so länger im Spital als du. Ich habe aus der Serie noch eines hier. Nur noch zwei Seiten, dann kannst du`s haben."

Christine verschlingt förmlich das Büchlein, „Die wilden Hühner und die Liebe". Sollte Mama oder irgendwer zu Besuch kommen, wird sie das Buch sofort Sandra zuwerfen.

Sandra wird alle Tage von ihren Eltern und anderen Verwandten besucht und reichlich beschenkt. So viele Süßigkeiten hat Christine im Leben nicht auf einem Haufen gesehen, die Sandra im Schub hält.
Keiner kommt Christine besuchen.

ೞ✶✄☹✄✶ೞ

Christine ist wieder allein im Kranken- Zimmer. Sandra wurde als geheilt entlassen. Beunruhigt, fragt sie sich, ob sie wohl für immer hier bleiben müsse. Sie geht zwar noch gekrümmt, hat aber keine gravierenden Schmerzen. Nur beim Husten und einer falschen Bewegung versetzt es ihr Stiche. Eine Schwester borgt Christine einen leichten Umhang, damit sie in die Spital-Parkanlage gehen kann, um die Sonne zu genießen.
Ja, die Sonnenstrahlen tun gut und sie setzt sich mit geschlossenen Augen auf die nächste Bank. Plötzlich ein Knacksen auf der Bank. Sie reißt die Augen auf. Ein älterer Herr sitzt neben ihr. Sie hüllt sich trotz der warmen sommerlichen Temperaturen fester in den Umhang, denn sie hat nur das leichte Spital-Hemd darunter.

„So junge bildschöne Dinger wie du sind auch schon im Spital? Was hast du denn?"

Christine stellt sich taub und stumm. Soll sie aufstehen und gehen?

„Ich bin erst dreißig und werde bald sterben", hört sie den Mann sagen.

Sie starrt ihn fassungslos an „Warum denn? Vielleicht bilden sie sich es nur ein!" Sagt sie voll Mitleid.

Der Mann lächelt: „Habe Spaß gemacht, wollte nur mit dir ins Gespräch kommen."

Für Christine ist das kein Spaß. Sie steht auf, hält sich den Bauch und geht so schnell sie kann weit weg von diesem Mann. Die Spital-Parkanlage ist sehr groß. Sie ist am anderen Ende der bunten, grüne Lunge angelangt, so dass sie gegenüber die Siedlungs-Reihenhäuser sehen kann. Sie sieht ganz deutlich den hinteren Garten mit dem großen Birnbaum und das hohe Haus. So nahe ist das Anwesen, in dem Editha, Raimund Bleisteiner und Großvater wohnen und keiner kommt sie besuchen, oder nimmt sie nach Hause.

Traurig geht sie zurück und legt sich ins Bett. Sie ist immer noch allein im Krankenzimmer. Auf den Nachmittags-Tee und den Marmorkuchen auf dem fahrbaren Beistell-Tisch vom Krankenbett hat sie keinen Appetit. Das später darauffolgende Abendessen mit einem Wurst, einem Käsebrot und wieder einer Tasse Tee lässt sie ebenfalls unberührt stehen.
Christine starrt auf die Bettdecke und weint lautlos.
Das Abräumen von Geschirr in den sämtlichen Zimmern vom Spital übernimmt eine junge Hilfsschwester.

„Warum isst du denn nichts? Schmeckt es dir nicht? Möchtest du was anderes?"

Die Fragen sind Christine unangenehm. Sie möchte allein gelassen werden und dreht sich stumm zur Seite.
Die junge Aushilfe geht und kommt wieder mit einem kleinen Löffel und einem Becher.
„Schau, was ich dir mitgebracht habe."

Christine reagiert nicht, bis sie das Streicheln der jungen Aushilfe an ihren Haaren, und Schulter verspürt. Tränen rollen wieder übers Gesicht. Nach einer geraumen Weile wendet sie sich der Praktikantin zu und schielt auf den Becher in deren Hand.

„Du bist sehr lieb, danke. Pudding mag ich sehr gerne, " guckt auf das Namensschild am blauen Kittel der

Lernschwester. Sie liest Anna Kovacek. „Ich heiße auch Anna. Und auch noch Maria", sagt Christine.

„Schön! Weinst, du weil du allein bist? Morgen wird wieder ein Mädchen in dein Zimmer kommen."

„Nein, nicht deswegen. Ich kann dir das nicht so einfach erklären, und ich möchte es auch nicht", antwortet Christine.

„In meiner Freizeit, könnte ich dich wieder besuchen. Darf ich?" fragt die Lernschwester und hält dabei Christines Hand.

Die Berührung ist Christine unangenehm. Sie entzieht sacht ihre Hand und meint: „das wäre schön."

ೞ✴ ☼ ✴ೞ

Zwei Wochen sind vergangen. Christine spaziert bei jedem Schönwetter im Park rum. Zum Siedlungshaus schaut sie nicht mehr. Es tut zu weh, vergessen worden zu sein. Sie erfreut sich an den prachtvoll blühenden Sommerblumen, beobachtet den Gärtner und seine Gehilfen und sieht den vielen Eichhörnchen zu. Die Lernschwester Anna Kovacek, die mittlerweile eine gute Freundin geworden ist, gibt ihr Nüsse für die niedlichen Baumfüchse.
Christine freut sich riesig, weil die süßen Eichkatzerln schon nach kurzer Zeit ihr aus der Hand fressen. Es werden täglich mehr. Was fressen denn die Eichhörnchen sonst? Sie fragt, ob es im Spital eine Bibliothek gibt. Natürlich.
Oh, Mann, weshalb ist sie nicht früher darauf gekommen. Eine Menge Bücher und Zeitschriften findet sie vor. In der

Reihe „ Einheimische Tiere" findet sie ein Büchlein über Eichhörnchen. Eichhörnchen fressen gerne Nüsse, Eicheln, Bucheckern und Maroni (Esskastanien), aber auch die Samen von Kiefern, Fichten und Tannen.

Prima, jetzt weiß sie Bescheid. Sie sammelt für diese putzigen Nager was sie im Park unter den Bäumen findet und hält es ihnen hin. Sie liest, dass sich diese Nager keinen Winter Speck anfressen. Sie legen vor dem Winter viele Depots mit Nahrungsvorräten an. Die hohen stehenden Ohren nennt man „Pinselohren". Der buschige Schwanz dient ihnen als Steuerruder und hält das Gleichgewicht beim Klettern.
Jetzt ist Christine nicht mehr allein und es wird dem Mädchen die Zeit auch nicht zu lang. Viele interessante Bücher findet sie in der Bibliothek. Bei Schlechtwetter bleibt sie auf der Station und liest.

ᘓᑅ ✷ 📖 ✷ ᘓᑅ

Drei Wochen Krankenhausaufenthalt sind schon vergangen. Womit sie gar nicht mehr gerechnet hat ist eingetroffen. Ihre Mutter holt sie ab.
„Deine Mutter wartet beim Pförtner", sagt eine Schwester und hilft dem Mädchen die Habseligkeiten in die Tasche zu stecken. Mit gemischten Gefühlen geht Christine zum Pförtner. Schweigend wie eine Fremde geht Christine neben ihrer Mutter zurück zur Siedlung.

ᘓᑅ ✷ ᘓᑅ

Das nächste Schuljahr hat begonnen. Christine kennt aus der neuen Klasse nur zwei ihrer Schulkameradinnen. Hannelore und Lieselotte. Sie hatten auch ausgezeichnete Zeugnisse und konnten somit ebenfalls in die anspruchsvollere Förderstufe versetzt werden.

„Meine Damen", die Lehrkraft klatscht zur besseren Aufmerksamkeit ihrer Schüler in die Hände.
„Der Schlendrian, wie ihr ihn früher im Unterricht und in euren Ferien gewohnt ward, ist vorbei. Ihr müsst euch in diesem Schuljahr besonders anstrengen. Für die meisten von euch ist der Lernstoff neu. Dieser Klassenzug unterscheidet sich zu anderen in dem, dass ihr auf höherqualifizierte Berufe vorbereitet werdet. Ihr könnt zwischen drei Fremdsprachen, Französisch, Englisch und Latein wählen. Außerdem werdet ihr in jedem Fach von verschiedenen qualifizierten Lehrkräften unterrichtet. Ihr lernt für euch und eure Zukunft. Also strengt euch an".

Die Schüler erhalten ein sogenanntes Merkblatt und einen Stundenplan. Sie werden aufgefordert, ihre Eltern unterschreiben zu lassen, denn bestimmte Lernutensilien müssen die Schüler selbst mitbringen.
Mama und Papa lesen das Merkblatt, das sie für Vorschriften halten und gehen gemeinsam den Stundenplan durch.

„Das wird ja immer toller mit diesen Beamtenherrschaften. Fast alles darf man selbst bezahlen. Und die vielen Stunden in der Woche, allein für Religion?!"
Sag mal, wofür braucht ein gesund denkender Mensch eine Religion? Reine Volksverblödung ist das! Vom Staat bezahlte Märchenstunden, damit die Pfaffen gut leben können. Verschwendung unseren Steuergelder."

Editha und Raimund Bleisteiner treten aus der Kirche aus und melden Christine vom Religionsunterricht ab.

Sie lassen - nein Mama lässt - die Haare von Christine, die endlich einen kleinen Pferdeschwanz – eher ein Rattenschwänzchen binden konnte, beim nächst befindlichen Frisör in der Breitenseer Straße ratzeputz abschneiden. Tränen und Protest helfen wieder nicht.

„Sei nicht so eitel. Eitelkeit ist ein Atavismus, sagte Nietzsche. Und du weißt doch lange Haar kurzer Verstand", sagt Mama.

Was ist Atavismus und wer ist Nietzsche. Lauter Sprücheklopfer und Mama ist die größte Wortheldin.
In Christine kocht es innerlich: „Und Sokrates sagte, sei, was Du scheinen willst! Lasse mir doch bitte den Pferdeschwanz und Stirnfransen."

„Der Sokrates war ein Grieche".

„Ja, und Sokrates Ehefrau die Xanthippe." Unterbricht Christine vorlaut.

"Den Sokrates liest du und Nietzsche nicht?" Editha überhört absichtlich Christines Erwähnung der Xanthippe, denn diese gilt als Inbegriff des zänkischen Weibes.

„Ich werde deine Bücher demnächst prüfen!"

Christine hat kein Buch von Sokrates. Den Spruch von Sokrates und wie auch immer dessen Ehefrau die Xanthippe war, hat sie auf einem Wand-Plakat gesehen. Wahrscheinlich in irgendeiner Schulklasse oder am Gang. Der Spruch hat ihr imponiert, und sie hat ihn sich gemerkt. Immer, wenn ihre Mutter meckert oder mit Gott

und der Welt zankt, möchte Christine sie am liebsten Xanthippe nennen. Nein! Sie sagt so was Gemeines nicht zu ihrer Mutter. Sicher rastet sie dann total aus und schlägt sie wirklich tot
Nicht weiter nachdenken. Soll sie doch ihre Bücher ruhig durchstöbern.

Christine nimmt sich vor, Widerreden und handfeste Argumente künftig zu unterlassen. Denn jedes Mal, wenn sie ihre Mutter von der Wahrheit oder Falschheit ihrer Behauptung überzeugen will, wird ihre Mutter aggressiv. Sie weiß einfach auf alles eine treffende Antwort. Sie weiß auch immer alles besser. Eine Xanthippe eben. Christine kapituliert. Im Moment noch. Sie meidet schon seit langem, so gut sie kann ihre Mutter mit Mama und ihren Stiefvater mit Papa anzusprechen. Sie ist innerlich weit von ihnen entfernt.

ᘓᘔ ✴ ᘓᘔ

Es ist schon später Nachmittag. Ach Gott, es sind ja noch die Hausaufgaben zu machen. Christine setzt sich an die Schreibkommode und kippt den großen Spiegel so, dass sie sich voll sehen kann.
Um Gottes Willen, wie sieht sie denn nun aus! Neeiiiiin! Unmöglich, dieser Kopf! Diese Haare! So kurz und strubbelig. Sie hat keine Frisur. Die Mädchen werden sie auslachen. Ihr schöner Pferdeschwanz, Ihre Pony-Fransen – alles ab. Sie heult wie ein Schlosshund und hat gleichzeitig eine riesige Wut auf ihre Mutter.
Nach geraumer Zeit hat sie sich wieder gefasst und nimmt das Heft für die Deutsch-Hausaufgabe aus ihrer Schultasche.

Ja, was ist denn DAS? WER hat ihr dieses unanständige Wort aufs Heft geschrieben? Mit Entsetzen denkt sie scharf nach, wieso, wo und wann derartiges passieren konnte, ohne dass sie es bemerkte. Und DAS auch noch ihr ! So ein anstößiges Wort auf dem Heft-Umschlag stempelt sie als – keine Ahnung als was – jedenfalls ist das Wort wirklich nicht gut. Sehr schäbig und feige von der Person, die ihr das angetan hat.

Wenn DAS ihre Mutter oder Stiefvater sehen, bekommt sie sicher Prügel.

Sie überlegt, wie sie dieses verwerfliche Wort, das in Großbuchstaben geschrieben wurde, verschwinden lassen kann. Ausradieren funktioniert nicht, es ist mit Tinte geschrieben. Verwischen mit Wasser hat auch nicht geklappt. Also wurde das Wort mit dokumentenechter Tinte geschrieben. Wer hat solche Tinte? Den Umschlag einfach wegreißen und das Heft in Packpapier einschlagen? Fällt auch auf.

Schlagartig schießt ihr ein Gedanke in den Kopf. Und schon hat sie das anstößige Wort mit Großbuchstaben umgeändert.

„Danke lieber Gott, für den Einfall! Jetzt hast du mich gefunden. Ach bin ich jetzt froh: Ich brauch dich doch immer! Weißt du denn das nicht?"

Christine atmet erleichtert auf. Das skandalöse Wort „ FUT „ heißt jetzt F|UTO. Der Buchstabe: „ A „ ist oben mit einem Querstrich geschrieben, das zuvor ein „ F „ war.

Ihre Hausaufgaben hat sie erledigt. Sie wechselt ihre Straßenkleidung mit einem rosa geblümten Baumwoll-Nachthemd und legt sich ohne zu Waschen und Zähne putzen todmüde ins Bett. Das war wieder mal unheimlich, dramatisch und aufregend, bis sie dieses mysteriöse Wort beseitigt hatte.

Nichts könnte sie mehr aufwecken. Nicht mal ein Donnerwetter, so fest und tief ist ihr Schlaf.

Christines Mutter steht an der untersten Stufe der Treppe und ruft schon paarmal zum Abendessen. Sie bekommt keine Antwort.

Sie schleicht die Treppen hoch und geht ganz leise in Christines Zimmer. Ihre Tochter schläft tief und fest.

‚Sonderbar, da stimmt was nicht`, denkt sie und stöbert zuerst im Schrank, dann in den Schubladen der Schreibkommode und zuletzt im Schulranzen. Findet einen Fahrschein der Straßenbahn, zählt in der Geldbörse das restliche Taschengeld und kontrolliert Christines Bücher und Hefte. Wie von einer Tarantel gebissen, starrt sie auf das Wort AUTO. Editha wusste sofort was dies zu bedeuten hat.

Na, warte, du Luder! Edithas Verdächtigungen haben Nahrung und sind nun bestätigt. Morgen wird sie ihrer Tochter die Schweinereien rausprügeln. Dann werden ihr die Gedanken an Sex schon vergehen.

Das Wort FUT ist eine vulgäre Benennung für das weibliche Geschlechtsorgan. Gleichbedeutend wie Muschi, mitunter auch „Fotze„ eine ordinäre Bezeichnung und auch eine herabsetzende Bedeutung von Frauen.

Editha bespricht mit ihrem Mann, wie sie die Angelegenheit in den Griff bekommen. Sie sind sich einig, vorerst nichts zu erwähnen und Christine zu beobachten.

Am nächsten Morgen fühlt sich Christine unwahrscheinlich mies. Ihr ist schwindelig und sie hat arge Bauchschmerzen. Aber den Unterricht versäumen möchte sie nicht. Sie geht zur Schule, obwohl jeder

Schritt bleiern ist. Sie zieht ihr Höschen um und bemerkt einen großen braunen Fleck.

Oh, jetzt hat sie auch noch in die Hose gemacht. Sie zieht sich ein anderes Unterhöschen über, geht vorsichtig auf Zehenspitzen die Treppen runter. Gegenüber ihrem Kabinett ist das Schlafzimmer von Mama und Papa. Christine guckt, ob Wohnzimmer und Küche frei sind und wäscht flink das Höschen mit kaltem Wasser. Der braune Fleck lässt sich nicht ganz rauswaschen. So versteckt sie den Schlüpfer im Schulranzen. Unterwegs zur Schule wird sie diesen in irgendeine Mülltonne werfen.

Editha kommt die Stiegen runter. Christine tut so, als ob sie sich gründlich waschen würde und sagt freundlich.

„Guten Morgen"

„Auch so viel", antwortet grimmig ihre Mutter.

Au weh, denkt Christine, sie ist immer noch verärgert und hält sich vor Schmerzen den Bauch.

„Was ist? Kannst nicht ordentlich gehen? Was gehst du denn so buckelig?"

„Ich habe Bauschmerzen"

„Du hast du viel Obst genascht und alles durcheinander gegessen. Der Blinddarm kann es ja nimmer sein. Den hast ja zum Glück schon draußen."

Während Christine wegen dieser Diagnose schwer schluckt, kramt ihre Mutter nur so beiläufig im Schulranzen, den Christine in Großvaters leeren Sessel gestellt hat.

„Ich habe dir ein Pausenbrot hergerichtet," sagt ihre Mutter und zieht den feuchten Schlüpfer aus der Schultasche. Hysterisch und ohne zu überlegen, haut sie den Schlüpfer ihrer Tochter paarmal ins Gesicht, dann prügelt sie das Mädchen zu Boden, trampelt mit ihren Füßen auf sie und kreischt dabei:

„Du Schlampen du dreckiger ! Jetzt reicht es! Zuerst find ich dein säuisches Heft und jetzt die Hosen. Du Hure du verdammte!"

Großvater steht von dem Geschrei aufgeschreckt verzweifelt im Türrahmen. Ihm graut vor dieser Editha. Sein Sonnenschein liegt wieder mal zusammengekrümmt am Boden und wimmert.

„Mach dass du raus kommst, du Furie. Lasse das Kind in Ruhe, sonst hole ich die Polizei!" Großvater ist außer sich. Er droht mit seinem Gehstock, Editha zu schlagen, doch er ist zu schwach.

„Was willst du? Du alter Trottel!? Verschwind sofort in deine Kammer, sonst lasse ich Dich in die Psychiatrie einliefern!"
Durch Edithas Geschrei erscheint auch Raimund Bleisteiner:
„Bist du jetzt ganz übergeschnappt?! Wieso prügelst du schon wieder auf die Kleine ein. Und das in aller Herrgottsfrühe. Was hat sie denn gemacht?!"

„Schau dir doch das einmal an!" Ruft Editha und wedelt mit Christines Unterhose. „Dieses liederliche Weibsbild, dieser Schlampen treibt es schon mit Männern und Burschen! Nicht nur diesen Schlüpfer hat`s im

Schulranzen. Ihre Hefte sind angeschmiert mit Sexualität."

Raimund Bleisteiner hebt seine Stieftochter hoch: „ Wasch dich und geh zur Schule. Wir sprechen uns noch. Großvater gehe in deine Kammer! Das geht dich hier nichts an. Und du Editha, beruhige dich. Wir sprechen später darüber."

Die beiden rauchen mal zur Beruhigung ihre Zigaretten. Raimund Bleisteiner meint: "Das bekommen wir schon hin, sie ist halt in der Pubertät, denke ich."

„Pubertät, Pubertät. Geschlechtsreif ist sie schon, die kleine Drecksau!"

೮೪෮ ✳ ⚭ ✳ ೮෪෮

Untröstlich und tief bedrückt marschiert Christine so schnell sie kann, aus dem Haus.
Der weite Weg zur Schule könnte heute noch weiter sein. So weit, bis sie im Himmel ist. Oder kommt sie in die Hölle? Warum denn in die Hölle? Das was ihre Mutter sagt, stimmt doch alles nicht. Der Schulranzen drückt sie recht arg am Rücken. Und die Bauschmerzen sind grade noch erträglich. Hunger hat sie auch. Der Magen knurrt und zwickt wieder. Am meisten aber quält sie, dass ihre Mutter so grausam ist.

Tränen stürzen wie Bergquellen aus ihren Augen. Kurz vorm Schultor trocknet sie ihr Gesicht, die laufende Nase durch Wischen mit dem Ärmel. Fächert mit den Händen, pustet zusätzlich mit den Unterlippen nach oben ihre Augen frisch und versucht, freundlich zu gucken. Sollte sie jemand wegen ihren Aussehen ansprechen, wird sie sagen sie sei arg erkältet.

Die Unterrichtsstunden kommen ihr heute besonders lange vor. In der großen Pause, läuft sie zur Toilette, sperrt sich ein und sieht nach ihrer Unterwäsche. Oh! Wieder braune Flecken! Aber auch frisches Blut entdeckt sie im Höschen und sogar auf ihrem Rock.

Erschrocken stellt sie fest, dass sie die Mutter mit ihren Schlägen und Tritten innerlich verletzt haben muss und sie jetzt verblutet. Ist es denn möglich, dass Mama sie totschlagen möchte. Christine weint bitterlich und kann sich der Tränen nicht mehr erwehren. Warum hasst ihre Mutter sie so arg? Sie ist doch nicht das hässliche Entlein.

Sie reibt im WC die Blutflecke aus dem Kleid. Der großen Kleckse lassen sich nicht gänzlich entfernen. Ganz fest drückt sie das nasse Höschen mit dem Toilettenpapier, damit es nicht so klatschnass an ihrem Körper liegt und zieht sich den Slip wieder über. Damit die nassen Stellen und Flecken keiner bemerke, geht sie an der Wand entlang zurück zu ihrer Schulbank.

Ganz und gar erschüttert senkt sie tief ihren Kopf und täuscht interessiertes Lesen vor. Tränen kann sie grad noch unterdrücken und lenkt sich ab, indem sie ins Geschichtebuch schaut. Genau diese fürchterlichen Bilder der Schlachten - Mord und Totschlag – passen gut zu ihrer Situation.

Keiner soll ihr gerötetes Gesicht und die geschwollenen Augen sehen. Schon gar nicht ihr Kleid. Was gerade im Unterricht gelehrt wird, hört sie nur beiläufig. Es interessiert sie nicht mehr. Alles ist ihr völlig egal. Ja, wurscht , gänzlich gleichgültig – unwichtig . Warum ist sie noch zur Schule gegangen? Ja, warum? Wohin soll sie sonst gehen? Sie hat Schmerzen. Wo genau, lässt sich nicht festlegen. Überall halt.

Prinz, mein Hündchen, ist sterbe. Und wo ist Gott? Gott ist wieder weit, weit weg.

Wie lange dauert es denn noch bis endlich Unterrichtsschluss ist. Sie will raus. Raus an die Luft. Sich zwischen den Schrebergärten verkriechen und dort sterben. Keiner soll sie finden. Es würde eh niemand um sie weinen. Vielleicht der Großvater. Ja, vielleicht. Als Einziger. Wozu bin ich denn überhaupt auf der Welt.

Christines Kameradinnen sind immer so unbeschwert und fröhlich. Sie werden sicher von ihrer Mama geliebt und nicht totgeschlagen.

Endlich! Es klingelt, und die Schule ist für heute aus. Ihre Klassengefährtinnen packen so schnell als möglich ihre auf den Pult liegenden Stifte, Hefte und Bücher in den Schulranzen und rennen dem Ausgang zu.

Christine bleibt sitzen. Sie bemerkt, dass ihre zwei Freudinnen tuscheln und sie mitleidig ansehen. Doch keine wagt sich Christine zu nähern. Kurz beim Ausgang blickt Hanne nochmals zurück, verzieht schmerzhaft mit traurigem Blick das Gesicht und geht. Christine wartet, bis alle den Klassenraum verlassen haben und niemand am Gang zu hören ist. Dann erst geht auch sie.

Den Kopf tief gesenkt, schleudert sie gedankenverloren mit ihren Schuhspitzen ein kleines Ästchen, das der Wind vom Baum geweht hat vor sich her. Überlegt, wie sie am schnellsten und unbemerkt sterben könnte. Irgendwie fühlt sie sich beobachtet und dreht sich ruckartig um. Hinter einem Baumstamm verschwindet grad eine männliche Figur.

`War das nicht ihr Stiefvater? Nicht mal in Ruhe sterben darf man. Lasst mich doch in Frieden! `

Christine beginnt in Richtung zur engen Gasse zwischen den Schrebergärten schneller zu gehen, dann zu laufen. Dort versteckt sie sich hinter einem Gebüsch am Hang. Schließt die Augen und wartet ab, bis sie stirbt.

Doch sie stirbt nicht. Denn Plötzlich zerrt sie ihr Stiefvater vor und meckert: „Versteckst dich? Hast was Schlechtes vor oder gemacht? Beabsichtigst du deine Schuhe kaputt zu machen? Glaubst du wir verdienen unser Geld so leicht, dass du Sachen mutwillig ruinieren kannst? Du bekommst nicht so schnell neue Schuhe. Jetzt Abmarsch nach Haus!"

Christine steht sprachlos und wie versteinert vor ihrem Stiefvater.

Schuhe, Geld und eigentlich alles was dieser Mann daher quatscht interessiert sie nicht. Sie muss sterben und er stört sie, ist ekelhaft obendrein. Sie will in Ruhe und allein sterben.

Raimund Bleisteiner schubst sie während des Gehens fortwährend an, so dass sie mehrmals stolpert.

Egid-egid-egid. Wie sie seine groben Finger auf ihren Rücken hasst. Böse dreht sie sich ruckartig um:

„lass mich doch in Ruhe, du Stiefvater".

Das musste mal aus ihr raus. Und anscheinend hat es gewirkt. Er schubst sie nicht mehr an, sondern tippt sie ab und zu auf die Schulter, wenn ihr Schritt zu langsam ist:

„Gehe ein bisschen schneller, wenn ich bitten darf!"

Sie zuckt ihre Schultern, um seine Finger abzuschütteln. Fürchterliche Finger hat der Mann. Widerlich wie er ständig mit seinen knöchernen Fingern ihren Körper antippt. Zu Hause angekommen sieht sie mal kurz hoch in das so überhebliche, arrogante, eingebildete und unsympathische Gesicht ihres Stiefvaters. Sie kann ihn nicht leiden.

Editha sitzt in einem gepolsterten Stuhl am Wohnzimmertisch. Raimund Bleisteiner versetzt Christine einen letzten kräftigen Schubs: „Hier hast du dein Fräulein. Jetzt reden wir mal Tacheles. „

Gegenwärtig kann Christine den Lauf der Tränen nicht mehr bremsen und schluchzt unaufhörlich. Nicht aus Angst oder wegen Schmerzen – nein. Sie weint, weil sie sich als wertlose Kreatur fühlt. Niedriger als das niedrigste Tier. Sie weint, weil sie Menschen um sich hat, die kalt und herzlos sind. Rüpelhaft und ungerecht und von anderen Anständigkeit und Benehmen verlangen.

Sollen sie sie doch ganz erschlagen. Das macht ihr nichts mehr aus.

Blut läuft warm über ihre Beine auf ihre Schuhe.

„Und? Wie hat sie sich auf dem Schulweg aufgeführt?" fragt die Editha ihren Mann.

Außer, dass sie versucht hat ihre Schuhe mit Gewalt kaputt zu machen, stößt Gegenstände wie Bälle vor sich her, und sich in einem Gebüsch versteckte, weil sie mich wahrscheinlich gesehen hat – nichts." Berichtet der Stiefvater.

Unerwartet lässt Christine beide Schultern hängen, so dass der Schulranzen polternd zu Boden fällt. Durch den Aufprall der Schultasche blicken Editha und Raimund zu Boden und sehen das Blut auf den Schuhen von Christine.

„Sie ist in der Pubertät, Raimund! Sie hat die Menstruation"; sagt erstaunt ihre Mutter.

Und wenn schon. Ist doch egal wie sie das nennen. Auch wenn sie es Menstruation nennen, schützt es sie nicht vor einem Gefängnis, wenn sie ihr Kind totgeschlagen haben. Sie verblutet innerlich.

Die Mutter steht auf und kommt mit ein paar Fetzen wieder.

„Da, nimm! Lege dir das zwischen die Beine, du versaust ja hier alles".

„Brauche ich nicht mehr", wimmert Christine. „Ich sterbe im Gras, dann mache ich nichts bei euch schmutzig."

„Dummes Ding. Du stirbst nicht. So schnell stirbt man nicht. Wir reden am Abend darüber. Jetzt tu was ich dir gesagt habe und gehe auf dein Zimmer. Du hast sicher Hausaufgaben zu machen."

Hausaufgaben? Welche Hausaufgaben. Hat sie gar nicht mitbekommen, dass Aufgaben zu machen sind. Das ist jetzt auch wurscht. Meinetwegen sollen sie ihr in jedem Fach fünfer geben. Ist doch total alles wurscht.
Sie guckt sich die Fetzen an. Pfui Teufel ! So was Ekeliges soll an ihren den Körper? An blutige Wunden. Was regt sie sich denn auf? Eigentlich kann ihr das wurscht sein, ob sie noch kränker wird. Sie stirbt ja eh bald. Trotzdem faltet sie die Fetzen kleiner und legt die Wulst wie geraten zwischen die Beine.
Ihre Mutter befürchtet nicht, dass sie stirbt. Sie ist nur um ihr Inventar besorgt, dass sie es beschmutzt. Christine wechselt das Höschen und wirft das befleckte achtlos in eine Ecke. Auch wurscht, wenn sie wieder meckert. Ich hör es ja eh nicht mehr.
Sehr traurig und schwermütig legt sie sich in Bauchlage aufs Bett. Sie ist unwahrscheinlich müde und ausgelaugt. Sie kann nicht mehr weinen. Wozu auch. Selbstmitleid ? Weinen, weil sie stirbt? Dann ist doch alles gut, wenn sie tot ist. Und was machen dann Prinz und Großvater?
Prinz hat sich bestimmt schon ans Alleinsein gewöhnt. Und Großvater? Hm. Großvater wird sicher ein bisschen traurig sein.
Nach mehreren trübsinnigen Gedanken schläft sei ein.

Die Aufklärung

Mama stupst sie an. „Komm runter wir haben dir was zu sagen. Es ist wichtig für deine Zukunft".

Nicht nötig. Es gibt keine Zukunft mehr für Christine. Ist auch gut so. Aus - Ende – Aus. Lasst sie schließlich in Ruhe!

„Ja, komm, steh auf! Es gibt auch was Gutes zu essen. Außerdem bekommst du heute ausnahmsweise auch mal ein Glas Wein."

Wozu macht ihre Mutter jetzt so einen Aufwand? Henkers-Mahlzeit ? Na gut, dann geht Christine halt. Aber nur weil der Magen so knurrt und zwickt.
Sie rafft sich auf, zieht sich den Morgenmantel über, auch wenn es schon Abend ist und steigt niedergeschlagen aber gehorsam die dreizehn Holztreppen runter und bleibt in der Wohnzimmertür stehen.

Oh! Kerzen brennen am Tisch. Eine Kristall-Karaffe mit Wein und ringsum drei Gläser stehen mitten am Wohnzimmertisch. Je zwei Teller, für Suppe und Fleischgericht, sowie Besteck und sogar Servietten liegen bereit. Aha. Man riecht schon den Braten. Ja wirklich, es riecht nach einem Braten aus der Küche.
Christine ist kreidebleich. Ihr geht es gar nicht gut. Tiefliegende, dunkelbaue Augenringe stechen aus ihrem blassen, schmalen Gesichten besonders hervor. Sie zwängt sich auf die Eck-Couch und wartet ab, was Mama vorhat und fragt:.

„Wo ist der Großvater?"

„Der hat schon sein Essen bekommen und schläft jetzt" sagt Editha.

Der Stiefvater kommt grad ins Wohnzimmer, „sorg dich nicht um ihn. Ihm geht`s gut."

Na, so richtig glaubt es Christine nicht, aber es ist jetzt eh alles wurscht.
Mama stellt die Suppenvitrine auf den Tisch:
„Nehmt euch raus so viel ihr wollt. Es ist genug da".

Leberknödelsuppe mit viel Nudeln drin. Genau die schmeckte Christine bisher immer. Aber heute? Sie wartet ab, bis sich Mama und Papa ihre Teller voll machen.

„Na, was ist? Ist doch deine Lieblingssuppe!" Sagt Mama.

Aha. Also doch die Henkersmahlzeit. Na gut, dann esse ich sie halt. Oh, ja. Die schmeckt fein. Sie spürt jetzt weder ein Bauchweh, noch zwickte der Magen. Plötzlich geht es ihr wieder gut. Aber wieso diese überraschende Freundlichkeit ? Sie freuen sich, dass ich bald sterbe.
Der Braten wird serviert. Oh, Mann! Semmelknödel und Weißkraut gibt es auch dazu. Mama hat sich aber arg ins Zeug gelegt. Ob Großvater dieses Essen auch bekommen hat? Es schmeckt fantastisch. So gut hat Mama schon lange nicht gekocht.

Raimund lobt sein Frau: „Editha, du hast dich heute selbst übertroffen." Er hebt sein Glas. „Ein Prosit auf die gute Köchin".

Christine schielt von einem zum anderen. Das kann sie gar nicht glauben. Die streiten plötzlich nicht mehr? Die freuen sich sogar. Ja klar, weil sie bald stirbt. Und ihre Mutter grinst.

Einerlei, gleichgültig, wurscht, egal; macht doch was ihr wollt. Christine kann den Teller nicht leer essen. Und sagt kleinlaut „danke, es war sehr gut".

Iss kräftig Christine, du bist eh so dünn und siehst recht blass aus. Es gibt noch Nachtisch. Birne Helene mit Schokolade und Schlagobers." Fordert sie Mama fröhlich auf.

Spinne ich oder spinnt diese Frau? Was ist denn los? Heute Morgen war ich die Hure, der Schlampen und die Drecksau. Sie hat mit fast totgeschlagen, so dass ich innere Blutungen bekommen habe. Auf einmal dieser Wandel?

Die Nachspeise rutscht einfach so runter. Köstlich. Aber jetzt ist Christine Papp satt.

„Möchtest du noch was, Christine?" hört sie Mama fragen.

„Nein danke".

Will sie ihre Tochter jetzt mästen wie eine Gans? Das Mädchen denkt grad an das Märchen Hänsel und Gretel, als der Hänsel seinen Finger der Hexe durchs Gitter strecken musste.

Während Editha den Tisch abräumt drückt der Stiefvater mit seine Finger die Kerzenflammen aus. Diesen Duft der ausgehenden Kerzen liebt das Mädchen. Leider wird er durch den Zigarettenqualm von ihrer Mama und dem Stiefvater übertönt. Der Raum sieht ziemlich geräuchert aus. Er sollte mal frisch gestrichen werden. Der Teer der Zigaretten hat sich überall niedergelegt. Mamas Zigarette im Aschenbecher ist verqualmt und hat einen braunen Teerflecken hinterlassen. In neuester Zeit verwendet Editha für ihre Zigarettenkippen eine mit Wasser gefüllt flache Kupferschale mit Deckel. Die braune Soße schüttet sie dann zu den Rosen in den Garten. Das ist ein guter Dünger sagt sie.

Normalerweis wäre das Tischabräumen Christines Arbeit gewesen. Doch heute hat sie mal kein Schuldgefühl, dass es Mama tut. Sie bleibt abwartend sitzen, was noch folgen könnte.

Die Wohnzimmertür geht auf, Großvater kommt und hält den Nacht-Topf in seiner zittrigen Hand.

„Großvater!" Christine springt auf, nimmt ihm den Topf aus seiner kraftlos, wackeligen Hand und leert den Inhalt ins WC. Spült den Nachttopf und stellt ihn unter Großvaters Bett. Dann geht sie in die Küche, legt in eine Kompott-schüssel die Birne Helene mit Schokolade und Schlagobers. Richtet geschwind einen Stuhl für Großvater zurecht und sagt „Für dich Großvater! Setze dich zu uns."

Die Gesichter von ihrem Stiefvater und ihrer Mutter sprechen in dem Moment Bände. Das ist jedoch Christine in diesem Moment wurscht. Sie stirbt ja eh bald, denn sie blutet immer noch.

„Nein, nein, ich habe keine Hunger mehr, mein Sonnenschein. Bin sehr müde und gehe lieber schlafen", sagt Großvater und will wieder in seine Kammer zurück.

„Gute Nacht", rufen wie aus einem Munde Raimund und Editha.

Christine begleitet Großvater mit der Nachspeise in der Hand in die Kammer. „Ich hole später das Geschirr ab. Lasse es dir gut schmecken, Großvater."

„Danke, mein Engel", flüstert Großvater.
Die Zimmertür fällt ins Schloss. Christine geht langsam ins Wohnzimmer zurück und erwartet ein Mords Getöse von Mama oder ihrem Stiefvater, was sie sich erlaubt zu tun. Doch nichts kommt – gar nichts. Im Gegenteil.

„Komm setz dich wieder Christine. Wir haben dir was Wichtiges zu erklären. Hör uns mal gut zu.
Sie zünden sich gegenseitig ihre Zigaretten an. Bevor Mama wieder das Wort ergreift, blasen sie genussvoll den Qualm aus ihren Mund.

„Deine Blutungen mein Kind, sind ganz normal für ein Mädchen in deinem Alter. Eigentlich könnten einige deiner Mitschülerinnen auch schon die Monatsblutung haben. Haben sie dir noch nichts davon gesagt?
Christine schüttelt verneinend den Kopf.
„Die Menstruation ist die periodisch wiederkehrende Blutung aus der Gebärmutter. Deine Schmerzen, die du hattest oder hast sind nichts anderes, als dass die Hormone in deinem Körper Ihre Gebärmutter dazu zwingen, die Schleimhaut abzustoßen. Deswegen blutet man aus der Scheide.
Während der Zeit deiner Blutungen und das dauert meist sieben Tage bist du unrein. Und es soll dich in dieser Zeit niemand berühren."

Oh Gott, sie ist auch noch unrein. Stirbt sie jetzt unrein? Was soll denn das besagen? Die Mutter erklärt eifrig weiter:

119

„Du reifst nun zu einer Frau ran und könntest jetzt schon Kinder bekommen. Das wäre natürlich sehr schlecht, denn du bist noch zu jung und kannst auch kein Kind ernähren.

Wichtig ist, dass du dich von Burschen und Männern fern hältst. Und damit du nicht den Sexgelüsten anderer verfällst, neugierig wirst, in verbotene Heftchen lugst und schon gar nicht mit deinen Freundinnen solche anschaust oder austauschst, wollen wir dir die Geschlechtsteile von Mann und Frau mal zeigen."

„Mama", unterbricht Christine „Ich habe das schändliche Wort nicht auf das Heft geschrieben"

„Das wissen wir schon", antwortet Mama.

Christine guckt verdutzt: „Und wer war es dann, Mama?"

„Wir haben Kenntnis, dass du es nicht warst und das soll dir jetzt genügen", antwortet ihre Mutter.

Das Mädchen ist perplex. Das ist doch die Höhe. Warum haben sie nichts zu ihrer Entlastung gesagt, und sie auch noch geschlagen?

Egid ! Jetzt ziehen sich beiden ihre Unterhosen aus und stehen nackt da. Sie bringen Christine in Verlegenheit. Soll sie jetzt hingucken? Ja, sie riskiert alle beiden Augen. Mama hat viele Haare da unten. Soll sie auch zum Stiefvater gucken?

Naja, einen kurzen Blick kann sie sich schon noch getrauen. Es sind die Erwachsenen, die verbieten und erlauben was zu tun ist.

Ui ! Bei ihrem Stiefvater hängt ein weißer Rüssel zwischen den Beinen.

Mama fasst den Pimmel an: „Das ist ein männliches Glied, der Penis. Die Vorhaut ist bei jüdischen Männern beschnitten, somit liegt die Eichel frei und verunreinigt nicht. Bei Erregung schwellt der Penis an, er wir steif. Das nennt man Erektion und kommt so besser in die Scheide der Frau.

Das da unten, zwischen den Oberschenkeln sind die Hoden. Darin befindet sich der Samenleiter. Von dort dringt der männliche Samen durch die die Gebärmutter. So entsteht ein Kind.

Solltest du mal erotisches Verlangen oder Lust auf Sex verspüren, so darfst du niemals die Klitoris berühren. Man sagt auch Kitzler dazu. Diese weibliche Lust der sexuellen Hochgefühle verursacht, dass du verblödest. Du wirst irre. Also fasse weder die Klitoris an, noch lasse es einem anderem tun. Präge dir das ein. Es ist schlecht und du wirst blöd!"

Christine will aufstehen. Nicht nur weil sie spürt, dass ihr Höschen undicht ist und es sich das Ausscheiden der Periode unangenehm feuchtwarm auf ihren Schenkel anfühlt, sondern weil ihr die ganz Situation unangenehm ist und ihr sehr missfällt.

Mama hat sie als Hure und mit noch vielen scheußlichen Ausdrücken beschimpft und jetzt zeigen die beiden ungehemmt ihre Geschlechtsteile. Diese Editha fasst ganz ungeniert den Mann seine Dinger vor Christine an. Pfui wie unanständig. Dieser Stiefvater ist für sie ein fremder Mann. Und schon brüllt Christine und heult drauf los:

„Lasst mich in Frieden mit eurem Sex-Kram. Ich will das nicht sehen und auch nicht hören!" Und hält sich die Ohren zu.

„Bleib sitzen, wir sind noch nicht fertig. Du bist jetzt in der Pubertät, und es ist wichtig, dass wir über Sexualität mit dir reden. Oder hattest du mal ein traumatisches Erlebnis? Bei deiner Großmutter vielleicht? Sag es jetzt!" Erhitzt sich ihre Mama.

Nun wird es noch unangenehmer. "Nein, aber ich brauche einen frischen Schlüpfer und neue Einlagen."

„Da steckt dir das rein", Editha übergibt ihrer Tochter einige Servietten vom Tisch.
Wie peinlich ist das denn! Den Tisch als Versteck benutzend verstaut Christine unterm Rock die Servietten in ihren Slip und presst die Schenkel zusammen. Sie muss sitzen bleiben.

„Jetzt stell dich nicht so an. Das ist alles ganz natürlich, was wir dir zeigen. Aber nur aus einem Grund, damit du dich nicht an Burschen oder Männern ranmachst oder diese an dich. Dein Geschlechtsteil gehört zur Familiengründung. Aber nur, wenn man sich liebt.
Du kannst froh sein, dass du Eltern hast, die dich über den Akt eines Geschlechtsverkehrs und die möglichen Folgen aufklären.
Viele Mädchen und Jungen werden mit ihren Fragen bei körperlichen Veränderungen allein gelassen. Du warst doch selbst sehr überrascht über deine Veränderung am Körper. Es beginnt deine Reifezeit. Zum Glück hast du uns, die mit dem Thema Sexualität offen umgehen."
Editha hebt ihren Rock wieder hoch, der zwischenzeitlich runtergefallen war.
„Schau her! Das sind die Schamlippen und dazwischen ist die Klitoris. Und vor der Scheide hast du noch einen Schutz. Die Jungfernhaut, die das Eindringen von Schmutz und anderem verhindert. Wenn diese Haut durch einen Penis durchstoßen ist, bekommst du ein Kind."

Schockiert, springt Christine auf. „Ich muss zur Toilette!"

Das ist auch wahr. Sie hat nicht gelogen. Ihre Wasserblase zwickt, sie muss sich „trocken legen und sie möchte ganz schnell weg von der unbehaglichen Situation. Weg von dem ganzen Gerede. Weg von deren nackten Untergestellen. Es ist beschämend und unheimlich. Ihr kommt diese Vorführung nicht ganz geheuer vor. Wie kann sie sich vor einer Fortsetzung drücken?

„Da stimmt doch was nicht! Hast du bemerkt Raimund, wie sie aufgesprungen ist, als ich von der Jungfernhaut gesprochen habe?!
Komm sofort wieder rein und setzt dich hin! Hast du wohl schon mit Burschen oder Männern eine Berührung gehabt?! Geschlechtsverkehr !?"

„Mir geht's nicht gut! Ich gehe auf mein Zimmer. Gute Nacht!" Ruft sie vom Gang aus in Richtung Wohnzimmer. Sie verschwindet hastig mit einer Rolle Klopapier unterm Arm über die Holzstiegen.

So was Peinliches. Sind die zwei noch normal? Sie könnte sich jetzt selbst, wegen ihrer spontanen Entscheidung auf die Schultern klopfen und hofft, dass ihr keiner von den beiden ins Zimmer folgt.

Christine hört wie Raimund und Editha ins Schlafzimmer gehen, das gegenüber von ihrem Zimmer ist. Nach geraumer Zeit herrscht Stille im Haus. Christine schleicht sich nach unten, steckt die blutigen Fetzen, Servietten, Klopapier und den schmutzigen Slip in den Kamin und entfacht mit Zeitungspapier ein Feuer. Das hätte sie lieber nicht tun sollen.
Plötzlich schießt ein riesig stinkender Qualm aus den Ritzen der Schnittkanten vom Ofen hoch.

Aha, das Feuer braucht mehr Sauerstoff! Sie öffnet die Feuertür. So, jetzt ist sie auch noch voll Ruß und Funken sprühen.

Mit einem kurzen schockierenden Schrei schließt sie sämtliche Luftzufuhren wieder. Hilft leider nichts. Es stinkt und qualmt weiter.

Sicher ist der Ofen noch voll Asche. Na klar! Ihr Stiefvater hatte vor zwei Tagen eingeheizt, weil es zu kühl war. Aber die Asche später nicht ausgeräumt.

Die Asche muss raus, sonst verbrennen Slip und die Fetzen nicht. Sie zieht den Aschekasten vor und lässt ihn sofort auf die Fliesen fallen. Der Krach müsste Tote aufwecken. Brandblasen hat sie sich auch noch durch das schon heiße Blech zugefügt.

„Was ist denn hier los! Ich hatte schon geglaubt Einbrecher sind im Haus. Was treibst du denn da?" Raimund Bleisteiner steht wieder vor Christine.

Wie könnte sie ihr Tun dem Stiefvater erklären? Achselzuckend sagt sie nur „Hm".

„Na, mit dir haben wir uns ein sauberes Früchtchen eingefangen. Wie du ausschaust. Dreckig von oben bis unten. So gehst nicht ins Bett, verstanden? Wasch dich! Was ist denn nun mit der Asche? Sollen wir jetzt deinen Dreck wegschaffen?"

„hm" bemerkt Christine hilflos und zuckt abermals mit Schultern.

„Verschwind! Geh dich waschen. Ich kann dich nicht mehr sehen."

‚Ich dich auch nicht', denkt Christine.

Sie muss sich freilich waschen. Allein schon wegen des üblen Geruchs an ihr. In der Küche, überm Spülbecken hängt ein Rasierspiegel. Sie stellt sich auf die

Zehenspitzen, guckt rein und erschrickt vor sich selbst. Ihr Gesicht und die Haare sind voll Ruß und Asche.

Wie bekommt sie denn die Haare sauber? Das Wasser ist eiskalt.

Also stellt sie einen Topf mit Wasser auf den Gasherd, sucht den Gasanzünder und findet ihn nicht, weil er nicht an der üblichen Stelle liegt. Streichhölzer sind im Schub der Kredenz, dem Küchenbuffet. Sie sucht die richtige Brennstelle vom Gasherd, dreht am Schalter, hört das Gas ausströmen und zündet das Streichholz.

- Wuff –. Die Flammen schießen um den Wassertopf und haben Christines Haare die ins Gesicht hängen, angesengt. Schnell dreht sie die Flammen kleiner und wartet bis das Wasser heiß ist. Den weißen Hocker und die Waschschüssel mit etwas kaltem Wasser hat sie schon vorbereitet. Einen kleineren Emailtopf mit Wasser nimmt sie zum Spülen für ihre Haare.

Der Stiefvater ist wieder da. „Was ist? Bist du noch nicht im Bett? Ich wage nicht schlafen zu gehen, weil du wieder was anstellen könntest. Was treibst du jetzt noch? Du bist ja immer noch angezogen. Waschen sollst dich und sofort ins Bett!

Was sehe ich denn da? Du machst dir ein warmes Wasser?! So verwöhnt ist das Fräulein schon?

Was ist mit deinen Haaren passiert? Mach den Gasherd aus! Aber sofort!" Raimund schubst Christine zur Seite und schiebt den Gas-Hauptbahn auf „ZU„.

Lasse dir ja nicht einfallen, den wieder zu öffnen. Wasch dich, dann gehst schleunigst ins Bett!"

Ha! Das Wasser ist eh schon warm. Ätsch.

Sie stellt sich auf einen Schemel und prüft nochmals im Rasierspiegel ihre Haare. Ui, ein grässlicher Anblick. Den muss sie sofort ändern. Erstmal schneidet sie mit der

Schere, die auch in der Schublade mit den Streichhölzern gelegen hat, die angesengten Spitzen ab. Kämmt die obere Schicht ihrer Harre vors Gesicht und schnipp, schnipp, hat sie ihre geliebten Ponyfransen. So richtig frech sieht sie jetzt aus.

Ja, so siehst du gut aus, Christine. Sagt ihr der Rasierspiegel. Wohin jetzt mit den abgeschnittenen Haaren, damit es keiner bemerkt? Die mischt sie noch vor ihrer Gesamt-Körperpflege unter die Asche im Abfalleimer.

Eine riesen Prozedur ist das Waschen von Kopf bis Fuß. Nach dem schmutzigen Waschwasser zu urteilen, war die Körperreinigung dringend notwendig. Sogar wunderbar belebend. Das Mädchen wäscht sich sozusagen den ganzen Dreck ab. Abtrocknen, Nachthemd und Schlüpfer anziehen - fertig.

Einige Blätter vom Klopapier stopft sie in den Slip, legt sich mit noch feuchtem Haar ins Bett und fühlt sich rundum pudelwohl.

Ob es morgen wegen dem Ruß und der Asche wieder ein Donnerwetter geben wird? Es wird doch keiner morgen in der Asche wühlen?! Die Ponyfransen kann sie leicht zur Seite kämmen; das merkt keiner. Nicht darüber nachdenken. Schnell schlafen.

Das fast nun schon zwölfjährige Mädchen betet und flüstert wie immer am Ende anstatt dem Amen:

„Prinz wie geht es dir. Ich lebe wieder und habe jetzt Ponyfransen".

Tief und fest ist ihr Schlaf. Am nächsten Morgen weckt sie niemand. Es ist Sonntag. Kaffeeduft strömt in ihr Zimmer. Oh ja, auf das Frühstück freut sie sich sehr.

Kein Bauchweh mehr? Wie schön! Die Blutungen haben ziemlich aufgehört. Sie streckt sich, gähnt herzhaft und beguckt sich in den fast körpergroßen Schwenkspiegel, der überm Schreibtisch montiert ist.

Oh, wie toll sind doch die von ihr selbst modisch gestylten, großartig, schönen Ponyfransen. Jetzt bräuchte sie nur noch längere Haare für einen Pferdeschwanz. So käseweiß, wie die Tage zuvor ist sie auch nicht mehr.
Was soll sie heute anziehen. Naja, eine große Auswahl hat sie nicht. Etwas Warmes. Es ist zwar erst Herbst, aber es hat schon sehr winterliche Temperaturen.
Viel hat ist nicht im Schrank zu wählen. Sie holt einen hellblauen Pullover und einen dunkelblauen Rock hervor. Dieser reicht ihr bis zu den Knöcheln. In der Taille ist der Rock viel zu weit. Sie betrachtet sich wieder sich im Spiegel.
Grausam! Eine alte Frau schaut da raus. Zwar ohne Falten, jedoch altmodisch, fad, eintönig und voll uninteressant.
Sie möchte mal was Farbenfreudiges, Modernes, Neuzeitliches zum Anziehen. Fesch und geschmackvoll möchte sie erscheinen. Die Schuhe zwicken und drücken schon lange. So hässliche, abgelatschte Goiserer ziehen nicht mal die Grubenarbeiter unter Tage an. Es sollte ihr egal sein, denn Eitelkeit ist eine Sünde. Ja schon, aber weh soll`s nicht tun!
Normalerweise dürfte sie sonntags zu den Freundinnen. Möchte heute nicht. Ihre Freundinnen haben sie eh längst vergessen. Sie scheut sich, sich blicken zu lassen. Keine einzige, nicht mal Ingrid, hat nach ihr gefragt.
Mit einem Gummiband rollt sie den Rockbund so weit ein, bis man ihre Knie sieht und streift den hellblauen Pulli darüber.

Ja, so sieht`s besser aus. Christine freut sich über ihren Einfall, geht runter in die Küche zum Frisch machen. Setzt ihre Zahnbürste zum Putzen an, da hört sie verschiedene Stimmen aus dem Wohnzimmer. Noch mit dem Zahnpasta-Schaum im Mund guckt sie interessiert durch den Türspalt. Helene ist da. Christine reißt die Tür auf, läuft zu Helene - sie umarmen sich freudig.

„Ja, mei, bist du gewachsen. Fast drei Jahre haben wir uns nicht gesehen. Wie geht's dir denn Christerl?"

„Gut. Und Dir ?" Helene ist vier Jahr älter als Christine und die Halbschwester von Editha, die Tante von Christine. Von Mama wird Helene wie Edithas Kind, aber herzlicher als Christine behandelt. In der Vergangenheit war es so, dass Helene neue Kleidung und Schuhe von Editha erhielt, wenn auch Christine welche bekam. Christine war nie eifersüchtig. Das war halt so.

„Runter mit dem Rock! Du schamloses Weibsbild", befiehlt Editha als sie Christine mit dem aufgerollten Kleidungsstück sieht. „Schau sie dir richtig an, Helene, wie aufreizend sich dieses Ding schon herrichtet!"
Mama steht ruckartig auf, Christine zuckt zusammen, doch Editha verschwindet eilends in der Küche. Jetzt sind Helene und Christine allein im Wohnzimmer.
„Ich arbeite in der Kleider-Fabrik und verdiene schon sehr viel Geld. Schade, dass ich deine Größe nicht gewusst habe. Ich hätte dir ein schönes Kleid mitgebracht, Christl. Also ich kann mich an den Namen „Christine" nicht gewöhnen. Du warst und bleibst immer unsere Christl. Komm halt mal zu uns", meint Helene.
„Oh-ja! Das wäre schön! Ach, Helene, mir ist es persönlich total wurscht, wie man mich nennt. Hauptsache nicht so schlimme Worte, wie Weibsbild, Drecksau, Schlampe und so weiter". Christines Mine

verfinstert sich. Sie denkt auch gleich an den Brief, den sie Mutti – Großmutter - geschrieben hat. Sagt aber weiter nichts mehr.

„Ist sie immer noch so erbärmlich schlecht zu Dir, wie früher?"

„Mhm", nickt Christine.

„Sag, was sind denn das für Fetzen, die an eurer Wäscheleine hängen. Schaut ja urkomisch aus. Verschandelt den ganzen Garten", fragt Helene.

Christines Gesicht rötet sich, sie senkt den Kopf und flüstert

„Das sind die Menstruation-Stopper für meine Regelblutungen."

Helene ist erstaunt „Was ist das? Du meinst für die Monatsblutung, für die Periode?"

„ja"

Mama, stellt Kaffee und belegte Brote auf den Tisch. „Da, iss was und dann gehst wieder auf dein Zimmer. Ich habe mit Helene was zu besprechen. Greif zu Helene, lasse es dir schmecken." Und Mama lächelt.

„Ba-Ba Helene, Bussi"

„Bussi, Ba-Ba. Ich melde mich nochmals bei dir, wenn ich geh", ruft Helene Christine zu, die gerad die Türklinke drückt, aber stehen bleibt. Helene sitzt genau an dem Platz auf der Eck-Couch, wo Christine gestern Abend gesessen hat! Scheint ein eigens spezieller Verhörplatz zu sein.

„Editha?" Fragt Helene vorsichtig, „seid ihr so arme Leute."

„Wieso?" entrüstet sich Editha.

„Naja, hm". Helene schüttelt den Kopf. Wenn ich die Fetzen an eurer Wäscheleine sehe, könnte man denken, hier ist das Armenhaus selbst."

„Das verstehst du nicht. Das ist Erziehungssache".

„Erziehungssache? Sag jetzt bloß nicht, die Fetzten gehören Christl?"

„Ja. Na und ?"

„Für was denn? Wozu so fleckige, ja fast noch dreckige Fetzen waschen, die schmeißt man doch weg! Schade ums Waschpulver!"

„Für ihre Menstruation", entgegnet Editha.

Oh, mei, oh mei! Du meinst für ihre Regel. Gibt's in eurem Bezirk keine Binden zu kaufen oder seid ihr wirklich so arm? Verwendest du für deine Periode auch solche Fetzen?" Fragt Helene teils herausfordernd und andernteils entrüstet.

„Lassen wir das. Ich habe mit Dir was anderes zu besprechen". Editha bemerkt, dass Christine noch im Raum steht."

"Du sollst doch auf dein Zimmer gehen. Du hörst wohl schlecht, neugieriges Geschöpf."

Was die beiden wohl zu besprechen haben, hätte Christine jetzt gerne gewusst. Ob Helene auch über die Geschlechtsorgane aufgeklärt wird? Ah, der Raimund

Bleisteiner fehlt. Er sitzt heute wieder im Wirtshaus, an seinem Stammtisch. Großvater war früher auch dabei. In letzter Zeit kommt er gar nicht mehr aus seiner Kammer. Wenn beide, Mama und der Stiefvater aus dem Haus sind, wird Christine wieder nach ihm sehen. Schnell sich noch ein Stückchen Brot in den Mund steckend zwinkert sie Helene zu und geht.

Es dauert lange, sehr lange bis Helene sich meldet. Dann kommt sie auch nicht mehr rauf in Christines Zimmer, sondern steht unten an der hinteren Eingangstür und ruft rauf zum Zimmer-Fenster hoch: „Tschüss, Servus Ba-Ba Christl, ich geh jetzt!"

Traurig antwortet ihr Christine von oben: „Wir haben uns so lange nicht gesehen und kaum miteinander gesprochen."

„Du kommst mal zu uns auf Besuch, versprochen?"

„Mhm". Christl winkt ihr ein paar Handi-Bussi zu und schließt enttäuscht das Fenster.

Helene ist weg. Im Wohnzimmer ist es still. Ist sie allein im Haus? Sie wartet geraume Zeit und geht zum Großvater. Klopft leise an der Kammertür. Es rührt sich nichts. Sie öffnet die Tür einen Spalt, guckt hinein. Großvater liegt mit geschlossenen Augen, aber wach im Bett. Der Gesichtsbart ist weiß, dicht und lang. Großvater könnte ein Weihnachtsmann sein.

„Was ist mit dir Großvater?"

Er dreht seinen Kopf langsam zur Tür: „Bringst du mir was zu essen? Die haben mich vergessen."

Wie gut, dass sie nach dem armen Mann geguckt hat. Schnell stellt sie Wasser für Tee auf, bestreicht zwei Brote mit Butter, legt ganz dick Wurst darauf. Schneidet die Brote mundgerecht und nimmt die größte Tasse die sie findet für Großvaters Tee.

Sie hilft Großvater sich aufzusetzen, steckt ihm noch ein Kissen in den Rücken, legt ihm einen Decke über die Schultern, stellt ihm das Nachtkästchen mit dem Essen dicht ans Bett, öffnet das Fenster einen Spalt und entleert den Nachttopf im WC. Dann hört sie, wie Schlüssel am vorderen Eingang in die Tür.

„Ba-Ba- Großvater, es kommt wer", sagt sie erschreckt.

Schnell trägt sie den leeren Teller und das Tee-Häferl in die Küche. Spült alles unter kaltem Wasser, trocknet die Teile tüchtig ab, stellt alles auf den alten Platz und huscht flink die Treppen zu ihrem Zimmer hoch. Wenn jemand durch die vordere Eingangstür will, muss er zwei Türen öffnen. Und das gibt Christine einen gewaltigen Vorsprung. Raimund Bleisteiner ist es. Er ist wieder betrunken - total besoffen. Unverständliches Gesabber und Geplapper quellt aus ihm. Sein Gelalle klingt frustriert und sehr unzufrieden. Schreit noch ein wenig rum, stolpert über Stühle und dann hört ihn Christine schnarchen. Sie geht geräuschlos runter, stellt die umgefallenen Sessel hoch, riecht den Alkohol und sieht ihren Stiefvater ganz und gar blau auf der Eck-Couch liegen.

Gott sei Dank schläft er. Hat man wenigsten seine Ruhe vor ihm. Sie guckt nochmals nach Großvater schließt das Fenster, drückt ihm ein Bussi auf die Stirn

„Ba-Ba, Großvater, ich lese noch ein bisschen in meinem Zimmer. Morgen ist wieder Schule, ich will mich ein bisserl vorbereiten."

„Tu das, mein Sonnenschein und komm bald wieder".

☽✾ ✫▢✫ ✤☾

132

Das Gericht

Eine neue Woche beginnt. Für die folgenden Unterrichtsstunden hat sich Christine gut vorbereitet. Sie freut sich schon, aufs Neue richtig mitarbeiten zu können. Das würde ihr wieder großen Spaß machen. War sie doch in den vergangen Tagen fast nur teilnahmslos rumgesessen.

Man hat sie als Klassensprecherin vorgeschlagen. Das wollte Christine nicht. Nur, weil ihre Kameradinnen hartnäckig waren, hat sie sich zur dritten Klassensprecherin – für Notfälle - überreden lassen und die Wahl angenommen. Es geht ihr nämlich mehr darum, schwächeren Schülerinnen zu helfen. Und das hat Christine immer schon in den Pausen und nach der Schule gerne und gut getan.

Am frühen Montagmorgen dann die bittere Enttäuschung: „Heute kannst du nicht in die Schule. Wir müssen aufs Gericht. Die schriftliche Entschuldigung bekommst du morgen mit. Zieh dir was Seriöses an und beeile dich. "

Christine mault vor sich hin und geht wieder die Treppen zu ihrem Zimmer hoch: Was Seriöses anziehen soll sie. Pah! Was hat sie denen schon für eine große Auswahl? Erstens fast nichts im Schrank und zweitens ist sie immer seriös gekleidet. Altmodisch und hässlich. Was das wieder für ein Tag werden soll? Jetzt kann sie nicht im Unterricht „glänzen„. Und WER hat ihr dies wieder mal vereitelt? Ihre Mama! Mürrisch und fortwähren vor sich hin schimpfend kleidet sie sich an.

Ein ungutes Gefühl verspürt sie in der Magengegend. „Mama, bekomme ich heute wieder kein Frühstück?"

Editha schaut sie verblüfft an: „Wirst schon nicht verhungern. Du bekommst eine Wurstsemmel unterwegs."

Das versöhnt Christine. Sie laufen bis zur Tram zirka 15 Minuten. Mit der Straßenbahnlinie 46, fahren sie bis zur Endstation. Dann steigen sie in Linie 52 um.

Sie stehen vor einem ganz normalen großen Haus, das die Beschriftung „Bezirksgericht" trägt. Aha, so sieht also auch ein Gerichtsgebäude aus. Christine hat sich ein Gebäude der Justiz ganz anders vorgestellt. Wo ist denn Statue der Justitia, die Göttin der Gerechtigkeit?

Mit der Straßenbahn ist sie oft vom wunderschönen Gebäude im Baustil der Neurenaissance mit vielen Statuten, vorbeigefahren. Die Marmorstatue der Justitia mit vergoldetem Schwert und Gesetzbuch ist da drin. Ah, diesen Wiener Justizpalast hat sie jedes Mal bewundert.

Heute geht sie also in ein Gerichtshaus wirklich ganz rein. In das Bezirksgericht für Zivilrechtssachen Wien 14., und 15., Bezirk Am Eingang liest sie: „Sicherheitskontrolle und Einlaufstelle". Beinahe hätte sie über das Wort gelacht. Ihr war nur nicht zum Lachen zu Mute. Sie weiß nicht was sie hier soll.

Breite, steinerne Stufen führen Editha und Christine in das obere Stockwerk zu den Verhandlungssälen H und J. Am Ende des Gangs entdeckt sie Mutti, die Großmutter mit Helene.

Sie war kurz davor jubeln und zu winken. Ach, was ist das doch für eine schreckliche Situation. Dieser böse Brief, den sie an Mutti schrieb, hat das ganz Verhältnis verdorben. Ein großes Familiendrama hat sie mit dem Schreiben heraufbeschworen. Und warum ist Helene auch hier?

War sie deswegen zu Besuch da? Und Christine haben sie in ihr Zimmer geschickt. Sicher haben sie sich wegen dem Brief an Mutti unterhalten. Aber warum so heimlich ?

Christine bekommt eine Heidenangst und ihr Herz klopf bis an die Gurgel. Sie wollte doch den Brief gar nicht schreiben. Jetzt muss sie abwarten, was geschieht.

„Ich muss aufs Klo", bettelt sie, denn ihre Blase drängt.

„Muss das jetzt sein, wir werden gleich aufgerufen. Ah, da ist Papa!"

Herrjemine! Mama bekommt auch noch Verstärkung durch Raimund Bleisteiner, den Stiefvater. Christine geht's gleich an den Kragen.
"Ich muss aufs Klo, ganz dringend". Sie zappelt von einem Bein aufs andere.

„Na dann geh halt mir ihr. Ich sage Bescheid, dass ihr auf der Toilette seid", hört sie ihren Stiefvater sagen.
Endlich ist sie auf der Toilette. Ein unbehaglicher Umstand ist entfernt. Was für eine Erleichterung.
Der Gerichtsdiener wartet schon. Die Personalien von Editha, Raimund und Christine werden aufgenommen.

„Du kommst jetzt mal mit mir", sagt die fremde Frau, legt ihre Hand an Christines Schulter und führt das Mädchen über den Gang in ein kleines Zimmer. Darin stehen zwei Polizisten in Uniform, die den beiden entgegen blicken.
Oh, Gott! Christine kommt ins Gefängnis. Und die Harnblase meldet sich wieder.
Die Dame in Zivil setzt sich ungehemmt, fast gemütlich auf ein kleines Podium.
Der eine der Polizisten stellt einen Stuhl vor die Frau:
„Setzt dich hier hin Mädchen. Hab keine Angst. Hier tut dir niemand was. Dafür sind wir ja da, als deine Beschützer".

„Ich heiße Cornelia und werde dir ein paar Fragen stellen". Sie öffnet den Aktendeckel und fragt:
„Heißt du nun Christine oder Christl? Deine Mutter sagt Christine hier steht aber Christl. Wie willst du genannt werden?"
Christine zuckt mit den Achseln.
„Dann nenne ich dich Christine. Du bist doch nicht die Christl von der Post, oder?"
Christl verzieht fast schmerzlich ihre Lippen. Es sollte ein Lächeln sein.

„Weißt du warum du hier bist?" fragt diese Frau Cornelia."

Christine schaut ängstlich zu den beiden Polizisten, die an der Wand neben dem Fenster stehen. Sie lächeln sie beide an, dann stellt sich der eine neben die Tür.
„hab keine Angst, Christine. Du darfst und sollst auch hier alles sagen was du weißt".

„Hm, Christine, weißt du warum du hier bist? Soll ich dir helfen? Bitte rede mit mir." sagt die Frau wieder.

„Wegen dem Brief?" flüstert Christine.

„Dem Brief. Aha. Welchen meinst du jetzt. Ich hab`s vergessen"

„Ich meine den Brief an Mutti, die ich jetzt Großmutter nennen muss". Erklärt Christine.

„Du magst wohl die Mutti, gell? Warum musst du sie jetzt Großmutter nennen?"

„Ja, ich mag sie. Aber sie mich nicht mehr. Sie ist doch die Mutti von Mama und nicht meine Mama."

Ahaaa, das leuchtet mir ein, sagt Frau Cornelia. „Dann ist die Mutti also deine Oma.

„Mhm, ja, ich verstehe. Du hast auch noch eine Schwester, die Helene heißt?
„Helene ist nicht meine Schwester. Wir sind zusammen bei Mutti aufgewachsen."

„Ach ja, stimmt, Helene ist die Halbschwester deiner Mama. Richtig.
Du sag mal, hast du dich gut mit Helene vertragen? „
„ja"
„Und? Habt ihr zusammen gespielt und was unternommen? Besuche zum Beispiel?„
„Ja"
„ Wo ward ihr denn dann und bei wem?"
„Das war verschieden."
Christine weiß nicht was diese Frau will. Nochmals schaut sie hilfesuchend zu den Polizisten. Diese nicken ermutigend und lächeln sie freundlich an.
„Du brauchst keine Angst vor mir zu haben. Hier geschieht dir nichts. Hier steht, dass dein Sozialverhalten hervorragend ist und du eine gute Schülerin bist. Gefällt es dir in der Schule?"
„Ja"
„Hast du Freundinnen?"
„Ja"
„Auch Freunde? Ich meinen männliche Freunde?"
„Nein"
„Gar keinen, dem du alles sagen kannst, was dich bedrückt oder freut?"
„Doch. Den Großvater"

„Ah, ja. Der Großvater. Der Mann deiner Mutter, der Großmutter? Welcher Großvater ?!"

„Na der" - Christine überlegt - „ich weiß nicht ob es der Onkel oder der Vater von Raimund Bleisteiner ist. Wir wohnen zusammen in dem Siedlungshaus. Großvater hat das Haus gebaut."

„Ah, und das ist dein Freund."

„Ja. Ich hatte auch einen Hund. Den darf ich aber nicht zu mir nehmen"

„Schade. Wie heißt denn dein Hund?"

„Prinz"

„Was für ein schöner Name. Und wo ist der Prinz jetzt?"

„Bei der Mutti oder bei der Roswitha. Ich weiß es nicht".

Tränen rollen über Christines Gesicht. Sie fühlt sich so gar nicht wohl in ihrer Haut. Die Frau stellt so komische Fragen. Und anscheinend wird der Frau die Zeit zu knapp. Sie sieht ständig auf ihre Armbanduhr.

"So Christine, wir machen mal eine kurze Pause. Wir wollen mal was gutes Essen und Trinken. Hast du Hunger?"

„Ja"

Christine geht in Begleitung mit den Dreien in einen hellen Raum. Sie setzen sich zu einem Tisch. Die Tür geht auf und ein Zivilmann bringt auf einem rollenden Servierwagen einige silberne Kuppeln, Flaschen mit Almdudler-Limonade und Strohhalme.

Unter den Kuppeln waren Wiener Schnitzeln mit Salat.

„Guten Appetit ", sagen die drei und fordern Christine auf zu essen.

Wo sind Mama, der Stiefvater, Mutti und Helene? Egal. Das Schnitzel riecht so gut und sie denkt jetzt nur ans Essen. `

Alles hat Christine aufgegessen. Und den Almdudler völlig mit dem Strohhalm ausgeschlürft. Einfach lecker. Es wäre auch zu unhöflich, hier was stehen zu lassen.

Sie ist mindestens schon seit fünf Minuten fertig. Doch die drei Beamten lassen sich Zeit und unterhalten sich formlos, ja, sie lachen sogar.

„Bist du satt Christine, hat`s geschmeckt?" Fragt Frau Cornelia.

„Ja, danke. Es war sehr gut".

„Möchtest du noch einen Almdudler?"

Der war schon gut, der Almdudler. Aber sie traut sich nicht ja zu sagen und schaut beschämt zu Boden. Alle drei begleiten Christine wieder in den Raum mit dem Podium. Christine soll sich wieder auf den Stuhl setzen und die Frau setzt sich abermals auf die Stufe vom Podium. Ein Polizist drückt Christine eine Flasche Almdudler mit dem Strohhalm in die Hand und meint:

„Wenn sie dich so viel fragt und du antworten sollst, wird vielleicht deine Kehle trocken. Zieh ein paar Schluck daraus", grinst und stellt sich erneut zur Tür.

Frau Cornelia sitzt jetzt breitbeinig auf der Stufe vom Podium und hebt ihren Rock bis zu ihrer rosa Unterhose.

Erstaunt und unangenehm überrascht blickt Christine wieder zu den beiden Polizisten. Die verziehen keine Mine.

„Weißt du was Sexualstraftäter sind, Christine?"

„Nein"

„Das sind Menschen, die anderen Menschen wehtun; sie vergewaltigen, missbrauchen und nötigen. Vor solchen Menschen müssen wir andere, besonders Kinder schützen. Verstehst du das?"

„Ja"

„Ist dir schon so was Ähnliches passiert, Christine?"

„Nein"

„Personen, die reale Sexualkontakte mit Kindern ausleben, nennt man Pädophilie. Sie haben eine psychische Störung. Hast du schon mal was davon gehört oder Kontakt gehabt, Christine?"

„Nein"

Christine hat das Gefühl, dieser Frau Cornelia gefallen ihre Antwortet nicht.

„Hast du einen Onkel mit Helene besucht?

„Ja"

„War die Tante von dem Onkel, also seine Frau auch zu Hause?"

„Manchmal"

„Wenn die Frau vom Onkel nicht zu Hause war, was habt ihr dort gemacht?"

„Geputzt"

„Geputzt. Du allein?"

„Nein, mit Helene. Und die hat zur Hilfe noch eine Freundin mitgenommen. Die beiden haben das große Zimmer geputzt und ich die Küche."

„Ganz allein warst du in der Küche und hast geputzt. So tüchtig bist du schon. Was war denn das für ein großes Zimmer?

„Ein Schlafzimmer, weil ein großes Bett drin ist."

„Aha. Wolltest du nicht bei den anderen sein?"

„Doch, weil die waren so lustig. Haben gelärmt und gelacht. Aber ich durfte nicht rein. Ich wäre noch zu klein für eine kräftige Polster Schlacht hat Helene gesagt und die Tür versperrt."

„Und der Onkel? Was hat der Onkel gemacht, wenn die Tante nicht da war."

„Der kam meistens, wenn wir mit dem Putzen fast fertig waren."

„Und? Hat sich der Onkel über so viel fleißige Heinzelmännchen gefreut?"

„Ja"

„Und wie hat er das gezeigt?"

„Naja, die Eingangstür war ja gleich bei der Küche, da hat er mich als erstes gesehen".

„Hat er dich zu den anderen beiden Mädchen gelassen, zur Helene und ihrer Freundin?"

„Er wusste doch nicht, dass Helene mit einer Freundin im anderen Zimmer ist. Es sollte doch eine Überraschung sein, dass wir putzen."

„Ach so. Hat er sich dann über dich sehr gefreut?"

„ ja"

„Wie zeigte er dir das? „

„Er hat mich hochgehoben und auf den Tisch gesetzt"

„Und weiter?"

„Nix weiter. Ich sollte den Bartwisch und die Schaufel aus der Hand geben."

„Schreib ins Protokoll zum „Bartwisch" Handfeger" dazu, fordert Frau Cornelia den einen Polizisten auf und wendet sich wieder Christine zu:

„Warum solltest du den Handfeger und die Schaufel aus der Hand geben?

„weil ich schon fleißig genug war und nicht mehr putzen brauche, hat er gesagt."

„Hat er dich berührt?"

„Beim Hochheben? Ja, natürlich".

Plötzlich schiebt Frau Cornelia ihren Rock samt ihrer rosa Unterhose ganz hoch, sodass Christine einen Teil der Vulva sehen kann und fasst sich paarmal mit der Hand auf ihre Schamlippen.

„Schau her. Hat er dich da angefasst?"

„Pfui Teufel, sind sie ein Schwein ", ekelt sich Christine und senkt den Kopf.

Spontan schiebt einer der Polizisten Christine aus der Tür.

Draußen stehen an einem Ende vom Gang wieder Helene und Mutti, am anderen Ende ihr Stiefvater und Mama.

Einer der auf Christine aufpassenden Polizisten geht auf Mama zu und schüttelt mit dem Kopf und sagt laut „ nein". Sie bekommen ein schriftliches Protokoll zugesandt.

„Und Helene?" fragt Editha neugierig.

Der Polizist wendet sich zu der verdatterten Christine, die krampfhaft die noch fast volle Almdudler-Flasche in der Hand hält, zwinkert ihr mit einem Auge zu, lächelt sie an, dreht sich schweigend um und geht.

Weder Editha noch Raimund Bleisteiner beachten Christine. Sie läuft wie ein Hündchen hinter dem fortwährend tuschelnden Paar.

Das verunsicherte Mädchen hält sehnsüchtig Ausschau nach Mutti und Helene. Sie sind nicht mehr zu sehen.

Mutti mag sie nicht mehr, das ist nun klar. Ist auch verständlich. Was hätte sie aber andres tun können? Christine musste doch den Brief schreiben. Sie dachte am Gericht, es ginge um den Brief. Dabei wurde sie wegen dem Onkel ausgefragt. Diese Frau Cornelia war nicht ganz normal. Dass so eine ordinäre Person im Gericht sein darf? Sie hat sich nicht mal vor den beiden Polizisten geschämt. Ob Christine wohl mit einem Nachspiel rechnen muss, weil sie diese Frau „Schwein" genannt habe? Das ist ihr einfach so rausgerutscht. Ach nicht mehr darüber nachdenken. ´

Teilnahmslos, schwerfällig folgt sie den beiden, der Mama und dem Stiefvater bis nach Hause.

„Verschwind in dein Zimmer. Ich will dich heute nicht mehr sehen", sagt Mama und Christine gehorcht passiv.

Apathisch setzt sie sich an ihren Schreibtisch, der Kipp-Spiegel steht noch auf „blind„, sodass sie sich nicht sehen muss. Unfähig irgendwas Sinnvolles zu tun, starrt sie vor sich hin. Sie kann das Geschehen am Gericht kaum fassen. Unverständlich, dass Christines Mutter so ein Verfahren ihrer Mutti, Helene ihr und antut.

Mama hat Mutti also angezeigt, weil sie dachte, oder besser gesagt, sie hätte gewollt, dass der Onkel Helene und Christine sexuell missbrauchte. Deswegen hat Editha Helene in die Siedlung bestellt. Und Christine zu sich für ihre persönliche Rache geholt. Nur deswegen. Wie traurig.

Aber dieser Plan ist nicht aufgegangen. Christine hat ihn durchkreuzt. Was kommt nach? War`s das? Ist dann Frieden in dem Haus?

Das glaubt Christine nicht. Sicher macht Editha ihre Tochter für den missglückten Plan verantwortlich. Jetzt wird sie ihre Tochter erst recht piesacken. Deswegen musste sie auch den Brief schreiben. Weil dieser Brief von der Christl, Mutti besonders verletzen würde, und das hat er auch getan.

Der Trumpf für Editha wäre jetzt gewesen, Anges Prochazka eine Aufsichtspflicht-Verletzung nachweisen zu können. Wenn der Onkel Christine sexuell berührt hätte, wäre ihr zweiter Racheakt aufgegangen. Wollte der Onkel das denn? Der Onkel hörte Helene und die Freundin im großen Zimmer toben und lachen. Dann hat er seine beiden großen Hände von Christines Hüften getan, ist ins andere Zimmer gegangen und Christine ist vom Tisch gesprungen. Schaufel und Besen stellte sie auf den Platz und ist zu Prinz nach Hause gelaufen. Vielleicht Helene? Oder irgendwann mal Editha? Ihre Mama ? Denn wieso hat Mama annehmen können, dass dieser Onkel sie und Helene sexuell missbraucht haben könnte? Oder hat Editha das alles nur erfunden um ihrer Mutter, Agnes Prochazka eins auszuwischen?

Wenn sowas vorgefallen wäre, hätte Helene es eher Christine gesagt als ihrer Halbschwester Editha.

143

Dass Editha Helene ausgehorcht hat, oder aushorchen wollte, war sonnenklar. Deswegen war Helene am Sonntag eingeladen. Was allerdings Helene ihr gesagt hat, weiß Christine nicht. Aber vom Onkel und der Tante musste sie etwas erzählt haben. Helene und Christine bekamen oft Süßigkeiten und Obst von beiden. Die Kinder freuten sich, wenn sie erfahren haben, dass die Tante wieder für ein paar Tage zu Mutti kommt. Besonders auf die Bensdorp Schokolade. Alle drei Sorten hatte die Tante doppelt in ihrer Tasche.

Die Tante und der Onkel waren immer herzensgut und liebenswürdig. Wenn die Tante bei Mutti zu Besuch war, bekam Christine ein ordentliches Frühstück. Der Kakao schmeckte so richtig nach Schokolade. Christines lange dichte blauschwarze Haare hat sie so lange gebürstet, bis sie glänzten. Dann bekam sie mal Schillerlocken oder Zöpfe geflochten. Aus den oberen Haaren drehte die Tante eine tolle Rolle, die mit vielen Haarklammern festgehalten war. Riesige rosa Schleifen vollendeten die ganzen Haarpracht.

Jetzt mögen die Tante und Onkel Christine auch nicht mehr.

Aber was kann sie tun, wenn Mama wieder böse zu ihr ist und einen Tobsuchtsanfall bekommt? Fortlaufen? Wohin? Großvater fragen! Ja, das wird sie. Wenn die beiden außer Haus sind, erzählt sie alles dem Großvater. Christines Herz ist sehr schwer. Sie legt sich samt ihrem Gewand auf den Bauch aufs Bett. Das Gesicht ins Kissen gedrückt, grübelt sie noch lange bis sie ohne es zu merken einschläft und erst am nächsten Morgen erwacht.

Dienstag ist`s. Sie muss zur Schule. Im Haus ist alles still. Wie spät ist es denn? Oh, nein! Sie hat vergessen den Wecker aufzuziehen. Er ist stehen geblieben. Leise steigt sie runter ins Wohnzimmer. Die Uhr zeigt bereits halb Neun.

Sie ist viel zu spät dran und schämt sich, wenn sie zu spät zum Unterricht erscheint.

Sie beschließt, heute auch nicht zur Schule zu gehen.

Sollen sie sie doch rauswerfen. Es ist ihr egal.

Wo ist denn die Entschuldigung für den gestrigen Tag, die Ihr die Mutter schreiben wollte. Nirgendwo eine zu sehen. Gott sei Dank sind die beiden heute nicht da. – Großvater schießt ihr in den Kopf.

Sie klopf an Großvaters Kammer und sagt gleichzeitig „bist du wach, Großvater?"

„Ja. Komm nur rein".

Oh, dicke Luft im Raum. Nein, nicht nur sprichwörtlich, sondern echte stickige Luft zum Schneiden.

„iiii…. Großvater, da stinkst aber gewaltig." Sie öffnet das Fenster und zieht den zum Überlaufen übel riechenden Nachttopf vor. Nase zuhaltend entleert sie ihn im WC und spült ihn aus.

Jetzt kann sie wenigsten wieder richtig durchatmen.

„Großvater, kannst du aufstehen? Ich möchte hier mal richtig durchlüften und sauber machen. Aber als aller erstes stärken wir uns mit einem riesen Frühstück, OK?"

Der gebrechliche alte Mann setzt sich mühevoll auf und schiebt seine Beine aus dem Bett. Christine ergreift seine Unterarme, und sie bewegen sich ins Wohnzimmer. Sie rückt den Sessel hinter ihm hin, in dem er früher saß und steckt ihm ein Kissen in den Rücken:

„So, Großvater! Gleich gibt ein gutes Happi-Pappi-Schmatzi. Tee oder Kaffee, Großvater? „

„Kaffee kannst auch schon kochen? Ja, den möchte ich mal. Aber schwarz und heiß wie die Hölle und trotzdem stelle Milch und Zucker dazu" lacht er schwach, der liebe Großvater."

Großvater versteht Christines Aussprache und bei ihm kann sie sein, wie sie eben ist. Es ist so erholsam, wenn

Editha und Raimund nicht im Haus sind. Sie ist wieder fröhlich. Verspürt Freude, weil sie gebraucht wird und sammelt dadurch abermals Kräfte.

Ein großes Häferl mit dem „Schwarzen Braunen" für Großvater.
„Der große Braune für den Herren, der sich gleich eine „Wiener Melange" mischt. Und da ist der Zucker, bitteschön."
Dazu legt das Mädchen zwei trockene Semmeln, die der Großvater normalerweise in seinen Kaffee bröckelt und dann auslöffelt.
„Wenn du willst Großvater, kannst auch meine Wurstsemmel haben. Ich mache mir dann ein Brot", dabei schneidet sie ein Stück ihrer Wurstsemmel ab und legt es Großvater zur Kaffeeschale.

„Kann mich gar nicht mehr erinnern, wann ich das letzte Mal eine Wurstsemmel gegessen habe und kaut bedächtig und genussvoll an dem kleinen Stückchen."
„Willst noch ein Stück, Großvater? „
„Nein, nein, das war ganz gut, aber eine Semmel genügt mir schon. Die bröckle ich mir am liebsten ein. Gut schmeckt dein Kaffee. Wenn die zwei weg sind, kann man sich so richtig entspannen. Die zwei sind wie Teufel. Ich sag's nicht gern, aber deine Mutter ist der schlimmere."

„Großvater, ich war gestern auf dem Gericht, und ich will dir was erzählen."
„Nur raus damit. Was war los?"
Christine holt für Großvater noch eine weiche gelb und rotbackige Birne, schneidet sie in Stücke und erzählt den vollständigen gestrigen Tagesablauf. Großvater hört interessiert und aufmerksam zu.

„So ein Luder. Dass Raimund bei dem bösen Spiel mitmacht zeigt mir, dass er blind vor Liebe ist. Deine Mutter hat meinen Neffen total umgedreht. Nie hätte er jemals so was zugelassen. Sie hat dich als Druckmittel benutzt. Mein kleiner Engel, pass auf dich auf. Ich kann dir leider keine Hilfe sein. Habe hier nichts mehr zu sagen, darf nicht mal mehr aus der Kammer."

„Großvater, du bist mir doch ein eine Hilfe. Eine ganz große sogar. Die einzige die ich habe, weil ich dir alles sagen kann und du mir zuhörst. Dadurch machst du mich stark."

„Ich weiß auch nicht, was ich dir raten könnte. Du machst alles richtig, mein Sonnenschein. Nur eines kann ich dir raten, lerne, lerne, lerne. Bildung hilft dir im Leben am meisten. Das andere, wie die große Liebe oder Spaß im Leben kommt dann perfekt und zum richtigen Zeitpunkt."

„Danke, Großvater. Aber weißt du, das Lernen fällt mir sehr oft recht schwer. Es bleibt einfach nichts im Hirn haften. Manchmal bin ich ganz leer."

Du schaffst das schon, weil du willst. Diejenigen, denen das Lernen in den Schoß fällt, sind auch nicht immer die Klügsten. Meist sind es Besserwisser mit angeborener Intelligenz. Diese Leute brauchen sich zwar nicht recht anstrengen, doch ohne Willen bringen sie es auch zu nichts. Die meisten sind egoistisch. Nur auf ihren eigenen Vorteil bedacht. Wirtschaften in ihre eigenen Taschen. Dabei könnten diese Menschen wirklich die Welt verbessern. Lieber halten sie andere dumm und verweigern denen die Bildung, damit sie dann diese hemmungslos ausbeuten können.

Du hast doch von der Kreuzrittern und deren Kreuzzüge gelesen? Das Mittelalter war das schlimmste Zeitalter überhaupt. Der Glaube an Hexen und Hexenmeister. Wie lange hat es gedauert, dass Menschen dem Aberglauben nicht mehr verfallen. Die machtbesessen Intellektuellen tun sich leichter mit Ungebildeten. Ein borniertes, stupides, hohlköpfiges Volk, lässt sich leichter beeinflussen.

Deine intellektuellen Fähigkeiten, den IQ kannst du auch durch äußere Einflüsse und Gehirntraining steigern. Das tust du ja schon, indem du deine Gedichte, Liedertexte auswendig lernst, liest, singst und im Unterricht gut aufpasst. Dich konzentrierst.

„ Du hast aber auch studiert, Großvater!" Wirft Christine ein.

„Sag ich doch. Die meisten denken, wenn sie jung sind, mehr an die eigene Karriere, ihren Wohlstand und ihren Erfolg. Ja, eigentlich nur an sich. Egoisten eben. Ich war auch einer von denen. So mein Kind, jetzt bin ich wieder müde."

Christine gibt ihm einen dicken Schmatz auf die Stirn.

„Dann gehen wir jetzt wieder in deine Kammer?" sie unterstützt ihn beim Gehen und verhilft ihn ins Bett.

„Danke mein Kind, Du bist wirklich ein Engel. Ich bin so froh, dass du hier bist. Du bist mein einziger Lichtschein, mein Sonnenschein".

Beide lächeln.

Die Kammer riecht wieder frisch. Das Bett ist aufgeschüttelt, die Kissen zurechtgelegt; das Fenster wieder geschlossen. Es ist ziemlich kühl. Lediglich das Waschbecken, das sich ebenfalls in der Kammer befindet, will Christine mit Scheuerpulver noch sauber machen. Aber zuvor muss sie noch das Geschirr vom Wohnzimmertisch entfernen, bevor einer von den beiden nach Hause kommt. Flink hat sie das meiste erledigt, da hört sie auch schon, wie der Schlüssel in die Vordertür eingesteckt wird. In Windeseile huscht sie über die Treppen in ihr Zimmer, lässt die Tür einen Spalt offen und lauscht.

Wer ist es von den beiden. Mama oder ihr Stiefvater. Aha. Geklapper in der Küche, Wasserrauschen und der Geruch einer brennenden Zigarette steigt zu ihrem Zimmer. Das ist Mama. Sie kocht was. Dann fällt die Wohnzimmertür zu. Es herrscht Stille. Christine legt sich wieder aufs Bett, will das Buch von Alexandre Dumas „ Der Graf von Monte Christo " weiter lesen, doch ihr fallen die Augen zu. Mit dem Buch auf ihrer Brust liegend schläft sie ein.

Unlieb wird sie geweckt:

„Sag mal schläfst du nur noch? Hast du nichts zu tun? Wenn du nicht weißt was du tun sollst und du Langeweile hast, flicke die Socken.

Am Wohnzimmertisch findest du das Abendessen. Ich muss weg."

Hm. Wieder allein gelassen? Das ist schön. Das Abendbrot sieht nicht schlecht aus. Neben den aufgeschnittenen Brotscheiben liegen die Butterschale, auf einem ovalen mittleren Teller verschiedene Wurstsorten, ein Teller mit verschiedenen Käse, ein Glas Essig-Gurkerln und Senf, sowie ein Teller mit fünf abgeschälten gekochten Eiern.

Für wen ist denn das alles. Ob sie Großvater aus der Kammer holen dürfte? Christine schaut auf die Uhr. Ihr Stiefvater könnte gleich von der Arbeit kommen. Ja, könnte er, denn es ist schon eine halbe Stunde nach 17 Uhr.

Egal! Sie holt Großvater aus der Kammer.

„Komm zum Abendessen, ich mache uns gleich Tee, Großvater." Hilft ihm aus dem Bett und führt ihn ins Wohnzimmer.

Ha, da ist Raimund Bleisteiner überrascht, als er die beiden am gedeckten Tisch sieht.

„Habt ihr für mich auch noch was übrig?" Fragt er so in den Raum rein.

„Mama hat das Essen sicher für uns alle hergerichtet". Sie muss weg hat sie gesagt."

„Ja, sie geht heute wieder mal zu den Heurigen Blumen verkaufen. Die Winzer haben guten Wein gemacht und die Lokalität laufen gut. Da macht deine Mutter die besten Geschäfte."

Sie essen schweigend. Im Radio sind Schlager zu hören. Plötzlich sagt Raimund.

„Du, Christine, das tut mir sehr leid, was wir dir antun. Aber ich versichere dir, ich habe deiner Mutter stets von ihren Racheplänen abgeraten".

„Leid tut dir das, jetzt? Ihr habt dem Kind die Hölle auf Erden gemacht! Haben wir dich jemals so behandelt, wie ihr beide diesen Engel?"

Großvater ist außer sich. Christine empfindet die Situation peinlich und will gehen.

„Bitte bleib sitzen, bitte", sagt ihr Stiefvater. „Es tut mir wirklich leid. Sie sinniert weiter auf Rache, weil dieses Vorhaben zum Teil missglückt ist. Sie möchte als Revanche mehr deine Großmutter peinigen und nicht dich. Du bist ihr das Mittel zum Zweck. Ich werde dir künftig Schutz bieten."

„Das ist aber auch allerhöchste Zeit, Raimund. So wie du dich in letzter Zeit verhalten hast, hat mich sehr verwundert. Das kannst unmöglich DU selbst gewesen sein. Diese Frau hat dich total nach ihren Willen biegen können! Wieso will sie weiter Rache! Was hat sie vor?!"

„Ich weiß es nicht. Wir streiten nur noch. Ich kann ihr nicht mit mehr vernünftigen Argumenten beikommen. Sobald ich auf Christines Seite bin, wird sie hysterisch. Auf jeden Fall werde ich ab sofort Christine Schutz bieten."

Großvater legt das Essbesteck zur Seite: „Hört – hört. Das ist mal ein Wort! Dann stehe auch dazu Raimund! Das ist heute mal ein wertvoller Abend. Christine, bringe mich wieder in meine Kammer."

„Ach Großvater bleib halt noch ein bisserl da. Im Radio ist so schöne Musik und Papa hat sicher ein Glaserl Wein für dich – uns?"

„Ja, Großvater Franz, bleib. Ich mach uns einen Wein auf."

„Meinen Namen hast seit einer Ewigkeit nimmer erwähnt. Danke Raimund." Großvater ist gerührt und Christine auch.
Sie räumt bis auf den Käse den Tisch ab, zündet Kerzen an, schnauft so richtig fest erleichtert durch und setzt sich wieder.

„Ach du lieber Gott! Ich war schon zwei Tage nicht in der Schule. Mama hat mir versprochen eine Entschuldigung zu schreiben. Hat sie aber nicht. "

„Die schreibe ich dir", sagt Raimund Bleisteiner, stellt drei Gläser auf den Tisch und schenkt jedem Wein ein. Aus der Schublade, der altendeutschen Kommode über der seitdem Mama im Haus wohnt, das Bild der Muttergottes und dem Kind hängt, holt er Schreibpapier und Kugelschreiber raus und schreibt.

Entschuldigung
Meine Tochter, Christine Handel konnte wegen Krankheit drei Wochentage nicht am Unterricht teilnehmen.
Ich bitte dies zu entschuldigen.
Gezeichnet: i.V. R. Bleisteiner (Stiefvater) Datum ...

„Drei Tage!? Es sind nur zwei!" Entrüstet sich Christine.

„Ich habe dich für morgen auch gleich entschuldigt. Wir trinken heute Wein. Du bist den nicht gewohnt und könntest morgen ausschlafen. Ist´s so recht? "

„Hm" so ganz recht ist dies Christine nicht. Sie war krank? Das ist eine gute Idee, eine hervorragend sogar. War sie sinnbildlich auch. Aber sie würde lieber in die Schule gehen. Sie will keinen Stoff versäumen. Wie soll sie den nachholen? Nicht nachdenken. Jetzt einfach mal gelassen Musik hören und genussvoll Wein trinken. Ihr erster Wein, den sie ohne schlechtes Gewissen genießen darf. Manchmal hat sie von den Resten gekostet. Ehrlich gesagt, hat er ihr nie geschmeckt. Es schüttelte sie, weil er so sauer war.
Raimund Bleisteiner unterhält sich mit Großvater und erzählt ihm von seiner Arbeit. Unter anderem, dass es schwierig sei, guten Nachwuchs zu bekommen. Die Jugend will heutzutage nur noch Kohle sehen und nichts dafür tun.

Christine hebt ihr Glas am unteren Stil hoch, schwenkt es leicht, lässt den Wein im Glas kreisen, setzt es erst an ihre Nase, an ihre Lippen und nimmt einem kleinen Schluck davon. Bewegt den Schluck paarmal über die Zunge bevor sie ihn durch die Kehle laufen lässt. Kennerisch sagt sie:

„Sein Aroma ist fruchtig. Er schmeckt samtig, harmonisch nach Kirsche, Himbeere und Johannisbeere. Ich trinke keinen Wein, sondern genieße die von der Sonne herzhaft geküssten Reben veredelter Weinstöcke",
beendet ihren Vortrag mit einem verschmitzten Lächeln.

„Man könnte denken, du seist eine Winzerin." Lobt der Stiefvater.

Christine lacht.
„Nein, aber vielleicht war ich mal eine Reblaus"

„Du hast den Wein sehr gut beschrieben. Es ist ein Schwarzriesling", meint Raimund Bleisteiner und Großvater nickt bejahend.

Großvater fügt hinzu: „Am Geruch des Korkens kannst du erkennen, ob und wie gut der Wein erhalten ist. Außerdem sollte Rotwein stets aus einer Karaffe geschenkt werden, um dem Wein mehr Sauerstoff zuzuführen."
„Ich merke schon: ihr beide sein gute Weinkenner", sagt gutgelaunt Raimund Bleisteiner.

Christine grinst schlitzohrig. Keiner von den beiden hat gemerkt, dass sie einen Teil vom Wein-Etikett abgelesen hat. Wie Öl ist die Anerkennung in ihr runtergelaufen. Doch sie zwinkert Großvater zu und schiebt ihm unauffällig den Etiketten-Anhänger der Weinflasche zu.

Der rückt seine Brille zurecht, die etwas schief auf seiner Nase sitzt, liest lautlos, grinst und zwinkert dem Mädchen erheitert zu.

Christine wird fröhlich und singt die Schlager aus dem Hörfunk hals laut nach.

Das gefällt den beiden Männern. Sie summen und brummen mit. Der köstliche Rebensaft steigt Christine schon zu Kopf. Sie hat bereits ihr zweites Achterl-Glas. Also einen gesamten viertel Liter.

„Bei mir dreht sich schon das Zimmer etwas. Ich glaub ich sitze in einem Ringelspiel.“

Sie erhebt sich recht vorsichtig vom Sitz „Ich gehe jetzt lieber schlafen. Ba-Ba, Bussi, gute Nacht ihr beiden“.

„Schlaf gut Kleine“, ruft ihr Stiefvater nach und Großvater drehte sich im Sessel um: „bis morgen mein Sonnenschein“.

Tirilierend und sich am Handlauf festhaltend, tänzelt sie wie im Tangoschritt die Treppen hoch zu ihrem Zimmer. Wechselt die Straßenkleidung zum Nacht Hemdchen, stammelt leise:

„Verzeih mir lieber Gott, ich habe heute ein wenig von deinen vergorenen Reben gekostet.

Schlaf gut mein Prinzchen – ich bin heut` beschwipst“, dreht sich zur Seite und schläft selig ein.

Die Sonne sendet am Morgen ihr Strahlen schillernd durch Christines Kammer-Fenster. Paarmal mit beiden Fäusten sich die Augen reibend, bis sie endlich alles voll im Blick hat, erinnert sie sich an den gestrigen Abend und grinst.

Der Wecker zeigt sieben Uhr.

Heute ist Mittwoch und das Mädchen braucht wegen der Drei-Tages-Entschuldigung nicht zur Schule. Na klar, was wäre denn das für eine Krankheit, wenn man nur einen Tag krank ist. Soll sie jetzt runter gehen sich waschen oder soll ich lieber warten, bis Mama sie vermisst?

Sie vermisst keiner. Und wenn, dann nur der Großvater. Sie ist mutig und geht runter und wäscht sich in der Küche. Wenn noch keiner aufgestanden ist, überrascht sie die Herrschaften mit einem leckeren Frühstück.

Wurst und Butter waren von gestern Abend übrig. Sie schneidet mit dem großen Messer Brot auf, legt es mit einer Stoff-Serviette ins Körbchen, stellt das Gesamte mit einem Glas Himbeer-Marmelade und vier Häferln sowie Besteck auf ein Servierbrett in die Mitte vom Wohnzimmertisch. Blumen findet sie keine mehr im Garten. Aber dafür herrlich Blätter vom wilden Wein, die der Herbst vielfarbig verzaubert hat. An den Ecken des Servierbretts steckt sie je so ein farbenprächtiges leuchtendes Blatt.

„Großvater? Bist du wach?" fragt sie im Flüsterton und klopfte leicht an die Kammertür.

Sie vernimmt Großvater gewohntes Räuspern, das knarrende Bett und dann plötzlich einen dumpfen Aufprall. Sie stößt die Tür auf. Großvater ist aus dem Bett gefallen und sie hat Schuld. Hätte sie ihn nicht geweckt. Während sie versucht ihn hoch zu heben fragte sie besorgt:

„Hast dir wehgetan, Großvater? Soll ich einen Arzt holen".

„Hol den Raimund. Wir beide schaffen das nicht", ächzt der alte Mann.

Es gibt in dem Haus kein Telefon. Der nächste Arzt ist ungefähr in einem zwanzig Minuten-Lauf am Achtundvierziger-Platz zu erreichen. Raimund zusammen mit Editha schnarchen noch im oberen Stockwerk. Christine pocht aufgeregt und heftig an deren Zimmertür:

„Großvater braucht Hilfe, schnell!"
Raimund Bleisteiner steht sofort auf und steigt eilige die Treppen hinunter. Editha ist nicht wach zu kriegen. Sie kam gestern sehr spät nach Hause.
Für Raimund Bleisteiner ist es eine Leichtigkeit den alten Mann hoch zu heben.
„Was ist? Hast du Schmerzen?"

„Nein, nein. Ich habe mich wieder zu jugendlich gefühlt und dabei vergessen, dass ich ein altes kaputtes Wrack bin." Scherzt der betagte Mann.
„Na gut alter Knabe. Was machen wir denn jetzt mit dir? Willst du zurück ins Bett, aber zuerst zur Toilette?"
Raimund hält Großvater immer noch stützend vorm Bett.

„Ich habe das Frühstück schon vorbereitet. Wenn Großvater möchte, könntest du ihn in seinen Sessel setzen? Willst du Großvater?"
Das sagt Christine so betonend, dass Großvater ihr das nicht abschlagen kann.
Schlaftrunken erscheint Editha und bleibt im Türrahmen vom Wohnzimmer stehen:

„Was ist denn hier los? Du meine Güte macht ihr ein Theater um den Alten."

„Schicke doch endlich diese Xanthippe weg", stöhnt Großvater.

Editha blickt sich kurz um, sagt jedoch nichts auf Großvaters Bemerkung, sondern meckert über den Frühstückstisch:

„Liegt die Wurst seit gestern noch da? Nicht mal Abräumen kann sie. Das gehört doch in den Kühlschrank, du hohlköpfiges Ding." Geht in die Küche und brüht Kaffee auf.

„Hm, Mama, ist das ein herrlich, verführerischer Kaffeeduft", lenkt Christine ein.

Edithas schiefer zusammen gekniffener Blick trifft Christine böse:

„So, so, verführerisch. Ich sag dir gleich, wenn du dich hier als die Frau des Hauses aufspielen willst, dann kannst du den Männern auch gleich ihre Wäsche waschen. Ich habe die drei Weingläser und auch das Schmuckblatt am Servierbrett schon gesehen, das verwelkte Kraut. Willst Eindruck schinden, was? Ging es gestern wohl auch hoch her bei euch? Weil ich nicht zuhause war, wie? Ist die Katze aus dem Haus haben die Mäuse Kirtag, was?! Mach nur so weiter, mein Fräulein. Lang schau ich dir nicht mehr zu."

Verdattert überlegt Christine ob sie nun hierbleiben und so tun soll, als ob sie nichts verstanden hat oder wäre es besser, gleich in ihr Zimmer zu verschwinden. Vom

Wohnzimmertisch schnappt sie sich schnell Brot und Wurst und verdrückt sich leise in ihr Zimmer rauf. Bekümmert würgt sie nach und nach die eine Scheibe Wurst und das abgebröckelte Brot in sich, kramt ihre Schulsachen raus und beginnt zu lesen. Somit bezwingt sie sich, auf den Schulstoff zu konzentrieren und braucht an nichts anderes mehr denken.

Inzwischen ist es weit über Mittag geworden. Christines Magen meldet sich schon wieder. Anscheinend hat sie ein Uhr verschluckt. War es Gedankenübertragung oder was? Ihre Mutter ruft:

„Komm runter! Essen ist fertig!"

Mit mulmigem Gefühl begibt sich Christine ins Wohnzimmer und setzt sich abwartend zu Tisch.

Hm, diese Kartoffelsuppe riecht – Stopp – nein, nicht das Wort „verführerisch" sagen. Die Suppe riecht nur gut. Basta. Danach gibt es heiße Debreziner mit Kren. Au, wie fein.

Die Krenwurzel, der Meerrettich hat Editha aus dem Garten gestochen. Mama hat ein größeres Stück der Wurzel gerieben und ebenfalls auf den Tisch gestellt. Der frisch geriebene Kren hat eine dermaßen beißende Schärfe, die Christine in die Nase steigt, so dass sie paarmal niesen muss. Dieser Kren brennt so intensiv, dass ihre Augen röten und ein paar Tränen rausrollen.

Raimund Bleisteiner steht plötzlich im Zimmer. Er ist an diesem Tag viel früher von der Arbeit gekommen. Aber das wusste Editha, deshalb hat sie auch schon für vier Leute Teller und Besteck auf den Tisch gestellt.

„Warum weinst du. Was war wieder los?"

„Ich weine doch nicht. Es war auch nichts los. Der Kren beißt."

Ihr Stiefvater hörte ihr nicht voll und ganz zu. Geht in die Küche zu Editha:

„Hast du sie wieder blöd angemacht? Hör mir mal gut zu Editha und setz dich für paar Minuten her.
Möchtest du, dass deine Tochter mal genauso über dich denkt, redet und Rachepläne schmiedet wie du? Dass dich deine Mutter schlecht behandelt hat, dafür kann dein Kind nichts. Du darfst deine Wut nicht an Christine auslassen. Was soll wohl aus einem Kind mal werden, das sehr streng, mit Prügel, Beschimpfungen und Maßregelungen erzogen wird? Sie ist ein intelligentes und herzensgutes Wesen. Mache es an ihr nicht kaputt."

„Ja, ja, ist ja schon gut. Ich befürchte, sie wird wie ihr Vater. Deshalb braucht sie eine strenge Zucht"

„Editha", mahnt Raimund Bleisteiner, „ich sag`s dir nochmals im Guten. Verhalte dich endlich wie eine richtige Mutter! Wenn du ihr schon keine Liebe geben kannst, dann wenigstens nette Worte!"

Editha springt auf: „ Blödmann" beschimpft sie ihren Mann und stürzt ins Wohnzimmer. Schlägt das Geschirrtuch paar Mal in Christines Gesicht.

„Du Luder, du miserables ! Spielst uns gegeneinander aus? Du kleines Miststück! Schleich dich fort, du Kanaille, aber dalli, dalli!"
Christine schnappt sich ein Debreziner-Würstel und verlässt fluchtartig das Erdgeschoss.
Wie sie das Mädchen hassen muss. Schleichen soll sie sich. Ja, wohin denn! Ein Luder, Miststück und eine Kanaille ist sie. Langsam, mit Unlust kaut sie an dem

Debreziner Würstel und grübelt, was sie tun könnte. Sie findet jedoch keinen Ausweg.

Es vergehen Stunden, dann schreit Raimund rauf:

„Du kannst ins Tröpferlbad gehen, wenn du willst. Hol dir das Geld ab".

Hm. Wie kommt man unbemerkt an der Mutter vorbei. Außerdem will sie nicht allein ins Brausebad, sondern mit Ingrid.

Christine stellt sich auf die Treppe. Tapfer meldet sie:

„Ich möchte doch mit Ingrid gehen. Ich muss sie erst fragen ob sie kann"

„Dann geh halt", hört sie ihre Mütter sagen.

Oh, sie ist wieder normal.

Schnell beguckt sich Christine im Spiegel, bürstete ihre inzwischen wieder längeren Haare, steckt links und rechts Schmuck-Haarklammern rein, streift ihren Rock glatt, schlüpft in ihre frisch geputzten Schuhe und huscht schleunigst aus dem Haus.

Ah, die kühle frische Luft tut so gut auf ihrem Gesicht. Nach drei Siedlungshäusern mit ihren Vorgärten, befindet sich das Eck-Siedlungshaus von Moser Hans. Um dessen Anwesen rum, über einen kleinen Rasen überquert Christine eine noch nicht von Autos arg befahrene Hauptstraße, um zu Ingrid zu gelangen. An der am grünen Gartentürchen befindlichen Hausglocke klingelt sie kräftig.

Eine kleinere, mollige Frau mit graumelierten Haaren erscheint an der geöffneten grünen Haustür und ruft durch den Garten:

„Wer bist du und was willst du?"

„Ich bin die Freundin von Ingrid, die Christine und möchte sie was fragen!"

Von der Gartentür bis zur Wohnhaustür führt ein breiter bepflasterter Weg, der links und rechts durch Beete mit bereits abgeblühten Blumen umrandet ist.
Die ältere Frau schließt wieder die Türe und nach einem kurzen Moment erscheint Ingrid. Sie läuft freudig, den Weg zur Gartentür und sperrt auf.

„Ja, da schau einer an! Dich gibt`s ja noch! Ich war schon so oft bei dir und jedes Mal hat`s geheißen „Christine hat jetzt keine Zeit. Dann hab ich`s aufgegeben."

„Oh, das tut mir aber jetzt recht leid. Niemand hat mir gesagt, dass du bei mir warst. Ich dachte, Du und die anderen habt mich schon vergessen."

„Nein, nie würden wir dich vergessen. Und jetzt, hast wieder Zeit? " lacht Ingrid.
Ingrid führt Christine ins Haus. „Ist das das Mädchen, das beim Franz-Josef Navratil wohnt?" fragt die graumelierte Frau.

„Ja, Oma, das ist Christine", und Ingrid deutet Christine an, sich auf die Eckbank zu setzen. Sie plaudern lustig drauf los und machen sofort den kommenden Freitag fürs Tröpferlbad aus. Ingrids Oma stellt zwei Gläser mit Orangensaft und Kekse auf den Tisch, währenddessen Ingrid ein kleines Bücherl aus dem Wohnzimmer-Regal holt.
„Schau her, ich habe den vollständigen Text vom Tröpferlbad"

Freudvoll beschwingt lesen beide singend den Text einige Male, lachen zwischendrin und machen die jeweiligen Grimassen dazu. Ingrids Oma klatscht paar Mal anerkennend in die Hände.
„Bravo, Kinder ihr macht mir Spaß"

„Du-u Ingrid?" unterbricht Christine „Würdest du das Tröpferlbad mit mir das auch meinem Großvater vorführen?"

„Na, klar – hm –" Ingrid zögert: „Ach weißt du, Christine lieber nicht. Deine Mutter und dein - na-ja - nein, ich möchte nicht. Bitte, bitte, jetzt nicht böse sein, nein?"
Christine blickt auf den Boden. Sie ist Ingrid nicht böse, nein. Aber irgendwie irritiert sie die Aussage von ihrer Freundin. Sie hat doch nie etwas von zu Hause erzählt. Egal, Kopf hoch. Das Tröpferlbad ist sehr lustig. Christine nimmt sich vor, bei der nächsten Gelegenheit, dieses Lied Großvater allein vorzusingen.

Der Freitag ist da. Der Zeitpunkt für das Tröpferlbad. Ein Erlebnis für Christine. Es spielt sich alles fast genauso ab wie in dem Lied von Pirron & Knapp.
Die beiden Mädchen sind an diesem Tag wieder mal so herrlich vergnügt. Singend, lachend, springend, tänzeln sie zum Brausebad und auch danach auf ihren Heimweg. Sie trennen sich mit dem Versprechen am nächsten Freitag den Badebesuch zu wiederholen.
Zu Christines Überraschung wird sie von Mama und ihrem Stiefvater freundlich empfangen.
„Ah, was kommt da für ein Bleichgesicht! Du strahlst ja vor Sauberkeit. Wie war`s denn? „
Hm, was soll sie jetzt sagen. Soll sie freudig sein oder – „
schön warm war das Wasser " Ja, das war gut, dachte

Christine und hängt das feuchte Handtuch auf den Wäschedraht im Vorgarten.

„Hunger habe ich, Mama"

„Gibt gleich Gulasch mit Nudeln. Das magst du doch so gern, oder?" hörte sie Mama sagen.

Ui ! Was ist los? Kann sie dem freundlichen Ton trauen oder folgt danach noch was Schlimmes.

„Wir haben zwei Kinokarten gekauft. Papa wird mit dir morgen ins Baumgartner Kino gehen. Ich kann nicht, Vormittag bin ich einkaufen, Nachmittag muss ich Blumen binden und am Abend bin ich bei den Heurigen, die Blumen verkaufen. Du kannst mir den Film danach erzählen".

Mit erstaunt offenem Mund blickt das Mädchen von ihrem Stiefvater zu ihrer Mutter.

„Ins Kino darf ich? Da freue ich mich aber!"

„Na, gut." Christines Mutter meint auch: „Das ist ein Film, der in deinem Alter angemessen ist. „Zwanzigtausend Meilen unter Meer. Vielleicht lernst du was daraus."

   Christine fiebert diesem Kinofilm entgegen. Sie hat im Radio schon oft die Werbung über diesen Science-Fiction-Films gehört, der nach dem gleichnamigen Roman des französischen Autors Jules Verne gedreht wurde. Und jetzt durfte sie ihn tatsächlich sehen.

Endlich sind sie am Kino der Breitenseer Lichtspiele angelangt. Das ist ja gar nicht weit entfernt von ihrem Wohnort! Was für ein Kino-Flair. Christine ist von den fantasievoll geformten Lampen, die ihre Lichtstrahlen in Mustern an die Wände werfen begeistert. Eine Menge Leute, fast nur Erwachsenen sieht sie und ist stolz, dass sie als Kind diesen Film sehen darf. Sogar Popcorn kauft ihr Stiefvater.

Wie romantisch so ein Lichtspielhaus doch ist. Eine Mischung von realer und virtueller gefühlsbetonter Ausstrahlung mit packender Musik, die durch Christines

Körper zieht und sie voll einnimmt. Beim Vorspann erfährt sie bildlich mit Ton, was in der Welt passiert. In der „Fox tönenden Wochenschau". Es ist verblüffenden. Unglaubliches, unübertreffliches Hochgefühl empfindet das Mädchen. Doch die aufregenden Szenen ließen Christine mal vom Stuhl runter dann wieder rauf rutschen. Solch abenteuerliche Darbietungen auf einer Leinwand hat sie sich nicht mal im Traum träumen lassen. Die Kämpfe mit den Seeungeheuern, mit den Eingeborenen an einer Küste. Das vermeintliche Seeungeheuer entpuppte sich als Unterseeboot.

Christine ergreift mal Sympathie für die drei Gefangen, die das Seeungeheuer bekämpfen sollten und ständig versuchten zu fliehen. Dann liegt ihr wieder der geheimnisvolle Kapitän Nemo, der mal ein Arbeitssklave in der Strafkolonie war und ziemlich brutal und mörderisch sein konnte, am Herzen. Sein U-Boot die „Nautilus", das mit Atomkraft angetrieben ist, wurde während die einen unter Wasser auf Jagd gingen und einen Schatz entdeckten, die anderen sich einen Kampf mit einem Riesenkalmar lieferten, von einem Kriegsschiff beschossen und arg beschädigt.

Auch Kapitän Nemo ist schwer verletzt. Er wollte, um alle Spuren seiner Existenz zu beseitigen, zusammen mit seinem U-Boot, der Mannschaft und den drei Gefangenen untergehen. Doch die drei Gefangenen können fliehen. Mit einem gewaltigen Szenenbild der Explosion von Vulkania und dem versinkenden Fantasie-U-Boot Nautilus endet der Film.

„Wenn das Geheimnis - die Atomkraft - enthüllt wird, dann verändert es die Welt.- Oder zerstört sie -

Kapitän Nemo sah jedoch auch Hoffnung für spätere Zeiten. „Wenn die Menschheit reif ist für ein neues, besseres Leben, dann wird ihr die Natur dieses Geheimnis offenbaren. In einer schöneren Zukunft."

Oh, der Film war ergreifend. Er dauerte aber auch über zwei Stunden! Das war genauso ungewöhnlich, wie Christine derartigen Nervenkitzel in so einem glänzenden Kino-Klapp-Sessel noch nie verspürt hat. Wegen der großen Gespanntheit hat sie total die Popcorntüte übersehen, die ihr der Stiefvater hingehalten hat.

Den Heimweg überdenkt sie einige Geschehnisse aus dem Film, isst dabei den Rest von Popcorn und denkt an den Esstisch der Nautilus. Was waren das doch für hervorstechende köstliche Speisen! Und so wunderschön gedeckt. Die drei Gefangenen fanden die Gerichte bemerkenswert gut. Doch als sie erfahren haben, dass sie Meeresschlangen und andere ungewöhnliche Meeresbewohner aßen, kamen ihnen doch bedenken. Bei diesen Szenen musste Christine auch öfter Schlucken.

„Und, hat`s dir gefallen? Du bist so ruhig, " fragt der Stiefvater

„Ja, sehr. Danke fürs Popcorn und Mitnehmen "

Die leere Tüte steckt Raimund Bleisteiner in den nächsten städtischen Abfallbehälter.

Zu Haus angekommen, guckt Christine schnell zu Großvater. Schnarch – schnarch dringt aus der Kammer. Ok, Großvater schläft. Mama ist noch nicht da.

„Gute Nacht", ruft sie ihrem Stiefvater zu. Hüpft die Treppen hoch zu ihrem Zimmer, kippt den Schwenk-Spiegel auf ihrer Schreibkommode und betrachtet sich darin:

„Heute bis du glücklich, gell Christine?"

Zieht Ihr Nachthemd an, schlupft ins Bettchen und betet.

„Danke, lieber Gott für die wunderschönen Tage. Und dass mich Ingrid noch mag. Und bitte, bitte beschütze Großvater und meinen Hund Prinz.

Gute Nacht Prinz, du fehlst mir."

ᘖᘘ ✭ ᘖᘘ

Die Tage sind nun ziemlich kalt. Das Laub der Bäume wurde über Nacht bunt. Rot und golden sind die einst grünen Blätter und im Wind tanzen sie schwebend zu Boden. Eine Allee von Kastanien Bäumen umsäumen die Straßen. Kinder und auch Erwachsenen sammeln die Rosskastanien. Auch Christine. Sie bastelt Männchen mit Zahnstocher, die sie in die Schule für den Naturkunde-Unterricht bringt. Auch aufs Fensterbrett bei Großvater stellt sie zwei Kastanien-Männchen auf.

Das Laub raschelt unter ihren schlürfenden Schritten, dann tanzen die Blätter nochmals kurz auf. Die Schuhe drücken schon längere Zeit. Und jetzt wo sie die Strickstrümpfe wieder tragen soll, passen sie überhaupt nicht mehr. Die alten Treter sind einfach zu klein und zu eng.

„Wir machen heute am späten Abend einen Spaziergang. Wir gehen hinauf zur Baumgartner Höhe nach Steinhof. Dort war ich mal Gärtner, und kenne mich gut aus. Es wird eine sternenklare Nacht. Wir suchen die Milchstraße, den großen Bär, den kleinen Wagen und den Polarstern. Bin gespannt, wer von euch beiden ihn als erstes entdeckt." Raimund Bleisteiner macht es den beiden Damen etwas schmackhaft.

„Aber mich drücken die Schuhe. Ich kann nicht mehr gut damit laufen", jammert Christine.

„Dass du immer was zu nörgeln hast. Wir kauften dir doch erst welche." Brummt Editha.

„Dann müssen wir wohl zuerst mal Schuhe kaufen für das Fräulein. Sie ist halt wieder gewachsen. Und außerdem braucht sie feste Winterschuhe. Wir werden jetzt öfter mal wandern.

Hopp auf geht's! Zieht euch schick an meine Damen, wir fahren mit der Bim in die Stadt."

Hm, wie die beiden Damen Editha und Christine gehorchen, wenn Raimund spricht.
In der Thaliastraße ist ein Geschäft nach dem anderen. Doch sie fahren weiter bis zur Mariahilfer Straße, der ganz großen Geschäftsstraße. Am Westbahnhof steigen sie aus und laufen schlendernd in jedes Schaufenster guckend durch die breite Straße.
Immer wieder ist ein Jubelruf von Christine zu hören. Schau da und guck hier, dass sogar Editha grinste. Das Zwicken der Schuhe hat Christine verdrängt. Sie hat nur noch Augen und Ohren für diese pompöse Geschäftsstraße.
„Oh, das ist ja der Sacher! Mama, schau! Eine Sachertorte ist im Schaufenster. Sieht aus, wie deine. Jetzt habe ich wieder Hunger.“
"Wenn du deine neuen Schuhe hast, essen wir eine Kleinigkeit. Beim Herzmansky, also jetzt Gerngross bekommen wir alles. Und Editha, mein Schatz, darf sich auch was aussuchen " sagte Raimund.
Na wenn jetzt die beiden Damen nicht gutgelaunt sind, werden sie`s wohl nie mehr.
Im Schuhgeschäft werden sie unwahrscheinlich höflich empfangen:
„Bitte sehr gnädige Frau treten sie näher. Was darf's denn sein, mein Herr.“
„Wir gehören zusammen und möchten Winterschuhe für das Fräulein“

"Aber bitte gerne". Dienstbeflissen misst die Schuhverkäuferin Christines Fuß und bringt Halbschuhe, Stiefeletten, Stiefel und sogar Pelzstiefel in Größe 38.

„Was, sie hat schon Größe 38? Das ist auch meine Größe“, erstaunt sich Editha.

„Sag jetzt bloß nicht, sie kann deine Schuhe tragen", meint Raimund

„Warum denn nicht? Ich muss mal meinen Schrank durchsuchen. Ich habe sicher Stiefel für sie."
Christine bekommt einen roten Kopf. Die werden doch jetzt nicht in aller Öffentlichkeit zu streiten beginnen? Doch, sie tun`s.

„Editha, Christine bekommt jetzt neue Schuhe und basta. Alles andere können wir zu Hause klären."

„Da gibt's nichts mehr zu klären!" Schreit Editha. „Deine Christine bekommt gleich einen goldenen Arsch von Dir. Christine hin, Christine her, man darf sie nicht mal schief angucken, dein Christinchen. Weißt was? Du und dieses Weibsstück - Ihr könnt mich mal! Servus, ich mach euer Spiel nicht mehr mit." Editha wirft den Kopf in den Nacken und verlässt wütend das Kaufhaus.
Schamhaft verlegen sitzt Christine auf dem Probierhocker und hat ein schlechtes Gewissen, die neuen Schuhe zu probieren. Das bemerkt die Verkäuferin und spricht Raimund Bleisteiner an:
„Wenn ich was dazu sagen darf, jeder Arzt wird ihnen abraten, gebrauchte Schuhe Kindern tragen zu lassen."

„Ja, ich weiß. Deswegen suchen sie ganz gute für das Mädchen und noch solche Strümpfe."

„Entschuldigung. Strickstrümpfe führen wir nicht mehr. Wir haben schicke Nylonstrümpfe. Für Ihre liebe Frau hätten wir die modernsten Damenstrümpfe aus Polyamid direkt von der heurigen Herbstmesse."
Sie zeigt hauchzarte Strümpfe mit Naht, ohne Naht mit Muster, hautfarbig und schwarz.

„Das soll für eine kalte Jahreszeit, den Winter sein?" fragt Raimund Bleisteiner.

„Sie werden sich wundern, wie diese Strümpfe warm halten", entgegnet die Verkäuferin.

Drei Pakete hat Raimund Bleisteiner am Ladentisch vor sich liegen. Ein Paket als Überraschung für Editha, die sich hoffentlich in der Zwischenzeit wieder gefangen haben könnte, ein Paket für Großvater, darin sind warme, feste Hausschuhe und Socken. Ein Paket für Raimund selbst. Er hat sich auch Winterstiefel und Socken gekauft. Ein viertes Paket gibt es nicht. Denn Christine darf ihre Winterstiefel mit Webpelzrand gleich anbehalten. Die alten Schuhe werden von der Verkäuferin entsorgt.
Christine möchte sich gern freuen. Traut sich nicht. Die Stiefel sind bequem, so warm und so schön. Hoffentlich schimpft Mama nicht wieder. Ob sie die alten Schuhe lieber wieder anziehen sollte?

„Ach bitte, könnte ich meine alten"

Raimund unterbricht Christine: "Kommt nicht in Frage. Keine Angst, das bekommen wir schon hin. Die passen doch sehr gut, oder? Lauf mal ein Stück hin und her."
Mit einem kleinlauten „ja", geht das Mädchen kurz auf und ab.
Sein Versprechen, im Restaurant eine Kleinigkeit zu essen, kann Raimund nicht einlösen. Dafür kauft er am Würstelstand je ein paar Frankfurter mit Senf und Semmel. Dazu nimmt er für sich Bier und Christine bekommt ein Kracherl.
„Schmeckt doch gut, gell?"
„Mhm"

„Ach, wolltest du lieber einen Almdudler anstatt dem Libella-Brauselimo?"
Er wartet gar nicht erst Christines „mhm" ab und tauscht das Kracherl gegen einen Almdudler.

Plötzlich steht Editha wieder vor ihnen. Sie trägt große Papiertaschen in der Hand.
„Möchtest du auch Frankfurter, Editha, ich hole dir gleich welche." Raimund besorgt nochmals ein paar Würsteln mit Senf und Brot und Glas Wein.
Christine will am liebsten ihre Stiefel in ein Loch stecken und überkreuzt verkrampft die Beine. Sie würgt an den Würsteln und der Semmel.
Die erwarteten spöttischen und zynischen Bemerkungen ihrer Mutter bleiben jedoch aus. Sie sagt gar nichts. Das empfindet Christine genauso schlimm. Obwohl sie versucht die Tränen zurückzuhalten, rollen sie wie ein Bach übers Gesicht.

"Jetzt hör auf zu heulen. Bist ja wie eine Mimose. Musst schon was einstecken können in Leben." Editha hält ihrer Tochter ein Taschentuch hin. „Da, wisch dich ab. Muss nicht jeder sehen, was für eine Heulsuse du bist. Lass mal deine Schuhe anschauen."

Raimund bringt Editha ihr Essen und den Wein. Erlöst schnauft Christine auf. Die Tränen sind versiegt, das Gespräch zwischen Editha und Raimund verläuft ruhig und gelassen.
Freudig zeigt Editha das neue Kleid in der einen Papiertasche, in der anderen eine Bluse, Leder-handschuhe, Mütze den passenden Schal dazu.
„Wow, schön. Schick, schick, mein Schatz. Das müssen wir bald ausführen. Und was hast in der anderen Tasche", fragt Raimund.

„Überraschung. Überraschung für euch beide". Klingt wie ein Gesang von Editha.

Nein, nicht schon wieder. „euch beide" hat sie gesagt. Christine fühlt sich dermaßen unwohl. Sie möchte weg von den Zweien. Sich in ihr Bett verkriechen, schlafen und nichts mehr denken müssen.

„So zeig schon her Editha. Wir platzen vor Neugierde", fordert sie Raimund auf.

„Also gut, ich zeig`s euch. Taratata" trällert sie, und stellt zwei Schachteln auf den Tisch.

„Was ist da drin?" fragt Raimund.

„Na was wohl. Wir wollen doch Sterne schauen gehen; also was könnte das dann sein? Christine, kommst du drauf?"

Christine war grad nicht in der Stimmung zu antworten. Es ist ihr egal, was sich in den Schachteln befindet. Aber sie ahnt es.

„Ferngläser?" Rutsches es aus ihr raus. Ach, sie wollte doch nicht antworten. Dumme Kuh, beschimpft sie sich selbst.

„Bingo" sagt ihre Mutter. „Hab ich doch ein kluges Kind."

Klingt in Christines Ohren enorm komisch und sie denkt: Zuerst reißt sie mir den Kopf ab und dann setzt sie ihn mir wieder auf. Jetzt sollte ich wohl noch fröhlich dreinschauen. Vergiss es. Ich bin jetzt grantig.

Editha und Raimund unterhalten sich paar Minuten ungezwungen, dann treten sie den Heimweg an.

„Gut sehen sie aus, deine Stiefelchen. Läufst du gut darin? Ich meine passt die Größe?" Fragt Editha".

„Mhm,"

„Mhm" äfft ihre Mutter nach. „Mehr fällt dir nicht ein?"

„Ich habe mich schon bedankt und bin müde."

„Junges Ding, ist um dieses Zeit schon müde. Na dann legst dich halt daheim etwas hin, bevor wir die Nachtwanderung machen", empfiehlt Editha.

Genau das möchte Christine, sich ins Bett legen, schlafen und nichts mehr denken.

Die neuen Stiefel stellt sie sorgfältig, fast ehrfurchtsvoll zwischen dem Kleiderschrank und der Zimmertür auf ein Zeitungspapier. Zum Glück ist das kein echter Pelzrand. Ihr tun die Tiere leid, die wegen der Mode gezüchtet und getötet werden. Sogar am lebendigen Leib wird den Tieren das Fell abgezogen, hat sie gelesen. Schrecklich, was Menschen wegen der Geldgier alles tun.

„Ist der Pelz echt?" fragte Christine die Schuhverkäuferin als sie noch beim Gerngross waren.

„Das sind Webpelze aus Baumwolle und mit einem synthetischen Polyacryl-Florgarn gearbeitet", erklärte ihr die Verkäuferin.

Christine mag keine tierischen Pelze tragen. Trotzdem gefällt ihr ein Pelz, weil er so kuschelig ist. Und ein Webpelz sieht dem echten fast gleich.

Von so einem anschmiegsam Stoffpelz wie Christine nun an den Stiefeln hat, möchte sie gerne am Wintermantel und an ihrer Mütze tragen. Dann wäre sie voll im neuesten Trend, wie die anderen Mädchen. Es ist ja nur ein Gedanke, ein Wunsch. Aussprechen wird sie ihn nicht.

„Christine komme runter Abendessen! Wir wollen dann aufbrechen! " Ertönt Mamas Ruf die Treppe hoch.

Oh, ist es schon so weit? Sie ist plötzlich nicht mehr müde. Schlupft in ihre neuen Stiefel, nimmt gleich ihre warme Jacke und die Mütze mit. Leckere Sachen hat Mama appetitlich vorbereitet und es gibt Tee dazu.

„Kommt Großvater auch?" Fragt Christine besorgt.

„Da bring ihm das in die Kammer". Mama übergibt Christine ein Tablett mit einem Wurstbrot, Tasse Tee und aufgeschnittene Paradeiser (Tomaten), sowie Essig-

Guckerln. Christine stellt schweigend das Tablett ab und schneidet das Wurstbrot mundgerecht und geht.

Das bringt Editha in Rage und sie plärrt Raimund an: „Was hat die nur ständig mit den Großvater?! Glaubt sie, wir kümmern uns zu wenig und wir lassen ihn verhungern?! Die nimmt sich schon zu arg wichtig, die Madam."

„Lass gut sein, Editha, sie mag ihn halt"

„Ständig hilfst du zu dieser Göre. Merkst du nicht, wie sie uns ausspielt?"

„Reg dich ab Editha. Ich werde aufpassen, dass dies nicht passiert. Jetzt freuen wir uns doch auf diese einzigartige Sternen-Nacht und sei wieder freundlich. Hast alles so liebevoll hergerichtet. Komm lass uns essen. Du bist doch unsere Beste. Was wären wir ohne dich, mein Schatz".

Besänftigt setzt sich Editha an den Tisch und beachtet Christine mit keinem Blick, als sich diese zurück auf ihren Platz der Eckbank setzt.

Das Mädchen spürt wieder eine spannungsgeladene Situation.

„Der Großvater hat sich sehr über sein Nachtmahl gefreut, Mama. Ich solle dir sagen, den Tee kannst nur du so gut zubereiten".

„Das soll der Alte gesagt haben?" Editha verzieht ungläubig, fast verächtlich ihre Mundwinkel. Ich glaube eher, das hast du dir ausgedacht."

„Ja. Nein! Das hat Großvater wirklich gesagt. Er wünscht uns auch noch eine wunderschöne Nachtwanderung."

„Das hast du ihm auch schon wieder erzählen müssen, du Plappermaul", stänkert Editha.

„Meine neuen Stiefel habe ich ihm auch gezeigt. Er meint genau wie die Verkäuferin, dass ein echter Pelz nicht nötig ist".

„Wem interessiert schon dem Alten seine Meinung", wettert ihre Mutter.
Mich! Wollte Christine erwidern. Doch Streit möchte sie verhindern und schweigt.
Nach dem Essen räumt und wischt Christine den Tisch ab. Editha und Raimund rauchen gemütlich ihre Zigarette. Mama hat seit neuem einen Zigarettenspitz. Einen? Im Schub der antiken Anrichte liegen mindesten drei Stück in verschiedenen Ausführungen. Editha und Raimund haben ausgeraucht. Sie machen sich fertig für die Nachtwanderung und ziehen sich warme Überkleidung an.

„Mamas Ferngläser dürfen wir nicht vergessen und jeder sollte sich mit einer Taschenlampe bewaffnen, damit keiner fällt." Rät Raimund.

„Wie siehst du denn aus?!" Entsetzt sich Editha, als Christine mit Stiefel, Jacke, Mütze und Taschenlampe wieder im Wohnzimmer erscheint.
Raimund schmunzelt. Christine starrt ihre Mutter an und fragt:
„Wieso?" Sie weiß ja, dass der Rock zu lang, die Jacke zu eng und deren Ärmel zu kurz, die Mütze zu klein. Nur die Stiefel waren passend. Was hätte sie denn sonst anziehen können?

„Gib ihr halte eine Jacke von Dir", meint Raimund.
„Darauf wäre ich selber gekommen. Kümmere du dich lieber um dich." schnauzt Editha Raimund an.

Christine ist in den letzten Monaten enorm gewachsen. Ihre Brüste haben sich entwickelt, sie werden langsam sichtbar. Die Veränderung an ihrem Körper hat sie schon längst selbst bemerkt. Im Spiegel sieht sie ja was los ist. Die jetzt oft auftretenden, gerade noch erträglich, ziehende Schmerzen begleiten sie bei ihrem Wachstum. Bei keinem, außer bei ihrer Freundin Ingrid hat sie die Entwicklungsjahre eines Mädchens mal angesprochen. Ingrid ist im gleichen Alter. Sie hat weder angeschwollene Brüste, noch Schamhaare, und sie weiß gar nichts über den Veränderungsprozess von heranwachsenden Frauen. Nichts über Wachstumsschübe, den Phasen einer Pubertät. Obwohl sie eine ältere Schwester hat.

„Da, zieh das an", fordert Editha ihre Tochter auf und hängt eine Jacke von ihr über den Sessel. Christine schlüpft schweigend in die Jacke. Naja, besser sieht sie damit auch nicht aus. Die Jacke ist viel zu weit und die Ärmel zu lang. Was soll`s, in der Nacht sind eh alle Kühe schwarz. Wichtig ist, sie friert nicht."

Sie ziehen los. „Ba-Ba, Großvater ich fange für dich einen Stern!" Ruft Christine ins Großvaters Zimmer.

Editha stupst Raimund an und deutet mit dem Zeigefinger auf ihre Stirn. Raimund zuckt mit den Achseln und sagt nichts. Doch Christine hat`s bemerkt und war wieder bedrückt. Sie halten sie für blöd.

Die Nacht ist ziemlich kalt aber sternenklar. Zauberhaft, wunderbar.

Wie gut, dass die Ärmel der Jacke zu lang sind, sie ersetzten Handschuhe. Sie marschieren durch die Parkanlagen zur Baumgartner Höhe. Christine ist immer einige Schritte hinter dem Paar.

„Schaut mal, der Großen Wagen! Den könnte man das ganze Jahr bei guter Sicht nachts hindurch sehen.

Und da ! Schon mit bloßem Auge könnt ihr im Großen Wagen einen Doppelstern erblicken."

Raimund deutet in den Himmel.

„Die sieben hellsten Sterne bilden den trapezförmigen Wagen mit der markanten Deichsel, das ist das "Reiterlein". Er steht im Nordwesten.

Das sind Wegweiser am Himmel, meine Damen.

Mit Hilfe des Großen Bären kann man sich gut am Himmel orientieren."

Seine beiden Damen folgen seiner deutenden Hand, setzen das neue Fernglas an und staunen.

„Mit eurem scharfen Auge werdet ihr noch mehr Sterne erkennen können".

„Ich sehe nur Sternhaufen", sagt Editha.

„Ja, gut, erkannt, mein Liebe. Fünf der hellsten Sterne vom Großen Wagen bewegen sich durchs All und bilden diesen Sternhaufen.

In meinem Atlas könnt ihr dann die ganzen Sterne wieder finden".

„Der Himmel ist ja gar nicht tiefschwarz, sondern eher tiefblau", meint Christine.

„Ja, weil sich deine Augen bereits an die Dunkelheit gewöhnt haben. Und du Editha, was siehst du?"

„Den milchigen Streifen der Milchstraße", antwortet Editha. „Auch Sternhaufen".

„Wunderbar Editha. Also wenn ihr wollt, und euch Astronomie interessiert, könnten wir mal in die Urania fahren".

Christine wollte grad jubeln, doch sie unterlässt es, damit sie Mama nicht verärgert und sagt nur: „Das Gebäude kenne ich. Ich habe gelesen, es ist auch im neobarockem Stil gebaut, fast wie das Landgericht."

Au weh, wieder ist sie ins Fettnäpfchen getreten. Christine, Christine, warum erwähnst du jetzt das Landgericht.

Raimund mischt sich sofort ein und sagt, „Das lernt ihr wohl in der Schule. Das Landgericht ist ein Neorenaissance-Bauwerk. Aber schaut noch mal in den Sternenhimmel. Dann könnten wir ja wieder heimwärts ziehen, wenn ihr möchtet. Ist euch kalt?"

Editha ignorierte lobenswerter weise die Bemerkung von Christine:

„Also ich meine, man müsste schon Kenntnis über ein paar Sternbilder haben. Jeder kennt doch den großen und kleinen Wagen. Und dass der zarte Schimmer am Sternenhimmel die Milchstraße ist", bekräftigt Editha.

„Na gut, die Urania wird demnächst besucht. Ich war schon mal drin. 1947 war die Urania ein Vereins-Volksbildungshaus.

Es gibt auch noch was anderes Interessantes". Lässt Raimund pfiffig verlauten.

"Ich weiß es. Raimund!" Editha bemüht sich bei guter Laune zu sein. „Das Wiener Urania-Puppentheater".

„Oh, meine Editha, was bist du doch für ein wissender und intelligenter Schatz". Flirtet Raimund.

Sie stecken die Ferngläser ein, knipsen die Taschenlampen an und spazieren heimwärts. Raimund und Editha gehen Arm in Arm und Christine wieder einige Schritte hinter ihnen her. Es ist stockdunkel. Dunkle Wolken haben den Sternenhimmel zugedeckt, als wollte er schlafen gehen. Ein scharfer, kalter Wind säuselt durch Zweige, Blätter und bläst eiskalt ins Gesicht.

Wenn ihr Hund Prinz nur da wäre. Ach, das wäre so schön! Die Kälte und die unmöglich scheußliche Garderobe machen ihr nichts aus. Wenn sie nicht so verloren und allein wäre. Sollte sie plötzlich jetzt jemand entführen, die beiden würden es gar nicht registrieren.

So bleibt sie testend immer weiter zurück. Versteckt sich für paar Sekunden hinter einem Baum. Sie will es genau wissen, ob man sie vermisst.

Sie weiß es nun genau. Die beiden bemerken nichts und vermissen sie auch nicht. Unheimliche Geräusche sind ringsum im dunklen Park. Rascheln, Knistern, Quietschen von Bäumen und Büschen. Furcht beschleicht sie. Diese Geräusche regen ihre Fantasie an. Es könnten überall große Tiere lauern und böse Menschen, die sich nachts im Dunkeln rumtreiben. Geister gibt es ja nicht, oder doch? Aus Angst schließt sich Christine blitzartig Editha und Raimund wieder an.

Sie sind wieder zu Hause. Ach wie gemütlich wirkt doch so ein Kachelofen, und wenn er noch so klein ist. Er hält die Räume lange warm. Die Glut hat Raimund wieder neu entfachen können. Heimeliges Knistern, Knacksen der Holzscheite und das lodernde Feuer erzeugen bei Christine wohliges Gefühl der Behaglichkeit.

„Setzen wir uns noch ein klein wenig zusammen und trinken was, bevor wir schlafen gehen?" Fragt Raimund Bleisteiner.

Hm, soll Christine jetzt was sagen? Am besten nichts. Auf sie wird eh kein Wert gelegt. Sie wagt nicht mal ihre Mutter anzusehen, ob die sie vielleicht zum Hierbleiben einlädt.

„Gute Nacht miteinander. Es war eine nette Führung durch die Sternen-Nacht. Sehr schön für mich, die Objekte im Universum zu betrachten.

Und danke für die Janker", sagt Christine. Legt die Jacke ihrer Mutter dorthin, wo sie diese zuvor hingelegt hatte – nämlich auf den Sessel. Legt schweigend das Fernglas und die Taschenlampe auf den Tisch und geht rauf in ihr Zimmer.

Keiner von den beiden fordert Christine zum Hierbleiben auf. Sie sagen nach einander „Gute Nacht".

ଓଃ∞ ✶ ଓଃ∞

Es ist wieder Sonntag. Bewölkt und ziemlich kalt, sowie sehr windig. Trotzdem möchte Christine wieder Ingrid und ihre anderen Freundinnen besuchen.

„Nach dem Mittagsessen und nach dem Abwasch kannst gehen." Erlaubt ihr die Mutter.

Juchhuuuu! Sie trifft wieder Ihre Clique. Der Abwasch ist fertig, Christine geht. Ingrid kommt grad aus Richtung Flötzersteig mit Blumen in der Hand.

„Wow, woher hast du denn diese schönen Blumen am Sonntag? Ist ja gar kein Blumengeschäft bei uns." Christine ist verwundert.

Ingrid grinst schelmisch „Vom Friedhof".

„Ah, dort kaufst du Blumen? Hat das Blumengeschäft am Sonntag auch offen?" Fragt Christine erstaunt.

„Nein! Haben sie nicht. Ich hole mir immer vom Friedhof direkt die Blumen", sagt Ingrid stolz. „Und auch noch kostenlos !"

„Ingrid, das darf man nicht! Man darf keine Blumen von Gräber klauen", entrüstet sich Christine.

„Würde ich auch nicht tun. Die sind vom Misthaufen. Warte ich bringe die Blumen erst meiner Mutter und dann zeige ich dir, wo du auch Blumen holen kannst."

In nur fünfzehn Minuten über den Achtundvierziger Platz haben sie den Baumgartner Friedhof erreicht und sind beim besagten Misthaufen.

Oh, welche freudige Überraschung! So viele nicht verwelkte Blumen finden sie. Blaue und gelbe Stiefmütterchen samt Erdballen, orange, gelbe, weiße

Chrysanthemen und Kränze mit noch frischen Blumen liegen auf dem Komposthaufen. Ist das nicht wunderbar? „Die Blumen, die ich gefunden habe, kommen sicher wieder auf den Haufen. Dann kannst du deiner Mama auch welche bringen. Meine Mutter sagt, die heißen Gerbera, " beteuert Ingrid.

„Meiner Mama brauch ich keine Blumen mitbringen. Sie kauft langstielige Rosen vom Brunnenmarkt und verkauft sie wieder. Aber schau mal, Ingrid", Christine deutet auf eine armselige Grabstätte:

„Ist das nicht traurig? Es gibt hier einige verwilderte Gräber! Ich werde die Stiefmütterchen auf so ein vergessenes Grab pflanzen."

„Jetzt?" Fragt Ingrid verblüfft.

„Warum nicht! Unter der Woche sind wir in der Schule und am Nachmittag müssen wir lernen. Hast keine Zeit heute?" Ereifert sich Christine.

Ingrid zögert: "Es ist doch so unbarmherzig kalt und der Wind grausam."

„Wenn du dich bewegst, merkst du die Kälte nicht", grinst Christine.

Als Ingrid ihre Freundin so betrachtet, wie diese eifrig nach einem Werkzeug zum Schaufeln sucht und ihren Plan tatsächlich gleich umsetzen möchte, ist sie Feuer und Flamme dabei. Sie schauen sich die Geburts- und Sterbezeiten der Gräber an und wählen ein Grab von einem Mütterlein. Sie säubern den Grabplatz und stecken zu zweit abwechselnd mal ein gelbes, dann ein blaues Büschel der Stiefmütterchen in Herzform in die Erde. Zufrieden betrachten sie ihr Werk. Stellen sich vors Grab, falten die Hände zum einem stillen Gebet und verlassen Hand in Hand den Friedhof.

„Das macht irgendwie Spaß Christine. Wiederholen wir unser gutes Werk?" Fragt Ingrid.

„Ja, natürlich" ruft Christine, „immer wenn es unsere Zeit erlaubt".
Es ist schon siebzehn Uhr und es bereits etwas dunkel. Christine muss nach Hause.
„Schade, dass du nicht mehr zu mir reinkommen kannst. Wir könnten noch Mensch ärgere dich nicht spielen", meint bettelnd Freundin Ingrid.
„Ich kann dir Schach beibringen, wenn du zu mir kommst. Ich kann das Brett nicht mitbringen, weil es ein ganzer Tisch ist. Den hat mein Stiefvater aus Wurzelholz wie ein Mosaik selbst zugeschnitten, geleimt und einen aus gedrehten Eisenstäben einen dreibeinigen Fuß geschmiedet. Ich habe manchmal bei der Arbeit zugesehen."

„Ach nein, lieber nicht. Schach ist langweilig. Da denken sie stundenlang bis sie endlich eine Figur werfen können. Das geht beim anderen Spiel Ruck-Zuck". Lacht sie. „Wir könnten auch Quartett spielen oder Mühle. Habe fast alle Spiele." Ergänzt Ingrid.

„Ist gut, Ingrid. Ich habe verstanden. Du kommst nicht gerne zu mir, gell. Ich habe die Spiele auch. Alle und außerdem noch Mikado." Sagt Christine.

„Nicht böse sein, Christine. Wenn ich ehrlich sein soll, hast du Recht. Deine Mutter blickt mich so eigenartig an. Manchmal so prüfend von oben bis unten. Ich glaube, sie mag mich nicht", meint Ingrid.

„Hm. Ich mag, dich Ingrid". Strahlt Christine „Du bist meine beste, liebste und ehrlichste Freundin."

Sie trennen sich mit dem Versprechen, sich gegenseitig wieder zu melden.

Beim Gartentürchen sieht Christine, dass ihr Stiefvater in der Werkstatt sein muss, weil Funken sprühen. Er schweißt wieder. Bevor sie ins Haus geht guckt sie kurz rein.

„Was wird das?" fragt sie interessiert.

„Ein Schmiedeeisen-Rahmen für einen großen Spiegel." Sagt Raimund Bleisteiner.

„Für Mama?"

„Nein für einen Bekannten. Für Mama habe ich einen Rahmen für den Kachelofen vorbereitet und einen Altar. Das hat sie sich gewünscht."

Schmale Eisenstangen werden heiß gemacht, zu C-Bögen oder C-Schnörkel schneckenförmig gebogen. Diese schneckenförmigen Teile in den verschiedensten Größen und Stärken schweißt ihr Stiefvater an Stangen. Durch das Feuerschweißen verschmelzen, verbinden sich sozusagen die Teile, die dann geklopft und nach dem Erkalten schwarz gestrichen werden.

Einige seiner Arbeiten kann man bereits sehen. Mit so einem verschnörkelten Gitter ist das WC-Fester vor Einbrüche geschützt. Die Blumenbänke von Küche- und Wohnzimmer haben ebenfalls ähnliche Rahmen erhalten.

Christine geht ins Wohnzimmer. Mama ist nicht anwesend. Aber auf dem Tisch im Wohnzimmer hat Editha das Abendessen für alle vorbereitet und einen Din A5 Zettel an ein Glas gelehnt. Darauf steht: „Lasst es euch schmecken. Christine soll Tee machen. Rechnet nicht mit mir, es wird heute spät. Muss meine Blumen verkaufen. Mama".

Schön! Könnte wieder mal ein harmonischer Abend ohne Streit werden.

„Großvater komm zum Abendessen!" ruft Christine freudig in seine Kammer. Ach so, er kann ja nicht mehr allein aus dem Bett. Sie stellt seinen breiten Sessel mit den Armlehnen an die Breitseite vom Tisch und holt Großvater aus der Kammer.

„Ja zum Donnerwetter, was ist denn hier passiert? Die Kammer sieht so sauber aus, du bist freundlich, die Fenster sind rein – alles ist so frisch Großvater. Was ist geschehen?" Wundert sich Christine.

„Gell, da machst du recht große Augen?" Sagt Großvater. „Anscheinend kommt jemand vom Medizinischen Dienst und prüft, ob ich gut versorgt und behandelt werde. Irgendjemand muss was gemeldet haben. Vielleicht war`s Raimund. Aber nichts sagen, gell? Jetzt hat sie Schiss, deine Mutter. Wenn ich nämlich in ein Heim gebracht werde, bekommen die beiden mein Geld nicht mehr und müssten eventuell noch was draufzahlen."

„Oh, je! Aber du gehst in kein Heim, Großvater, gell? Ich brauch dich doch!"

„Nein, nein. Die beiden sollen mal merken wie es ist, wenn es so wäre. Jetzt muss sie sich zusammenreißen, mir was Ordentliches zu Essen geben und meine Kammer öfter putzen wegen der Kontrolleure. "

Christine führt Großvater ins Wohnzimmer zu seinem gepolsterten breiten Armlehne-Sessel.

Der Abend verläuft mal wieder friedlich, herrlich harmonisch. Leise Musik tönt aus dem Radio. Zum Gedenken an Ernst Martin Wilhelm Furtwängler, der auch die Leitung der Wiener Philharmoniker mal innehatte, hört Christine Klassische Musik. Fast alle Komponisten kennt sie vom aufmerksamen Hinhören. Johann Sebastian Bach, Ludwig van Beethoven, Johannes Brahms, Anton Bruckner, Hans Erich Pfitzner, Igor Strawinsky, Gustav Mahler.

Der Rundfunksprecher berichtet: Wilhelm Furtwänglers schrieb in einem offenen Brief an Joseph Goebbels wegen Diskriminierung jüdischer Musiker unter anderem das Zitat „Nur einen Trennungsstrich erkenne ich letzten Endes an: den zwischen guter und schlechter Kunst".

Christine hat Tee aufgegossen. Entnimmt aus der bauchigen Biedermeier Porzellankanne, die zur Serie des Kaffeegeschirrs aus der Porzellanmanufaktur Augarten Wien gehört, das mit losen jetzt gebrauchten Tee volle Tee-Ei und legt es auf einen Unterteller. Tee trinken nur Großvater und sie. Großvater mit viel Rum, Christine mit Zitrone und viel Zucker. Raimund Bleisteiner mag keinen Tee.
„Auf euer gefärbtes Wasser reagiere ich allergisch. Mir schmecken zum Essen Bier und danach Zigaretten und Wein. Und heute gibt's teure Zigarren."
Sie haben fertig zu Abend gegessen. Das Mädchen räumt den Tisch ab, bemerkt jedoch nicht die kleine Lache neben der Tischdecke, die durch das Tee-Ei entstanden ist. Raimund schneidet mit einem Cutter die Kappe von zwei Zigarren ab.
„So Großvater, zur Feier des Tages genießen wir beide wieder mal einen Lötkolben".
Christine grinst.
Beide Zigarren zündet Raimund mit je einem Zedernholzspan an. Die beiden Männer Großvater drehen dabei das gute Stück langsam zwischen den Fingern über der Flamme.
„Dies sorgt für ein schönes gleichmäßiges Ergebnis."
Sagt er zu Christine, die den beiden bei ihrem Tun beobachtet.
„Jaja", meint Großvater „das wäre ein gewaltiger Stilbruch, so wertvolle Zigarren mit Streichhölzern oder gar einem Feuerzeug anzuzünden."

„Siehst du? Erst zum Schluss wird die Mitte der Zigarre angezündet. Jetzt glimmt sie gleichmäßig. So, mein alter Freund, jetzt beginnt endlich unser Genuss."

Sie paffen. "Danke, Raimund." Sagt Großvater. „Du hast voll meinen persönlichen Geschmack mit dem Aroma getroffen. Jetzt könnt ich ein Glas Wein vertragen."

Großvater bekommt seinen Wein, einen Heurigen und Christine freut sich darüber.

Wenn die beiden trinken und anstoßen, legen sie ganz vorsichtig ihre Zigarre an den Aschenbecher. Die Asche ist fast schon so lang wie die Zigarre mal war.

„Da guckst du, gell?" Schmunzelt der Stiefvater. „Die Zigarrenasche soll nicht oder äußerst nur selten abgestreift werden. Weißt du auch warum?"

Christine verneint.

„Die Asche soll verhindern, dass zu viel Sauerstoff an die Glut kommt. Somit wird die Geschwindigkeit des Abbrands gedrosselt."

Großvater ergänzt: "Eine Zigarre muss richtig geraucht werden. Mit Ruhe und Genuss! Und das haben wir heute. Und jetzt bekommt mein Sonnenschein von mir einen Ring". Er streift die Bauchbinde der Zigarre ab und überreicht sie Christine.

„Meinen Zigarrenring erhältst du auch". Ihr Stiefvater macht es Großvater gleich. Christine steckt sich die rot-gold glänzenden Zigarrenringe an ihre Finger, wiegt ihren Kopf erquicklich hin und her und lacht.

„Sieht nobel aus, Dankeschön".

„Christine, Großvater und ich sind heute große Genießer, ich will dich nicht übergehen. Möchtest du vielleicht auch ein Glas vom Heurigen? Ein kleines Glas?" Fragt der Stiefvater.

Spitzbübisch blinzelt sie und verneint. Die Musik ist herrlich. Sie geht ihr durch und durch. Sie fühlt sich in fabelhafter Stimmung. Lauscht mal nach dem Radio, mal nach dem Gespräch der beiden Männer und trinkt Tee. Die Komponisten und die Titel werden jeweils im Rundfunk angesagt. Das findet sie besonders gut, weil sie somit Werke und deren Tonkünstler kennen lernt. Es fehlt heute Ihr Liebling Wolfgang Amadeus Mozart. Den Pjotr Iljitsch Tschaikowski liebt sie auch. Besonders das Klavierkonzert Nr.1. An den Wochenenden, wenn sie nicht schlafen kann und wusste, Editha und ihr Stiefvater bleiben nachts lange aus, hört sie immer Klassik bis mit der Bundeshymne der Radio - Sendeschluss angekündigt wird. Sie sitzt auf der Eckbank im Wohnzimmer mit irgendeiner Handarbeit von der Schule, die zu Hause weiter gearbeitet werden darf und lauscht.

Allerdings ist sie mit dem heutigen abendlichen Repertoire völlig zufrieden und glücklich.

Die dritte Tasse mit Tee hat sie geleert. Die Musik im Radio ist verstummt. Nach dem Gongschlag, ertönt eine Männerstimme "Dreiundzwanzig Uhr, sie hören Nachrichten."

Gespannt horchen der Großvater und Stiefvater die Nachrichten. Christine gähnt, ist ziemlich schläfrig und hört nur mit einem Ohr hin.

„Es ist Mittwoch, der 26. Oktober 1955. Es ist der erste Tag, an dem sich keine fremden Truppen mehr auf österreichischem Grund und Boden befinden. Ab 0 Uhr wird die immerwährende Neutralität Österreichs festgelegt.

Bereits im Juli konnte durch die Übergabe durch die US-Besatzungsmacht die Rundfunk Versorgung in Wien bedeutend verbessert werden."

„Das betrifft die Anlage Wilhelminenberg. Gleich ober uns. Naja, die Sendeanlage in der Thaliastraße und am Bisamberg waren eh nur provisorische", sagt Raimund.

186

„Österreich ist endlich neutral. Wir können aufatmen. Bravo, du Staatsvertrag".

„Wir haben im Mai bereits in der Schule den Staatsvertrag gefeiert. Die Bundeshymne gesungen und Fähnchen geschenkt bekommen".

„Das ist auch eine tolle Errungenschaft von unserm Außenminister Leopold Figl", sagt stolz ihr Stiefvater.

„Ich mag den nicht, aber gut ist es schön, dass die Ami, Russen, Franzosen und die Engländer endlich aus dem Land verschwunden sind." Mischt sich Großvater ein.

„Die ganzen Bonzen waren im Schloss Belvedere." Und weiter führt Großvater aus:

„Stellt euch mal vor, rund um das kleine Österreich ist Krieg. Was nützt dann die Neutralität? Und mit den neumodischen gefährlichen Waffen radieren sie eh alle aus. Atom! Ha! Die bringen sich gegenseitig um. Mir tun nur die Unschuldigen leid. Und die, die zu blöd sind, Verbrechen an der Menschheit zu verhindern.

Hast noch ein Wein für mich, Raimund?"

Großvater hat sich erregt, Raimund schenkt ihm nochmals Wein ein: "Franz, du musst selbst wissen wieviel du vertragen kannst, gell?"

„Mach dir keine Sorgen Raimund. Ich weiß es schon. Und so oft bekomme ich von euch eh keinen Wein. Diesen werde ich heute gebührend genießen." Großvater hebt sein Glas "Prost".

„Großvater Franz, du siehst das ein bisserl zu schwarz, mein guter. Schau, Österreich ist jetzt ein unabhängiges und demokratisches Land", beschwichtig Raimund.

Christine ist wieder voll wach.

„Wir haben sogar einen Film geschaut. Austria Wochenschau. Österreich ist mit seiner Neutralität weltweit im Blickpunkt. So heißt die Überschrift in unserem Geschichte-Heft".

„Du hast uns ja gar nichts davon erzählt, Christine", staunt ihr Stiefvater.

„Doch, mir hat`s sie`s erzählt und ich habe sogar das Fähnchen bekommen. Ausführlich haben wir uns darüber unterhalten. Aber am meisten interessiert sie, das Schloss", Großvater lacht. "Weil`s vom Prinz Eugen ist, stimmt's mein Sonnenschein du Romantikerin?"

Christine wird verlegen: „Ja, aber nur weil`s geschichtlich ist, Großvater. Ich will doch keinen Prinzen. Hab doch meinen eigenen Prinz, meinen Hund".

Raimund räuspert sich etwas beschämt und die Stieftochter fährt fort.

„Das Schloss wurde vom Architekten Johann Lucas von Hildebrandt für Prinz Eugen von Savoyen gebaut. Prinz Eugen ließ das Gebäude mit Prunk und Pracht zu einem barocken Jagdschloss umbauen, zu einem Lustschloss."

„Na bravo, mein Stieftöchterchen. Du hast dir heute auch von mir eine Eins-Zensur verdient, sogar mit Stern", lobt Raimund Bleisteiner.

Christine grinst, beugt sich kurz zu Großvater, drückt ihm ein Bussi auf Stirn und geht zur Tür „Gute Nacht, ihr beiden, ich bin todmüde, schlaft gut".

Großvater dreht sich im Stuhl zur Tür „Ba-Ba mein Sonnenschein. Du bist und bleibst mein Engel. Schlaf gut, Liebes". Er wendet sich zu Raimund:

„Ich bin heute überhaupt nicht müde, nichts zwickt mich mehr. Das Kind lässt mich wieder spüren, dass ich lebe. Danke Raimund, dass du nett zu ihr bist und ihr beistehst."

„Klar, Franz. Brauchst dich nicht dafür zu bedanken. Ich habe sie auch lieb gewonnen, nur zeigen darf ich es nicht." Pflichtet ihm Raimund bei.

„Weiß schon, sie ist eifersüchtig deine Editha. Christine wächst zu einer bildschönen Frau ran. Hast ihre Brüstchen schon gesehen?" grinst Großvater.

„Es ist nun auch für uns zwei höchste Zeit schlafen zu gehen, Franz." Raimund führt Großvater in seine Kammer und räumt den Esszimmertisch ab. Er hatte gehofft, dass Editha von ihrem Blumenverkauf in der Zwischenzeit nach Hause kommt und ist beunruhigt. Es ist bereits ein Uhr früh. Er schenkt sich noch einen großen Schluck vom Heurigen ein.

Donnerwetter, denkt er. Jetzt haben Großvater und ich die Zwei-Liter Flasche Heurigen an einem Abend fast ganz geleert. Hoffentlich verträgt Großvater Franz die drei Glaserln Wein. Waren eigentlich eh nur Achterln. Raimund zündet sich eine Austria-Zigarette und stellt fest, dass sie von der zwanziger Packung die letzte ist. Na sauber, Editha wird ganz schön brummen, wenn ich keine Zigaretten mehr für sie habe. Raimund dreht nochmals den Hörfunk an. Hm,

Sendeschluss, nur unangenehmes Rauschen. Schenkt sich noch ein kleines Glaserl voll vom Heurigen, dämpft seine letzte Zigarette aus, da hört er auch schon das metallene Geklapper von einem Schlüsselbund an der Tür. Raimund steht auf, öffnet die Tür. Editha hat sich gerade nach dem heruntergefallenen Schlüsseln gebückt, schaut Raimund von unten nach oben an

„Was ist? Was schaust so blöd?"

„Editha, du hast wieder zu viel getrunken. Komm lass uns zur Ernüchterung einen Mokka trinken.

„Ich pfeif` dir auf deinen Mokka. Gib mir Wein und eine Zigarette. Dann kannst dich in deine Hapfen verdrücken".

Nein, wir zwei hauen jetzt gleich ab in die Hapfen. Für heut´ hast du schon genug getrunken. Du bist ja sternhagelvoll, mein Schatz".

„Ich bin nicht dein Schatz. Dein Schatz ist dieses kleine Luder, das miserable. Ich sehe doch, ich merke doch", queruliert Editha, geht schwankend zum Esszimmer

189

Tisch, lässt sich auf die Eckbank fallen, schnuppert mit rümpfender Nase und blickt sich im Wohnzimmer umher.

„Da stinkt's nach Zigarren! Aha, ihr habt wieder gefeiert, ihr Saubande! Habt wohl gedacht, die Katze ist aus dem Haus!" Sie kramt in ihrer Tasche und holt eine Schachtel mit HB - Zigaretten raus.

„Gib mir Feuer und Wein", fordert sie.

„Was hast du denn da für Zigaretten? Filter-Zigaretten? Woher? Es hat doch keine Trafik geöffnet?" Wundert sich Raimund.

„Geschenkt bekommen. Bei den depperten Dreiern hat man ständig die Tabakreste im Mund. Da schau, wie elegant sie aussehen. Und gesünder sind`s auch, weil, weil - ach ist ja wurscht."

Schnappt sich die Streichhölzer vom Tisch und fummelt paarmal an der Streichholzschachtel. Kann jedoch das Streichholz nicht zum Brennen bringen und flucht:

„Wenn nur einmal in dieser verdammten Hütten was funktionieren tät. Wieso ist die Schachtel feucht?! Habt's wieder gesoffen wie blöd, ihr drei? Wo ist dieses Weibsstück. Na wart, die hol ich mir jetzt runter".

Steht schwankend auf in der Absicht Christine aus dem Bett zu holen. Raimund fasst Editha grob am Arm:

"Nichts machst du jetzt. Entweder du gehst ins Bett!"

„Oder? Oder was?!" Unterbricht ihn Editha „Was tust du dann? Ha? Die hat dich bereits sauber um den Finger gewickelt, das Miststück?"

„Kommst jetzt mit rauf ins Bett oder nicht?" fragt Raimund scharf und erbost.

Editha hat diesen Ton von Raimund noch nie vernommen. Sie stiert Raimund verblüfft an, nickt als wüsste sie über alles und jedes Bescheid und wackelt zur Tür.

Raimund hilft stützend Editha von hinten die steilen Holzstiegen hinauf. Links ist die Schlafkammer von Christine. Sie hat alles mit angehört und zittert am ganzen Körper. Sie befürchtet, dass Mama, die polternd und schimpfend die Treppen hochkommt, sie jetzt wirklich rausholt.

Oh Gott, sie steht schon vor der Zimmertür! Christine wagt es nicht, die Tür blitzartig abzuschließen. Das Geräusch vom Schlüssel im Schloss, könnte ihre Mutter erst recht in Rage bringen. Raimund drängt Editha nach rechts in ihren Schlafraum rein.

Die Schlafzimmertür knallt krachend zu. Nach außen dringt Gepolter und wieder mal sinnloser Streit. Christine versperrt schnell ihre Tür, hält sich die Ohren zu und schaut auf ihren Wecker am Nachtkästchen. Um Himmels Willen, schon drei Uhr früh. Sie blickt aus dem Fenster. Stockfinster ist es. Eine kohlrabenschwarze Nacht. Kein Stern, kein Mond ist zu sehen, vom Himmel zur Erde ist alles dunkel. Nur die spärlich aufgestellten Gaslaternen zeigen milchig helle Flecke. Sie öffnet das Fenster und schließt es gleich wieder. Eiseskälte dringt rein und im argen Wind hört sie die Bäume rauschen. Der Wind pfeift heftig, wenn der Wind um die Ecke bläst. Gruselig empfindet es Christine. Das scharfe Pfeifen und das schauervolle Heulen vom Wind sind unheimlich, beängstigend, zum Fürchten. Ihre Mutter hört die Frequenz-Schwingungen vom Wind recht gerne. Sie kann nicht verstehen, dass ihre Tochter diese Geräusche nicht mag.

Am Vordach der vorderen Terrasse hatte Editha mal ein Windspiel aufgehängt. Christine hört diese Laute zum Glück nicht, weil ihr Zimmerfenster in den hinteren, größeren Garten zur Ameisbachzeile geht. Aber die Nachbarn haben sich schon dreimal über dieses Klong – Kling – Klong beschwert.
Jetzt hängt das Windspiel mit den vielen silbernen Röhrchen überm Kachelofen. Es sollte ruhig und entspannend wirken. Vielleicht innen im Raum, außen wohl nicht.

Christine stellt den Wecker um eine halbe Stunde eher als sonst. Sie befürchtet nicht zur rechten Zeit wach zu werden. Es ist ja schon Morgen, und die Klassenlehrerin hat gesagt:
„Kinder, ihr braucht unbedingt 10 Stunden Schlaf, um euch im Unterricht konzentrieren zu können."

Christine wird sich bestimmt konzentrieren können. Sie war ja bisher immer aufmerksam. Folglich sind die Gedanken nicht beim häuslichen Malheur. Schlimm ist es für sie, zu spät zu kommen. Das empfindet sie als ernsthaft schwerwiegend. Sie möchte nicht negativ auffallen. Sie ist jetzt einfach noch nicht müde. Die falschen Verdächtigungen, die Streitereien und die ewige Angst, was falsch zu machen belasten sie sehr. Es schmerzt sie zutiefst, nicht angenommen und verstanden zu werden.

Das war anfangs, vor zwei Jahren als sie auf die Siedlung kam, nicht so problematisch. Mama hat ihr damals drei Puppen geschenkt. Ihr Stiefvater fertigte aus

Holz eine Wiege mit Brandmalerei an. In letzter Zeit hat sie ihre Puppen vernachlässigt. Sie sollten auch spüren, das was man ihr antut und hat alle drei Puppen wie Dornröschen in den Schlaf gelegt. Hingegen bringt es Christine nicht übers Herz, sie noch länger zu ignorieren. Mit allen dreien legt sie sich ins Bett, entschuldigt sich bei ihnen und sagt:

„Nicht traurig sein, ich habe euch doch lieb".

Küsst und streichelt ihre Puppenkinder. Nimmt sie in den Arm und faltet jeder Puppe die Hände zum gemeinsamen Gebet.

„Lieber Gott, danke für den netten Abend. Mit der Musik im Radio hast du mich sehr glücklich gemacht. Schenke bitte dem Großvater noch viele Jahre, damit ich ihn zu mir nehmen kann. Die Unterhaltung mit dem Stiefvater hat mir auch gefallen. Ich denke, er akzeptiert mich jetzt ein wenig. Und bitte, bitte, ich möchte weiter die vergessenen Grabstätten schmücken. Nicht, dass ich ausgeschimpft werde oder jemand sagt, ich würde stehlen.

Ihr Gebet endet wie immer anstatt dem Amen:

„Prinz, mein Hund wie geht es dir? Sie haben sich wieder wegen mir gestritten. Ich halte das bald hier nicht mehr aus. Ich will zu dir."

Mit ihren drei Puppen im Arm schläft das bald schon dreizehnjährige Mädchen ein.

ೞ **✶** ೞ

Weihnachten steht vor der Tür.

In der Schule basteln die Kinder für ihre Eltern eine Weihnachtskarte, ähnlich wie zum Muttertag und ein Gesteck. Das notwendige Zubehör dafür und die einmalige Aufwendung von fünf Schilling für Holz-Stern und eine Kerze, den die Lehrkraft besorgt, schreibt die Klassenlehrerin an die Tafel.
„Notiert das in euer Mitteilungsheft. Zum nächsten Unterricht bringt ihr bitte die fünf Schilling mit".
Jede Schülerin soll Reisig, Äpfel- und Orangenscheiben, Nüsse, Zimtstangen, Nelken und Bindedraht besorgen.
In der Pause teilt Christine der ersten Klassen-Sprecherinnen mit, dass sie Reisig und Bindedraht von ihrer Mutter bekommen kann, und für die ganze Klasse spenden möchte.

„Hört mal her!" Ruft die Klassensprecherin: „Christine schenkt uns Reisig und Bindedraht. Danke Christine, das ist echt prima."

Die Kameradinnen klatschen Beifall. Christine freut sich, die Idee gehabt zu haben, denn vom Komposthaufen im Friedhof findet sie Reisig. Im Keller hat Mama einen ganzen Pack Bindedraht als Vorrat zum Binden für ihre Blumen. Demnach kann sie ihr Versprechen einlösen.
Christine denkt auch an Großvater. Es ist genug im Haus für mehre Gestecke. Nüsse sind noch vom Nikolaustag, dem 6. Dezember übrig. In der großen Kristall-Obstschale liegen stets Äpfel, Orangen, Mandarinen und getrocknete Feigen. Zimtstangen und Gewürznelken hat Mama massig im Gewürzschrank.
Fünf Schilling erhält Christine freitags als Taschengeld. Es fehlen Kerze und so ein Holzstern. Eine Kerze für Großvaters Kammer wäre zu gefährlich. Nach reichlicher

Überlegung, sagt sie sich, es sind noch zwei Wochen bis auf Weihnachten, und dann erhält sie wieder fünf Schilling. Davon kauft sie anstatt der Kerze für Großvater die Virginia Zigarren. Vielleicht findet sie am Friedhof einen geeigneten Untersatz. Ein bemoostes Holzstück wäre ihr am liebsten.

Christine beabsichtigt, nach der Schule und den verrichteten Hausaufgaben, sowie die von Mama aufgetragenen Tätigkeiten, Holz und Brikett vom Keller zu holen, das Mittags-Geschirr abzuwaschen, vom Friedhof das Reisig zu holen. Bevor sie losgeht gießt sie für Großvater Tee auf und belegt zwei Brote. Jetzt hat sie Freizeit bis es dunkel wird.

Christine läutet bei Ingrid. Es meldet sich niemand. Nach ungefähr fünf Minuten geht sie schnurstracks allein zum Friedhof. Das Ziel ist der Komposthaufen.

Hurra! Sie ist fündig. Unter der zarten Schneedecke sieht sie Reisig von Tannen und Fichten, das lose rumliegt und einen Kranz. Überraschenderweise findet sie auch noch ein ausgemustertes fast noch neues Herbstgesteck. Die roten und braunen Trockenblumen daraus steckt das Mädchen auf das Grab von dem vergessenen Mütterlein. Ein strahlender Farbtupfer ragt aus der wie mit Puderzucker überzogenen Ruhestätte.

„Ba-Ba, und Frohe Weihnachten, armes Mütterlein. Ich komme dich im nächsten Jahr wieder besuchen."

Voll gepackt mit dem gesammelten Friedhofsmüll macht sie sich auf den Heimweg. Der kommt ihr heute viel länger vor als sonst. Den schweren Kranz aus Reisig trägt sie überm Kopf. Das ganze Gut wird schwerer und schwerer. Sie wechselt von einer Hand zur anderen, legt jedoch keine Pause ein. Ihre Freude über die Fundstücke ist derart groß, dass sie das beschwerliche Tragen von Menge und Gewicht in Kauf nimmt. Dadurch braucht sie viel länger als sonst für die Wegstrecke und die zieht sich, und zieht sich. Aber sie schafft es. Bedächtig versteckt sie die Kompost-Ausbeute im Vordergarten.

Somit hätte sie alle Zutaten, sogar mehr als sie braucht beieinander. Obendrein denkt sie an ihre Klassenlehrerin. Nicht ihr persönlich möchte sie ein Geschenk machen, sondern für die ganz Klasse. Anonym will sie das Gesteck auf den Schreibtisch der Klassen-Lehrerin stellen.

Die Weihnachts-Überraschungen wären dann perfekt.

Reisig und den Bindedraht gibt Christine wie versprochen an die Klasse ab.

Sobald Mama und der Stiefvater aus dem Haus sind, und sie ihre Hausaufgaben erledigt hat, legt sie ihr ganzes Können in die Bastelarbeit Ihrer Gestecke. Sie ist nicht besonders geschickt. Die Nadeln vom Reisig pieken, der Klebstoff pappt zwischen den Fingern, es ist mühselig mit dem Bindedraht die Teile zusammen zu halten. Mutlos geht sie zum Großvater:

„Ich kann das nicht, Großvater".

Großvaters Hände sind angeschwollen. Er kann das auch nicht mehr.

„Mach so gut du es kannst. Verzweifle nicht. Bis jetzt ist dir alles noch gelungen, was du mit Freude getan hast." Ermuntert sie der betagte Mann.

„Woher hast du denn das Material", will Großvater wissen.

Christine verrät ihm die Fundstätte am Friedhof und dass sie den Bindedraht aus Mamas Korb hat. Bisher keine Gelegenheit hatte, es Mama zu sagen.

„Und jetzt, wo ich den Draht schon in der Klasse abgegeben habe, traue ich mich es erst recht nicht ihr es zu sagen." Klagt das Mädchen.

„Das ist schlecht, mein Sonnenschein, sehr schlecht. Das ist wieder ein Grund für deine Mutter auszurasten. Tja, was machen wir denn da?"

„Ob ich ihr mein Taschengeld geben soll?"

„Das ist gut, meine Kleine, doch das ist nicht der Punkt. Sobald du deine Mutter siehst, musst du ihr sagen, dass du den Bindedraht für die Schule gebraucht hast. Sie bemerkt es doch beim nächsten Blumenverkauf sowieso."

„Ja, ich weiß. Ich war voreilig. Aber die Zeit drängte und ich wollte vor meinen Kameradinnen gut dastehen, also glänzen. Das war nicht überlegt. Habe ich denn nichts Gutes getan."

„Hm, nein, mein Schatz, das war kein guter Schachzug. Ob das mal gut geht". Großvater schüttelt besorgt den Kopf.

„Ach komm. Lass jetzt den Kopf nicht hängen. Abreißen wird sie ihn dir schon nicht. Ich rede mit Raimund, sobald er heimkommt."

Christine geht hinauf in ihr Zimmer bastelt weiter an den Gestecken. Ihr mulmiges Gefühl lässt sie nicht los. Wenn nur alles schon vorbei wäre. Ein Rumoren Kollern in ihren Gedärmen. Sie hat schon wieder Hunger.

Oh, ja. Haferflocken mit Zucker kommt ihr in den Sinn. Beim Öffnen ihrer Zimmertür hört sie ihre Mutter in der Küche mit Geschirr lärmen. Was soll sie jetzt tun? Tapfer steigt sie gefestigt die Treppen hinunter:

„Du Mama, ich habe was Schreckliches angestellt!"

Editha hält von ihrem Tun innen und sieht ihre Tochter erstaunt fragend an: „Ja, was denn?"

„Die ganze Zeit habe ich dich nicht gesehen und es war so dringend für die Schule was zu besorgen. Es sollte eine Überraschung werden."

Mist, wie soll sie jetzt das Geschehen schönreden, damit Mama keinen Grund hat wütend zu sein?

„Jetzt, sag`s schon! Für die Schule? Dann ist´s nicht so gravierend. Also los, was hast angestellt?"

„Du-u Mama? Was kostet denn so ein Bindedraht, den du für deine Blumen verwendest?" Fragt sie, um die Lage etwas zu entschärfen.

„Nicht der Rede wert, der fällt preislich überhaupt nicht ins Gewicht." Hört sie ihre Mutter sagen.

„Ich weiß nicht, wie ich es jetzt sagen soll. Wir haben es so dringend in der Schule gebraucht, und da habe ich - da habe ich – hm, da habe ich an Dich gedacht, Mama." Zögert Christine.

„Ach du meine Güte! Jetzt mach`s nicht so spannend. Ich hab nicht ewig Zeit dein Gefasel anzuhören. Was ist denn?" Oh, ihre Mutter wird ungeduldig.

„Ich konnte es dir vorher nicht sagen. Und weil du gutherzig und hilfsbereit bist, dachte ich, dass du es erlaubst. Die Frau Lehrerin bedankt sich recht herzlich bei dir, Mama." Christine windet sich und sucht nach besänftigen Wörtern.

„Was soll das schnulzige Gerede. Was tät ich erlauben. WAS ?!"

Ui-je. Jetzt wird's für Christine brenzlig. Also raus mit der Sachlage.

"Das brauchten wir ganz dringend im Werksunterricht, von dem du so viel im Keller hast, Mama. Die Frau Lehrerin hat sich sehr über deine gute Tat gefreut, Mama."

„Du machst mich noch wahnsinnig mit deinem dummen langwierigen Gerede. Was hast ihnen denn aus dem Keller von mir gegeben, ha? Rede schon!"

Jetzt müsste Christine ganz dringend zur Toilette Wasser lassen. Sie zwickt die Beine zusammen und sagt: „Drei Rollen von dem Bindedraht, Mama. Ich muss mal schnell aufs Klo."

In Erwartung auf einen Tobsuchtsanfall, läuft Christine rasch weg. Ihre Mutter geht ihr bis zum WC nach, klopft an die Tür: „Deiner Lehrerin hat das gefallen? Was hat sie gesagt?"

„Dass du eine gutherzige Frau bist, Mama", lügt Christine.

Wie durch ein Wunder konnte das Mädchen die unangenehme Situation diplomatisch lösen. Sie verspürt Erleichterung in der Blase, Entlastung der Körperanspannung, Befreiung von der Angst, und hat so gar kein schlechtes Gewissen wegen ihrer Lüge.

Editha ist wieder außer Haus. Christine stürmt in Großvaters Kammer und redet frisch von der Leber weg, wie sie den heiklen Umstand geklärt hat.

„Das hast du geschickt angestellt. Bravo mein Sonnenschein. Ich habe mir die Worte für Raimund schon zu Recht gelegt gehabt. Und was ist mit deinem Taschengeld?" fragt Großvater.

„Taschengeld?" staunt Christine. „Ha, davon hat Mama nichts verlauten lassen. Das bekomme ich am Freitag", grinst Christine.

Tee-Zeit ist für Großvater und Christine. Den wollen sie gemeinsam für die hervorragende Lösung genießen. Sie stellt einen kleinen Topf mit Wasser auf den am Gasherd, füllt mit dem losen schwarzen Tee das Tee-Ei, hängt es in die Kanne, nimmt zwei Tassen aus dem Regal, einen Teller mit Weihnachtsbäckerei und geht zurück zu Großvater. Er ist eingeschlafen. Das Mädchen betrachtet den alten weißhaarigen Mann mit seinem schneeweißen Schnauzer und dem langem Bart. Wenn er nur wieder aufstehen und ewig leben könnte. Christine braucht ihn so sehr. Ihre Vertrautheit geht so weit, dass sie ihm blindlings alles sagen kann – alles.

Christine nimmt das Tee-Ei aus der Kanne, steckt den Stecker vom elektrischen Heißlüfter ein, dreht ihn auf halbe Stufe, entleert den Nacht-Topf und geht in ihr Zimmer. Die Bastelei geht ihr jetzt viel besser als zuvor von der Hand. Es wird schön. Sie freut sich jetzt schon auf die überraschenden Gesichter von Großvater und Mama.

Die Unterrichtsstunden machen dem Mädchen immer mehr Spaß, sie ist Feuer und Flamme dabei. Wenn Religion ansteht, sollte Christine die eine Stunde in einer anderen Klasse verbringen. Das hat sie einmal getan und war sehr unglücklich. Jeder wollte wissen, warum und weshalb sie ihre Klasse verlassen muss.

„Bitte Herr Religionslehrer, darf ich hier in der Klasse bleiben? Ich werde ganz still sein und nicht stören."

Er hat es ihr erlaubt. Somit hat Christine auch noch die Weihnachts-Geschichte von Maria, Josef und dem Jesuskind erfahren.

„Kaiser Augustus gab den Befehl, dass sich alle Menschen in ihre Geburtsorte begeben und sich dort in Steuerlisten eintragen lassen müssen. So machte sich Josef, der wie König David in Bethlehem geboren war, zusammen mit seiner schwangeren Frau Maria zu Fuß auf den Weg. 200 Kilometer lang war die beschwerliche Strecke von Nazareth in Galiläa nach Bethlehem in Judäa."

Christine hört mit Begeisterung zu. Sie ist glückselig im Religionsunterricht in der Klasse bleiben zu können, ohne dass sie geprüft wird oder Zensuren bekommt.

In der Absicht, nach Hause zu gehen, fällt ihr Blick auf eine Weihnachts-Krippe mit Figuren, die am Korridor aufgebaut ist. Sie betrachtet die Krippenszene mit Entzücken. Ein Baby liegt auf Stroh, umgeben von Vater, Mutter, Ochs und Esel. Drei Hirten knien vor dem Kind.

Ein Engel schwebt an der Stalldecke und eine Laterne beleuchtet dürftig die Behausung.

Plötzlich geschieht etwas, das nur der Herrgott lenken konnte.

Christine steht am Gang und vernimmt Stimmen von einem Chor. Er trällert die Tonleiter rauf und runter. Ein Lied ertönt, das ihre Neugier erweckt. Sie geht zu dem Klassenzimmer und guckt durch die milchige Glasscheibe der Tür. Dabei drückt sie ihre Nase fast platt und lauscht. Die Tür geht auf. Ihre Musiklehrerin steht vor ihr.

„Komm rein und stelle dich in die Mitte"

Christine geht in die letzte Reihe des Schülerchors und stellt sich in die Mitte.

„Nein, nein Christine, ganz nach vorne", sagt die Lehrerin und drückt Christine ein Notenblatt in die Hand mit der Aufschrift „Ave-Glöcklein. Wenn ich ein wär"

Christine ist gerührt. Sie kennt das Marienlied aus dem Rundfunk und hat es oft mit gesungen. Und jetzt ? Jetzt steht sie bei den großen Schülern in einem fremden Chor. Sie kennt zwar Noten aber nicht alle Zeichen. So achtet sie unwahrscheinlich gut auf das Dirigieren der Chorleiterin.

Der Chor beginnt. Christine singt sich ein. Unerwartet bekommt sie den Einsatz für das Ave Maria-Solo. Der Chor führt weiter etwas zurückhaltend die Grundmelodie aus. Christine trägt kraftvoll in reinen hohen Tönen überglücklich und fast wie in Trance das Ave Maria vor.

Nach den drei Strophen von diesem Marienlied verstummt der Chor. Die Lehrkraft hält für Sekunden ihren Kopf und den Taktstock nach unten. Dann klatscht sie Beifall und ihre Schüler tun es ihr gleich. Ab diesem Zeitpunkt ist Christine im großen Wiener Schüler-Chor aufgenommen.

•♪♫ˌˌˑ❀ˌˌ♫♪•.

Viele Nächte ist Christine mit Großvater allein in dem Siedlungshaus. Meistens schläft der liebe alte Mann zur späten Stunde. Sein Schnarchen, als wolle er Bäume im Wald sägen, stört Christine nie. Ihre Geräuschkulisse ist der Rundfunk. Nacht für Nacht sitzt sie allein im Wohnzimmer auf der Eckbank mit irgendeiner Handarbeit. Lauscht mit Begeisterung der Musik und den diversen Hörspielen bis wieder die Österreichische Bundeshymne den Sendeschluss ankündigt.

Dann tänzelt, hüpft und schwebt sie beseligt die dreizehn mit bunt gemustertem Teppich ausgelegten Stufen zum Schlafen in ihre Kammer.

Vom 24. Dezember bis einschließlich 6. Jänner sind Ferien.

Am Heiligen Abend ertönen den ganzen lieben Tag Weihnachtslieder im Radio. Christine ist für Augenblicke wie verwandelt. Der realen Welt entrückt, dem Jesuskindlein in Luft und Wolken ganz nahe.

Musik ist für Christine ein Ventil. Ein Hilferuf nach Zuwendung, nach liebevoller Aufmerksamkeit. Melodien, Klänge und Rhythmus geben ihr alles was sie sich erträumt. Vor allem ein warmes, aufregendes, glückliches, zufriedenes und beschwingtes Gefühl. Wenn sie allein ist, tanzt, wiegt und dreht sie sich nach dem Takt. Musik lässt sie verspüren, sie ist lebendig, sie existiert real. Nicht selten möchte sie am liebsten einen Ohrwurm immer wieder, unablässig und ständig hören. Er überzieht sie mit einer wohligen Gänsehaut.

Christines Zimmer ist an diesem Heilig-Abend besonders heimelig. Der Heizlüfter strahlt eine mollige Wärme aus. Ihr Schulranzen steht für den Schulbeginn im neuen Jahr nach dem Stundenplan fertig gepackt neben ihrem Schreibtisch. Ihre Puppenkinder haben an diesem besagten Tag frisch gewaschene Kleidung erhalten. Aus einem Trockengesteck vom Friedhof-Komposthaufen hängt am Kipp-Spiegel ein kleiner Porzellan-Engel. Der Duft von Bratäpfel und diversen Gewürzen durchzieht auch ihr Zimmer. Anheimelnd, behaglich fühlt sie sich und der Traum eines trauten Familienglücks beschleicht sie. Ach, wie sehnt sie sich nach einer Umarmung. Nach einem Streicheln, einem lieben Wort von ihrer Mutter.

Editha hat das Wohnzimmer, trotz Austritts aus der Kirche, weihnachtlich geschmückt. Um das Muttergottes-Bild über der rustikalen, schweren, schön geschnitzten Eichen-Kommode hängt eine Girlande aus Reisig, Strohsternen und roten kleinen Zieräpfeln. Das ganze Haus duftet nach Zimt, Äpfel und Orangen. Editha liebt diese Öle. Ihre Tochter auch. Auf dem kleinen Kachelofen werden fast täglich Bratäpfel gegart. Heute wieder zwei Stück. Christine nimmt einen und teilt diesen mit dem Großvater. Sie freut sich schon auf heute Abend. Auf das Gesicht von Großvater, wenn sie ihm das selbst gebastelte Gesteck mit der Packung seiner Lieblings-Zigarren überreichen kann. Um 17 Uhr soll es das Abendessen geben und danach ist Bescherung. Das Gesteck für Mama, es gehört ebenso dem Stiefvater, verpackt sie in Weihnachtspapier. Das Taschengeld hat für alles gereicht. Und dann wäre da noch eine Überraschung für Mama und dem Stiefvater. Aber ob sie es heute noch verschenken soll? Vielleicht kommt es nicht so gut an? Christine will erst mal die allgemeine Stimmung abwarten.
Endlich. Es ist so weit. Editha hat sich besonders fein gemacht. Ihre gepflegten etwas gelockten, offenen, schulterlangen Haare umrahmen ihr feines Gesicht. Perfekt geformte Augenbrauen betonen ihre blauen Augen. Das Dekolleté ihres schwarzen eng anliegenden Spitzenkleides lässt ein wenig den Busenansatz rausspitzen. Die hohen schwarzen Stöckelschuhe und

den Seidenstrümpfen mit Naht verleiht ihrem Äußeren eine besondere Note. Editha wirkt sexy und attraktiv.
Mama ist eigentlich eine bildschöne Frau. Sie ist geschickt in Beruf und Haushalt. Wenn sie noch lieb zu ihrer Tochter wäre, könnte man sie vollkommen nennen.
Ab und zu entwickelt sich Editha zu einem kleinen Putzteufel. Wenn es so weit ist, tut jeder gut daran, sie allein hantieren zu lassen und das Weite zu suchen. Christine muss ihr Zimmer selbst schmutzfrei halten. Dazu gehört nicht nur Staub saugen, und wischen, sie muss auch die Fester putzen und Türen reinigen. Die dreizehn Holztreppen mit dem Teppichläufer sauber zu halten gehört ebenfalls zu ihren Aufgaben. Den langen schweren Läufer zum Klopfen nach draußen zu bringen, ist für das Mädchen sehr mühsam. Dann müssen die Stufen gekehrt, feucht gewischt, mit Wachs eingelassen und gebohnert (poliert) werden. Erfreulicherweise fallen diese Arbeiten nicht so häufig an.
Nach zwei Tagen Putz-, Feg- und Schmück- Tätigkeit erscheint das Haus in neuem Glanz. Besonders festlich und einladend sieht das Wohnzimmer aus. Vor den Fenstern hängen blütenweiße Spitzen-Gardinen. die beidseitig von schweren bordeauxroten Stoffbahnen aus Brokat mit glänzendem, hellrosa farblich eingewebtem Barockmuster umrahmt sind. Weiße handgearbeitete Spitzendecken verzieren Anrichte und Eckschrank. Darauf stehen verschiedene Bleikristallschalen. Eine große Kristallschale enthält Obst und Nüsse, die anderen beiden kleineren Weihnachtsplätzchen und einen Christstollen.
Auf dem Esstisch flackern stimmungsvoll die Kerzen am fünf-flammigen Jugendstil Kerzenleuchter aus Messing. Herzhafter Geruch dampft aus der Suppenterrine.

„Hm, es duftet nach meiner Lieblingssuppe. Danke Mama", huldigt Christine ihre Mutter. Leberknödelsuppe mit viel, viel Nudeln. Lecker".

Ja, Editha hat sich mal voll und ganz nicht nur mit den Kochkünsten übertroffen, sondern das gesamte Haus strahlt vor Sauberkeit.

Raimund hat in der Zwischenzeit Großvater aus dem Zimmer geholt und ihn auf seinen alten breiten gepolsterten Armlehne Sessel Platz nehmen lassen.

Eilig verteilt Christine Suppentassen und flache Teller mit Besteck und Stoff-Servietten für fünf Personen.

„Es freut mich, liebe Editha, dass du trotz des Putz- und Koch-Stress guter Laune bist. Du hast uns eine fantastische Weihnachts- Stimmung versetzt. Ein herrschaftliches Menü für deine bürgerlichen Untertanen gezaubert. Frohe Weihnachten liebe Editha und euch allen meine Lieben. Recht guten Appetit."

Christine faltet die blütenweiße Stoffservietten mit dem Monogramm E.H. über ihren Schoß aus: „Was bedeutet dieses Monogramm E.H.?"

„Editha Handel", drängt sich Raimund vor. „So hat deine Mutter geheißen, bevor wir geheiratet haben".

Gebackener Weihnachtskarpfen ist Tradition im Haus der Bleisteiner. Christine erlebt Weihnachten darin nun schon zum dritten Mal.

Großvater und Christine bekommen ein gebackenes Karpfenfilet, ohne Gräten. Raimund und Editha teilen sich einen ganzen gebackenen Karpfen. Dazu gibt es Kartoffel-Salat.

„Sieh mal, wie es allen gemundet hat, Editha. Außer den Gräten ist nichts mehr übrig. Wir haben uns über deine Kochkunst gestürzt und alles begeistert verschlungen." Lobt Raimund Bleisteiner seine Frau.

„Sag mal, spinn ich oder sehe ich falsch? Steht da nicht ein fünftes Gedeck am Tisch?" Fragt Editha erstaunt.

Christine wird rot und alle gucken auf sie, weil sie den Tisch gedeckt hatte.

„Na?" fragt sie ihre Mutter. Kannst du uns das mal erklären? Hast du vielleicht gar jemanden eingeladen? Heut`, am Heilig Abend? Zuzutrauen wäre es dir ja."

"Heiliger Abend soll man doch ein Gedeck mehr auf den Tisch legen", gibt Christine zur Antwort. Jetzt muss sie mit ihrer Wortwahl sehr vorsichtig sein, denn es darf keiner wissen, dass sie trotz Abmeldung, weiter in den Religions-Unterricht geht.

„Wie kommst den auf so eine Idee?" Forscht ihre Mutter weiter.

„Wir lernten in den vergangenen Stunden Sitten und Gebräuche anderer Länder. Im Englisch Unterricht mussten wir eine Kurzgeschichte übersetzen. Am Heiligabend on the Christmas Eve, haben wir einen unsichtbaren Gast.

Wir besingen ihn schon den ganzen Abend. Und du Mama, hast sogar das Bild der Gottesmutter mit dem Jesu-Kindlein geschmückt. Die sind heute am Heilig Abend alle bei uns. Hier im Wohnzimmer. Außerdem könnte doch wirklich jemand wie Josef und Maria an unsere Tür pochen. Und für die ist das Gedeck".

Editha wollte aufbegehren. Raimund schubst sie in die Rippen, doch sie lässt sich nicht abhalten:

„So arm waren die nicht! Die waren zu zweit. Hatten einen warmen Stall und bekamen noch Geschenke. Als ich mit dir im Bauch vor dreizehn Jahren in Vaters Gummistiefel ganz allein durchs dichte Schneegestöber kilometerweit zum Entbindungsheim unterwegs war, die Füße mit Zeitung umwickelt, und nichts gab`s zu essen. Das war Armut! Und dann leistete sich deine Großmutter im Spital einen hysterischen Auftritt. Wäre besser für dich gewesen, die Wicherts hätten dich adoptieren können."

Editha steckt sich aufgeregt eine Zigarette an, bläst nervös den Qualm durch Nase und Mund.

„Ach, ich darf gar nicht zurückdenken."

Unsicher und schuldbewusst schaut Christine ihre Leute an. Ihre Mutter steht auf und beschäftigt sich in der Küche. Raimund folgt ihr. Da meldet sich mal Großvater zu Wort.

„Mach dir nichts daraus, mein Engel. Du hast das alles nicht zu verantworten. Aber es gefällt mir Christine, dass du das fünfte Gedeck auf den Tisch gestellt hast. Du zeigst mir durch deine Warmherzigkeit, dass noch Gutes in den Menschen steckt. Bleib so wie du bist, mein Sonnenschein."

Editha kommt wieder zurück ins Wohnzimmer und bringt in einem mit weißem Spitzentuch ausgelegten Körbchen aufgeschnittenes Weißbrot. Raimund kramt an seinem Bücherregal und holt zwei Päckchen hervor.

„Wollen wir nicht endlich mit der Bescherung anfangen? Großvater Franz, das ist für dich." Raimund übergibt Großvater ein Päckchen. Editha und Christine linsen neugierig. Großvater pfeift allen was. Er öffnet das Geschenk nicht, noch nicht.

Editha ist beschäftigt, den Nachtisch zu bereiten. Auf eine ovale Porzellan-Platte aus dem Service der Wiener Augarten Porzellanmanufaktur legt sie Happen von Räucherlachs, Schillerlocken, das sind geräucherte Bauchlappen des Dornhais, geräucherten Aal und Sardinen.

Verschiedene exquisite französische Käsespezialitäten. Weichkäse mit cremig-herzhaftem Geschmack hat sie auf einer kleineren Porzellanplatte serviert.

Die Krönung der Platten ist ein original Almas Kaviar in einer 24karätigen Gold-Dose.

Vor jedem steht ein kleiner Teller mit dem besonderen silbernen Rosenbesteck für Vor- bzw. Nachspeisen. Editha zögert, ob sie das Spiel mit dem Gastgedeck mit machen soll. Sie gibt sich einen Ruck und legt ein fünftes Gedeck auf den Tisch. Das freut Christine so sehr, dass sie aufsteht und ihre Mutter umarmen möchte.

„Na. Na, nur keine so vertrottelte Affenliebe!" Sie entzieht sich Christines Umklammerung. Bedrückt setzt sich das Mädchen auf ihren Platz. Großvater Franz schaut sie mitleidig an und der Stiefvater schüttelt den Kopf, doch keiner wagt ein Wort zu sagen.

„Du, Editha? Was sehe ich denn da?" unterbricht Raimund die prekäre Lage, „Woher hast du denn diese seltene Köstlichkeit?".

„Von was sprichst du?" Fragt Editha noch grantig.

„Dem goldenen Döschen Kaviar, Editha. Von dem spreche ich!" Nun ist auch Raimund etwas aufgebracht.

„Ach so! Tja, Vitamin B erleichtert das Leben, " antwortet Editha ironisch.

„Vitamin B?" erstaunt sich Christine

„Mit Vitamin B meint deine Mutter Beziehungen. Mir ist bekannt, dass diese Sorte die teuerste ist. Wer war denn der edle Spender, Editha?" Raimund Bleisteiner fragt seine Ehefrau energischer als er wollte.

„Jetzt mach kein Drama daraus. Ein Gast beim Heurigen feierte Geburtstag. Er kaufte mir auf einen Schlag meine ganzen einhundert Rosen ab. Verschenkte sie an seine Damen am Tisch und mir gab er ebenfalls eine Rose sowie diesen Kaviar." Entgegnet Editha und wirft beleidigt ihren Kopf in den Nacken.

„Also ich mache mir nichts aus Fischeiern. Aber diese Dose ist wunderschön. Darf ich die leere Dose haben?" Fragte Christine.

„Hm. Du hast doch heute Geburtstag, Christine. Bis jetzt hat dir noch keiner von uns gratuliert. Sicher überlässt dir deine Mutter zu diesem Anlass diese Golddose, oder, Editha?"

„Mal sehen. Ich habe noch eine Überraschung. Taratata!" Triumphiert Editha und hebt eine Flasche, mit einem vergammelten, verschimmelten Etikett hoch.

Raimund liest: „Genießen sie den exquisiten Chateau de Sales Grand Vin de Pomerol Bordeaux – jessas, jessas na! Das ist ja ein Zungenbrecher. Woher stammt denn dieses alte Prachtstück.

Pfau, Editha, du bist heute voll Überraschungen" und lächelt.

„Naja, diese Weinflasche hatte ich eingegraben gehabt. Es ist der Jahrgang meiner Tochter. Nur zu einem besonderen Anlass wollte ich die Flasche öffnen. Heute hat sie Geburtstag, die Christine. Die damalige fürchterliche Zeit werde ich nie vergessen. Na gut, es sind mittlerweile dreizehn Jahre vergangen. Mag sein, dass der Inhalt verdorben ist. Kann aber auch sein, dass er überwältigend schmeckt. Machst du die Flasche mal auf, Raimund?"

„Welche Ehre, diese Rarität am 13. Geburtstag deiner Tochter verkosten zu dürften." Rühmt Raimund und holt Kristall-Weingläser aus der Glasvitrine mit dem Geschirr für besondere Anlässe. Mit einem Flupp hat er den Korken am Korkenzieher und riecht:

„Ich nehme erstmal keine Muffigkeit wahr und rieche auch keine Essigsäure. Eine feine Süße aber auch nicht."

Raimund schenkt einen klein wenig in sein Glas, hebt es hoch zum Licht, dreht mal hin, mal her und benetzt seinen Gaumen. Und spannt seine Beobachter so richtig auf die Folter.

Wie wird dieser Wein aus der uralten Flasche wohl sein? Eine fesselnde Angelegenheit. Sechs Augen hängen an Raimunds Gesicht. Doch er lässt sich Zeit. Nimmt noch einen Schluck. Wälzt ihn im Mund hin und her und guckt seine Editha schauspielerisch mit großen Augen an.

„Tja, was soll ich sagen? Hm, wenig Weinaromen? Nein. Flach? Nein. Unangenehme Säure? Nein. Er hätte die ideale Trinktemperatur."

„Hätte? Wenn ? Ist er gekippt? Ist`s jetzt ein Essig?" Fragt Editha und wird ungeduldig: „Wenn, wenn – wenn WAS...!"

Dann ruft er freudig und umarmt dabei seine Editha: „Er ist hervorragend mein Schatz. Eine aromatisch köstliche Rarität. Süperb!"

Von den dreien, die auf Raimunds Urteil gewartet haben, kann man erleichtertes Aufschnaufen vernehmen.

„Mach mal die Tür vom eingemauerten Schrank auf Christine", fordert Editha ihre Tochter auf.

Sprachlos mit großen Augen starrt Christine in den dunklen Schrank. Nach kurzer Zeit sieht sie in der Mitte ein paar Ski mit Federbindung und Bambus-Skistöcken mit Lederschlaufen stehen.

Nachdem Christine keinen Laut von sich gibt erklärt ihre Mutter: "Naja, neu sind die Schier nicht. Aber für den Anfang zum Lernen taugen sie doch."

Eine Spitze vom Schi ist mit Aluminium beschlagen. Alte braune Leder-Schistiefel mit Haken und Schnürsenkel in Größe 38 stehen neben den Schiern.

Ihre Mutter führt weiter aus: „Die Spitze hat dein Papa repariert und die Schier auch eingewachst. Also kannst du morgen schon auf den Hügel unter der Flötzersteig Brücke bei der Trafik deine Erfahrungen machen. Schnee haben wir ja genug. Und morgen wird`s auch wieder schneien."

„Danke, Mama", sagt Christine und holt Ihre Geschenke hervor.

Zum Glück hat Christine im Werk-Unterricht das selbst gehäkelte, runde, weiße Spitzen- Deckchen und ein Paar

Strick-Socken fertig gebracht. Das ist jetzt die zusätzliche Überraschung zu ihrem Weihnachts-Gesteck für Mama und den Stiefvater.

Großvater Franz beschenkt sie als Letzten. Freudestrahlend überreicht sie dem alten Mann ihr Geschenk:

„Da lieber Großvater, für dich".

„Ach, Du mein Sonnenschein! Für mich hast du auch so ein Gesteck? Und auch noch meine Lieblings-Zigarren. Die hast du von deinem kleinen Taschengeld gekauft. Mein Kind, deine Bastelarbeit ist dir prima gelungen. Sehr schön, meine Kleine. Komm her, lass dich drücken."

Wie gerne und bereitwillig genießt sie die liebevolle Arme an ihrem Körper. Sie berühren wohlig ihre Seele.

Schnell drückt Christine dem Großvater Franz einen Kuss auf die Stirn und geht zurück auf ihren Platz auf der Eckbank.

Raimund und Editha sind mit sich beschäftigt und rauchen. Sie haben sicher die Anschmiegsamkeiten der beiden absichtlich übergangen.

Es ist ein harmonischer Heiligabend. Besser kann man einen Weihnachtsabend nicht verbringen. Aus dem Hörfunk, den Raimund wieder eingeschaltet hat, erklingen abermals Weihnachtslieder. Dazwischen lesen sie kleine Geschichten und Gedichte vor. Fast jedes Lied, das von den Wiener Sängerknaben vorgetragen wird, ist Christine bekannt. Maria durch ein Dornwald ging, es ist ein Ros entsprungen, Tochter Zion. Pause, wegen Nachrichten. Und dann passiert`s. Nach den Nachrichten ertönt: „Ding-Dong-Ding-Dong". Die Eingangs-Töne vom Marienlied sind zu hören.

Christine springt auf. Sie läuft zum Radio, dreht ihn etwas lauter und schließt die Augen. Andächtig steht sie davor und singt verhalten mit. Beim Ave-Solo hält sie ihre Hand sanft auf den Magen und singt. Ihre Töne sind klar und rein.

Nach diesem Vortrag hätte man eine Stecknadel fallen hören können. So still ist`s im Raum. Christine setzt sich wieder und nippt wie in Trance an ihrem Weinglas. Es hat den Anschein, als würde ein Schleier des Friedens durch den Raum wehen und jedes menschliche Wesen zart berühren.

Die Weihnachtsfeiertage sind für Christine aufregend und bald vorbei. Noch bis zum 6. Jänner. Jeden Tag ist sie mit den Schiern unterwegs. Meist schon vor dem Mittag-Essen. Sie ist die einzige, die mit Schiern den Hügel unter der Flötzersteig Brücke runterrutscht. Mehr als drei Kinder sind nie auf dem Hügel. Sie rodeln mit Begeisterung mit ihren Holzschlitten. So ungeschickt stellt sich das Mädchen auf den ungewohnten Schiern gar nicht mal an. Dass sie öfters hinfällt macht ihr nichts aus. Mal geht die Bindung auf und der Schi fährt allein runter. Dann läuft sie ihm laut lachend hinterher. Vor Einbruch der Dunkelheit ist sie zuhause und stets rechtschaffen müde und voll und ganz zufrieden. Ihre Mutter hat jeden Abend das Essen vorbereitet. Sie betrachtet ihre Tochter und sagt:

„So rote Bäckchen hast du schon lange nicht gehabt. Kannst schon richtig Schifahren?"

„Aber nein, es schmeißt ziemlich oft hin. Den Hügel raufzukommen ist sehr mühselig. Dann schnalle ich die Schier ab, trag sie auf den Schultern und stampf hinauf".

„Kein Meister in noch von Himmel gefallen. So jetzt iss was. Du müsstest ein wenig zunehmen. Siehst ja aus, als würde ich dir nichts zu essen geben. Danach spülst du das Geschirr und dann hast Frei."

CʒꙄꙄ ✶ CʒꙄꙄ

Hurra, Schifahren!

Auf dem Tisch liegt ein Zigarettenetui aus 835er Silber mit dem filigranen Monogramm „E-B". Editha zieht eine Dreier Zigarette raus, steckt sie in den neuen ausziehbaren Zigarettenspitz, der ebenfalls aus Silber ist raucht gemütlich und genießerisch. Das Weihnachtsgeschenk ihres Ehemanns. Mit dem Mundstück aus Bernstein ist sie endlich diese widerlichen Tabakreste los. Und die Nikotinspuren an den Fingern? Gehören der Vergangenheit an. Christine macht den Abwasch.

Großvater sitzt auch noch am Tisch und schlürft an seinem Tee. Ja was ist denn das? Großvater hat eine neue Pfeife und pafft.

„Pfau ! Das ist ein Prachtstück, Großvater!„ Freut sich Christine, die grad die besonderen Gläser in die Glas-Vitrine stellt.

„Das ist der Duft der großen weiten Welt. Du verbreitest ein Fluidum von Reichtum und Luxus. Großvater", lacht Christine.

„Hast du diese Tabakpfeife von deinem Raimund?" fragt Christine.

„Gefällt sie dir? Ein edles Stück, mein Kind. Aus Bruyereholz. Handarbeit aus einer Wurzelknolle der Baumheide." Sagt Großvater stolz.

„Was du alles weißt, Großvater", staunt Christine.

„Hab doch hier die Beschreibung. Ist ja nicht schwer abzulesen." Er reicht Christine das Etikett.

„Ah, das Mundstück besteht aus Bernstein mit einem angenehmen "Biss", steht da. Angenehmer Biss - Hahaha.

Ba-Ba, Großvater! Servus Mama ich geh jetzt Schifahren".

213

Der Stiefvater arbeitet. Ist ja schon wieder normaler Alltag für die Erwachsenen.

Mit einem Handi-Bussi für Großvater verschwindet sie samt den Schiern aus der Siedlung und marschiert schnurstracks zum Hügel unter der Flötzersteig-Brücke.

Oh, vier halbwüchsige Burschen ohne Schlitten, ohne Schier stehen oben. Es hat den Anschein als ob sie auf was warten würden.

Soll jetzt Christine mit den Schiern rauflaufen oder nicht? Mein Gott! Hab dich nicht so. Die werden dir schon nichts tun. Also, fasst sie sich und steigt mit den Schiern auf der Schulter den Hang hinauf. Wirft die Schier in den Schnee, steigt drauf und bückt sich, um die Federbindung zu schließen.

Plötzlich ein Stich am Po. Und dann noch einer. Kräftiger als der zuvor und hat beinahe in die Scheide getroffen.

Ruckartig richtet sie sich auf. Einer der Jungs hat ihren Schi-Stecken in der Hand. Er schwenkt in vergnüglich in der Luft. Alle vier Burschen lachen.

Christine bückt sich nach dem anderen Schistecken und will sich eilends entfernen. Abermals verspürt sie einen schmerzhaften Stich am Po.

Autsch. Die Naht der Skihose ist aufgerissen. Gleich darauf folgen mehrere dumpfe Stöße zwischen ihren Beinen und am Po, die ein anderer Bursche aus dem Quartett mit dem Lederknauf vom Schistecken herbeiführt. Der widerliche Rohling hat ihr mehrmals mit der Lederschlaufe die Puffer versetzen und den Schlitz der Hose gewaltsam erweitert.

Keine Angst zeigen. Nicht schreien. Nicht umfallen. Aufstehen und schnell weg.

Sie versucht zigmal aufzustehen. Ärgert und schämt sich zugleich, weil sie es nicht schafft und ist immer noch in Hockstellung.

Jetzt bloß nicht weinen. Sie müsste sich jetzt so vom Platz stoßen. Blitzschnell gibt sie sich mit beiden Händen einen festen Ruck. Schon fährt das entrüstete, empörte Mädchen in Hockstellung den Hang runter. Sie hat so argen Schwung drauf, dass sie bis zur Hauptstraße gleitet und vor lauter Schreck nicht mal kippte. Hastig schnallt sie die Schier ab und ohne sich umzudrehen, hetzt sie durch den Garten über den langen Steinplatten-Weg zum Haus.

Die Schier stellt sie an die Hauswand neben dem hinteren Eingang. Prüfend guckt sie in den Gang, ob außer dem Großvater noch jemand daheim ist. Nein, keiner ist zu sehen und auch niemand zu hören. Schwer atmend schleicht sie auf ihr Zimmer und zieht sich um. Sie hat Schmerzen zwischen den Beinen und an ihrem Po. Die Skihose ist kaputt. Es ist ja nicht nur die Naht ist aufgerissen, sondern auch ein Stück vom Stoff ist ausgerissen.

Wie soll sie das Geschehen bloß Mama erklären. Sie sagt sicher, Christine hätte die Burschen verleitet, sie animiert oder gar mit denen geflirtet.

Niedergeschmettert wirft sie sich bäuchlings aufs Bett und gräbt ihr weinendes Gesicht ins Kissen. Jetzt nicht nachdenken, nicht grübeln, nur schlafen. Hm, der Po tut weh, an den Schenkel bekommt sie sicher blaue Flecke. Nichts mehr denken, nur noch schlafen.

Sie kommt nicht dazu. Mamas gellender Ruf ertönt.

„Wieso meldest du nicht zurück und schleichst dich so heimlich rauf? Komm sofort runter!"

Auweh. Christine muss wohl gehorchen, sonst kommt ihre Mutter rauf und untersucht ihre Kleidung.

„Ich komme gleich" ruft Christine zurück und prüft ihr Gesicht im Spiegel und erschrickt.

Jessassna, das Gesicht ist ja purpurn rot. Naja, dann könnt sie auch Fieber haben, denkt sie und ist sichtlich erleichtert über ihren genialen Einfall.

„Wie schaust denn du aus? Ist was passiert?" fragt prompt ihr Mutter.

„Wieso, Mama? Ich glaube, ich hab mich erkältet und habe Fieber."

Editha greift Christine auf die Stirn. „Du hast kein Fieber. Schwitzen tust. Schau mir in die Augen! Da stimmt was nicht. Raus mit der Sprache."

Nein, nicht schon wieder. Dieser Ton ihrer Mutter. Angsteinflößend.

„Nix, war. Ich habe mich halt mit dem ständigen Schifahren ein bisserl überanstrengt und bin jetzt müde". Die Stimme von Christine klingt etwas weinerlich. Das macht ihre Mutter erst recht stutzig und bohrt weiter.

„An der Hauswand stehen nur die Schier. Wo sind die Stecken?"

Sie will nicht mehr lügen und das Weinen ist ein Mittel, nichts sagen zu müssen. Der Stiefvater war schon über einer halben Stunde von der Arbeit zurück und kommt aus seiner Bastelwerkstatt zu den beiden.

„Du kommst grad recht. Frag doch mal dein Fräulein, warum sie so heult, wenn ich sie ganz normal gefragt habe, was heute los war?" Fordert Editha verärgert ihren Ehemann auf. Der räuspert sich ein paar Mal, schüttelt irritiert den Kopf und meint:

"Vielleicht war gar nicht los und sie ist nur müde."

„Ja haltet ihr beide mich denn für blöd?!" Schreit Editha. Sieh sie dir doch mal genauer an. Na wart nur! Jetzt schau ich mal rauf auf ihr Zimmer!"

Gleich drauf kommt Editha wutentbrannt runter mit der kaputten Skihose in der Hand. Zeigt sie triumphierend ihrem Ehemann:

„Ich hab`s doch geahnt! Ich hab`s doch gewusst, dass bei der heut` was nicht stimmt. So wie die sich ins Zimmer geschlichen hat. Ich habe mich extra nicht blicken lassen. Da!" sie gibt ihrer Tochter einen festen Schubs. „Schau sie dir an! Die ganze Zeit habe ich mich schon gewundert, dass die so gern zum Schifahren geht. Die war doch gar nicht Schifahren. Frag sie mal wo sie war, dein Früchterl!"

„Also Schifahren war sie, die Schier sind nass." Sagt Raimund

„Ja und die Stecken? Ha?! Wo sind denn die Stecken?! Ereifert sich Editha,

„Wo hast du denn die Stecken lassen, Christine" fragt der Stiefvater ganz ruhig.

„Bist wo hängen geblieben mit deiner Hosen? Aber auf dem Hügel unter der Flötzersteig-Brücke ist weder ein Baum noch sind da Sträucher. Deswegen habe ich ja gesagt, du sollst dort fahren, damit Dir nichts passiert." Warst wo anders?"

„Nein" antwortet Christine kleinlaut.

„Hm, Und wie ist das dann passiert? Hast dich verletzt?" Fragt ihr Stiefvater

„Ja, klar! Fasse sie nur mit Samt-Handschuhen an, das Früchtchen", ereifert sich Editha und will auf Christine losstürzen.

„Hör sofort auf, Editha!" mahnt Raimund und streckt den Arm abwehrend aus.

„So rede halt schon Christine, bevor die Angelegenheit wieder eskaliert."

„Wenn ich es euch sage, dann findet ihr sicher einen Grund, mich zu beschuldigen. Immer habe ich Schuld, wenn was passiert ist. Immer ich." Klagt Christine.

Großvater hat alles mit angehört und sich zwischenzeitlich aus dem Bett gequält. Er hat Angst um seinen Sonnenschein. Er steht mit seinem Gehstock zwischen seiner Kammertür und dem Flur zum Wohnzimmer.

„Das wird nicht passieren. Dir wird kein Haar gekrümmt. Ich verspreche es Dir." Versichert ihr der Stiefvater." Sag uns die Wahrheit und dann sehen wir weiter. Wir helfen dir."

Editha erblickt den Großvater. Mit einem gewaltigen Fußtritt schlägt sie die Wohnzimmertür zu.

„So Alter! Du hast jetzt ausspioniert!"

Weinerlich erzählt Christine von Anfang an was passiert ist. Ihre Tränen sind versiegt und sie erwartet weder Trost noch Verständnis. Sie will nur weg. Weg von den beiden. Rauf in ihr Zimmer. Allein sein und schnell schlafen. Doch das wird ihr vereitelt.

„Auf geht`s! Zieh dir deine Jacke über, wir gehen!" mit dem Befehlston schubst Raimund Bleisteiner Christine zur Garderobe.

Draußen dämmert es. Wieso ihr Stiefvater wusste wohin er gehen soll, ist Christine schleierhaft. Unverhofft spazieren die vier Burschen vom Öppinger-Weg zur Kohlesgasse, direkt in die Arme von Raimund Bleisteiner. Einer der vier, vielleicht war er achtzehn Jahre jung? - hält die beiden Bambus-Schistecken von Christine in der Hand.

„War es der?" Fragt Raimund Bleisteiner seine Stieftochter scharf.

Christine zuckt mit den Schultern. Sie weiß es nicht. Sie hat sich die Gesichter nicht gemerkt. Sie war ja in der Hocke und ihr Blick am Boden. Vielleicht ist dieser Bursche unschuldig und wollte ihr nur die Stecken bringen. Aber woher haben die vier gewusst, wo sie wohnt?

Ihr Stiefvater hat nicht mal die Reaktion von Christine abgewartet. Er ergreift den jungen Mann, der die Bambus-Schistecken in der Hand hält. Zerrt ihn energisch an den Schultern zu Boden und schlägt auf ihn dermaßen brutal ein, dass auch der junge Mann, wie einst Christine gekrümmt am Boden liegen bleibt.

Christine ist wie die anderen drei Burschen vor Schreck erstarrt. Sie stehen wie angewurzelt und gelähmt vor der Szene.

Wutschnaubend keucht Raimund Bleisteiner: „Nicht noch mal, ihr Rüpel! Finger weg von meiner Tochter!" Packt seine Stieftochter an der Jacke und zieht sie ins Haus zurück.

Während er seiner Editha Bericht erstattet, flüchtet Christine in ihr Zimmer. Sie bekommt das Gefühl nicht los, ihr Stiefvater hat all seinen Frust an dem Burschen ausgelassen. Wie konnte ihr Stiefvater wissen, welcher es war? Außerdem haben zwei von dem Quartett sich mit Christine ihren Spaß erlaubt. Nur, weil der eine die Schistecken in der Hand hielt, musste dieser für alle büßen: Raimund Bleisteiner hat diesem einen für alle eine Lektion erteilt.

Christine ist ergriffen. Sie fühlt sich schuldig, blamiert und ungeheuerlich beschämt vor den Nachbarn. Es ist ihr arg peinlich. Aber wie hätte sie es verhindern können. Sie wollte, aber ihr Inneres hat sie verraten. Sie ist nicht gefestigt genug, um etwas verheimlichen zu können. In der Siedlung braucht sie sich jetzt überhaupt nicht mehr blicken lassen. Jeder würde sie meiden. Wenn auch keiner eingegriffen hat, so guckten die umliegenden Bewohner neugierig aus ihren Gärten und Fenstern. So dunkel war es ja noch nicht.

Sie ist heute nicht geschlagen worden. Doch jeden Hieb, der den anderen getroffen hat, den spürte sie.

Am liebsten wäre sie für immer unsichtbar. Wo ist diese Tarnkappe. Es gibt sie nicht, nur im Märchen. Den großen Kipp-Spiegel an der Schreibkommode dreht sie schnell um. Sie kann sich wieder nicht leiden. Die Hefte vom Schreibtisch lässt sie gereizt mit einem Handwisch zu Boden flattern. Die Winterjacke liegt achtlos am Fußboden. Die schweren Leder-Schischuhe kreuz und quer im Zimmer. Ihre Puppenkinder in der handgearbeiteten Holzwiege von ihrem Stiefvater, will sie wie jeden Abend zudecken. Nein! Heute schläft ihr in meinem Bett. Ich will euch beschützen.

Wieso passiert gerade ihr das alles – wieso? Verhält sie sich gänzlich falsch? Oder ist sie ein abartiges Wesen? Oder nur ein Prellbock? Nicht mehr nachdenken - nicht mehr grübeln, einfach schlafen – nichts mehr denken müssen.

Heulend wirft sie sich aufs Bett. Ihr Magen rebelliert auch schon wieder. Außer dem Frühstück hat sie heute noch nichts gegessen. Was soll`s, ist fast schon normal.
Sie möchte sich über nichts mehr Gedanken machen müssen. Nicht mal beten und auch nicht an Prinz denken. Sie ist auf die ganze Welt böse. Und auf Gott? WER und WO ist dieser Gott? Er soll überall sein und alles sehen. Die Menschen haben ihm so viele Namen gegeben und verschiedene Religionen erfunden. Ist er wirklich unter uns? In uns? Nur das kommt zum Vorschein, wie der Mensch denkt, und Gott lenkt. Für Christine ist Gott die Natur, das Universum, die Unendlichkeit – ALLES - und in ihr. Sie ist ein Teil davon. Wenn sie es zulässt, kann sie ihn sogar spüren.

ભ ✳ ભ

„Aufstehen, wir verschwinden von da". Mama rumort im Zimmer von Christine und wirft einige ihrer Kleidungsstücke in einen rotschwarz karierten Koffer, der seit drei Jahren ganz oben am Schrank verstaut war.

Christine stiert sie mit noch verschlafenen Augen an, wagt nicht zu widersprechen.

„Zieh dich an, wir gehen!" befiehlt ihre Mutter

Was ist denn jetzt schon wieder los? Sitzt sie denn ständig auf einem Pulverfass? Draußen ist es noch dunkel und der Wecker zeigt auf sechs Uhr.

In der Kanne am Esszimmer Tisch ist noch Tee vom gestrigen Abend. Er schmeckt bitter. Füllt jedoch etwas den zwickenden Magen. Trockenes Brot steckt sie sich in den Mund und noch ein Stück flink in ihre Jackentasche. Von der Obstschale nimmt sie einen Apfel. Großvater kommt ihr in den Sinn. Von ihm möchte sie sich schnell verabschieden. Sie öffnet leise die Tür.

„Großvater, sie bringt mich jetzt von hier weg. Ba-Ba, Bussi. Halt dich tapfer Großvater", und weint bitterlich.

Großvater nimmt seine ganze Kraft zusammen, steigt mit Hilfe vom Gehstock aus dem Bett und schlurft über den kurzen Gang durchs Wohnzimmer hinaus zur Werkstatt von Raimund. Der gerade bevor er zur Arbeit geht, sein Werkzeug einpackt.

„Raimund! Ihr habt wieder gestritten. Ich hab`s gehört. Aber ich bitte dich, lasse dieses Kind hier! Die macht die Kleine systematisch kaputt! Sie tut dem Kind ständig Unrecht, Raimund! Ihr könnt mir doch nicht mein Ein und Alles fort nehmen!" Großvater fleht seinen Neffen an.

„Großvater, mir sind die Hände gebunden. Ich bin nur der Stiefvater und wenn ich nicht Gravierendes vorbringen kann, hat sie das Sorgerecht".

„Ist das nicht gravierend genug, dass sie das Kind beinahe zweimal schon totgeschlagen hätte?!"

„Wo kein Kläger, da kein Richter. Finde dich damit ab. Ich habe die ganze Streiterei so satt. Ich möchte endlich meinen Frieden." Sagt Raimund Bleisteiner resigniert.

„Feigling! Du hättest die Furie anzeigen und Christine zu einem Arzt bringen müssen. Dann hättest du das Sorgerecht." beschimpft Großvater seinen Neffen.

„Bin kein Feigling. Die Fürsorge hätte wieder das alleinige Sorgerecht. Nicht ich!" Protestiert Raimund. „Ich habe, wie versprochen Christine beschützt. Editha hat es aber anders gesehen. Sie meint, ich würde Christine mehr schätzen als sie."

„Ein hysterisches, widerwärtiges und selbstsüchtiges Weibsbild, ist sie." Großvater weiß, dass er nichts bei Raimund ausrichten kann. Sein Leben ist nun endgültig sinnlos geworden.

Christine ist mit Editha weg. Die Türen vom Haus stehen alle weit offen. Eiseskälte dringt von draußen rein. Der Kachelofen ist nicht mehr angeheizt worden. Großvater liegt verbittert mit je einer Heizdecke am Rücken, sowie eine am Bauch im Bett und starrt an die Decke.

Editha läuft mit ihrer Tochter fast so, als ob sie flüchten würde zur Linzer Straße. Dort steigen sie in die 52er Tramway. Ab der Bim-Station Gusenleithnergasse haben sie noch 19 Minuten bis zum Ziel in die Reindorfgasse.

Mitten eines Häuserblocks hält Editha an, kramt in ihrer Tasche und zieht einen, Schlüsselbund mit mindesten sechs dunkelbraunen Schlüsseln aus Gusseisen hervor. Sie sperrt mit dem größten Schlüssel und einem ungewöhnlichen groben Bart eine Seite des doppelflügeligen massiven Holztors auf, und sie betreten einen Innenhof.

Schweigend läuft Christine wieder mal wie ein Hündchen hinter ihrer Mutter her. Sie wagt nicht zu fragen, was sie hier tun, und ob sie jemanden besuchen werden. Am besten sie ist still, denn ihre Mutter benimmt sich wieder mal sehr eigenartig. Von dem gestrigen Streit zwischen ihrer Mutter und dem Stiefvater hat sie nichts mitbekommen.

Nach der Hofeinfahrt biegen sie rechts ab und steigen einige Holztreppen hoch. Oben geht eine Verbindung durch einen Bretter-Holzsteg zu drei Wohnungen mit je einer grünen Tür und einem vergitterten Fenster. Man kann vom Steg aus, den großen Innenhof und gegenüber einen großen hohen Wohnungsbau sehen. Es ist ein Häuserblock in einheitlicher Höhe, den ein rechteckiger Innenhof umschließt.

Christine staunt nicht minder, als ihre Mutter gleich mit zwei Schlüsseln vom großen Bund die eine Tür zu einer ihr fremden Wohnung unmittelbar nach der Treppe, öffnet.

Die Unterkunft besteht aus einer winzigen Küche und aus einem Wohn- Schlafraum.

Editha stellt den rotschwarz karierten Koffer an ein Bett: „Da schläfst du, und im Koffer ist deine Kleidung."

„Mama, ich muss dringend auf Klo." Christines Blase meldet sich immer im ungünstigsten Moment.

„Wo ist denn die Toilette?" fragt Christine.

„Überm Gang, die graue Tür". Sagt ihre Mutter. Nimmt einen groben gusseisernen Schlüssel vom Wandhaken in der Küche.

„Da! Und sperre wieder zu. Ich habe keine Lust, fremden Dreck zu putzen."

Auf der Toilette sitzt Christine mal ganz allein für sich. Sie stützt ihre Ellenbogen auf ihre Schenkel und hängt den mit Gedanken beladenen Kopf in ihre Hände rein. Was soll das alles bedeuten? Sie findet keine Antwort.

Sie weiß nicht, wie lange sie so da gesessen hat. Ihre Mutter reißt die WC-Tür auf:

„Du hör mal! Ich habe nicht viel Zeit. Ich muss wieder weg. Ich habe dir hier alles aufgeschrieben, was zu tun ist."

Christine schaut sich in dem Wohnschlafraum um. Das Zimmer hat zwei braun lackierte, zweiflügelige Holzfenster, die zur Reindorfgasse geöffnet werden können. Ein Bett, eine Couch, ein Tisch mit zwei Stühlen und einen Kleiderschrank. In der Mitte steht ein größerer elektrischer Heizlüfter.

„Was ist das hier für eine Unterkunft und was soll ich hier". Fragt Christine ihr Mutter.

„Da wohnst du. Aus. Keine Diskussion!"

„Und meine Schule? Wo gehe ich dann zur Schule?" Das Mädchen ist schockiert.

„Das halbe Jahr, das deine Schule noch dauert, kannst mit der Straßenbahn fahren. Dauerkarten liegen in der Schublade der Kredenz. Ich habe dich in der Nähe der Schule einem Speise-Ausschank angemeldet. Dort holst du dir dein Mittag-Essen.

„Frag nicht. Tu was ich dir sage! Die Adresse von dem Ausschank und alles andere stehen auf dem Zettel."

Die Mutter verschwindet und Christine bleibt allein in der fremden Wohnung zurück.

Sie steht fassungslos und erschüttert mitten im Raum. Die vielen offenen Fragen, die ihr auf der Zunge liegen, muss sie sich selbst beantworten oder sie wird es nie erfahren. Das Kino in ihrem Köpfchen läuft.

Ihre Mutter kann doch dieses Vorhaben nur vor langer Zeit schon geplant und vorbereitet haben? So ein Bestreben geschieht doch nicht von heute auf morgen! Aber warum hat sie das getan? Christine liest den Zettel, der unübersehbar auf dem Tisch an einer leeren Keramikvase lehnt.

1. Du gehst pünktlich zur Schule.
2. Ziehst täglich die Pendeluhr auf.
3. Im Ausschank isst du das Mittagessen.
4. Machst deine Hausaufgaben.
5. Unterhältst dich mit keinem in dem Wohnbau.
6. Um 22 Uhr sperrst du mit dem größten Schlüssel das Haustor ab.
7. Um 23 Uhr und nicht früher! wischt du Passage nass von dem anliegenden Geschäft gründlich raus und putzt die Gitter. Dann versperrst du diese mit dem kleineren, silbrigen Schlüssel.
Die Passage soll erst eine Stunde nach Kinoschluss geputzt werden!
8. Solltest du dich widersetzten, überlege ich mir, dich in ein Heim zu stecken.
Dein Mutter
NS. Wenn jemand den Torschlüssel vergessen haben soll und nach 22 Uhr läutet, nimmst du diesen Leuten Fünf Schilling ab und schreibst ihre Namen und die Uhrzeit auf. Die fünf Schilling kannst du behalten."

Oh Gott! WAS ist DAS? Was hat sie verbrochen? Ist das der Hass ihrer Mutter? Christine hat keine Tränen mehr. Es ist zu bitter was ihr widerfährt. Ihr Hals fühlt sich wie zugeschnürt an. Bis in die Dunkelheit hinein sitzt sie wie versteinert auf den Holzstuhl vorm Tisch und starrt auf den Zettel. Sie friert. Schlottert am ganzen Körper. Ihre Zähne klappern aneinander.

Wie ist es eigentlich, wenn man erfriert? Schläft man dann seelenruhig ein und ist tot? Nein, das tut verdammt weh!
Sie steht wie in Trance benebelt auf, stellt den Heizlüfter auf die höchste Stufe, guckt auf die Pendeluhr, die grad fünfzehn Mal schlägt.

Hunger! Ihr Magen ist auch unbarmherzig. Sie knabbert an dem Trockenbrot aus ihrer Jackentasche und schaut sich in der kleinen Küche um. Ein Gasherd mit zwei Brennstellen steht an der Stirnseite, daneben ein dreiteiliges Küchenbuffet. In der Mitte der Kredenz befinden sich Teller und Tassen, links verschiedene Gläser mit Marmelade, Essiggurken, Rote Beete-Salat und Eingemachtes. Im rechten Teil findet Christine Kaffee, Tee. Reis, Mehl, Zucker und Haferflocken.

Neben der Tür hängt ein großes Schlüsselbrett. Darunter steht ein weißer Schrank darauf eine Brotdose mit einem halben Anker-Kipf. Ein herzhaftes Roggenmischbrot. Der weiße Schrank erweist sich als Kühlschrank. Er ist leer. Ist auch nicht eingeschaltet.

Ein Häferl voll mit Haferflocken und Zucker macht sich jetzt das Mädchen. Sie sammelt neue Kraft. Die Pendeluhr schlägt zur siebenden Abendstunde. Sie sucht einen Radio. Es ist keiner zu finden. Es fällt ihr schwer, sehr schwer bis 22 Uhr die Augen offen zu halten. Vor Müdigkeit schläft sie am Tisch ein und wird erst wieder wach, als die Pendeluhr dreimal schlägt.

Ins Zimmer leuchtet eine Reklame-Neonlampe vom Gebäude gegenüber. Sie strahlt durchs Fenster und macht den Raum fast taghell. Christine müsste kein Licht anmachen. Sie traut sich auch nicht und prüft, ob die Fenster Rollo haben. Ja, da hängen beige Sonnenblenden mit einer Schnur. Jedoch dermaßen schief, als könnten sie bei der kleinsten Berührung abfallen. Nur einen Blick mal nach draußen riskieren. Sie öffnet das Fenster und beugt sich raus. Wohin sie schaut nur hohe Häuser. Sie ist jetzt mitten in der Stadt. Nicht mehr auf so einer schönen Oase wie in der Siedlung bei Großvater. Keine Gärten. Ab und zu ein kahler Baum. Kalte Luft streift ihr über ihr Gesicht. Keine so gute Luft wie bei Großvater. Liegt sicher am Wetter. Es ist neblig und kein Lüftchen geht. Die miesen Düfte hängen wie eine Glocke über der Stadt. Hier gibt es auch keine weiße Winterpracht. Das Außenthermometer am Westbahnhof zeigte, als sie vorbei kamen -0,8 Grad. Für den Monat Januar ist die Witterung sehr milde. Die Gehsteige sind schneefrei. Stellenweise liegen schmutzige Patzen vom Restschnee am Straßenrand. Spontan fallen ihr ihre Aufgaben ein, die sie erledigen sollte. Die Passage aufwischen und das Tor absperren.

Den Zeitpunkt hat sie verschlafen. Was soll sie nun tun? Christine ist immer pflichtbewusst. Es ist ein fatales Gefühl, einen Auftrag nicht pflichtgetreu erfüllt zu haben. Es ist schon über drei Uhr früh. Sie hat Angst in der Dunkelheit über den Hof zum Tor zu gehen. Wieso werden ihr sie solche Pflichten auferlegt?

Blitzartig schießt es ihr durch den Kopf. Das ist ein Haumeisterposten! Die Wohnung ist mietfrei! Deshalb muss man das ganz Gebäude sauber halten und weiß Gott was noch alles. Aber was und wo ist eine Passage? Neben einem Kino soll sie sein. Und warum soll sie, als Dreizehnjährige in dieser kleinen Hausmeister-Wohnung bleiben? Allein? Sie ist doch noch minderjährig. Erst mit einundzwanzig ist man volljährig und darf so einen Hausmeisterposten haben. Möchte Editha ihre Tochter quälen? Wie kann sie nur so grausam sein. Sie hat doch nichts angestellt. Und dann noch ihre Drohung von einem Heim. Sucht sie einen Grund ihre Tochter wieder los zu werden?

In ein Heim kommen doch nur schwer erziehbare Kinder? Ist Christine denn schwer erziehbar? Sie tut und hat alles getan, was man ihr sagte. War nie frech, naja, fast nie.

Jetzt nicht mehr denken, nicht mehr grübeln, alles vergessen, und einfach nur schlafen. Sie legt sich auf Bett, faltet die Hände und betet:

„Lieber Gott, sag mir was ich schlecht gemacht habe. Ich weiß es nicht. Bitte, bitte beschütze Großvater Franz. Der hat es jetzt sehr schwer ohne mich. Und meinen Hund Prinz bitte auch. Er weiß jetzt wieder nicht wo ich bin. Auch meine Freundin Ingrid und die anderen aus der Clique wissen nicht wo ich bin.
Prinz, mein lieber, lieber Hund. Ich denke an Dich und hoffe du findest mich. Ich weiß selbst noch nicht wo ich bin. Bussi, schlaf gut."

★🐗 🐂🐕 🐗★

Neunter Jänner

Der erste Schultag im Neuen Jahr hat begonnen. Die Wegstrecke mit der Straßenbahn ist für Christine ungewohnt. Zu Fuß muss sie bis zur Kranzgasse und dort in die 52er Bim einsteigen. Sie blickt angestrengt nach draußen, um die Station an der sie aussteigen muss, die Linzer Straße/Reinlgasse, nicht zu verpassen. Von dort sind es ungefähr 350 Meter bis zum Schulgebäude in der Lortzinggasse. Da tupft sie ein Mädchen in der Tram an:

„Servus Christine! Seit wann fährst auch mit der 52ziger?" Es ist Rosl Krack aus ihrer Klasse. Ein gut ernährtes, rundliches Mädchen, das um einen Kopf kleiner als Christine ist.

„Seit heute. Und Du?" Fragt Christine

„Ich fahre nur morgens mit der Bim. Nach der Schule gehe ich in den Caritas-Ausschank, esse dort zu Mittag und dann holt mich meine Mam ab."

Christine ist erstaunt: „So ein Zufall, Rosl. Ab heute werde ich auch dort essen".

„Au fein, dann können wir ja zusammen hin gehen." Freut sich Rosl Krack.

Etwas entspannter geht Christine in ihre Klasse. Sie lächelt ihre Mitschülerinnen freundschaftlich an und beschäftigt sich mit ihren Heften und Büchern. Sie hat sich in keiner Weise auf irgendein Fach vorbereitet. Es war ihr auch nicht möglich.

Nach der Begrüßung und dem Gebet verteilt die Klassen-Lehrerin den neuen Stundenplan. Die Unterrichtsstunden montags bis samstags dauern von 8.00 bis 13.00 Uhr

Dienstags 15.00 Uhr Sport, wobei einmal im Monat Schwimmunterricht im Jörgerbad um 16.00 Uhr angesagt ist. Dazu treffen sich die Schülerinnen vor der Schule und fahren gemeinsam in den 17. Wiener Gemeindebezirk Hernals.

Musik wird donnerstags um 15.00 Uhr im Musikraum der Schule unterrichtet.

Das trifft sich gut, denkt Christine. Da könnte sie in der Zwischenzeit den Großvater besuchen. Sie braucht somit für das nochmalige Hin und Her keine Fahrkarte verschwenden. Sie wird den üblichen Weg durch die Schrebergärten nehmen und ist bei diesen Gedanken sehr aufgeregt.

Oh, das ist auch neu und sehr erfreulich! Jedes Schulkind erhält kostenlos einen viertel Liter Milch in einer Glasflasche. Zuvor haben die Eltern wöchentlich 6 Schilling bezahlt. Christine und so manche anderen Schüler hatten selten das Geld dabei, somit auch keine Milch erhalten.

Am ersten Schultag dürfen die Schüler schon um 11.00 Uhr nach Haus gehen.

Christine ist froh, nicht allein, sondern mit Rosl zu dem Essens-Ausschank gehen zu können. Außerdem hätte sie dieses Haus allein sicher nicht so schnell gefunden und sich auch zu sehr geschämt, um Essen zu betteln.

Sie kommen in eine kleinere Halle mit Tischen und Bänken, die mit einem langen, querstehenden Tisch abschließt. Dahinter sieht man auf einer breiten Stellage große Aluminium-Töpfe, Schöpflöffel, Bratwender und darüber Teller, Tassen und Gläser. Fast wie in einem Gasthaus.

Eine Frau steht lächelnd hinterm Tresen und schwenkt eine Stahlblech-Backschaufel in der Luft. Einladend ruft sie:

„Kommt her Kinder! Heute gibt's für euch Kaiserschmarrn. Den mögt ihr doch oder?"

Rosl nickt eifrig. Christine steht zaghaft hinter ihrer viel kleineren Kameradin.

Rosl nimmt ihren vollgefüllten Teller und setzt sich an einen Tisch in den Raum.

„Und du?" Fragt die freundliche Frau Christine „hast hoffentlich einen großen Hunger mitgebracht. Schau mal, du kannst essen so viel du möchtest."

Die Frau hebt den Deckel der riesengroßen Pfanne hoch. Ui, soviel Kaiserschmarrn hat sie noch nie auf einem Haufen gesehen.

Mit einer riesen Portion Kaiserschmarren und Apfelmus geht Christine langsam an den Tisch zu Rosl und setzt sich mit dem Rücken zum Ausgabetisch. Sie sind die einzigen, die hier essen.

Rosl hat ihren Teller rasant leer gegessen und holt sich einen Nachschlag. Christine bleibt sitzen. Da hört sie die Frau rufen:

„Komm her, ich habe noch was für dich!" beschämt guckt Christine nach hinten.

„Na, komm nur, ich beiß dich nicht". Sie legt auf einen Pappteller ein Stück Marmorkuchen und einen rotbackigen Apfel. Christine hat vor Rührung Tränen in den Augen und bringt nur ein krächzendes „Dankeschön" hervor.

Rosl geht nochmals zur Essenausgabe und bringt für beide heißen Kakao mit. Christine ist überrascht. Das ist auch die Caritas? Sie hatte ja ihr Kommunionkleid von der Caritas. Jetzt weiß sie auch wofür die Spenden sind. Sie nimmt sich vor, wenn sie Geld verdient, die Caritas zu unterstützen.

Ihre Schulkameradin hat alles was sie erhielt, ratzeputz verschluckt. Sie schaut wie weit Christine mit dem Essen ist, und bemerkt den unberührten Marmorkuchen neben dem leeren Kakao-Häferl.

„Was ist? Schmeckt er dir nicht?"

Christine denkt, Rosl will jetzt auch noch ihren Marmorkuchen und antwortet wie ein Blitz:
„Doch, doch. Aber ich will den Kuchen meinem Großvater bringen."

Rosl steht auf, geht zur Essens-Ausgabe. „Hallo, bitte Frau Eichinger, könnte ich noch eine Mehlspeis haben?"
Beschämt senkt Christine ihren Kopf als Rosl ihr die Mehlspeise bringt.

„Brauchst keinen roten Kopf zu bekommen, Christine. Tröstet Rosl ihre Klassen-Kameradin. „Du bist so dünn! Ich bin so dick. Naja, weil`s mir halt schmeckt.
Christine guckt sich nach der netten Frau hinterm Tresen um. Diese nickt ihr freundlich zu und sagt:

„Ein leerer Sack steht nicht, mein Kind. Mit knurrendem Magen kann man auch nicht lernen. Damit das Gehirn gut funktionieren kann, muss auch der Blutzuckerspiegel ausgeglichen sein. Und ihr beide seid auch noch im Wachstum.

Immer leichtes Essen bevorzugen. Aber nicht unmittelbar vor dem Lernen essen." Ergänzt die kluge Frau hinterm Tresen.

Rosl und Christine nicken lächelnd und bedanken sich nochmals.

„Da", sagt Rosl und übergibt Christine noch einen Marmorkuchen.

„Wo hast denn jetzt den her", erstaunt sich Christine.

„Das ist meiner. Nimm. Ich mag ihn nicht. Ich habe lieber eine Crem Schnitten oder einen Punschkrapfen. Der Gugelhupf staubt mir zu den Ohren raus. Ich darf keine Mehlspeise ablehnen, sonst bekomme ich das nächste Mal keine mehr."

Lächelnd sagt Christine: „Danke".

„Juchhei, meine Mam ist da!" Rosl läuft auf eine kleine rundliche Frau zu. Sie umarmen sich. Rosl und Ihre Mutter begrüßen sich herzhaft bewegt.

„Schau Mama, das ist meine Schulkameradin Christine. Sie geht auch in den Ausschank."

Christine kommt den beiden näher, weil sie kurz den gleichen Weg haben.

„Na und" sagt Rosls Mutter" Das ist doch keine Schande. Meine Rosl geht dort hin, weil ich arbeiten muss. Mein Liebling braucht nicht hungern. Jetzt bekommt sie noch ein Eis, gell? Und küsst wieder ihren Liebling ab.

Rosls Mutter guckt auf Christines Hand, die noch den Pappteller mit zwei Marmorkuchen in der Hand trägt. Christine bekommt ein schlechtes Gewissen uns sagt: „Die eine Mehlspeise hat mir Rosl geschenkt".

„Tja, so ist sie, meine Rosl. Eine herzensgute Seele."

Ihre Mutter legt den Arm um Rosl. Sie drücken ihre Köpfe gegen einander und begeben sich ohne Christine mehr zu beachten auf ihren Weg. Wehmütig schaut ihnen Christine kurzzeitig nach.

So, jetzt aber schleunigst ab zum Großvater. So rasch sie nur kann, geht sie die Breitenseer Straße bis zu dem engen Gang zwischen den Schrebergärten, schnurstracks runter zur Siedlung in der Ameisbachzeile und steht vor der Gartentür. Mutig drückt sie den Griff runter und unerwartet ist das Türchen auf. Ihr Herz klopft bis zum Hals. Wäre sie geschlossen gewesen, hätte sie unverrichteter Dinge kehrt gemacht? Oder sie wäre übern Zaun geklettert. Großvater würde das Klingeln an der zweiten vorderen Eingangstür nicht hören. Mit Bangen schreitet sie den mit Steinplatten belegten langen schmalen Weg entlang, hinauf die teilweise total kaputten und ausgebrochenen maroden Steinstufen, dann nochmals drei Stiegen und steht vor der hinteren Eingangstür. Soll sie anklopfen? Nein, sie probiert erst mal ganz vorsichtig, ob sie auf ist. Ja. Nun steht sie vor einem dicken dunkelbraunen Woll-Vorhang. Den schiebt sie ein klein wenig zur Seite. WAS ist DAS! Sie erschrickt.

Großvater liegt auf einer Pritsche vor der Kellertür zwischen seiner Kammer und dem Wohnzimmer und schaut neugierig auf seinen Besuch.

„Hallo Großvater, ich bin`s, die Christine", sagt sie leise, schließt die Tür und macht den Wollvorhang ordentlich davor. „Ist wer daheim Großvater außer Dir?"
Großvater will sich aufsetzen. Christine hilft ihm dabei.
„Nein. Niemand ist da. Ich bin um diese Zeit meist allein, die zwei kommen irgendwann am Abend oder in der Nacht. Keine Ahnung.
Aber sag mal, wohin hat dich denn deine Mutter gebracht? Wo bist du jetzt und wie geht's dir mein Engel?"
„Ich bin doch jetzt nicht so wichtig, Großvater. Schau mal, was ich dir mitgebracht habe". Christine legt Großvater den Marmorkuchen in die Hand." Erzähl Großvater! Was haben sie mit dir bloß gemacht?"

„Diese Furie hat mich aus meiner Kammer bugsiert. Die Mauer zwischen meiner Kammer und Raimunds Werkstatt will sie durchbrechen lassen. Ein Bad will sie einrichten." Sagt verbittert der total schon geschwächte alte Mann.
„Was?" Sagt Christine verwundert. „Meine Mutter wohnt weiter hier? Hier auf der Siedlung?"

„Na klar, sonst Bekommens doch meine Pension nicht. Und wo bist jetzt du mein Engel?"

Christine erzählt ihm von dem Hausmeister-Posten, dem Essens-Ausschank, von der Schule und was sie bisher so erlebte. Großvater ist empört. Er kann seinem Sonnenschein nicht helfen. Er ist viel zu schwach. Von seinem Neffen ist er ganz und gar enttäuscht. Doch das hilft ihm nichts. Er hat keine Widerstandskraft mehr. Ist geschwächt und energielos. Er kann nicht mal mehr allein aufstehen.

„Ich werde bald sterben, mein Engel. Sei nicht traurig. Ich bin froh darüber. Ich frage mich nur, ob der Herrgott sich bei deiner Mutter und meinem Neffen für ihre Schlechtigkeit mal revanchieren wird. Es muss doch eine ausgleichende Gerechtigkeit geben."

„Zermartere dir doch nicht den Kopf, Großvater. Klar gibt es eine ausgleichende Gerechtigkeit. Gottes Mühlen mahlen langsam aber sicher, habe ich gehört.
„Großvater? Weißt du was sie noch gesagt hat?"

„Sag`s mir, mein Kind. Auch wenn ich schwach bin, mein Geist ist noch voll da. Was hat dir diese abscheuliche Frau gesagt."

„Wenn ich nicht tu was sie sagt, steckt sie mich in ein Heim."

„Das sieht dem Scheusal ähnlich. Keine Angst mein Kind. So einfach kann sie das nicht. Da müsste sie gravierende Gründe haben. Die hat sie nicht. Mein armer, armer Engel. Was wird sich dieser Unmensch noch ausdenken. Unvorstellbar." Großvater schüttelt den Kopf und nimmt die Hände von Christine in seine beiden zittrigen Hände.

„Gott beschütze dich mein Kind. Ich denke schon, dass es so was Ähnliches wie höhere Gewalt gibt. Bestimmung oder Vorsehung. Doch nie werde ich verstehen, dass man einem unschuldigen Kind wie Dir, so viel Schreckliches antun kann. Dann nennt sich diese Frau auch noch ‚Mutter'. Pfui Teufel ! Nicht jede Frau mit Gebärmutter ist auch eine Mutter."
„Ich muss gehen, Großvater. Ich habe jetzt einen sehr weiten Weg in die Reindorfgasse. Ich komme sobald ich

kann wieder zu Dir. Ba-Ba, Bussi". Sie drückt Großvater auf Stirn und Wangen je ein Bussi und geht.

Mit gemischten Gefühlen begibt sich das Mädchen zurück in die Hausmeister- Wohnung. Sie ist allein. Ihre Mutter muss hier gewesen sein. Obst, Bananen und Äpfel liegen auf der Kredenz, der Kühlschrank brummt und der Heizlüfter ist auf halbe Stufe gedreht worden. Das Verhalten ihrer Mutter ist unheimlich. Was kann Christine schon tun, als sich fügen.
In der kleinen Wohnung fühlt sie sich eingesperrt. Sie geht mal in den Hof runter. Es liegt nicht mehr viel Schnee und trotzdem wälzt eine junge Frau Kugeln durch den Hof.

„Soll das ein Schneemann werden?" fragt Christine

„Na klar, was denkst du denn?" gibt ihr diese zur Antwort und mustert sie. „Du bist doch die Tochter der neuen Hausmeisterin, gell?"
„Ja, ich heiße Christine" und bewirft lachend die junge Frau mit Schneebälle. Diese ist nicht feige, wirft zurück und stellt sich vor:

„Ich bin die Hannelore und wohne im 2. Stock mit meiner alten Tante."
Fröhlich und munter bauen sie gemeinsam einen riesengroßen Schneemann.

„Den kann aber wirklich keiner übersehen". strahlt Christine.
Beide betrachten stolz ihr Werk und trennen sich mit gegenseitigem Handschlag.

Es dämmert. Die Himmelsbühne hat nichts zu bieten als verschiedene Schattierungen in Grau. Christine geht hinauf in die Hausmeisterwohnung. Ihr ist durch das Schneemann bauen warm geworden. Es war mal wieder eine erfreuliche, spaßmachenden Beschäftigung. Sie ist jetzt rechtschaffen müde. Damit sie diesmal die Zeit fürs Putzen der Passage, die sie zwischenzeitlich in Augenschein genommen hat nicht verpasst, dreht sie erst mal die Zeiger der Pendeluhr um eine Stunde vor. Und stellt einen Eimer mit Schmierseife, Waser, sowie Putzlappen und Schrubber in die kleine Küche in Nähe vom Kühlschrank zum Aufwischen der Passage bereit.

Mit sich zufrieden denkt sie. 'Nur für paar Minuten die Augen zu machen'. Legt sich mit ihrem Gewand aufs Bett und schläft tief und fest.
Abrupt wird sie wachgerüttelt. Erschrocken sieht sie ihre Mutter vor sich. Starrt sie eine Weile an, guckt auf die Pendeluhr. Hm, vierundzwanzig Uhr.
„Was habe ich dir denn aufgetragen?" Brüllt Editha ihre Tochter an." Denkst du, du kannst mich veräppeln und ich mach das mit dem Heim nicht wahr?"
Erbost nimmt Editha die von Christine vorbereiteten Putz-Utensilien und geht selbst die Passage aufwaschen. Es war aber auch dringend notwendig. Der matschige Schnee hat sich mit dem Staub gemengt. Die schmierigen und dreckigen Fußstapfen in der Passage sind zwei Tage nicht weg gewischt worden, und das Wasser im Putzeimer nach dem Wischen pechschwarz. Voll Wut schüttet Editha das Dreckwasser übers Trottoir. Zum Glück läuft der größte Teil vom Wasser wegen der Absenkung in die Regenrinne. Noch ist das Wetter mild und die nächtlichen Temperaturn knapp über Null. Es könnte sich Glatteis bilden. Doch das interessiert Editha nicht. Noch immer sauer und verärgert wegen dem

Ungehorsam ihrer Tochter will sie ihr gehörig die " Leviten lesen".

Was hat zwischenzeitlich Christine vor Angst und Schreck gemacht? Sie ist wie ein Pfeil aus dem Bett geschossen, die Pendeluhr wieder auf die normale Zeit rückgestellt und sich auf der Toilette an dem langen Gang eingesperrt.

Hysterisch stößt Editha die Tür zur ihrer Hausmeister Wohnung auf, geht wutentbrannt ins Wohnzimmer. - Ätsch – Christine ist nicht da. Sie setzt sich an den Tisch und raucht. Die Pendeluhr schlägt zwölf Mal. Ja, was ist jetzt passiert? Hm. Editha zweifelt zwar nicht an ihrem Verstand, ist jedoch etwas irritiert. Ihre Wut flaut ab und sie raucht noch eine Zigarette. Christine geht couragiert ins Zimmer und kramt in ihrer Schultasche, holt den Stundenplan raus:

„Mama, wir haben ab jetzt auch zwei Mal nachmittags Unterricht. Sechs Schilling muss ich so bald als möglich für die Schwimmstunden im Jörgerbad mitbringen."

So das war jetzt mutig und mit fester Stimme gesagt.

„Wenn du nochmals den Schrubber so doof vor die Tür stellst, kannst was erleben", sagt ihre Mutter.

„Wieso", fragt Christine

„Wieso – wieso. Frag ned so blöd. Umgefallen ist er und hat die Tür versperrt. Ich hab zu tun gehabt, hier rein zu kommen."

Christine muss innerlich lachen. Sie dreht sich um, damit ihre Mutter es nicht merkt und steckt Hefte und Bücher nach dem Stundenplan in die Schultasche.

„Schläfst du heute hier oder musst du wieder weg?" fragt Christine

„Natürlich schlaf ich hier", sagt ihre Mutter. Ich ziehe die Schlafcouch aus, du kannst im Bett bleiben."

„Mama, es fehlt hier ein Radio und ein Wecker. Ich komm noch mal zu spät in die Schule. Und das möchte ich nicht."

„Mal sehen. Ist sonst alles in Ordnung in der Schule und im Essens-Ausschank?"

Christine antwortet nicht mehr. Sie zieht ihr Nachthemd über, schlüpft ins Bett und stellt sich schlafend. Dabei kann sie nicht schlafen. Mama raucht eine Zigarette nach der anderen. Die Luft ist zum Schneiden. Die Pendeluhr ist nervtötend. Jetzt schlägt sie schon die dritte Morgenstunde. Wie soll sich Christine so unausgeschlafen und deprimiert in der Schule konzentrieren können. Sie bekommt einen Hustenanfall und schlupft unter die Decke, damit sie nicht so laut ist. Dieser Zigarettenrauch kratzt sie im Hals. Editha öffnet einen Spalt das Fenster.

Unter der Decke faltet sie die Hände und betet in Gedanken:

„Lieber Gott, mir macht es nichts mehr aus, wenn ich in ein Heim komme. Bestimmt sind die Leute dort nicht so böse. Die Frau in dem Ausschank war so lieb. Rosl wird von ihrer Mutter sehr gemocht. Bin ich denn so ein missgebildetes Wesen für meine Mutter? Andere Menschen mögen mich doch auch. Warum sie nicht? Großvater geht es sehr schlecht. Sie haben ihn aus seiner Kammer ausquartiert. Bitte beschütze ihn. Bitte, bitte.

Was macht denn mein Hund Prinz. Geht es ihm gut. Ach – Hm -, die Antworten muss ich mir wohl selbst wieder geben. Gute Nacht."

Nicht mehr denken, ganz schnell einschlafen.

ॐ ✱ ॐ

239

Die Monate fliegen dahin. Christine tut täglich was ihr die Mutter aufgetragen hat. Diese ist weder am Tag noch in der Nacht regelmäßig anwesend. Christine weiß ja, dass sie auf der Siedlung ist, oder Blumen bei den Heurigen verkauft. Einmal im Monat ist die große Hausordnung fällig. Sämtliche in den Gängen befindlichen Fenster, WCs, Waschbecken vom gegenüberliegenden dreistöckigen Wohnhaus, sowie alle Stiegen müssen gereinigt werden. Editha und Tochter machen sich mit zwei Putzeimern im Nebengebäude zu schaffen.

„Du polierst alle Wasserhähne und machst die Becken sauber und das untere Fenster", befiehlt ihre Mutter.

Christine hat vier verschiedene Fetzen zur Verfügung. Je einen zum Nass- und einen zum Ttrockenreiben, zudem je einen für das Metallputzmittel zum Auftragen und Polieren. Ein kleines Erfolgserlebnis verspürt das Mädchen. Das Fenster hat keine Schmierer und ist blitz sauber. Die Email-Waschbecken strahlen wieder bis auf die abgeschlagenen Stellen und die Messinghähne glänzen wie Gold. Sie hat ihre Aufgabe erfüllt und wäre fertig.

Doch dann der Ausbruch. Christine stolpert über einen vollen Wassereimer und der rollt dermaßen scheppernd über die Stiegen, dass es im ganzen Haus erschallt. Türen von Wohnungen gehen auf. Die neugierigen Mieter machen aber bald wieder zu, als sie Hausmeisterin mit ihrer Tochter am Putzen sehen. Christine holt den Eimer rauf. Sie wäre beinahe wegen der vielen Wasserlachen ausgerutscht und konnte sich gerade noch am Handlauf festhalten.

„Was bist du doch für in ein Trampel" zischt ihr Mutter „Jetzt kannst die ganzen Stiegen wischen. Das hast davon."

Auf einmal schreit Christine ihre Mutter an:

„Wenn du mich nicht bald in Ruhe lässt, dann gehe ich freiwillig in ein Heim. Du bist keine Mutter. Du bist die miserabelste Mutter, die man sich vorstellen kann. Du hast mich von Mutti entfernt. Du hast mich aufs Gericht gezerrt. Du hast Großvater schlecht behandelt. Du treibst dich nachts rum und sagst du bist Blumen verkaufen. Kommst besoffen heim. Du bist durch und durch schlecht!"

Christine wirft die ganzen Fetzen in den leeren Eimer und schreit:
„Da! Mach deinen Hausmeisterposten allein!"

Aufgewühlt läuft das bald 14jährige Mädchen in die Wohnung und wirft sich erschöpft aufs Bett.

Es dauert nicht mal so lange, kommt ihre Mutter nach. Naja, jetzt weiß Christine was folgen wird. Ihre Mutter bekommt wieder den berühmten Tobsuchtsanfall. Aber diesmal bleibt sie nicht ruhig stehen und lässt sich grün und blau schlagen. Sie verschwindet. Wohin? Zu Mutti? Zum Prinz? Nein zur Fürsorge!

Zu Christines großer Überraschung sagt Editha kein Wort. Es folgt auch kein Donnerwetter und es regnet keine Watschen.

ᘓᑖ ✷ ᘓᑖ

Letztes Schuljahr

In diesem Schuljahr, es ist das letzte, schneidern die Kinder recht viel im Handarbeits-Unterricht. Unter anderem ein Nachthemd und ein Dirndl mit Bluse. Auch ein Baby Doll ist vorgesehen. Das besteht aus einem leicht A-förmig geschnittenen Oberteil ohne Ärmel und einem Pumphöschen. Beides aus Baumwolle mit Rüschen und Spitzen. Sie braucht eine Nähmaschine. Ihre Mutter besorgt eine Koffer-Nähmaschine.

„Das sage ich dir gleich: Auf dieser Nähmaschine nähst du kein erotisches Gewand. Dieses Baby-Doll kannst du vergessen. Hake es ab. Es ist erledigt. Du bekommst dafür auch kein Geld für einen Stoff."

Christine ist sehr geschickt. Sie hat die Aussicht in die Modeschule Schloss Hetzendorf in Wien-Meidling, eine Privatschule mit Öffentlichkeitsrecht gehen zu können. Sie bräuchte dafür nicht mal den Matura-Abschluss.

Wenn wie üblich bisher ein Aufsatz unverhofft in der Schule als Prüfungsarbeit geschrieben wurde, waren zwei Themen angegeben. Diesmal nicht.

„Aufsatzhefte heraus. Das Thema heißt: ‚Was ich einmal werden möchte'. Ihr müsst euren Berufswunsch näher erläutern und begründen. Warum dieser Beruf gerade für euch in Frage kommt", ergänzt die Klassenlehrerin.

Christine schreibt: „Was ich einmal werden möchte:
Ich trete aus der Schule aus und muss mich entscheiden. Es ist ein Entschluss für das ganze weitere Leben. Er muss gewissenhaft und gründlich überdacht sein. Meine frühere Vorstellung dreier Wunsch-Berufe kann ich mir jetzt aus dem Kopf schlagen. Die Ausbildung ist zu

kostspielig. Ich kenne meine Stärken und weiß, dass ich für diese drei Traumberufe geeignet gewesen wäre.

1. Opernsängerin – ich komme mit meiner Stimme bis zum hohen C. Kenne die Noten und singe vom Blatt. Es heißt, Opernbühnen sind "Die Bretter, die die Welt bedeuten". Musik zieht mich magisch an. Singen befreit meinen Körper; Geist und Seele von jeglicher Disharmonie. Musik verleiht Gelassenheit und Angstfreiheit. Musik beflügelt mich.

2. Ärztin - ich liebe es, die Leiden und Krankheiten aller Menschen und Tiere zu mildern, besser noch, heilen zu können. Es tut mir in der Seele weh, andere leiden zu sehen und nicht helfen zu können, weil mein Wissen nicht ausreicht.

3. Pilotin - Ich möchte der Kapitän einer Flugmaschine sein. Schwerelos in großer Freiheit schweben. Leider sind Frauen als Piloten nicht gerne gesehen. Ich habe mich erkundigt. Eventuell in Privatschulen. Die Voraussetzung für eine Stewardess ist, ich müsste 18 Jahre sein.

Meine Verwandten raten mir, keine Ausbildung zu machen sondern sofort Geld zu verdienen.

Meine Großmutter meint, ich solle in eine Fabrik gehen. Dort hätte man geregelte Arbeitszeit und bekäme sehr guten Stücklohn, wenn ich in Akkord arbeite.

Meine Mutter sähe es gerne, wenn ich selbständige Schneiderin, eine Änderungs-Schneiderin werde.

Das möchte ich auf keinen Fall. Kaputte Kleidungen von anderen Leuten wieder zu einem schönen ganzen Stück zu flicken, mag ich nicht. Lieber würde ich neue Mode entwerfen und diese schneidern oder anfertigen lassen. Die Modeschule im Schloss Hetzendorf, würde mich deswegen sehr interessieren. Doch diese Schule kann von meinen Leuten keiner finanzieren.

So bleibt für mich noch eine Ausbildung in einem Büro. Bei einem Anwalt, Steuerberater oder in der Industrie. Weil ich noch keine Matura habe, muss ich ein ganz besonderes Abschluss-Zeugnis vorzeigen können. Wie es zurzeit aussieht, habe ich mich fast in jedem Fach verschlechtert.

So steht meine Berufswahl noch in den Sternen, die mein künftiges Leben bestimmt."

NS. Für den Aufenthalt im Februar im Schullandheim Schloss Lehenhof in Scheibbs bedanke ich mich recht herzlich. Wir sind damals neben der Erlauf (Fluss) durch einen Wald gewandert und haben die Lehrerin, Lyrikerin und Erzählerin, Jolanthe Haßlwander besucht. Ich war gebannt von ihren Vorlesungen und wollte Dichterin werden. Davon allein, kann man aber nicht leben. Es wäre ein Hungerlohn.

Der allerletzte Schultag

Die Abschiedsrede von der Direktion und allen Lehrkräften in der Aula für die Schüler, die dieses im Gebäude in der Lortzinggasse für immer verlassen, ist unwahrscheinlich rührend und feierlich. Die Eltern waren auch geladen. Rosls Mutter ist anwesend. Trotzdem, dass Rosl Krack einen Vierer im Zeugnis hat, strahlt ihre Mutter sie an. Von Christine ist niemand gegenwärtig. Obwohl durch die Unterschrift in ihrem Mitteilungsheft ihrer Mutter davon Kenntnis hat. Ist ja egal. Christine hat es auch gar nicht anders erwartet.

Das Desinteresse ihrer Mutter stört sie nicht mehr. Sie will sich nicht mehr verletzen lassen. Weder durch Schläge, noch durch Worte oder Taten. Sie wird sich ab jetzt zur Wehr setzen. Achtung vor ihrer Mutter hat sie schon seit langem verloren. Ihre Mutter ist ihr in keiner Weise ein Vorbild. Sie hat sich in keiner Weise Respekt verdient.

Oft fühlt sich Christine schuldig. Hat sie durch ihr Verhalten so eine schlechte Behandlung verdient? Ab jetzt widerstrebt es ihr, sich weiter demütigen zu lassen.

Über ihr Abschluss-Zeugnis könnte Christine stolz sein. Es ist besser ausgefallen als sie dachte. Vier Zweier und der Rest sind Einser Zensuren.

Haben die Lehrkräfte einige Augen zugedrückt, um ihr den neuen Weg ins Leben zu ebenen? Sie möchte jubeln. Aber wen sonst, außer ihr selbst interessiert es denn?

Die Schüler untereinander trennen sich mit Umarmungen und Bussis. So auch Christine. Hanne und Vroni machen die Matura. Mit der Hochschulreife hat man die Berechtigung für ein Studium an einer Universität oder sonstigen Hochschule. Sie gehen beide auf die pädagogische Akademie. Sie wollen Lehrerinnen werden. Tränen des Abschieds fließen. Sie verabreden, jedes Jahr ein Schülertreffen zu organisieren. Das tröstet die Kameradinnen über die jetzige Trennung hinweg. Die Adressen hatten sie schon vor Monaten ausgetauscht.

Mit Glück- und Segenswünschen beladen geht jeder seiner Wege.

Christine lehnt ihr Zeugnis unübersehbar an die Obstschale, die mitten auf dem Tisch steht. Ihre Mutter ist wieder nicht hier. Hätte dieses Feier nicht so lange gedauert, wäre sie zu Großvater gelaufen. Doch um diese Zeit könnte ihre Mutter dort sein. Streit und Unannehmlichkeiten aus Rücksicht zum Großvater will sie vermeiden. Endlich hat ihre Mutter Radio und Wecker besorgt. Eine musikalische Geräuschkulisse würde ihr nun gut tun.

„Sie hören Radio Wien. Das Große Wiener Rundfunkorchester und den Chor des Österreichischen Rundfunks „Die Lustigen Weiber von Windsor".
Wie fantastisch! Das zu hören, ist ihre Belohnung für ihr Zeugnis. Danke lieber Gott. Um das Stück voll und ganz genießen zu können, legt sie sich aufs Bett, verschränkt die Arme hinterm Nacken, guckt zum Plafond, wo grad die Sonne ihre Schattenspiele wirft, ist total entspannt und lauscht. Nach der Ouvertüre erzählt der Sprecher die Handlung von dem Stück.
Diese wunderbare Stimme der Sopranistin „Mimi". Der Opernsängerin Maria Sophia Coertse, aus Durban in Südafrika. Ein göttlicher Ohrenschmaus.
Die erste Woche ihrer gänzlich freien Zeit, bevor sie einen Beruf wählt ist angekommen. Den ganzen lieben Tag ist sie in der Reindorfgasse, erfüllt abends ihre aufgetragene Pflichten. Tagsüber ist es ihr unsagbar langweilig. Ab und zu sieht sie mal aus dem Fenster zur Straße hin, dann in den Innenhof, ob sich dort eventuell jemand bewegt. Echt ätzend. Ein ungefähr zehnjähriger Junge kommt grad aus der dritten Wohnung am Ende vom Holzsteg und bleibt vor ihr stehen.
„Du-u, hast du Zeit?"
„Du hast Ferien, gell? Und dir ist langweilig. Ist es so?" fragt ihn Christine
„Ja. Sagt er kleinlaut. Ich bin den ganzen Tag allein. Meine Mutti arbeitet. Willst du mit mir was spielen?"
„Die Frage „gehen wir zu dir oder gehen wir" zu mir erübrigt sich, mein Kleiner. In die Hausmeister Wohnung darf keiner rein." Sagt Christine und sie gehen zu ihm.
Naja, die Wohnung ist auch nicht viel größer als die von einem Hausmeister.
„Hast du keinen Papa, weil du nur von deiner Mutti sprichst?" Fragt Christine und klappt das Brett vom Mühlespiel auf, das schon am Tisch liegt.

„Nein der ist abgehauen. Aber dafür kommen jeden Abend und Nacht verschiedene Onkel."

Ui, - hm wie heißt du denn?"

„Ulrich".

„Also Ulrich, das darfst du nur laut sagen, wenn einer der Onkel oder deine Mutti böse zu dir sind. Sind sie das?"

„Nein, sie sperren mich dann ein, und ich bin wieder allein."

„Wie alt bist du?"

„Ich werden im August acht Jahre."

„Aha. Das werde ich mir merken und dir eine große Torte backen."

„Nein. Schenke mir lieber ein Feuerwehr-Auto- Aber mit Sirene, das heult."

„Pfau! Du hast Wünsche Kleiner. Ich verdiene doch noch kein Geld."

„Dann musst du halt arbeiten wie meine Mutti. Die hat immer viel Geld."

Christine lenkt das Gespräch auf das Spiel. Die Unterhaltung mit dem kleinen Ulrich wird ihr unangenehm. Nach drei Spielen steht sie auf und geht.

„Das war sehr nett mit Dir Ulrich. Du hast mich sogar einmal gewinnen lassen."

„Kommst du wieder", bettelt Ulrich.

„Aber sicher. Immer, wenn ich Zeit habe. Servus"

Die Langeweile ist weg. Der Abend da und bald muss sie ihre Aufgabe um 22 Uhr und um 23 Uhr erfüllen. Bis dahin soll ihr der Radio die Zeit vertreiben. Sie hat keine Bücher in dieser Wohnung. Im Kühlschrank sind leckere Sachen, wovon sie sich das Abendbrot macht. Auch zwei Viertelliter - Fläschchen Fru-Fru entdeckt sie. Das ist ein hochgradiger Joghurtgenuss mit Erdbeer-Marmelade für Christine. Schöne Musik hört sie aus dem kleinen Radio und zwischendrin Nachrichten.

ᘓᘔ✶ᘓᘔ

Der Anwalt

Kurz nach 22 Uhr läutet jemand vorm Haustor. Christine guckt aus dem Fenster und ruft hinunter.

„Wer ist da?"

„Ich habe den Schlüssel vergessen und kann jetzt nicht durchs Tor."

Pflichtbewusst geht Christine die Holzstiegen runter in die Toreinfahrt und sperrt auf. Ein Mann von ungefähr dreißig Jahren steht vor ihr. Er lächelt sie an:

„Danke, mein Fräulein", gibt ihr fünf Schilling und geht über den Innenhof zum anderen Wohngebäude. Die Leute aus diesem Wohnblock kennt Christine nicht. Nur die junge Frau mit der sie den Schneemann gebaut hat.

„Moment bitte! Darf ich ihren Namen haben?" ruft ihm Christine nach.

Der Mann macht kehrt: „Bitte sehr". Er übergibt Christine seine Visitenkarte.

Christine bedankt sich, sperrt ab und geht wieder hinauf. Sie notiert in ein Heft mit Linien, das die Aufschrift ' Torschlüssel' trägt, den Namen und legt die Visitenkarte bei. Für die Putzarbeit in der Passage trifft sie die Vorbereitungen, hört Radio und pünktlich um 23 Uhr wäscht sie die Passage auf.

Sie ist fertig. Bückt sich nach dem Eimer mit dem Schmutzwasser, erschrickt, weil sie ganz nahe Männerschuhe sieht. Sie schaut hoch und erkennt den Mann, der ihr die Visitenkarte gegeben hat.

„Verzeihung, aber ich finde meinen Torschlüssel nicht und stehe schon wieder draußen."

„Ja, gleich. Einen Moment, bitte. Ich muss nur noch den Eimer ausleeren."

Der Mann nimmt Christine den Eimer ab: „Wohin damit"

„In die Regenrinne". Christine deutet zum Gehsteig, nimmt den Schrubber samt den Putzlappen und sperrt das Gitter von der Passage ab.

Der Mann begleitet sie bis zur Holztreppe, überreicht ihr den leeren Pfutzeimer und gibt ihr Zehn Schilling.

„Ist doch nicht notwendig, ich bin ja so und so unterwegs", meint Christine

„Ja doch, nehmen sie das Geld getrost! Ich muss Sie noch öfters bitten, bis ich einen Schlüssel nachmachen lassen kann oder ihn vielleicht noch finde."

Christine bedankt sich höflich, wünscht Gute Nacht, geht eilig in die Hausmeisterwohnung und schließt sich ein. Nimmt die Visitenkarte aus dem Heft und liest: Dr. Karl-Friedrich Katzenschmeißer.

Haha, Katzenschmeißer. So möchte sie mal nicht heißen. Aber er ist Fachanwalt für Arbeitsrecht. Fachanwalt für Internationales Wirtschaftsrecht. Ob dieser Dr. Katzenschmeißer eine Ausbildungskraft braucht?

Eine ganz Woche lang, läutet Dr. Katzenschmeißer Christine nachts runter zum Toraufsperren. Jedes Mal erhält Christine zehn Schilling. Eigentlich jammerschade, wenn dieser Mann seinen Schlüssel wiederfindet.

Oh, wie staunt Herr Dr. Karl-Friedrich Katzenschmeißer mit verwunderten großen Augen, dass nicht Christine sondern Editha das Tor nachts um 24 Uhr öffnet. Er fasst sich schnell:

„Vielen Dank gnädige Frau". Er überreicht Editha fünf Schilling und schickt sich an, schnell davon zu gehen.

Editha spricht ihn mit scharfem Ton an: „Jetzt wird`s aber höchste Zeit, Herr Anwalt, dass sie ihren Schlüssel wieder finden, sonst melde ich sie beim Verwalter.

„Weshalb denn?"

„Weil sie ein minderjähriges Kind auffordern ihnen mitten in der Nacht das Tor zu öffnen."

„Da sind doch wohl Sie in der Schuld, Gnädige. Wie können sie es zulassen, ihr minderjähriges Mädchen zu so später Stunde ans Tor zu schicken."

„Naja, mit ihnen will ich keinen Streit Herr Anwalt. Zeit wäre es, dass meine Tochter bald Arbeit findet." Sagt Editha

„Na dann schicken sie morgen um 16 Uhr ihre Tochter in meine Wohnung. Dann muss sie nicht erst in die Kanzlei fahren. Ich werde ein Bewerbungsgespräch mit ihr führen. Ist das OK für sie?" fragt der Anwalt.

„Aber ja, Herr Anwalt." Antwortet fast freudig Editha. Den Namen Katzenschmeißer will sie nun doch nicht aussprechen.

Am nächsten Tag. Es ist fünf vor 16 Uhr.

Editha hat ihrer Tochter Hoffnungen gemacht, eine Stelle zu haben und schickt sie in den zweiten Stock zu Dr. Katzenschmeißer.

Pünktlich klingelt Christine an der Wohnungstür des Anwalts. Er öffnet freundlich lächelnd und führt sie fast feierlich mit ausgestreckter Hand ins Innere. Es hätte nur noch der Handkuss gefehlt. Leise romantische Musik beschallt die mit Kerzen ausgeleuchtet Wohnung. Ein angenehmer Duft, den Christine noch nie zuvor wahrgenommen hat, zieht in ihre Nase. Auf dem Tisch sieht sie einen silberglänzenden Metallkübel mit einer Sektflasche. Daneben zwei hohe, schlanke Sektgläser.

Der Anwalt bemerkt den Blick von Christine und sagt:

„Sollten wir einig werden Christine, müssen wir doch darauf anstoßen."

Christine überreicht ihm ihr Abschluss-Zeugnis, das er sofort beiseitelegt.

„Zeugnisse besagen bei mir nicht viel. Ich schaue mir meine Angestellten erst mal persönlich an. Bei Dir spüre und konstatiere ich sofort, dass ein intelligentes und gelehriges Fräulein bald in mein Büro einziehen wird. Setzt dich doch."

Der Anwalt weist Christine einen Platz auf ein großes, rundes, rotes Bett.

Christine setzt sich auf den Stuhl bei Tisch und mustert das Bett, das sie im Kerzenschein zuvor gar nicht bemerkt hat. Am Fußende sind ein Paar Seidenstrümpfe mit schwarzen breiten Spitzenrand und ein schwarzer Spitzen-Strumpfhalter dekorativ ausgebreitet. Christine schluckt.

„Möchtest du das mal anprobieren, wenn es dir passt kannst du alles behalten, " säuselt der Anwalt, geht hinter einen Paravent, einem dreiteiligen, zusammenklappbaren Raumteiler und wirft schon sein Hemd darüber.

Wie hinterlistig er doch ist. Er meint wohl, Christine sei so naiv und fällt auf diese krumme Tour rein. Sie schnappt ihr Zeugnis vom Tisch und schleicht geschwind zur Tür. Doch die ist verschlossen und der Schlüssel fehlt. Sie guckt rasch auf die Garderobe. Sieht eine ausgebeulte Tasche vom Mantel des Anwalts. Vorsichtig fasst sie rein und holt einen Schlüsselbund raus. Steckt den kleinsten Schlüssel geräuschlos ins Zylinderschloss der Tür. Passt! Läuft hurtig mit dem ganzen Schlüsselbund zurück in die Hausmeister-Wohnung und schließt ab.

Keuch, Schnauf, Seufz. Was war das denn wieder. Sie betrachtet den Schlüsselbund. Auf dem Ring sind noch weitere drei Schlüssel und ein Ledermäppchen mit der Büroadresse von dem Anwalt. Und, der große Torschlüssel ist auch daran befestigt. Also hat dieser Mann die ganze Zeit ein Täuschungsmanöver abgezogen. Was soll sie jetzt mit dem Schlüsselbund tun. Es war eine Reflexhandlung von ihr. Sie tat es, ohne zu überlegen.

Die Passage und das Absperren vom Tor interessieren sie heute nicht. Sie ist zum Umfallen müde. Mama soll das tun. Wird schon keiner gestohlen werden, wenn das Tor mal offen bleibt. Nicht mehr nachdenken, nicht mehr grübeln, einfach schlafen, alles vergessen.

Grob und schreiend wird Christine von ihrer Mutter wach gerüttelt. Schlaftrunken und entgeistert, weiß Christine im Moment nicht wo sie sich befindet. Oh Gott, ihre Mutter ist da und plärrt:

„Wie kommen von dem Anwalt die Schlüssel hierher! Antworte! Wo ist er! Wo hat er sich versteckt?!"

Editha läuft zum WC auf dem Gang, reißt die Tür auf, doch das WC ist leer. Sie kommt wütend zurück in die Wohnung. Schnappt sich den Schlüsselbund von dem Anwalt und stürmt zum Nebenhaus zu seiner Wohnung. Es ist ein Uhr früh. Der Zeit zeigt Editha keine Beachtung. Jetzt holt sie den Scheißkerl aus der Wohnung. Sie klopft und trommelt gewaltig an die Tür.

„Mach auf, du Hurensohn. Dir werde ich`s zeigen mit meiner Tochter ein Techtelmechtel anzufangen. Sie ist minderjährig."

Und schlägt mit der Faust weiter an die Tür. Die ist nicht abgesperrt nur mit einer Kette innen abgesichert. Beinahe hätte sie den Anwalt mit ihrer Faust im Gesicht getroffen, weil er spontan die Tür aufreißt.

„Verschwinden sie, sie Verrückte und krakeelen sie am Gang nicht rum. Sie wecken alle Mieter."

„Das ist mir völlig wurscht, sie Triebtäter!"

Der Anwalt zieht Editha ruckartig in seine Wohnung und lässt die Tür in Schloss fallen.

„Was wollen sie denn eigentlich, sie närrische Person? Sie haben mir ihre Tochter bereitwillig zu mir geschickt, ja, förmlich aufgedrängt."

Dieses rücksichtslose, beleidigende, spöttische Gehabe von dem Anwalt bringt Editha auf die Palme.

„Sie Wüstling sie damischer, sie waren in meiner Wohnung. Hier! Ich habe die Beweise!"

Editha fuchtelt klappernd mit den Schlüsseln vor dem Anwalt seiner Nase. Der ergreift blitzartig seinen Schlüsselbund.

„Tatsächlich? Haben sie Beweise? Wo denn? Ich war nicht in ihrer Wohnung. Das Biest hat mir die Schlüssel hier aus meiner Wohnung entwendet!"

Edith springt wütend auf den Anwalt zu. Mit einer Hand hält er sie ziemlich grob und fest zurück:

„Ich glaube, ihre Hormone spielen verrückt. Sie bräuchten dringend guten Sex. Nur leider sind sie mir zu alt, und es ist mir heute vergangen!" Der Anwalt fordert Editha mit seinem Zynismus so richtig raus.

„Was bilden sie sich überhaupt ein, sie Möchtegern Anwalt. Ich bin einunddreißig und sie mieses Stück fasse ich nicht mal mit Handschuhen an. Sie sind mir zu dreckig. Ich zeige sie an!"

„Ah-ja! Mit Handschuhen liebe ich es auch! Aus Leder und zart müssen sie sein. Aber nicht von ihnen. Und jetzt verschwinden sie, bevor ich ihnen eine Anzeige auf den Hals hetze und sie ihren Hausmeisterposten entheben lasse. Jeder hier im Haus weiß, dass ihre Tochter die Arbeiten verrichten muss. Und das auch noch um 23 Uhr." Der Anwalt schiebt Editha zu Tür.

„Raus! Und halten sie endlich ihre große Klappe. Sie haben ihre Tochter zu mir geschickt, vergessen sie das nicht!"

„Haben sie Beweise? Sie sind ein Dreckskerl?! Wir haben jede Störung mit Datum und Uhrzeit von Ihnen notiert. Sie kommen nicht so einfach davon" zischt Editha.

„Wenn schon. Haben sie eine Unterschrift von mir? Entfernen sie sich, aber ein bisschen plötzlich. Bevor ich sie auch noch wegen Ruhestörung belange."

Aufgebracht und unwahrscheinlich zornig darüber, dass dieser Anwalt sie so überrumpeln konnte und Ihr das einzige Beweisstück, den Schlüsselbund entrissen hat überlegt sie krampfhaft, wie sie diesen Kinderschänder doch noch dran kriegen könnte. Außerdem hat sie eine Mords Wut über die deutliche Absage ihrer Person. Sie sei ihm zu alt für einen Sex. So ein Arschloch.

Sie schaut ihre Tochter nicht mehr an. Holt sich Wein aus dem Kühlschrank und raucht eine Zigarette nach der anderen. Christine krabbelt unter die Decke, denn sie bekommt wieder einen Hustenanfall.

„Stell dich nicht so an. Das Fenster ist doch offen", sagt ihre Mutter.
Die Pendeluhr schlägt viermal bis sich Editha endlich auf die Schlafcouch zum Schlafen legt. Bis dahin konnte Christine kein Auge zu machen. Unbehaglich und beängstigend ist es, wenn ihre Mutter rasend wird und mit Beschuldigungen rumwirft.

Christine betet zum ersten Mal nicht bevor sie einschläft. Sie zweifelt daran, ob es überhaupt einen Gott gibt, der über allem steht und alles weiß. Sie hat nichts verbrochen. Im Gegenteil. Sie weiß was gut und was böse ist, und sie wählt stets das Gute. Sollte das wohl nicht gut sein, das Gute zu tun? Doch! Irgendwann kommt die Wahrheit ans Licht und dann muss sich ihre Mutter schämen. Oder? Nein. Diese Frau schämt sich nicht – nie.

Wieso blendet heute Morgen die Sonne denn gar so arg. Sie brennt richtig in Christines Augen. Ihre Mutter ist schon auf. Sie rumort rücksichtslos in der Küche. Ah, hm, sie riecht Kaffee. Christine kennt sich mit dem Gasherd nicht aus und hat jeden Tag kalte Milch oder Limonade getrunken.
„Steh auf, wir haben heute noch was vor. Willst einen Kaffee?"

Was krächzt denn ihre Mutter heute gar so? Diese tiefe, raue Stimme war sie an ihrer Mutter nicht gewohnt.
Aha. Wein und Zigaretten und keinen Schlaf. Am Tisch liegt eine umgekippte leere Weinflasche. Zwei Packungen der Dreier Zigaretten hat sie verqualmt. Durch ihre Lunge gezogen und ausgehaucht. Ihre Tochter ist stets die Passiv-Raucherin.

Christine könnte trotz ihrer Müdigkeit jetzt lachen. Auf dem Etikett der Weinflasche steht „Liebfrauenmilch".
Ein „Kröver Nacktarsch„ hätte besser zu Editha gepasst.

ᘓᘔ ★ ᘓᘔ

Die Untersuchung

Aber was hat sie denn heute schon wieder vor, ihre Mama. Und warum muss Christine wieder mit. Sie hat noch Freizeit und möchte eine schöne Ferien verbringen, bevor sie einen Ausbildungsplatz annimmt.

„Da, trink den Kaffee und zieh was Ordentliches an. Wir gehen gleich los." Sagt ihre Mutter.

„Wohin denn? Muss das sein? Ich bin heute noch so müde. Es ist doch gestern arg spät geworden." klagt Christine.
„Ja, es muss sein".

Ui-je. Diese Frau heckt wieder was aus. Sie ist dermaßen schroff und grantig, das ist kein gutes Zeichen. Sehr unfreundlich. Naja, anders kennt sie ihre Mutter eh nicht. Christine zieht das zweifarbige zartblaue - rote Dirndl mit der weißen Bluse an, das sie in der Schule geschneidert hat. Ihre blauschwarzen, zart gelockten Haare sind nackenlang. Ihre Mutter hat sie schon lange nicht zum ratzeputzen Abschneiden zu einem Frisör geschickt. Hoffentlich vergisst sie es oder sie hat kein Geld dafür. Dann kann sie ihren geliebten Pferdschwanz binden. Es herrschen hochsommerliche Temperaturen schon am frühen Morgen in der Stadt. Ihre Freundinnen sind bestimmt im Ottakringer Bad. Haben sie Christine schon vergessen? Oh, wie gerne würde sie jetzt mit ihnen zusammen sein. In der Kranzgasse steigen sie in die 52ziger Tramway ein. Wohin will sie denn?

Für Geheimnisse hat ihre Mutter schon immer einen Hang. Sie lässt zu gerne etwas Mysteriöses in der Luft schweben. Das macht aber Christine mit Zeit krank.

Sie steigen in der Staglgasse aus und marschieren zu Fuß bis zur Gasgasse zu einem Amtsgebäude. Magistrat MA 15. Was will Editha da? Für Christine einen Ausbildungsplatz? Das wäre ja wunderbar! Aber das sieht ihrer Mutter so gar nicht ähnlich, mal etwas Positives für ihre Tochter zu unternehmen. Also erst mal abwarten.

„Du bleibst da sitzen, bis ich dich hole, verstanden? Und rühr dich ja nicht vom Fleck! "
Autsch – ein ganz schlimmer Ton ihrer Mutter. Was hat sie vor? Was will sie da? Sie liest MA 15 Gesundheitsamt.
Aha! Jetzt versteht Christine! Ihre Mutter hat ihren Aufsatz gesehen, in dem sie `Ärztin´ als Berufswunsch geschrieben hat. Genau, das ist es! Sie durchstöberte in der Vergangenheit ja oftmals ihre Schultasche.
Nicht grübeln. Nicht mehr denken. Nichts mehr vermuten. Christine will sich von den bohrenden Gedanken ablenken und blättert in Broschüren, die am Tisch im Wartezimmer liegen.
‚Die Strompreise für jeden Verbraucher sind pro Jahr um 32,20 Schilling erhöht worden.
Bürgermeister Jonas hat am 5.7.1958 im 18. Bezirk für eine Körperbehindertenschule den Grundstein gelegt.
Magistratsabteilung 40 hat seit August einen neuen Leiter. '

„Auf geht's. Komm her!" ruft ihre Mutter aus einer Tür.

Oh jemine! Das ist sicher ein Vorstellungs- Gespräch und Christine hat ihr Zeugnis nicht dabei. Abwarten. Vielleicht kann sie die verschiedenen Aspekte ihrer Berufs- Vorstellungen mündlich erörtern.

Der Herr im weißen Kittel, sicher ein Arzt, ist schon mal sehr freundlich. Christine setzt ihre liebenswürdigste Mine auf, die sie nach so einer schlechten Nacht bieten kann und ergreift selbstbewusst seine dargebotene Hand.

„Na, dann ziehe mal deinen Schlüpfer aus und setze dich auf den Gynäkologen-Stuhl. Beine auseinander und heb dein Kleid hoch." Sagt der Arzt.

„Wie bitte?" Christine bekommt einen riesen Schrecken. „Ich will doch nur einen Ausbildungsplatz. Ich bin nicht krank! Ich habe auch kein Bauchweh!

„Mama!" Ruft sie verzweifelt: „Du hast mir doch den Blinddarm schon rausnehmen lassen!"

Christine bekommt höllische Angst. Ist das die Strafe, weil sie gestern nicht gebetet hat? Nein, das hat ihre Mutter schon längst wieder im Voraus geplant gehabt. Lässt sie ihre Tochter wieder aufschneiden? Oh Gott, wo bist denn Du! So hilf mir doch!

„Was ist das?" fragt sie ängstliche den Arzt, der mit einem zangenähnlichen Gerät auf sie zukommt.

„Das ist ein Vaginalspekulum. Mit dem werde ich dich jetzt untersuchen."

„Sind sie wirklich ein Arzt? Ein Arzt, der den Hippokratischen Eid geschworen hat."

„Ja, natürlich! Zieh die Beine an. So und jetzt die Beine auseinander."

Christine presst die Knie zusammen. Nein, sie will das nicht. Lasst sie doch in Frieden. Was wollt ihr denn von ihr. Dann hört sie ihre Mutter! Hilft sie ihr jetzt?

„Zuvor hast du dich doch auch nicht so gewehrt. Also tu schon was der Herr Amtsarzt sagt."
Heulen könnte Christine. Aber den Gefallen tut sie keinem. Wegen so einer bösartigen Frau fliest keine Träne mehr. Aber innerlich brennt ein fürchterlicher Schmerz.
Sie liegt nun auf so einem Frauenarztstuhl mit verkrampften, geschlossenen Fäusten. Sieht kurz nach ihrer Mutter. Was für ein erschreckender Anblick. Sie stiert hoch aufgeregt auf Christines Unterleib. Der Arzt tastet Christines Bauch ab und drückt sanft ihre Knie auseinander.
„Entspanne ich. Ich bin gleich fertig. Ich will dich nur untersuchen. Ich tu dir auch nicht weh."
Überraschend streift der Arzt seine Gummi-Handschuhe ab. Klopft Christine sanft auf ihre Beine:
„Du kannst dich wieder anziehen."
„Was ist? Fragt ihre Mutter in höchster Anspannung.

„Frau Bleisteiner, ihre Tochter ist noch Jungfrau."

„Waaaaas ? Das gibt's doch nicht! Ich habe sie ja mit eigenen Augen gesehen. Die beiden!" lügt ihre Mutter.
„Haben sie diese da auch wirklich gründlich untersucht?"

„Wollen sie mir meine Arbeit erklären, Frau Bleisteiner? Ihre Tochter ist Jungfrau und unberührt. Wieso machen sie so einen Aufstand? Freuen sie sich doch."
„Aber ich habe sie doch gesehen. Alle beide!"
„Ach, Frau Bleisteiner. Ich kann ihnen nichts anderes sagen."

„Ich schwöre ihnen Herr Doktor, ich habe sie gesehen!"
Editha kann nicht fassen, dass ihre Tochter noch
Jungfrau ist. Sie will es einfach nicht wahr haben.

„Gute Frau. Dann wird's wohl nur gespielt gewesen sein.
Adieu, ich hab zu tun."

Der Arzt geht aus dem Raum. Christine hat sich wieder
angezogen und kann ihrer Mutter nicht mehr in die Augen
schauen. Sie verachtet sie. Warum hat sie gelogen.
Warum dieses Theater? Sicher wegen dem Anwalt in der
Reindorfgasse. Diese peinliche Untersuchung. Sie hat
sich so arg geschämt. Und was dann der Arzt zum
Schluss sagte. Ach, wie niederschmetternd.

Sie gehen aus dem Gebäude nach ungefähr fünfhundert
Meter sitzt ein Bettler ohne Beine auf einer Decke. Editha
wirft ihm 10 Schilling in den Hut.

„Mama, der sitzt auf seinen Beinen. Schau mal seine
Knie und guck mal nach hinten." Christine will ihre Mutter
darauf aufmerksam machen, dass der Mann täuscht.
"Na und? Geht`s dich was an, was ich mit meinem Geld
mache? Da, nimm und kaufe Brot und Milch ein. Ich
komm später."

Einige Sekunden bleibt Christine konsterniert stehen.
Das ist wohl ein sogenannter „Ablass"? Denkt ihre
Mutter, sie könne sich mit dem Geld von Sünden
freikaufen?

Ihrer Tochter hält sie eine 5-Schilling-Münze aus
Aluminium hin und beschleunigt ihren Schritt.

Jetzt geht ihre Mutter sicher wieder in die Siedlung. Wie wird es dem Großvater ergehen. In Gedanken geht Christine den Weg von der Gasgasse bis in die Reindorfgasse zu Fuß. Sie steht vor der verschlossenen Wohnung. Alle Schlüssel hat ihre Mutter und sie kann sie nicht erreichen. Sie geht nochmals auf die Straße und schaut hoch. Glücklicher Weise steht ein Fenster einen Spalt offen. Sie überlegt, wie sie da hochklettern könne. Wer hat eine Leiter? Und wer stellt die Leiter auf und trägt sie wieder weg?

Da fällt ihr die junge Frau ein, mit der sie den Schneemann gebaut hat und die mit ihrer Tante im 2. Stock wohnt. Sie weiß aber nur den Vornamen ‚Hannelore'. Egal, Christine guckt im 2. Stock auf die Türschilder. Zwei ältere Damen kommen aus einer Wohnung. Sie sind Geschwister.
„Endlich sehe wir dich ganz und nah, mein Kind. Wie entzückend du in dem Dirndl aussiehst", sagt die eine alte Dame. „Wen suchst du denn?"
„Ach, klagt Christine „Ich kenne nur ihren Vornamen ‚Hannelore'. Ich habe keine Schlüssel und brauche eine Leiter, damit ich durchs Fenster krabbeln kann. Aber die Leiter muss auch jemanden wieder wegtragen."
Die beiden alten Damen schauen sich gegenseitig an.
„Das machen wir, mein Kind. So viel Kraft haben wir schon noch. Komm. Gertrude, wir holen eine Leiter. Du wartest hier auf uns, Kind. Wir sind gleich wieder zurück."
Das nennt man Glück im Unglück. Wie nett doch die zwei Leutchen sind. Lächelnd schleppen die beiden die Holz-Leiter, die eine am hinteren, die andere vorderen Ende und stellen sie an die Hauswand.

„Rutsche nicht von den Sprossen, mein Kind. Pass schön auf. Tu dir nicht weh."

Christine bleibt zaghaft stehen. Sie weiß nicht, ob und wie sie den beiden erklären könnte, dass sie die Leiter um 23 Uhr nochmals braucht, um die Passage aufwaschen zu können. Und dass dann die Leiter auch wieder weg getragen werden müsste. Sie erklärt den beiden freundlichen Damen ihren Umstand. Es geht leichter als sie dachte. Die Schwestern sind reizend und überaus herzlich.

„Wir warten, bis du mit dem Aufwaschen fertig bist. Das machen wir, gell Gertrude?"

„Freilich. Aber schau sie dir an. Sie hat noch was auf dem Herzen", sagt Gertrude.
„Was bedrückt dich, mein Kind? Sag`s uns.
Wir sind so froh, mal ein gutes Werk tun zu können. Was ist denn?"

„Ich müsste um 22 Uhr das Tor absperren."

„Das machen wir. Darum brauchst du dich heute nicht kümmern. Auf uns kannst du dich verlassen."

"Danke", sagt Christine. Am liebsten hätte sie die beiden umarmt. Aber das traut sie sich nicht und klettert die Leiter rauf. Sie stößt den Spalt vom Fenster auf, zieht sich hoch, bis ihre Knie auf dem Fensterbrett landen und ruft:
„Danke ihr lieben Leutchen ich bin drin!" Schickt Handi Bussis.
Huch, war das wieder ein Tag. Sie ist todmüde und abgespannt. Ihr schönes Dirndl hat sie heute zum ersten Mal getragen. Nur die beiden alten Damen haben es bewundert.

Sie zieht sich aus, legt sorgfältig ihre Kleidung über den Stuhl. Sieht ein älteres Kleid an, weil sie wegen dem überdachten Gang, der Passage nochmals runter muss. Sie stellt den Wecker auf 22.30 Uhr. Völlig ausgelaugt schläft sie ein.

Wie versprochen waren die Schwestern pünktlich fünf Minuten vor 23 Uhr unterm Fenster der Hausmeister-Wohnung und halten die Leiter. Christine könnte heulen, weil die beiden Frauen, so lieb sind.

„Pass auf dich auf mein Kind. Fall nicht runter".

So besorgt war schon lange keiner um Christine. Mit Schrubber, Wasser-Eimer, Putzmittel und Aufwischtuch klettert Christine aus dem Fenster die Leiter runter.

Sie ist fertig mit dem Aufwischen der Passage. Sie hat sich sehr beeilt. Die Schwestern stehen wartend mit der Leiter unterm Fenster.

„Rutsch nicht ab, mein Kind. Gib mir den Schrubber. Wir reichen ihn dir dann rauf, wenn du oben bist."

Gertrude steigt auf die zweite Sprosse. Ihre Schwester fasst sie an den Füßen.

„Ich habe dich schon. Reich ihr aber den Schrubber erst hin, wenn das Mädchen im Zimmer ist. Sie fällt sonst noch runter."

„Danke ihr lieben. Ihr seid wirklich ganz lieb. Ihr seid die nettesten und besten Menschen, die mir gefehlt haben. Bussi, Gute Nacht. Und nochmals vielen Dank."

Die Schwestern erwidern den Gruß und tragen die Leiter an Ort und Stelle zurück.

Die Polizei ist da 🚓

Christine soll diese lieben Leute nie mehr wiedersehen. Denn knapp nach 24 Uhr klingelt und klopft es an der Wohnungstür. Sie war nur kurz im Bett. Wollte dem lieben Gott wieder alles erzählen. Sie denkt, es seien die Schwestern. Sie wollen wahrscheinlich wissen, ob sie gut reingekommen, und alles in Ordnung ist.

"Ja, bitte?" fragt sie und guckt durchs das vergitterte Fenster.

„Kannst du uns aufmachen?"
Draußen stehen eine Frau und zwei Polizisten. Ob das echte Polzisten sind? Wieso, weshalb, warum? Ist im Haus was passiert? Jetzt hat sie Angst. Große Angst.

„Nein, sagt sie und zittert, „ich habe keine Schlüssel."

„Wenn du das Fenster ein klein wenig aufmachst, dann gebe ich dir die Schlüssel von deiner Mutter." Sagt die Frau. Wir kommen grad von ihr und Sie wartet auf dich."
Das glaubt Christine nicht. Ihre Mutter wartet nicht auf sie. Nirgendwo. Sie ist doch die meiste Zeit in der Siedlung. Aber auf sie warten? Auf Christine? Nie und nimmer.

„Das kann nicht sein. Meine Mutter schläft im Siedlungshaus und kommt morgen vorbei."

„Also gut, Christine. Deine Mutter ist bei uns auf der Wachstube und wir wollen dich in Sicherheit bringen. Schau mal, wir legitimieren uns."

Die fremde Frau zeigt ihren polizeilichen Dienstausweis. Christine öffnet das vergitterte Fenster. Die Frau legt die Schlüssel rein.

Einerseits gehorcht sie der Obrigkeit und andererseits widerstrebt es ihr, sich nachts mit ihrer Mutter auf einer Wachstube zu treffen. Das klingt so, als hätte ihre Mutter was angestellt. Hat sie auch. Aber was? Das erfährt Christine erst nach vielen Jahren. Mit gemischten Gefühlen schließt Christine auf.

Die Polizistin in Zivil schaut sich in der Wohnung um.

„Zieh dich bitte an. Packe deine Zahnbürste ein und was du im Raum so am liebsten mitnehmen möchtest. Hast du kein Stofftier oder eine Puppe?"

„Nein. Meine Puppen sind auf der Siedlung. Meinen Hund darf ich nicht haben. Ich wohne noch nicht lange hier."

Wieso ein Stofftier und Puppen? Ich bin doch kein kleines Kind mehr. Ich bin bald vierzehn Jahre! Da spielt man doch nicht mehr mit Puppen. Sehe ich noch so kindisch aus? Die Pendeluhr schlägt ein Mal. Draußen ist es stockfinster.

Das Polizeiauto steht vor der Hofeinfahrt. Christine hat ihr Dirndl angezogen und hält verkrampft eine Tüte mit ihrer Zahnbürste samt Paste in der Hand. Was passiert ständig mit ihr. Nicht nachdenken – es hat keinen Sinn, die Erwachsenen wissen schon was sie tun. Wirklich? Tun sie auch das Richtige? Es dein Schicksal. Ah-ja.

Das erste staatliche Heim

Das Polizeiauto fährt in aller Herrgottsfrüh im Dunkeln kreuz und quer durch Wien. Am Straßenschild „3., Rochusgasse" hält es an. Aha, sie ist im dritten Wiener Bezirk. Drei Steinstufen führen zum Eingang. Eine mollige Frau öffnet und fragt:
"Ist sie sauber? Müssen wir sie waschen?"

„Das Mädchen ist ordentlich", sagt die Zivil Beamtin.

Christine liegt nun auf einer Liege in einem großen Schlafsaal mit gedämmtem Licht. Sie sieht nur die Umrisse. Hört dafür genug. Schnarchen, wimmern, seufzen. Jetzt ist sie tatsächlich in einem Heim.
Was werden wohl am Morgen die Mädchen sagen, wenn sie als Neue so unverhofft erscheint? Nichts mehr denken, nicht mehr grübeln. Schlafen. Sie kann nicht schlafen.
Endlich wird es hell und am Gang bewegt sich was. Es kommt ihr so vor wie im Hanusch-Krankenhaus, als ihr der Blinddarm rausgeschnitten wurde. Da hatte sie ähnliche Gefühle und wartete auf das Tageslicht. Sie setzt sich auf und guckt sich im Raum um. So einen großen Saal hat sie bis jetzt in Wirklichkeit noch nicht gesehen. In drei Reihen sind Liegen aufgestellt und darauf schlafen Mädchen.
„Guten Morgen meine Damen. Es ist sechs Uhr. Aufstehen und in den Waschraum mit euch. Dann begebt ihr euch in den Frühstücksraum."
Eine um die fünfzig Jahre sympathische Frau geht von Liege zu Liege und tupft die Mädchen an. Wo sie merkt, dass das Mädchen nicht wach werden will, hat sie ein nettes Wort.

Christine war wach. Zu ihr kam die Frau fast erst zum Schluss.

„Du bist gestern Nacht hier rein gekommen. Ich kann dir jetzt nicht sagen, „fühl dich wohl bei uns„ das wäre gelogen. Wir überlegen uns, wie wir dir helfen können."

„Wo bin ich jetzt, liebe Frau?" fragt Christine zaghaft.

„Du befindest dich kurz im Heim für milieugeschädigte Mädchen.
Geh erst mal frühstücken. Dann reden wir weiter."

Milieugeschädigte Mädchen. Also kein Erziehungsheim. Hört sich leider auch nicht besser an. Aber es ist treffend. Das Milieu war bisher miserabel.
Frühstück! Ist wie Musik in den Ohren. Sofort verspürt Christine einen unermesslich großen Kohldampf. Der Magen war komischer Weise die ganze Zeit ruhig. Hat nicht rebelliert. Oder hat sie die Zeichen nur übergangen.
An der großen Frühstücktafel wird die Neue erst mal ins Visier genommen. Christine spürt tausend Blicke auf sich gerichtet und bemüht sich gesittet zu essen. So wie sie es in der Schule lernte: den Rücken strecken, ordentlich aufrecht sitzen, die Hand zum Mund führen und die linke Hand neben dem Gedeck liegen lassen. Das ist genau das Schlimmste was sie tun kann.
Ein Raunen und Getuschel geht wie die „stille Post„ um. Die eine hält die Hand vors Ohr der Nachbarin flüstern irgendwas und diese macht es mit der andern Nachbarin ebenso. Was am Ende rauskommt, müsste die letzte sagen. Sie sagen es nicht - sie tun es.
Ein Mädchen schüttelt Christine vom Stuhl, ein anderes zerstampft das Brot mit den Fäusten, schüttet den Rest der Milch darüber und befiehlt: „lecke es auf!"

Christine guckt erschreckt, wo hier die Toilette sein kann, denn ihre Blase meldet sich.

„Was ist hier los? Ihr müsst den Neuankömmlingen nicht eure schlechteste Seite zeigen. Seht lieber zu, dass ihr aus dem Heim kommt und vermittelbar seid. So nicht meine Damen!

So jetzt ist Putzstunde! Ihr wisst wer was zu tun hat. Hat es eine vergessen, dann schaut auf die Tafel." Die sympathische Frau geht. Sie ist Erzieherin.

„Wische die Treppe", kommandiert die gleiche, die ihr das Brot zu Brösel gemacht hat.

Christine wischt. Zu ihr gesellen sich noch zwei der größeren, älteren Mädchen. Sie stehen mit verschränkten Armen an den obersten Stufen, geben abwechselnd ihre Befehle. Einige der anderen Mädchen stehen neugierig um die drei Anführer herum. Christine gehorcht. Es hat den Anschein, dass es noch mehr Menschen gibt, die so wie ihre Mutter sind.

Die Treppe hat sie feucht gewischt, mit Wachs eingelassen und poliert. Christine bekommt keine Ruhe von den Dreien. Sie wird gezwungen eine kleine Tür unter einer Treppe aufzubrechen.

"Das kann ich nicht. Ich habe nicht so viel Kraft." Sagt sie und bemüht sich, ihrer Stimme wenigstens Kraft zu geben.

„Haha, das kann sie nicht!" Spöttelt die eine und streckt Christine eine Zange hin.

„Jetzt kannst du es! Wenn du es nicht machst, dann tun wir es. Dann sperren wir dich darin ein und vergessen dich!"

Die Zweite lacht. Mit zynischer Zunge und verkniffenem Gesicht sagt sie was Christine blühen wird.

"Verstehst du? Kein Mensch schert sich um dich. Die Erzieher fragen nur kurz `wo ist denn die Neue`? Keine Ahnung sagen wir. Sie ist abgehauen. Und du verrottest da drin.

Hast du verstanden? Also mach auf!"

Christine zwickt widerwillig, und trotzdem mit aller Kraft das Vorhängeschloss der Holztür mit unterdrückten Tränen auf.

„Hole die Säcke raus!"

"Nein ich gehe da nicht hinein!" Protestiert Christine.

„Los!" Sie boxen Christine hinein und sie macht sich vor Angst in die Hose.

„Bitte nicht zu schließen, bitte nicht!"

Obwohl Christine bewusst ist, dass ihr Bitten keinen Sinn hat, spielt sie weiter die Untertänige. Dabei kocht es in ihr, dass sie zerplatzen könnte. Diese drei Mädchen sind kräftiger als sie. Dann stehen auch die anderen Mädchen um sie rum. Wer weiß, zu wem sie dann halten würden. Bei einer Rauferei würde sie den Kürzeren ziehen. Sie ist den großen Mädchen unterlegen.

Sie schnappt vier, in jeder Hand zwei, von den weißen ungefähr 2kg schweren Papiersäcken und schlüpft schnell aus dem Loch. Reißt einen Papiersack, wie aus Versehen auf und verstreut den Inhalt.

Auf die herausrollenden weißen Tabletten aus Milchzucker stürzen sich gierig und wild die rumstehenden Mädchen. Lutschen und stecken die Milchzucker-Tabletten ein. Die drei Anführerinnen entfernen sich mit den vollen drei Säcken.

Christine wird in Ruhe gelassen. Am dritten Tag ihres Heimaufenthalts ruft man sie in die Direktion.

„Setz dich. Kannst du uns sagen, wer das Schloss aufgebrochen und den Milchzucker gestohlen hat?"

„Ja". Christines Blase meldet sich wieder und sie zwickt die Schenkel zusammen.

„Und? Wer war es?"

„Ich."

„Du also. Aha! Woher wusstest du denn wo wir den Milchzucker verstaut haben?"

Christine zuckt mit den Achseln und kann das Wasser nicht mehr halten. Mit der Hand drückt sie fest auf ihre Schamlippen und rutsch am Stuhl hin und her.

„Geh erst zur Toilette. Hinten am Gang."

Zappelnd verschwindet Christine, kommt kreidebleich zurück und setzt sich wieder, um die Standpauke weiter anzuhören.

„Du wirst gleich abgeholt. Wir haben deine Großmutter verständigt. Du wohnst wieder bei ihr."

Wiedersehen mit Prinz

Es fiel kein Wort mehr über das aufgebrochene Schloss oder den gestohlenen Milchzucker.

Freuen kann sie sich auch nicht. Wie soll sie die Großmutter nun ansprechen? Mutti oder Großmutter? Vielleicht kann sie die Anrede umgehen. Auf Helene freut sie sich. Helene müsste jetzt 18 Jahre sein.

Frau Agnes Prochaska steht steif mit ernster Miene in der Eingangshalle. Langsam geht Christine auf sie zu und weiß nicht was sie tun soll. Eine Umarmung käme ihr heuchlerisch vor und irgendwas Nettes zu sagen, fällt ihr nicht ein.

„Das hast du nun davon, weil du zu deiner Mutter wolltest. Und den Brief! Den Brief verzeihe ich dir nie!"

„Ich kann doch nichts dafür!"

„Doch! Du kannst! Du warst alt genug! Mit zehn Jahren weiß man, dass man so was Dreckiges einer Mutti, die dich großgezogen hat, nicht schreibt!"

„Entschuldigung." Christine würgt es. Sie möchte weinen. Keine Träne rollt.

„Deine Entschuldigung ist nichts wert. Du und dieses dreckige Weibsstück habt mir mein Leben verbittert."

Schweigend kommen sie in der Parzelle an. Die einzige Freude die Christine an diesem Tag hat, ist das Wiedersehen mit ihrem Hund, Prinz, der eigentlich Roswithas Hund ist.

Die Begrüßung ist stürmisch. Obwohl Prinz schon ziemlich grau geworden ist, um seine Schnauze haben sich weiße Haare gebildet, ist er unheimlich kräftig und springt Christine freudig an. Tränen der Freude fließen wie ein Sturzbach runter. Sie geht vor Prinz in die Knie, umarmt ihn und schluchzt:

"Mein Prinz, ich bin wieder da. Du hast mir gefehlt".

Hund "Prinz" und Christine

Prinz leckt ihre Tränen wie damals ab, und keiner ist da, der sie von Prinz wegzieht und sagt: „ komm weg da, das ist unhygienisch".

Helene freut sich riesig, dass Christine wieder im Haus ist. Sie arbeitet in einer Kleiderfabrik. Roswitha ist inzwischen verheiratet und hat zwei Kinder. Sie wohnt immer noch in der Parzelle, und wartet auf die Bewilligung einer Gemeindewohnung. Sie nimmt kaum Notiz von Christine.

Großmutter, die ab jetzt Christine wieder Mutti nennt, hat drei männliche Untermieter. Zwei junge Herren in der Mansarde und einen Herren, dem durch eine Explosion eines kochenden Gusskessel die Vorderseite seines Oberkörpers, besonders sein Gesicht entstellt wurde, im Parterre.

„Du, pass mal auf Christl. Erschrick nicht, wenn du den Seemayer Charly siehst." Sagt Helene.

„Wieso sollte ich erschrecken, wegen dem verbrannt Gesicht?"

„Ja, er schaut ja zum Fürchten aus." Meint Helene.

„Aber geh, ich habe ihn schon gesehen. Er wollte sein Gesicht vor mir verstecken und drehte sich um. Da habe ich ihn gegrüßt. Und er mich auch."

„Ach so? Na, ich wollte dich nur vorwarnen. Beim Fleischhacker (Metzgerei) haben die Frauen geschrien, als sie ihn gesehen haben. Die Verkäuferin wollte ihm Einkaufsverbot geben, da hat sich Mutti fürchterlich aufgeführt und denen ihre Meinung gegeigt", sagt Helene.

„Hm. Hat sich also Mutti für Charly eingesetzt. Finde ich sehr nobel. Manche Leute verhalten sich auch recht kauzig und sind borniert. Wenn mal einer anders aussieht als sie es gewohnt sind, flippen sie aus. Ich glaube er ist ganz nett, oder?" Fragt Christine.

"Er kommt aus dem Waldviertel und als das passiert ist, hat sich seine Verlobte von ihm getrennt. Sie hätte plötzlich Angst vor ihm", erzählt Helene.
„Mei, oh mei, ist die engherzig. Wie kann ein entstelltes Gesicht gleich den ganzen Charakter eines Menschen ändern? Na gut, ein bisserl verändert er sich schon, weil durch die Entstellung seines Äußeren, sein Selbstbewusstsein leidet. Er fühlt sich halt jetzt minderwertig. Aber grad da, braucht er die Unterstützung von der doofen Verlobten. Die hat ihn halt nicht genug geliebt." Vermutet Christine.

„Du, Christine, morgen ist Tanz in der Schwarzlackenau, 1210 Wien. Da gehst mit. Aber nicht mit dem Dirndl. Du bekommst von mir was Schickes. Außerdem brauchst auch einen Büstenhalter. Deine Tutteln die wackeln, wenn du läufst. Das sieht nicht gut aus.

„Meine Tutteln? Die sind doch nicht groß. Du, ich darf keinen Büstenhalter tragen. Das hat mir Mama verboten. Und außerdem kann ich nicht tanzen."

„Na glaubst ich kann tanzen? Ob deine Tutteln groß oder klein sind ist jetzt mal wurscht, die wackeln.
Und deine Mama hat jetzt überhaupt nichts mehr zu melden. Die Fürsorge und die Mutti kümmern sich jetzt um dich. Die Editha, deine Mutter ist für eine Zeit lang weg vom Fenster. Sozusagen aus dem Verkehr gezogen! Vor der brauchst keine Angst mehr haben", versichert ihr Helene.
Du kriegst einen Büstenhalter. Basta. Und tanzen gehst auch mit. Dort gibt's immer eine Gaudi."

Helene ist achtzehn Jahre. Sie weiß schon wo es lang geht. Helene ist die einzige Verwandte, die sich auf Christine gefreut hat. Sollte sich Christines Leben wieder einrenken?

Mutti ist sehr zurückhaltend. Sie spricht kaum mit Christine. Naja, kuscheln oder Zärtlichkeiten austauschen konnte sie mit ihrer Mutti früher ja auch nicht.

Und wie ist das Verhältnis von Roswitha zu Christine, die im gleichen Haus wohnt? Roswitha ist mit ihren zwei Kindern und ihrem Mann beschäftigt. Für sie ist Christine nicht mal vorhanden.

03&0   🐈   03&0

Die Wandlung

Gleich am nächsten Tag kleidet Helene Christine ein. Sie bekommt einen schwarz glänzenden knielangen Teller-Rock, der ihr genau, trotz ihrer schmalen Taille passt. Einen hautfarbigen Büstenhalter und ein pink farbiges, eng anliegendes Oberteil mit weitem Dekolleté und angeschnittenen Ärmeln. Dazu, schwarze Ballerina-Schuhe.

„Helene, das kostet doch ein Vermögen." Äußert Christine ihre Bedenken.

„Nicht der Rede wert, Christl. Ich bekomme alles günstiger" tröstete sie Helene.

Bei Mutti und Helene, bleibt Christine die Christl. Und Christl, werden sie sie immer nennen.

„So Christl, und jetzt machen wir noch was an deinen Haaren."

Aus dem Haar kann man nicht viel machen. Sie sind ja noch nicht so lang für einen Pferdeschwanz. Was macht Helene? Sie steckt einen Haar Reif mit einer großen pinkfarbenen Stoff-Blüte in Christines schwarzes Haar.
„Und jetzt schau mal in den Spiegel. Was sagst´? Super? Klass`? Oder? Na, WAS?" Helene ist von ihrer Dekoration an Christine begeistert und erwartet das gleiche von ihr.

"Bumm, da haut`s mich jetzt um. Wenn mich so die Mama sehen würde. Ich glaub die bringt mich um."

„Vergiss sie endlich. Die hat dich schlecht behandelt. Singend tänzelt Helene im Kreis „Nachmittag, da gehen wir zwei tanzen."

Christine macht es ihr nach. Sie dreht sich mit ihrem Teller-Rock im Kreis. In weiten Wellen schwingt der glänzende Stoff und folgt ihren Bewegungen. Der Rock ist ein Traum. Wunderbar! Ja ! Christine freut sich auch schon in die Schwarzlackenau gehen zu dürfen. Tanzen bedeutet auch Musik.

In einer alten Scheune ist der Tanzsaal. Außen pfui, aber innen „hui". Eingerichtet mit Bar, Tresen, Tische und Bänke. Das Bier kommt aus dem Zapfhahn vom Fass. Eine Menge drehender Glitzerkugeln hängen an der Decke. An einer Kabeltrommel steckt die ganze Saal-Beleuchtung. Die Musik spielt ohrenbetäubend laut die neuesten Schlager. Helene zieht Christine zu einer Gruppe junger Leute, die an einem runden hohen Tisch stehen, rauchen und trinken. Helene raucht auch. Ihr werden aber auch ständig Zigaretten und Feuer von den umstehenden jungen Herren angeboten. Sie sagt nicht nein, und steckt einige der Zigaretten in ihr Etui.

Was sie nur alles zu bereden haben? Helene plaudert und plaudert und Christine versteht wegen dem Lärm fast kein Wort. Sie bekommt einen Almdudler hingestellt und schaut den tanzenden Paaren zu. Ein Mann fordert sie höflich zum Tanzen auf. Sie schaut fragend zu Helene. Diese gibt ihr einen Schubs:
„So geh halt. Ich bleib schon hier."

Dass sie nicht tanzen kann, braucht sie nicht erwähnen. Das wird Ihr Partner gleich selbst erfahren. Wie ein Wunder schwebt sie über die Tanzfläche. Die Musik spielt einen Schlager nach dem anderen.
„Diana, Junge Leute brauchen Liebe, O Josefin, die Nacht in Napoli" .

Jeden Hit singt sie mit und lässt sich führen. Sie ist bei Musik und Tanz ganz sie selbst – und glücklich. Nach drei Songs, ist eine kleine Pause. Ihr Partner führt sie zurück an den Tisch, bedankt sich und geht.
„Hat er nicht zu dir gesagt, ´sie tanzen wie eine Feder´?" fragt Helene.
„ Pffff „ Christine spritzt der Almdudler aus dem Mund.
„Hahaha, nein. Dann würde mich ein Lachkrampf überfallen."
Sie hat von der Persönlichkeit ihres Tanzpartners gar nichts mitbekommen. Nicht mal, wie er genau aussieht. Mit geschlossenen Augen hat sie sich dem Tanz und der Musik hingegeben.
Helene rumpelt Christine an: „Du schau, er kommt wieder."

„Na, dann habe ich doch nicht gar so schlecht getanzt, oder?"
„Darf ich bitten", sagt er und stellt sich vor. Mein Name ist Martin Rusizschka, ich bin Beamter.

Nochmals bekommt Christine einen Rempler von Helene. Sie flüstert ihr ins Ohr: „Hast gehört? Er ist Beamter. Oh, Christl, da hättest du für dein Leben lang ausgesorgt."

Christine schneidet Helene eine spöttische Grimasse und begibt sich wieder auf die Tanzfläche. Diesmal sieht sie öfter mal ihren Tanzpartner an. Oh, nein, wie der grinst. Und wie klein der ist. Der ist nicht größer als sie selbst. Dann schmiegt er auch noch seinen Körper an sie. Sie will tanzen, keine Tuchfühlung und – Bumm - PFAU ! - was ist das?! Sie spürt ein hartes Ding am Unterkörper. Hat er einen Schlüsselbund in seiner Hosentasche? Sie dreht sich ab von ihm und tanzt fast ganz allein. Ihr Tanzpartner kann sie nur an den Fingern halten.
Nach drei Hits gehen die Tanzpaare wieder auf ihre Plätze oder warten auf der Tanzfläche bis die Musik wieder angeht. Christine geht zurück zu Helenes Tisch. Dort geht es sehr lustig zu. Sie erzählen sich Witze am laufenden Band.
„Was sind zwei Ostfriesen in einem Rennauto? – Ein Dumm-Dumm Geschoss!"
Zwei Ostfriesen unterhalten sich. Sagt der eine: „Du sag mal, kannst Du eigentlich Englisch?" Darauf der andere: „Oui, oui, Monsieur!" Erwidert der erste: „Das ist doch Französisch!" Der andere erstaunt: „Oh, dann kann ich das auch!"
„Kennst du den Witz?"
„Ja"
„Glaub ich nicht."
„Ich auch nicht"
„Jetzt hört`s auf ihr zwei und lasse ihm seinen Witz erzählen."
„Also. Da ist ein Tanzpaar. Er hat einen Schlüsselbund in seiner Hosentasche und drückt sich beim Tanzen ganz

fest an seine Partnerin. Sie verspürt was Hartes und geht auf die andere Seite".„

„UND?"

„Tja, DA lauert ER.

Die Gesellschaft ist in fröhlicher Stimmung und dermaßen ausgelassen, dass sie beim größten Blödsinn in schallendes Gelächter ausbricht.

Bis Mitternacht amüsieren sich Helene und Christine in der Musikscheune. Dann gehen sie freudig gestimmt nach Hause. Prinz erwartet sie schwanzwedelnd und springt an Christine hoch.

Ach wie hat sie den Hund vermisst. Er darf auch wieder auf und in ihr Bett. Auf einer ausziehbaren Couch hat Christine ihre Schlafstätte. Im Zimmer stehen noch zwei Waschkörbe voll mit gewaschener Wäsche. Ein Bügelbrett lehnt zwischen einem kleinen Kleiderschrank und dem zweiteiligen Fenster. Mutti hat das Zimmer für Christine gedacht. Die Wäsche war schon immer ein Problem. Nicht nur im Haus Prochaska, auch bei den Bleisteiner. Wohin mit dem Haufen von Wäsche.

Heute geht sie nicht hungrig schlafen. In der Scheune hat sie ein paar Würstel und danach noch Debreziner mit Kren und Semmeln verspeist.

Christine legt sich auf die Schlafcouch und Prinz springt sofort zum Fußende. Ein unübertreffliches Glücksgefühl übermannt sie. Sie muss nicht mehr sehnsüchtig an Prinz denken und sich fragen wie es ihm geht. Sie sind wieder zusammen. Und ihr Hund Prinz liegt wie früher, eingerollt bei ihren Füßen. Sie faltet die Hände zum Gebet und sagt nur:

„Danke lieber Gott", dann schläft sie zufrieden, entspannt mit Prinz ein.

Wunderbares Sommerwetter. Die Sonne steht schon am frühen Morgen am azurblauen Himmel recht hoch. Es hat 27 Grad. Nachts gab es ein Gewitter. Das hat Christine nicht mitbekommen. Prinz auch nicht. Beide haben tief und fest geschlafen.

Unter der Woche ist das Mädchen bis auf Roswitha und ihre beiden kleinen Kinder bis zum späten Nachmittag allein im Haus. Alle sind auf Arbeit. Wie eh und je, stromern Christine und Prinz die Wege, wo sie sich früher umhergetrieben haben. Was ist das für ein herrliches Gefühl von Freiheit. Ohne den Druck, irgendwas nicht im Sinne ihrer Mutter getan zu haben. Entschwunden sind Gewissensangst, moralische Bedenken und Schuldgefühle. Körper und Seele sind frei. Sie dreht sich auf der Wiese beim Bahndamm im Kreis und ist glücklich. Prinz bleibt immer in ihrer Nähe. Er stöbert irgendwas im Gras auf. Er hat seine Beschäftigung.

Christine schaut zu dem Bahnwärterhaus in dem die kleine Sieglinde wohnte. Hoch oben auf dem Bahndamm der Franz-Josef-Bahn. Sieglinde war drei Jahre jünger als Christine. Vom Haus der Mutti hat Christine hinüber gejodelt, Kikeriki geschrien und Sieglinde zurück. Ein besonderer Jodler bedeutete, dass Christine kommen soll oder darf.

Nur einmal hat Sieglindes Mutter Christine arg zu Recht gewiesen. Sieglinde wurde von ihrer Mama angekleidet. Sie trug stets die neckischsten Mädchenkleidung. Und ihr wurden immer Süßigkeiten zugesteckt, die sie an Christine meist weitergab. Christine hat alles blitzartig verschlungen als würden es ihr jemand wegnehmen wollen. Da sagte Christine zu ihr „Du bist ein süßer Fratz". Sogleich schimpfte ihre Mutter. „Mein Kind ist kein Fratz. Schau bloß dass du verschwindest du bettlerische Zigeunerin."

Das hat Christine damals arg getroffen und lange Zeit nicht gejodelt. Aber beide standen bei ihren jeweiligen Zuhause und haben sich nur zugewinkt.

Jetzt steht dieses Haus leer. Es erscheint auch nicht mehr so weit und hoch oben wie einst. Wenn Christine Geld hätte, würde sie es kaufen wollen. Es stecken so viele schöne Erinnerungen darin. Das Bahnwärterhaus ist Eigentum der Franz-Josef-Bahn. Nur Bahnbeamte können es mieten.

Die kleine Mini Farm von Mutti gibt es nicht mehr. Das Wohnhaus hat außen einen neuen Verputz. Die blanken roten Ziegel sind versteckt. Sie guckt hoch zum Plateau neben dem Giebel. Damals ist sie aus der Dachluke geklettert, winkte und rief ihrer untenstehenden Mutti zu, die mit der Nachbarin ratschte. Als sie Christl am Giebel erblickten, hätten beide beinahe einen Herzinfarkt erlitten.

Im Anwesen, in dem einst die Wicherts und ihre Schulkameradin gewohnt hatten, sind andere Leute eingezogen. Die damalige Stahlfabrik, in der Christines Mutti (Großmutter) und Mama gearbeitet haben, ist jetzt eine Fensterfabrik. Die Sackgasse der Parzellen die zur Pragerstraße führt, hat ein Namens-Schild bekommen.

Verwundert stellt Christine fest, dass ihr alles viel, viel kleiner vorkommt. Der Weg von der Bahndamm Wiese zur Prager Straße, der ihr einst so sehr lang erschien, ist jetzt ein Katzensprung als vor vier Jahren. Selbst der Bahndamm ist nicht mehr so hoch wie sie ihn in Erinnerung hat. Das Haus indem Sieglinde wohnte, ist ja ganz nahe an dem von Mutti.

Ha! Da fallen ihr grad der verlorene Schilling und ihre neuen Sandalen ein. So schöne rote Sandalen waren das. Sie hat sie damals ausgezogen, damit sie nicht schmutzig werden. Leider dann nur noch einen gefunden. Und der Schilling? Sie dachte sie hätte Silber verloren. Es war nur Aluminium. Sie schlendert mit Prinz wieder zum Haus zurück und sieht von weitem den Untermieter aus dem Waldviertel mit dem verbrannten Gesicht, wie er grad die Steinstufen hochgeht. Christine verlangsamt den Schritt, um ihn nicht begegnen zu müssen. Denkt aber gleichzeitig, wie dumm das doch ist. Warum soll sie genauso wie die anderen sein und ihn meiden. Beherzt geht sie weiter. Hat er auf sie gewartet? Hm. Freundlich grüßt sie:

„Guten Abend, Herr Seemayer. War`s in ihrer Arbeit auch so heiß?"

„Das bin ich gewohnt" erwidert er. Er hat keine Lippen. Also keine normalen, richtigen Lippen. Für jedes Wort muss er sich sichtlich anstrengen. Die Nase ist ebenfalls verunstaltet. Ohren, Stirn, Augenbrauen, Wangen und Hals wurden durch Hautverpflanzung plastisch verbessert. Der Mann hat sämtliche Rot- und Weißtöne an Gesicht und Hals. Helene hat ihr gesagt, dass er nach mehreren chirurgischen Behandlungen wieder ein vernünftiges Gesicht haben werde.

Herr Seemayer geht zu Mutti rein. Er wird ab nächster Woche vierzehn Tage nicht hier sein, weil er Urlaub hat und heimfährt. Die Miete für die zwei Wochen legt er auf den Küchentisch.

„Ist schön in ihrer Heimat, gell? Ich war auch mal im Waldviertel." Sagt Agnes Prochaska.

„Ich habe da eine Bitte. Frau Prochaska. Es ist ungewöhnlich, was ich jetzt sage. Sie müssen ja nicht zustimmen."

„Dann sagen sie es schon. Um was geht's denn, " sagt Agnes Prochaska.

„Ich sag es gleich frei heraus. Ich hätte gerne ihre Christl in mein Heimatdorf zu meinen Leuten mitgenommen."

„Die Christl? Wieso ? Die wird erst vierzehn!

„Nicht, was sie denken, Frau Prochaska. Verstehen sie mich richtig. Die Christl ist die einzige, die sich nicht vor mir geekelt hat.

Es ist nämlich so. In meinem Dorf ist Kirtag und Tanz. Das ganze Dorf ist auf den Beinen. Und wenn mich die Leute im Dorf mit diesem Mädchen sehen, das keine Angst vor mir hat, weil ich so aussehe, wie ich eben jetzt erscheine, dann werden sie auch nicht mehr vor mir davonrennen.

Meine Verlobte hat gleich wie`s mich gesehen aufgeschrien und mich verlassen. Das kränkte mich sehr arg und tut immer noch weh. Aber als ich in den Spiegel geschaut habe, konnte ich es ihr nicht verübeln. Sie haben doch mein Foto gesehen. Das Foto, mich als einst feschen Burschen? Ihre Christl, hat mir wieder Hoffnung gegeben, dass ich weiterleben kann und will."

„Ja, sie waren attraktiv und sehr fesch. Man kann ihr Alter gegenwärtig nicht erkennen, Herr Seemayer. Sie sind Vierundzwanzig? Ich befürchte, dass sie besondere Gedanken haben, bei einem hübschen jungen Mädel."

„Ich schwöre Ihnen Frau Prochazka, dass ich an das was sie nun meinen, nicht denke und auch nicht tun werde. Bitte lassen sie Christl mit mir ins Dorf fahren. Ich komme auch nach einer Woche schon zurück, wenn sie das möchten."

„Wegen der Zeit ist es mir nicht. Aber ich möchte keine Umstände mit der Fürsorge. Ich habe schon genug erlebt mit der Mutter von Christl. Aber die hat lebenslang kein Recht mehr auf das Kind.

Wer kümmert sich in dem Waldviertel noch um die Christl?" fragt Agnes Prochaska.

„Meine Mutter und meine Schwester."

Mit der Zusage von Christl Großmutter ist Charly Seemayer hoch erfreut. Er bedankt sich herzlich. Auch bei Christl und geht wieder runter ins Parterre-Zimmer.

Es war abgemacht. In einer Woche wird Christl mit Herrn Seemayer auf dem Motorrad ins Waldviertel fahren. In das kleine Dorf Armschlag. Das Jahre später zum „Mohndorf„ umbenannt wird.

Christine braucht im Haushalt nicht helfen. Das erledigt Roswitha, ihre um acht Jahre ältere Tante. So kann sich das bald 14 jährige Mädchen endlich frei wie ein Vogel fühlen. Keine Verpflichtungen, kein Nörgeln an Ihrer Person, nichts macht sie mehr falsch – ist das nicht fantastisch?!

Das Wochenende ist da.

„Auf geht's, Christl. Mach dich fesch. Wir gehen in die Schwarzlackenau tanzen." Sagt Helene.

Es erwartet sie ähnliches Fluidum wie beim letzten Besuch. Es gefällt Christine sehr, dass sie von Musik empfangen wird. Fast das gleiche Publikum ist anwesend. Und, der kleine Beamte ist auch anwesend. Als er Helene und Christine erblickt, geht er sofort auf die beiden zu. Er hat einen Tisch reserviert.

Pfau, wie vornehm. Wie auf keinem anderen Tisch sind auf diesen ein Sektkübel, ein Glas mit neun roten Rosen und Kerzenlicht.

Martin Rusizschka gibt der Musik ein Zeichen. Sie spielen „Eine Reise ins Glück".

„Darf ich bitten", sagt er zu Christine und hätte beinahe ihre Hand geküsst. Sie steht auf und tanzt diese Reise ins Glück. Wahrscheinlich ist das sein Lieblingslied.

Oh nein! Nicht schon wieder dieser Schlüsselbund. Schön langsam wird es peinlich. Christine streckt ihren Po raus, um seinen Körper nicht spüren zu müssen. Sie schnauft erleichtert auf, dass diese „Reise ins Glück„ beendet ist und geht an den Tisch zurück.

Damit dieser Martin keine Gelegenheit hat ihr einen Antrag zu machen, sagt sie:

„Habe ich dir schon gesagt Helene, dass ich nächste Woche mit Charly auf dem Motorrad zu seinen Eltern fahre?"

Hm. Das war hart für Martin. Aber es musste sein. Sein verklärter Blick, als wenn er unter Hypnose stehen würde, war nicht mehr zu verantworten. Sie trinken trotzdem den Sekt. Dann ergreift Martin das Wort.

„Weißt du Christl, dass ich dir heute einen Verlobungsantrag machen wollte? Das ist mir noch nie passiert, dass ich mich Hals über Kopf in Mädchen verliebt habe. Nicht nur so. Ich möchte dich heiraten. Ich bin Beamter am Finanzamt. Ich kann dir alles bieten."

Diese angespannte Situation sollte Christine beenden.

„Bitte sei mir nicht böse Martin. Schau, ich bin grad erst aus der Schule gekommen. Ich möchte einen Beruf erlernen, um mich später mal selbst ernähren zu können. Ich will mich nicht von einem Mann abhängig machen. Und ich möchte mich nicht jetzt schon mit meinen dreizehn Jahren binden."

„Man hat mir gesagt, du bist vierzehn. Nicht binden willst du dich? Und was ist mit diesem Motorrad Charly?" Martin lässt sich nicht so leicht abschütteln.

„Nichts ist mit dem. Und nun lass uns wieder normal sein oder ich gehe. Heiraten! Mit vierzehn Jahren! Also sowas! Ich möchte gehen. Notfalls auch ohne dich Helene. Ich will nach Hause."

Martin steht auf und ward nicht mehr gesehen.

„Christl, du bist so blind und doof." Sagt Helene. „Der Martin ist total auf dich abgefahren. Der heiratet dich auf der Stelle, wenn du es verlangst. Der macht alles für dich. Du brauchst nur mit die Finger zu schnalzen."

„Blöde Kuh! Dann schnalz halt du. Schnapp du ihn, du Kupplerin.

Jetzt ist der Abend versaut. Christine will heim.

„Gehst mit oder bleibst da?" Christine macht ernst und steht auf.

Der Heimweg ist nicht ausgeleuchtet. Alleine als Mädchen mitten in der Nacht zu gehen, ist nicht ungefährlich. Gottlob geht Helene mit. Sie ergreift alle neun Rosen.

Unterwegs muss Christine lachen und spöttelt: „Habe Rosen gepflückt - eine Reise ins Glück".

Singend und tänzelnd begeben sich Helene und Christine nach Haus zurück – eine kleine Reise ins Glück.

Mond und Sterne haben für Christine immer eine romantische Bedeutung.

Zum Hund Prinz sagt sie:

„Sterne kann man nicht greifen, sie stehen zu hoch. Wünsche sie schweifen, dein Traum erfüllt sie doch".

Beide legen sich auf die Couch zum Schlafen. Prinz begibt sich wieder zu Christines Füßen und leckt sie ab.

ভ ঙ 🐈 ও ৵

Für Christine vergehen die Tage wohltuend und harmonisch. Sie ist beseligt. Der Zeitpunkt für die Fahrt ins Waldviertel ist da. Es ist ein Samstag. Am frühen Morgen mit der aufgehenden Sonne schwingt sich Charly Seemayer auf seine Puch 250 und wartet vorm Anwesen der Prochazka.

Oh, das gibt`s doch nicht. Von hinten sieht der Mann auf dem Motorrad wie ein ganz normaler Mann aus. Charly hat sich ganz in Leder gekleidet - wie man so schön sagt: Von Kopf bis Fuß in Leder eingehüllt. Auf seiner braunen Fliegerkappe klemmt eine riesige Brille. Blitzblank hat er seine Maschine für die Reise in seinen Heimatort geputzt und poliert. Auf dem Gepäckständer ist ein kleiner Koffer angeschnallt.

Christine hüpft munter die paar Steinstufen runter und setzt sich seitlich auf den Sozius.

„Nein, nein! So nicht Christl. Setzt dich drauf wie auf einem Pferd."

„Auf einem Pferd würde ich genauso sitzen! Im Damensitz! Weil sich das so gehört. Breitbeiniges Sitzen ist unanständig."

„Heute nicht Christl. Wir haben eine weite Strecke vor uns. Bitte setze dich wie ich auf die Maschine, stelle deine Füße links und rechts auf die Fußrasten und ziehe dir die Fliegerkappe über. Du wirst sie brauchen."

Charly hat vorsorglich für Christine eine zweite Kappe bereit. Deutlich zu sprechen strengt Charly an. Man kann seine Worte nicht klar und genau wahrnehmen. Aber seine Stimme klingt angenehm weich. So tut Christine was er sagt und widerspricht nicht mehr.

Naja, zum ersten Mal in ihrem Leben sitzt das Mädchen nicht auf einem Motorrad. Sie war fünf Jahre alt, als sie Ihr Onkel Johann Prochazka mit seinem Feuerstuhl nach einer Woche Spital-Aufenthalt abholte. Ihr wurden seinerzeit die Rachenmandeln operativ entfernt. Dazumal hat ihr die Motorradfahrt überhaupt nicht gefallen.

Die heutige Reise mit dem Motorrad ins Waldviertel ist für Christine ein bemerkenswert, sensationelles Abenteuer. Ihr Sitz ist etwas höher als der Fahrersitz. Somit kann sie über Charlys Schulter gut nach vorne gucken.

Er ist rücksichtsvoll sanft angefahren. Vor Schlaglöchern auf der Landstraße und engen Kurven schaltet er auf den niedrigen Gang. Christine hält sich mit beiden Händen am Griff vom Sitz fest und sitzt entspannt und doch erwartungsvoll auf dem Sozius. Schwelgt in der vorbeirauschenden Gegend und lässt sich den

Fahrtenwind übers Gesicht streifen. Sie hat eine gehörige Portion Vertrauen zum Piloten und genießt die Motorradtour in den beginnenden sonnig warmen Tag.

Es herrscht praktisch so gut wie kein Verkehr. Charly fährt rücksichtsvoll, sicher und verantwortungsbewusst.

„Wir sind gleich da, Christl", sagt er und Christine spürt seine Vorfreude.

Das darf doch nicht wahr sein! Beinahe hätten sie ihr Ziel erreicht, als überraschend und nichtsahnend ein Kleistlaster die Kurve schneidet. Ohne Rücksicht auf die Mittellinie gerät dieser Laster auf die Gegenfahrbahn. Charlys gewandtes Ausweichmanöver hat einen Zusammenprall verhindert. Trotzt der schnellen und geschickt ausgeführten Richtungsänderung in voller Fahrt rutscht das Motorrad seitlich aus der Spur. Charly stürzt mit der Maschine. Christine schleudert es über die Straße. Sie landet im Graben.

Für Sekunden war sie weggetreten. Sie sieht Charly, wie er sich über ihr Bein beugt.

„Was war denn das für ein Idiot? Der wollte uns doch glatt über den Haufen fahren!" entrüstet sich Christine.

„Kannst du aufstehen?" fragt Charly.

Welche Frage. Na klar kann sie aufstehen und stößt gleich nach dem Versuch Schmerzlaute aus.

„Au – au - ! Mein Rücken, mein Bein!"

Besorgt hilft ihr Charly Seemayer hoch. „Wir haben nicht mehr weit Christine. Meinst du, du kannst dich auf die Maschine setzen?"

„Ich schon! Du auch? Hast du dich verletzt?

„Nicht der Rede wert", entgegnet ihr Charly.

Christine humpelt zum Motorrad, das auf dem Stützständer neben dem Graben steht. Sein so mühevoll gepflegtes Kraftrad ist ziemlich verdreckt, aber nicht verbeult. Die ganze Arbeit und Anstrengung, die sich Charly mit dem Putzen und Polieren für seine Maschine auferlegt hatte, ist leider dahin. Aus einem Lederetui holt Charly einen sterilen Verbandsmull und wickelt ihn vorsichtig über Christines Schienbein.

„Autsch! Ich blute ja!" Sagt sie erstaunt. „Ach ist gar nicht so schlimm. Komm wir fahren in dein Dorf." Sie will nicht jammern und wehklagen, um Ihren Fahrer nicht zu beunruhigen.

Der vorherige Fahrerkontakt ist verstummt. Jede Erschütterung durch die unebene Landstraße schmerzt am Hinterteil, Rücken und Bein. Sicher hat Charly auch irgendwo Schmerzen, aber er zeigt es nicht. Sie verlassen die Asphaltstraße und biegen in einen Feldweg ein. Das Dorf kann man schon sehen. Christine reißt sich bei der Einfahrt in den Hof gleich die Ledermütze runter und zupfte an ihren Haaren. Sie will Eindruck schinden.

$$\wr\wr\leadsto\clubsuit\leadsto\wr\wr$$

Mutter und Schwester haben ihren Charly schon erwartet. Sie laufen ihm entgegen und begrüßen ihn stürmisch. Er kann gerade noch sein Motorrad ausmachen. Charly wird umarmt und abgeküsst. Tja, das ist Mutter- und Schwesternliebe.

„Wen hast du uns denn da mitgebracht? So ein bildhübsches Mädchen." Fragt seine Mutter.

„Das ist Christine, die Enkelin meiner Vermieterin. Mutter sieh dir Christines Bein mal an. Du kannst bestimmt helfen. Sie ist verletzt. Wir hatten einen kleinen Unfall." Sagt Charly.

„Jessas Maria! Bua! Ist dir was passiert?!" Seine Mutter ist sichtlich erschrocken und besorgt".

„Na,na, mia ned. Kümmere dich um Christine. Sie hat eine offene Wunde am Bein."

Die beiden Frauen sind unwahrscheinlich rührend um Christine besorgt. Sie haben sie auf ein Sofa in der Wohnküche verfrachtet.

Stündlich legen abwechselnd Charlys Mutter und seine Schwester Weißkohl – Blätter auf die Wunde und wickeln einen frischen Verband ums Bein.

„Christine, nicht aufstehen! Bleib schön liegen. Wir schaffen das allein." Sagt Charlys Schwester.

Christine wollte aufstehen und ihnen den schweren Wassertrog mit heißem Wasser raustragen helfen. Sie waschen Charlys und ihre Kleidung. Seine Schwester steckt Christines zwei Polster hinter den Rücken, damit diese angenehm sitzen kann.

„Gut so?" fragt sie

„Ihr verwöhnt mich zu sehr", sagt Christine lächelnd freundlich.

„Das ist doch selbstverständlich."

Im Küchenofen ist meist ein kleines Feuer. Auch wenn es draußen 30 Grad haben soll, wird er zum Kochen angeschürt. Heißes Wasser steht immer bereit im Wassertank. Sie bereiten einen Aufguss für die Verletzung und kochen Milch ab - frisch von der Kuh - für Christine.

Hm, was ist das für ein aromatischer Geschmack der Milch. In langsamen Zügen kostet sie den vorzüglichen Drink Schluck für Schluck aus. Einfach köstlich ! Dazu bekommt sie direkt aus einer Bratpfanne auch noch eine mit Marillen-Marmelade gefüllte Buchtel (Rohrnudel). Ach, wird sie verwöhnt, sie fühlt sich unwahrscheinlich heimelig. Die ganze Familie sitzt jetzt am Tisch. Sie trinken Kaffee mit Milch und essen Buchteln. Es ist der Nachmittags-Schmaus.

Charlys Schwester bringt Christine Kleidung von sich. Sie ist zwei Jahre älter als Christine.

„Schau mal, das dürfte dir passen. Morgen gehen wir alle zur Kirche. Wenn du laufen kannst nehmen wir dich mit".

Sie legt für Christine ein reizendes weißes Kleid mit zarten bunten Blüten und einer breiten rosa Binde-Schleife auf den Stuhl.

„Für die Nacht kannst du dieses Hemd haben."

Am nächsten Tag erwacht Christine durch Glockengeläute. Es ist Sonntag. Durchs offene Fenster hört sie auch das Gurren von Tauben: Gurru – gurru, als wollten sie sagen `steh auf, steh auf `.

Gemischter Duft von frischem Heu und Kaffee streift ihre Nase.

Christine wickelt den Verband vom Bein und schaut nach, ob die Wunde noch blutet. Nein. Die Wunde hat eine dicke schwarze Kruste gebildet. Sie steht auf und prüft, ob sie laufen kann, ohne dass das Bein schmerzt. Welche ein Jubel - sie kann und somit auch mit in die Kirche gehen.

Noch im Nachthemd geht sie aus ihrem Schlafgemach, das sicher das Zimmer von Charlys Schwester ist, in die Wohnküche, aus der sie Stimmen hört.

„Guten Morgen, Wie geht es dir heute? Hast du gut geschlafen?" die Familie ist schon fertig angezogen für den Kirchengang.

„Hervorragend! Alles ist bestens! Guten Morgen. Ich möchte mich gern frisch machen. Nehmt ihr mich dann zur Kirche mit?

"Aber ja! Das freut uns sogar! Überm Hof ist die Waschküche mit einem Brunnen. Seife und Handtuch haben wir dir schon hingelegt. Daneben ist das Plumps Klosett."

Ein Plumps-Klosett ist eine Toilette ohne Wasserspülung. Die Ausscheidungen fallen in eine Grube. Der Inhalt wird je nach Nutzung einmal im Jahr ausgehoben und auf die Äcker verteilt.

Das Dorf Armschlag hat keine Kanalisation und ist erst seit fünf Jahren an das öffentliche Stromnetz angeschlossen worden.

Die Sonne meint es heute gut mit der Landbevölkerung. Kein Wölkchen zieht am Himmel. Wunderbarer für Christine. Es ist ein herrlicher Morgen, es wird sicher auch ein schöner Tag.

Waschküche und WC sind blitz sauber. Das ist gar nicht so selbstverständlich für einen Kleinbauernhof. Ringsum sieht Christine aufgestapeltes, geschnittenes Holz. Es riecht so gut nach Wald. Einige dicke, lange Baumstämme liegen am Wiesenrand. Frisch gewaschen zieht Christine das weiße Blümchenkleid mit der rosa Schleife an. Bürstet ihr Haar und klammert seitlich die soeben gepflückte, wie bildlich gemalte Margerite rein. Ein schmackhaftes Frühstück erwartet sie.

Wie lieb alles vorbereitet ist. Ein Wiesenstrauß schmückt den so reichlich gedeckten Tisch. Kaum hat sie Platz genommen schenkt man ihr schon den fantastisch duftenden Kaffee ein. Dazu gibt es frische Milch, Frühstücksei, selbstgemachte Marmelade und auch selbst hergestellter Ziegenkäse.

„Stärke dich gut. Wir gehen nach dem Gottesdienst noch die Marktstände ab, weil dort unsere Produkte verkauft werden." Sagt freundlich Charlys Mutter.

Christine hat großen Appetit. „Dankeschön. Ich habe Heißhunger", lacht sie. „Das habt ihr so liebevoll hergerichtet. Ich fühl mich unsagbar wohl bei euch", strahlt Christine

„Göttlich ist der Geschmack der Butter. Macht ihr die auch selbst?"

„Ja, den Käse auch" fügt Charlys Schwester hinzu.

Alle sind fertig für den Fußmarsch zur Heiligen Messe.
Tracht, Dirndl oder Lederhose zieht man hierzulande zu entsprechenden Anlässen an. Zum „Kirtag" zum Beispiel. Zuerst geht`s mit der Musikkapelle zum Bethaus, zum Frühschoppen und dann aufs Tanzpodium vorm Wirtshaus.
Charlys Mutter und Schwester tragen zur Kirchweihe ihr Trachtenkostüm mit Kopfschmuck. Sie sehen sehr schick und feierlich aus.
Die Schleife der Schürze sitzt vorne.
„Du siehst bezaubernd aus, Christine. Das Kleid steht dir wirklich ausgezeichnet." Sagt Charlys Schwester.
„Das Kompliment kann ich an euch zurückgeben. Eine Freude ist es, euch zu sehen. Hat das einen besonderen Grund, dass ihr das Schürzenband nach vorne bindet? Weil es eventuell zu lang ist?"
„Tja, Christine, das hat wohl eine Bedeutung. Sehr wichtig für die Männerwelt".
„Echt? Für Die Männerwelt ist`s wichtig? Ist es nicht egal ob die Schleife hinten, vorne, rechts oder links hängt?" Christine
„Nein! Wenn man die Schleife rechts trägt, so weiß das starke Geschlecht, dieses weibliche Geschöpf ist bereits in festen Händen, also verlobt oder verheiratet. Da heißt es dann - Finger weg!
Trägt man die Schleife links – na, was glaubst Du, was das bedeutet?!
„Du bist zu haben?"
„Jaaaaaaaa". Lächelt sie.
„Und du trägst die Schleife heute links, weil du noch zu haben bist", vermutet Christine.

"Nein. In der Mitte. Ich habe kein Interesse an Burschen. Habe zwar Freunde, aber keine feste Absicht."

„Das ist ja interessant. In der Stadt weiß das kein Mensch. Oder ich weiß es nur nicht." „

Aha! Deswegen sagt man „Schürzenjäger", grinst Christine schelmisch

„In der Stadt tragen sie auch seltener Dirndl als am Land, und sie kennen die Bräuche nicht."

„Stimmt" pflichtet Christine bei.

Da hat Charlys Schwester vollkommen Recht. Sie interessieren sich halt für ländliche Bräuche nicht so sehr. Wäre das nicht eine Anregung, sichtbar ein Schleifenband zu tragen „Hallo, ich bin noch frei, wenn man sich verkuppeln will? Sozusagen unter die Haube und verköstigt werden möchte? Oh- Oh –

Naja, vielleicht wäre so ein Band wirklich besser, um zu zeigen dass man zum Flirten bereit ist. Egal in welcher Richtung es grad ist.

Wenn einem Mädchen einfallen würde, einen Burschen oder Mann anzusprechen, wäre sie verrucht, sogar schamlos und unverfroren. Entweder die Männer halten Abstand von so einer unsittlichen Frau, oder nehmen sich das was sie möchten. Denn das Mädchen bietet sich als Freiwild an.

Fesch sehen die beiden Frauen von Charly aus. Ihre langen Haare haben sie im Nacken zu einem Knoten geflochten. Die blonden Naturlöckchen von seiner Schwester spitzen frech unterm Hut hervor. Sie braucht keine Schminke. Ihre roten gesunden Bäckchen verleihen ihr einen anmutigen, natürlichen Liebreiz.

Charly trägt einen Trachtenanzug und Hut. Wenn man sein Gesicht abdeckt, sieht man einen schlanken, großen stattlichen Burschen.

Der Herr des Hauses, der Ehemann und Vater Seemayer wird nach der Kirche am Friedhof besucht.

Das ganze Dorf scheint katholisch zu sein. Charlys Ex-Verlobte, die im Nachbardorf wohnt ist sicher auch zum Kirtag anwesend. Es ist nicht ausgeschlossen, dass ein Zusammentreffen stattfindet. Christine ist bewusst, dass sie deswegen von Charly mitgenommen wurde. Und sie will dieser unbekannten Ex-Verlobten und allen, die vor Charly davongelaufen sind, mit ihrem Erscheinen neben Charly zeigen, dass ein guter Charakter und die Wesensart eines Menschen nicht wesentlich durch ein zerstörtes Gesicht verändert werden.

Sie gehen durchs Dorf. Eine Musik-Kapelle führt bereits einen Rattenschwanz der Kirchengänger hinter sich her. Die Familie Seemayer schließt auf. Das Blechbläser - Ensemble mit Klarinetten-Verstärkung ist ein recht beachtliches Orchester. Sie treiben die Stimmung in die Höhe.

Christine fällt auf, dass Charly plötzlich einen stolzen Gang einlegt. Aha. Er hat seine Ex-Verlobte gesichtet. Charlys Schwester blickt sogleich kurz nach hinten. Christine auch. Den fragenden Blick der jungen Frau, der Ex-Verlobten deutet Christine richtig und spricht lächelnd, provozierend Charly an:

„Gehen immer so viele Leute in die Kirche bei euch?"

„Nein", lacht Charly. „Nur weil wir Kirtag haben"."

Sein Lachen klingt gekünstelt. Christine fühlt seinen Schmerz und kann das Verhalten der Ex-Verlobte nicht begreifen. Es würde ihr sehr leid tun, hatte seine Ex zu Charly gesagt.

Heute scheinen alle Augen auf die Seemayers gerichtet zu sein. Christine spürt durchbohrende Blicke. Sie wagt kaum in die Menge zu gucken und blickt nacheinander die Seemayers an. Ja, sie bemerken es auch. Charly Schwester verzieht verschmitzt ihren Mund:

„Die schauen auf dich, Christine."

Jetzt schaut sich Christine um. Sie lächelt in die Menge. Einige der Leute nicken höflich, als wollten sie grüßen, und sie nickt gefällig zurück. Ihr Blick zu Charly sagt ihr, dass ihm das kleine Aufsehen sehr willkommen ist.

Die nächsten Tage werden nicht nur mit Dorfbesichtigung, sondern auch mit Spazierfahrten der Umgebung ausgenutzt. Sie fahren durch das Kamptal von Zwettl bis Rosenburg vorbei an Teichlandschaften. Sie rasten am Schönauer Teich. Der kleine Koffer auf dem Gepäckständer erweist sich als Picknickkorb. Wahrscheinlich hat die Familie für so eine Landpartie zusammen geholfen, denn Charlie hatte alles was für so ein Picknick gehört dabei.

Er breitet eine Decke aus und öffnet den Korb. Wow. Bei dem Anblick stellt sich sofort Hunger bei Christine ein. Geselchtes, Brot, gut gereifter Bauernkäse, Paprikaschoten, Paradeiser (Tomaten) Limonade, Besteck, Flaschenöffner, Schokolade und zwei Äpfel. Und sogar ein Mückenschutz liegt bei. Wie rührend sie doch an alles gedacht haben.

„Das ist also „picknicken". Finde ich ganz und gar schön". Christine steht nach dem kleinen Mahl auf, schaut beglückt in die Gegend, streckt die Arme aus, dreht sich und ruft:

„Herrgott, du hast mich gefunden!"

Auf der Rückfahrt sieht Christine ein Maisfeld.

„Halt an! Charly bitte, bitte halte an!" sie rüttelt Charly, könnte ja sein, er hat sie wegen seiner Kappe und dem Fahrtenwind nicht gehört.

Charly hält an: „Du musst mal, gell? Habe mich schon gewundert dass du es so lange aushältst. Am Teich wäre es besser gewesen, weil es da Büsche gibt. Hier hast du nur das Kukuruzfeld."

Ah, ja. Wasser lassen. Hm, das hat sie total vergessen. Jetzt muss sie wirklich.

„Ein paar Kolben Kukuruz möchte ich mitnehmen. Die könnten wir ins heiße Wasser schmeißen und mit Butter und Salz abknabbern", meint sie.

„Ist gut, ist gut. Wir haben selbst auch ein Kukuruzfeld", entgegnet Charly.

„Ja, schon. Trotzdem! Ich möchte doch was von unserem Ausflug mitbringen."

Christine läuft den Graben runter und wieder rauf zum Feld. Versteckt sich zwischen den Stauden und lässt ihr Wasser ab. Bricht dann für jeden einen großen Kolben vom Kukuruz. Nein, das ist zu wenig. Noch einen. Es könnte ja ein Gast kommen. Das ist doch nicht gestohlen, oder?

Nein, nein, das ist nicht gestohlen. Das ist ja nur deswegen, weil sie anderen eine Freude bereitet. Die fünf Maiskolben wickelt sie in die Decke vom Picknick und lächelt beglückt in sich hinein.

Am letzten Abend vor der Rückkehr nach Wien führt sie Charly ins Kino. Der Spielfilm „Sebastian Kneipp - Der Wasserdoktor„ mit Paul Hörbiger, Gerlinde Locker und viele anderen wird gezeigt. Die Lebensgeschichte des Pfarrers.

Wie es halt kommen soll, so kommt es. Hat Charly es gewusst, oder hat man es ihm zugetragen, dass die Ex-Verlobte auch an diesem Tag ins Kino geht? Wahrscheinlich hat es ihm seine Schwester zugeflüstert. Sie begegnen sich bei der Kartenausgabe im Kino.

Ui. Jetzt ist es für Christine peinlich. Sie entfernt sich nach draußen und wartet auf einer Bank. Charly kommt nach kurzer Zeit zu ihr und holt sie in den Kinosaal rein. Sein Gesicht war fast blutleer. War wohl kein beglückendes Wiedersehen. Es tut Christine in der Seele weh, wie er leidet. Und dann kommt auch noch sein Stolz dazu. Dieser verdammte männliche Stolz, der beleidigt nichts mehr an sich ran lässt.

Vielleicht hat sie ihm was Nettes gesagt? Vielleicht hat sie sich besonnen? Oder hat sie ihm nochmals eine Abfuhr verpasst? So oder so. Ein gekränkter, verletzter Mann, lässt niemandem mehr an sich ran. Zumindest eine Zeit lang nicht.

Schweigend sehen sie den Film, schweigend fahren sie wieder nach Hause und schweigend gehen sie, natürlich getrennt, zu Bett.

Die Rückfahrt nach Wien ist ein kleines Drama. Mutter und Schwester weinen und umarmen abwechselnd ihren Charly und Christine. Bedanken sich innig, dass Charly so ein liebes, nettes Wesen mitgebracht hat und wünschen sich, dass Charly sie wieder mitbringt.

Zum Abschied bekommt Christine das weiße Blümchenkleid, eine Trachtenweste und natürlich Proviant von Selbstgemachten. Charlys Mutter streicht mit ihrem Daumen ihrem Sohn und Christine ein Kreuzzeichen auf die Stirn. Ein Segen nicht nur für eine gute Fahrt.

„Wenn Du denkst ein Engel zu sein, voller Güte,
lieb und rein, dann mische dich in die Menschheit ein.
Sie soll von Dir, Engeln, verzaubert sein".

Charly gibt Gas. Nach ungefähr drei Stunden sind sie wieder in Wien angelangt.

Er gibt Christine persönlich bei Agnes Prochaska ab.

„Danke, Frau Prochazka."

„Bitte, bitte. Wie war`s denn?" fragt Agnes.

„Meine Leute sind sehr beeindruckt von ihrer Enkelin und sie möchten, dass sie wiederkommt", sagt Charly.

„Wir werden sehen", sagt Agnes und nimmt die Geschenke von dem Selbstgemachten entgegen. Butter,

Käse, Brot, Geselchtes (geräuchertes Schweine-Fleisch)
Blut- und Leberwürste von Charlys Mutter

ᡃᡃᡃ ᡃᡃᡃ

Die Gießerei in der Charly beschäftigt ist, hat für den nächsten Samstag einen Betriebsausflug organisiert. Charly möchte gerne dabei sein, aber nicht allein. So ein Angebot kommt nicht so schnell wieder. Eine Donau-Schifffahrt unter dem Motto: „Wachauer Herbstzauber" mit Buffet und Live Musik. Er fragt wieder Frau Agnes Prochazka, ob er Christine auf die Schiff-Fahrt in die Wachau mitnehmen darf.

Agnes ziert sich ein wenig. Nach langem hin und her, willigt sie dann doch ein. Natürlich freut sich Christine auf den Ausflug. Die Wachau ist das Tal der Donau zwischen Krems und Melk. Bei optimaler Wetterlage ist eine Schiffstour ein wunderbares Erlebnis.

Während das Schiff gemütlich 36 km an Burgen und Ruinen und grüner Landschaft vorbei fährt, können die Passagiere nach Belieben regionale Köstlichkeiten und hervorragende Wachauer Weine genießen.

Die Donau ist einer der schönsten Flüsse Europas. Das ist unbestritten. Christine liebt sie.

Die Sehenswürdigkeiten Stift Göttweig bei Krems, die Burgruine Aggstein, Stift Melk, ein herausragendes gelb verziertes Barockgebäude beeindrucken Christine. Stift Melk ist das Wahrzeichen der Wachau. Auf dieser fantastischen Entdeckungsreise bemüht sich ein jüngeres Pärchen mit Christine ins Gespräch zu kommen. Sind es Mitarbeiter der Gießerei? Kollegen von Charly?

„Sind das deine Kollegen?" fragt Christine ganz leise.

„Das müssen sie wohl sein, sonst wären sie nicht auf dem Schiff. Das ist eine geschlossene Gesellschaft."

„Du kennst sie nicht?" fragt Christine, „weil ich sonst die beiden ignorieren würde. Sie sind etwas aufdringlich, Charly"

"Ja doch, ich kenne sie vom Sehen her. Sie arbeitet im Büro", sagt Charly
Na dann hat Christine keine Hemmungen sich mit den beiden zu unterhalten. Die Live Musik spielt auf. Es wird getanzt und getrunken. Das junge Paar überredet Christine zu einem Gläschen Sekt. Sie guckt kurz zu Charly, ob er was dagegen hätte, doch er nickt zweimal kurz. Also, sie darf.
„Bist du zum ersten Mal auf einem Schiff? Wurde Christine von der jungen Frau gefragt. Christine bejaht und berichtet von ihren Eindrücken auf dieser Fahrt, über die Ruinen. Erwähnt Stift Melk und bezeichnet den Barockbau als großartige Architektur. Es sei ein dominantes Barockgebäude.
„Warst du schon mal in der Dorotheergasse im ersten Bezirk?"
„Hm, nein, da war ich noch nicht"
„Da musst du unbedingt hin. Das interessiert dich brennend, glaube mir. In der Dorotheergasse findest du alles. Von verschiedenen Bauten, Kunsthandlungen, Galerien, Cafés und Gastronomien.
Aber das Auktionshaus Dorotheum kennst du?"
Christine schämt sich, jetzt schon wieder „nein„ sagen zu müssen. Braucht sie nicht, die junge Frau redet pausenlos weiter.
„Na, gut, dann holen wird dich morgen ab und zeigen dir alles. Einverstanden? Wo wohnst denn du."

Christine gibt die Adresse an. Die Frau hat flott einen Zettel und Stift bei der Hand, und sie notiert die Anschrift. Christine geht zur Toilette. Charly hat sich an der

Unterhaltung nicht beteilig. Er stand die ganze Zeit mit dem Rücken zu ihnen. Da hört er, dass das junge Paar was ausheckt. Es erwähnt paarmal den Namen Christine. Sie haben die Absicht, Christine in ein berüchtigtes Viertel zu schleppen. Was genau sie planen kann Charly nicht verstehen, nur ahnen.

Nie und nimmer interessiert das Pärchen eine Führung durch die Dorotheergasse. Sie reiben sich fast wegen gelungener Überredungskunst die Hände.

Christine kommt zurück. Die junge Frau bietet ihr eine Zigarette an. Christine lehnt ab. Dann holt sie eine kleine Dose aus der Tasche.

„Das sind gute Bonbons. Wenn ich Alkohol getrunken und geraucht habe, bekomme ich durch sie wieder frischen Atem." Sie beugt ihren Kopf zu ihren Partner, küsst ihn und sagt, „da küsst man frisch und heftig. Möchtest du auch so Bonbons?"

„Nein danke. Ich muss heute nicht mehr küssen."

„Na, komm sei kein Spielverderber". Die junge Frau dürfte schon zu viel getrunken haben. Sie lehnt sich an ihren Freund oder Mann. Sie turteln in einem fort. Er grabscht mal am Po, dann am Busen und dann küssen sie sich. Beide schauen Christine dabei an. Die Frau streift öfter mal Christines Hand.

Christine ist diese Situation unangenehm und schickt sich an zu gehen. Da ergreift die Frau ihre Hand fester.

„Haben wir dich jetzt verstimmt? Tut uns leid. Ich? Nein, er ? Naja, wir zwei haben einen kleinen Schwips. Aber morgen holen wir dich ab. Es wird dir gefallen. Das verspreche ich Dir."

Christine entzieht der Frau ruckartig ihre Hand. Das Gebaren der beiden ist ihr blamabel. Sie dreht sich um und geht. Sie fühlt sich von Charly allein gelassen. Er hat sie in keiner Weise unterstützt.

Sie ist still. Auch Charly ist nicht gesprächig. Zu Hause angekommen, sagt jeder „gute Nacht". Sie gehen in ihre Räumlichkeiten.

Der nächste Tag ist wieder ein Sonntag. Christine sieht gerade noch, wie Charly in die Küche zu Mutti geht und die Tür hinter sich schließt, die üblicherweise sonst immer offen steht. Nach ungefähr zehn Minuten geht er gruß- und wortlos an Christine vorbei.
Seit gestern spinnt der Charly. Christine hat ihm – tja, eigentlich niemand hat ihm was getan. Im Gegenteil. Er, dieser Charly hat sie gestern im Stich gelassen.
Ein verführerischer Bratenduft zieht sich durchs ganze Haus. Es gibt gebratenes Surfleisch (gepökeltes Schweinefleisch) mit Semmelknödel und gedämpftem Weißkraut. Hm. Ein vorzüglicher, wohlschmeckender Gaumenschmaus.
Es muss nicht mehr so arg gespart werden. Jeder Mann und auch die Frauen, wenn sie möchten, bekommen Arbeit. Sie können davon leben. Naja. Es gibt eine Redensart: „Wir müssen uns nach der Decke strecken".
Roswithas Kinder sind gut erzogen und sehr lieb. Das größere Kind ist schon vier Jahre. Es hängt sich an Christine, weil sie mit ihm spielt. Dreht es im Kreis, spielt „Flieger flieg". Es mag es gern wild. Steigt überall hinauf und will aufgefangen und schwungvoll im Kreis gedreht werden. Das könnte es stundenlang tun. Doch Roswitha selbst, würdigt Christine keinen Blick.
Christines Verabredung kommt bald. Das Paar wollte Christine um 17 Uhr von zuhause abholen, hat die junge Frau gestern gesagt.
Charly guckt auch ständig von seiner Kellerwohnung nach oben auf die Straße. Was will der denn? Wartet er auch auf wen?

Jetzt ist es schon eine halbe Stunde darüber. Christine ist sauer. Sie hat sich so hübsch und fein gemacht. Alles umsonst. Auf einmal erscheinen zwei Gestalten an der Pragerstraße, am Tor der Parzellen und gehen nicht weiter. Wieso nicht? Aha, sie haben Charly gesehen. Na und? Warum kommen sie nicht? Christine will ihnen entgegen gehen. Charly packt sie, zwar nicht grob aber ziemlich fest und mit Bestimmtheit am Arm:

„Du gehst nicht zu denen, Christl. Wenn die beiden kein schlechtes Gewissen haben, dann holen sie dich hier ab."

"Lass mich los, du tust mir weh! Du bist ja nur missgünstig. Sie sehen dich und deswegen kommen sie nicht", sagt Christine ärgerlich.

„Meinst Du?" Sei vernünftig und folge meinen Worten. Du kannst gehen, wenn sie herkommen und bei deiner Oma anfragen. Ich habe das ja auch getan. Du bist minderjährig aber nicht naiv und dumm. Du kennst die Leute nicht. Und ich zu wenig. Du weißt nicht was sie im Schilde führen."

Charly geht wieder nach unten in seine Parterre Wohnung. Christine überlegt. So ernst hat Charly noch nie mit ihr gesprochen. Einen letzten Versuch macht sie, stellt sich mitten auf die Straße und winkt den beiden zu, dass sie her kommen sollen. Sie kommen nicht. Christine geht traurig in ihr Zimmer und setzt sich aufs Bett. Sie streichelt den Prinz:

„Was könnten denn die mit mir vorgehabt haben? Nicht mir die Dorothergasse zeigen? Was dann? Aber feige waren sie. Schlechtes im Sinn müssen sie wohl vorgehabt haben, sonst hätten sie mich hier abgeholt. Soll ich jetzt Charly dankbar sein? Pfff – wieso denn?"

Sie ordnet ihre Kleidung, bügelt ein paar Wäschestücke aus dem Korb und saugt das Zimmer. Sie hat es gerne gemütlich und nett. Wäscht sich wie eine Katze, denn sie ist ja nicht gar so schmutzig und legt sich mit Prinz schlafen.

Am nächsten Tag erscheint Besuch vom Magistratischem Bezirksamt Wien 21, Floridsdorf Am Spitz. Da war Christine schon öfter. Eine Zeit lang hat sie jeden Monat Lebertran schlucken müssen. Egid war der ekelhaft. Jedes Mal hat es Christine geschüttelt. Doch sie musste ihn einnehmen, denn Lebertran wirkt gegen Rachitis. Sie war immer sehr, sehr dünn und hatte Vitamin-D-Mangel.
Der Besuch stellt sich bei Agnes Prochazka als Fürsorgerin von Christine vor. Sie habe den Auftrag, mit Christine eine Lehrstelle zu suchen. Außerdem erhält Agnes Prochazka einen Kleider- und Schuhe-Bewilligungsschein. Sie möchte doch so nett sein, für ihre Enkelin passende Winter-Kleidung zu besorgen. Die Fürsorgerin würde noch in dieser Woche mit Christine eine Lehrstelle aufsuchen.
„Wozu macht ihr denn gar so ein Spektakel um dieses Mädel? Ein Tamtam wegen einer Ausbildung! Dann darf man die Kinder noch ein paar Jahre durchfüttern. Wenn`s nach mir geht, verdient die gleich ihr Geld in einer Fabrik".

„Es ist für die Zukunft ihrer Enkelin, liebe Frau Prochazka. Da darf man schon ein wenig investieren. Und bitte! Nicht vergessen, das Abschluss - Schulzeugnis bereitzuhalten. Auf Wiederschauen, Frau Prochazka."

Etwas mürrisch erfasst Agnes Prochazka die dargebotene Hand der Fürsorgerin. „Wiederschauen".

Es ist Abend. Helene kommt aus der Arbeit und geht in Christines jetziges Zimmer, die gerade bügelt. Sie unterhalten sich eine Weile, dann sagt Helene:
„Du Christl, ich geh mal schnell nach oben mit den Jungs eine rauchen. Mutti soll`s nicht wissen. Sagst einfach ich bin mal draußen."
„Ist schon recht. Aber den Rauch riecht die Mutti doch!" mein Christine fürsorglich.
„Nein, das merkt sie nicht, Christl. Das riecht sie nicht. Brauchst keine Bedenken haben. Ich lutsch dann ganz scharfe Zuckerln. Also, pfiat di, bis nachher."
Glaubt Helene wirklich, dass Mutti den Zigarettenrauch nicht riecht? Die ganze Kleidung, Haare und Körper riechen doch nach Rauch.
Christine bereitet Ihre Kleidung wegen der Stellensuche schon mal vor. Sie zieht aus dem Wäschekorb ihre Unterwäsche, den schwarzen Rock und die weiße Bluse zum Bügel hervor. Der Rock hängt schon mal am Kleiderschrank auf einem Bügel. Die Tür geht auf, Mutti kommt rein:
„Wo ist die Helene? Ich suche sie schon eine halbe Stunde?!"
„Die Helene ist mal nach draußen gegangen. Sie wird bald wieder kommen." Sagt Christl und hat auch nicht gelogen. Helene ist doch aus dem Zimmer gegangen. In der Mansarde wohnen Hermann und Herbert als Untermieter. Zu den zwei jungen Männern ist Helene raufgegangen.
Nach einer weiteren halben Stunde stürmt Agnes Prochazka abermals zu Christl ins Zimmer und stemmt die Arme an die Hüften:

„Wo ist die Helene! Hast du sie rausgeekelt?"
Christine verneint mit Kopfschütteln.

„Aha! Wieso bügelst du denn nur deine Sachen? Sind dir unsere zu schlecht? Dann schleich dich wieder zurück in die Siedlung zu deiner verdorbenen Mutter. Denn bei mir musstest du ja auf Fetzen schlafen. Das hast du mir geschrieben und noch ein paar so Bosheiten. Weißt was? Wenn dir hier alles zu schlecht ist, dann verschwind. Raus mit dir!"

Verdattert steht Christine wie angewurzelt vor dem Bügelbrett. Noch immer das elektrische Bügeleisen in ihrer Hand hochhaltend, begreift sie nicht so rasch, was Mutti gesagt hat. Oh, ja! Dieser böse Brief. Der wird ihr immer ein Kloß im Hals sein und sie ein Leben lang verfolgen. Der Brief wurde doch von Ihrer Mutter diktiert. Was hätte sie denn schon tun können.
Mutti kommt zurück ins Zimmer: „Bist immer noch da? Geh mir aus den Augen! Verschwind!"

Weinend aufschreiend läuft Christine außer Haus. Hund Prinz hinter ihr her. Kopflos läuft sie auf die Bahndammwiese über den Damm auf die Gleise. Zwischen den Schienen geht sie nun ganz langsam mit hängendem Kopf. Tränen fließen lautlos zur Erde. Dass ihr Prinz gefolgt ist, hat sie nicht bemerkt. Die Nacht ist dunkel und ziemlich kalt. Es ist auch schon nach 21 Uhr. Christine ist im Hauskleid ohne Jacke und Strümpfe aus dem Haus gelaufen. Wohin soll sie denn jetzt gehen? Aus der Ferne pfeift ein Zug. Christine hört ihn nicht. Mit hängendem Kopf steigt sie mal auf die großen Schottersteine und dann wieder auf Holzschwellen. Sie wird gezwungen zu zappeln oder zu hüpfen. Wenn sie von Schwelle zu Schwelle möchte, müsste sie springen.

Ihr steht der Sinn weder zu zappeln, noch zu hüpfen oder zu springen.

Sie geht vom Gleis auf den Rasenrand vom Damm. Der Zug pfeift unablässig hüüüüüt, hüüüüüt in hohem Ton. Prinz bellt, winselt, bellt und winselt. Endlich kommt Christine aus ihrem Trancezustand. Sie erschrickt. In diesem Moment rauscht der Güterzug vorbei und gleichzeitig springt Prinz das Mädchen an. Sie bollert den Damm runter. Prinz läuft hinterher. Sie kann nicht aufstehen, weil Prinz über ihr steht und sie fortwährend ableckt. Es ist ein sehr langer Güterzug. Ratter, ratter, ratter – das Geräusch hört fast nicht mehr auf.

„Prinz, um dich wäre es jammerschade gewesen". Sie umarmt im Liegen ihren Hund und weint. Dreht sich zur Seite und steht auf. Sie friert. Prinz und Christine gehen langsam weiter, immer weiter. Auf einem Stoppelfeld geht sie in die Hocke und legt ihren Rock um den Hund.

„Über das abgemähte Getreide kannst du schlecht laufen Prinz. Das sticht dich ja in den Pfoten."

Christine wärmt ihren Hund, aber sie friert und zittert. Ihre Zähne klappern. In unmittelbarer Nähe steht ein kleines Bahnwärterhäuschen. Darin ist Licht. Sie geht wieder über den Bahndamm zum Häuschen und klopft an. Ein Bahnbeamter öffnet. Sieht das Mädchen an, spricht kein Wort und deutet auf einen Stuhl in einer Ecke. In der kleinen Stube ist es mollig warm. Der Bahnbeamte schüttet in einen gusseisernen Kanonenofen eine kleine Schaufel Kohlen nach. Christine setzt sich auf den Stuhl, Prinz legt sich daneben und schläft in seiner üblichen Lage, eingerollt. Ach wie gerne würde sich jetzt Christine zu ihm legen und schlafen. Ihre Augenlider werden schwer, ihr Kopf sinkt auf die Brust, dann reißt es sie immer wieder ruckartig hoch.

„Mädchen, du musst jetzt raus. Um 5 Uhr kommt die Ablöse", mehr sagt der Beamte nicht.

Christine tupft Prinz an. Sie gehen. Ja wohin jetzt? Zurück zum Haus der Prochazka? Ja. Die eiserne Waschhaustür am unteren Ende der großen Steintreppe ist offen. Dort setzt sie sich auf die Wäsche, die zum Waschen am Boden liegt. Sie klopft auf ihr die Schenkel: „Komm her Prinz, leg dich". Wie eh und je liegen beide zusammengerollt am Boden und schlafen.

Das Mädchen wird durch die Kälte wieder wach. Durchs kleine vergitterte Fenster sieht sie, dass es weit über 5 Uhr früh sein muss. Sie steigt mit Prinz die innere steile schmale Kellertreppe hoch, öffnet die Tür zu einem Gang und geht in das Zimmer, in dem die Schlafcouch für sie steht. Hm, die ist nicht mehr frei. Darauf liegt nun die ganze Bügelwäsche. Mutti kommt rein:
„Ich frag dich gar nicht erst wo und wie du dich rumgetrieben hast. Du scheinst wie deine Mutter zu sein. Dann fahr doch zu ihr in die Siedlung. Da hast zehn Schilling, pack deine Sachen und geh." Agnes Prochazka dreht sich um und verlässt das Bügelzimmer.

Na gut, sie wird wieder zu Siedlung fahren. Egal, was sie dort erwartet. Sie will auch nach dem Großvater sehen. Was hat das Mädchen denn schon groß einzupacken. Nichts. Das Kleid von Charlys Schwester lässt sie liegen. Erstens ist es für die Jahreszeit zu kalt und zweitens würde es ihr nächstes Jahr eh nicht mehr passen. Sie trägt Rock, Top, Weste und Schuhe. All das. was ihr Helene schenkte. Sonst nichts. Und, diesmal geht sie nicht ohne Prinz. Prinz hat nur ein altes Halsband und keine Leine. Einen Strick findet sie nicht. Der wäre für Prinz viel zu minder. Sie macht die Türchen der Nähmaschinen auf. Der Keilriemen hat die richtige

Stärke, Länge, und er ist aus Leder. Sie zieht die beiden kleinen Stahlklammern raus. Der Keilriemen ist offen. Passt. Sie gehen sie los. Kein Mensch beachtet sie.

Sie haben eine Wegstrecke von ungefähr 16 Kilometer vor sich. Ab ihrer Parzelle gehen sie zur Prager Straße der Tramway-Station der 132, fahren bis zur Thaliastraße, steigen in die 46ziger Bim um und steigen bei der Station Flötzersteig aus. Prinz ist mutmaßlich zum ersten Mal Straßenbahn gefahren. Man merkt es ihm nicht an. Er ist so folgsam an der Leine, steigt die Tritte der Straßenbahnen ohne Schwierigkeiten auf und ab.

Der kleine Fußmarsch von der Tramway Station zur Kohlesgasse von 300 Meter ist auf einmal schwierig zu laufen. Er scheint heute unendlich zu sein. Ihr wird öfter schwarz vor Augen, taumelt ein wenig und sammelt sich wieder. Endlich erreicht sie das vordere Gartentürchen vom Anwesen Ihrer Mutter und dem Stiefvater, in dem Großvater ist.

Ihr wird wieder übel und sie betet:

„Der Herr ist mein Hirte; mir wird nichts mangeln. Er weidet mich auf einer grünen Aue und führe mich zum frischen Wasser. – Prinz!" ruft sie und sackt zu Boden.

Christine öffnet ihre Augen. Die Fürsorgerin Frau Ramberger und ein Mann mit einem Stethoskop am Hals stehen über ihr.

„Hallo Christine!"

Was ist passiert? Träumt sie?

Nein, sie träumt nicht. Während Christine mit Prinz zur Siedlung gefahren ist, war die Fürsorgerin bei Agnes Prochazka und wollte Christine für ein Vorstellungsgespräch abholen. Das Mädchen war nicht anwesend. Agnes Prochazka sagte:

„Das Kind ist wie ihre Mutter und vagabundiert, auch so wie sie. Keine Ahnung wo sich dieses Ding rumtreibt."

„Frau Prochazka! Es ist erst 9 Uhr morgens! Um diese Zeit wird sich das Mädchen bestimmt nicht rumtreiben, wie sie sagen. Oder war sie über Nacht gar nicht hier gewesen?"

„Wie soll ich denn das wissen? Können sie vielleicht einen Sack Flöhe hüten?"

„Frau Prochazka, sie haben die Aufsichtspflicht. Und wenn sie nicht wissen, wo sich ihre Enkelin, besonders nachts aufhält, können sie mit einer Anzeige rechnen. Ist ihnen das bewusst?"

„Wieso macht ihr wegen so dem Mensch (österreichisch abwertend für Mädchen) so ein Theater? Die ist nicht besser oder feiner als wir. Ich habe mich mit meinen fünf Kindern ganz allein durchschlagen müssen. Mir hat keiner geholfen oder gar was geschenkt. Aber mit der wird ein Aufsehen gemacht".

„Frau Prochazka, wo ist Christine?"

„Dort wo sie hingehört. Bei ihrer Mutter!"

„Das kann nicht sein. Noch einmal wo ist Christine?!"

„Naja, ich hab sie zu ihrer Mutter zurück geschickt. Zehn Schilling habe ich ihr auch mitgegeben!"

„Wohin haben sie das Kind geschickt in die Reindorfgasse oder in die Siedlung?

„Reindorfgasse? Von der weiß ich nichts. In die Siedlung natürlich".

Ohne Gruß fährt die Fürsorgerin ab. Ihr ist bekannt, dass Editha, die Mutter von Christine für einen längeren Zeitraum weder auf der Siedlung noch in der Reindorfgasse sein kann. Der Hausmeisterposten wurde geräumt. Eine andere Person hat ihn bekommen. Sie meldet über Funk die Lage und fährt zur Kohlesgasse. Dort sieht das Mädchen vor der Gartentür stehen.

„Ich habe das Mädchen. Sie ist in der der Siedlung."

Sie parkt geht zum Haus und sieht Christine am Boden vom Kiesweg liegen. Der Hund sitzt neben ihr. Beim Nähertreten knurrt der Hund und fletscht die Zähne. Die Beamtin fordert über Funk einen Arzt an. Mit Hunden kennt sie sich aus. Sie streckt die Rückhand zum Schnuppern hin und spricht mit ihm. Inzwischen ist der Arzt eingetroffen. Prinz lässt ihn ohne zu Knurren zu Christine. Der Arzt untersucht das Mädchen, sie kommt wieder zu Bewusstsein. Er spricht sie an, fragt nach ihren Namen. Sie antwortet und will aufstehen.

„Bleib mal kurz liegen. Dir wird es gleich besser gehen". Er verabreicht ihr eine Spritze."
„Sie hat einen Erschöpfungszustand. Sie auch total unterernährt. Wir bringen sie in ein Krankenhaus."
„Stopp Herr Doktor. Das Mädchen hat sehr viel mitgemacht. Ein Aufenthalt im Krankenhaus wäre wieder ein Ort, vor dem sie Angst hat. Ich habe da eine Idee. Kann eine geschulte Krankenschwester Christines Gesundheitszustand ohne Spitalaufenthalt in Ordnung bringen?"
„Sie meinen privat? Eine geschulte Krankenschwester?" Fragt der Arzt.
„Naja, so privat nicht aber geschult schon."

„Sie sind Beamtin. Auf ihre Verantwortung? Dann sage ich JA."

Sie helfen Christine ins Auto. Prinz springt sofort nach. Das Mädchen lehnt ihren Kopf an Prinz und schläft. Über Funk meldet die Fürsorgerin die Situation, ihr Vorhaben und wartet, währendem sie Christine zu der gewissen Krankenstation fährt auf die Genehmigung. Sie liefert Christine mit ein paar Worten dort ab und bringt Prinz zu Agnes Prochazka. Klopft an die Haustür. Die Tür ist offen. Sie lässt den Hund reinlaufen und fährt zurück zu Christine, die mittlerweile im Bett in der Krankenstation liegt.

„Wo bin ich? Wo ist Prinz?" Christine sieht eine Krankenschwester und die Beamtin Frau Ramberger.

„Christine, du bist jetzt an einem Ort, wo sie dich mögen, und wo du bleiben kannst so lange du willst. Also solange, bis du großjährig bist", lacht Frau Ramberger, ihre Fürsorgerin.

„Mich mögen? Wo ist Prinz? Wie geht es meinem Großvater? Ich war doch dort und habe ihn nicht gefunden."

„Rege dich nicht auf, Christine. Dein Hund ist wieder bei der Großmutter. Wenn du wieder auf den Beinen bist, kannst du ihn besuchen so oft du möchtest. Jetzt werde erst mal gesund. Ich gehe jetzt und komme bald wieder. Baldige Genesung, Christine." Die Fürsorgerin streichelt Christine an der Schulter und geht.

Kraftlos und gebrechlich liegt sie da. Beinahe so weiß wie die Bettwäsche. Die Schwester bringt ihr eine Kraftbrühe und will sie füttert. Christine dreht sich weg und weint. Die Schwester nimmt Christines Hand und streichelt ihr Haar.

„Mein Kind, wo du jetzt bist, ist es zwar auch nicht optimal. Aber immer noch besser als in so einem zerrüttetem zuhause wo du warst. Komm, mach deinen Mund auf. Das wir dir gut tun."

Apathisch öffnet das Mädchen den Mund, schluckt, öffnet den Mund schluckt bis die kleine Schüssel mit der Kraftbrühe leer ist.

„Gut so mein Kind. Jetzt beginnt zwar die kalte Jahreszeit, aber schon in einem Monat kommt der

Nikolaus und Weihnachten steht vor der Tür. Christine du wirst sehen, es wird dir hier gefallen. Jetzt ruhe ich aus. Ich schaue nach paar Minuten wieder nach dir, schlaf gut.

Drei Tage liegt Christine auf der Krankenstation und wo? Sie weiß es immer noch nicht, weil sie nicht den Mut aufgebracht hat, die Mädchen zu fragen, die sie schon besucht haben. Lustige, fröhliche Mädchen. Sie haben so viel geredet und gefragt. Christine weiß nicht mehr WAS.
Nach diesen drei Tagen Krankenzimmer-Aufenthalt kommt Christine in die Mädchen-Gruppe der nicht Berufstätigen, in den ersten Stock des Gebäudes.
Die fürsorgliche Beamtin hat Christine in ein Heim des "Wiener Fortbildungsschulrats", untergebracht. Unbürokratisch und schnell. Die Kosten trägt die Gemeinde Wien.

Es ist das Lehrlingsheim in Nussdorf. Im Wiener 19. Bezirk, die Villa Hammerschmid mit 105 Plätzen.
In dieser Gruppe sind auch Kinder, deren Eltern im Ausland arbeiten und für die Unterbringung ihrer Kinder zahlen.

ॐ✶ॐ

Gute Erziehung und Bildung stehen in diesem Heim im Vordergrund. Kulturelle Bildung ebenso. Werte und Normen.
Werte: Gefühlswerte: Freundschaft, Liebe;und materielle Werte: Erfolg, Geld usw.
Normen sind Regeln oder Vorschriften. Sie schützen WERTE, zum Beispiel den Wert „Ehrlichkeit" vor Lügen.

Normen gelten für das Verhalten im Alltag. Sie sollen den Kindern eine Orientierung geben, um ein friedliches Zusammenleben zu ermöglichen. Normen sind gegeben, um Werte zu schützen.

Es wäre sehr schön in diesem Heim, wenn das Wort „Heim„ nicht wäre. Christine fühlt sich schuldig. Sie spricht kaum ein Wort und grenzt sich aus. Schwester Erzinger nimmt sie in ihren Chor. Das Mädchen stellt sich ganz nach hinten und singt leise mit. Nach drei Liedern ruft sie Schwester Erzinger vor.

„Stell dich neben mich ans Klavier, sagt die Erzieherin und gibt Christine ein Notenblatt. Sicher will die Schwester wissen, wie weit das Mädchen in Musik ist.
„Christine, bitte sing."

Es kommt kein Ton aus Christine. Schwester Erzinger gibt ihr das „A„ und spielt am Klavier die ersten Takte von Schuberts Ave Maria. Christine steht immer noch stumm mit gesenktem Kopf vorm Klavier. Schwester Erzinger unterbricht. Sie gibt Christine aufs Neue das „A„„, spielt nochmals den Vorspann und gibt ihr den Einsatz. Zaghaft quetscht sie unter Tränen ein paar Töne raus. Die Erzieherin gibt nicht auf und ermuntert Christine:
„Du kannst es. Ich spüre es", und spielt abermals die ersten Takte und gibt Christine nochmals den Einsatz.
Nach ein paar Takten trägt Christine Schuberts Lied innig, kraftvoll und aus voller Seele vor.
Schwester Erzingers Chorgruppe war gerührt und mucksmäuschenstill. Auch Schwester Erzinger hat für Sekunden die Contenance verloren. Ihr ist geglückt, dass das Mädchen ein wenig an sich selbst glauben kann.
„So meine Damen, jetzt wird es mal wild. Wer von euch möchte heute wieder mal Rock an Roll klimpern? Die

anderen dürfen tanzen. Wenn man überhaupt danach tanzen kann", scherzt die Erzieherin und lächelt.
In der Gruppe sind Zwillinge. Absolut gänzlich unterschiedlich im Aussehen sowie in ihrer Wesensart. Von früh bis spät streiten die beiden. Aber wenn es sich um Musik dreht, sind sie sich einig. Sie setzen sich ans Klavier und hauen drauf los. Sie sind erst vierzehn Jahre und beherrschen das Instrument meisterhaft. Ihre Finger fliegen über die Tasten. Sie bewegen ihre Körper im Rhythmus und reißen die umstehenden Mädchen mit.
Nur Christine bleibt unbemerkt still und allein in einem Winkel und sieht zu.

Der Musikunterricht ist beendet. Die Erzieherin beruhigt die Mädchen zum Abschluss mit Abendliedern und begleitet den Gesang am Klavier.
Sie verabschiedet sich von den Zöglingen:
"Danke, es war wunderbar mit euch. Schlaft gut meine Damen".

Es ist ein heller Schlafsaal mit weißen Stahlrohrbetten und vielen Fenstern. Ein riesig großer Kronleuchter, mit herrlichen Blattverzierungen und vielen hellen, kerzenförmigen Glühlampen hängt an der Zimmerdecke. Wenn das große Licht ausgemacht ist, leuchten gedimmte Lichter an den Wänden. Die Mädchen halten sich vor dem zu Bett gehen auf, wo sie möchten. Entweder im Waschraum oder sie sind im Kulturraum. Darin sind bis auf die Fensterreihe alle Wände mit Bücherregalen und echten Gemälden verdeckt. Die riesige Bücherwand lässt fast keinen Leserwunsch offen. Dazwischen befinden sich ein Radio und ein Fernseher, der 12 Stunden lang sendet. Der Fernseher ist die Sensation. Die Zöglinge können täglich die Wochenschau mit dem Titel Zeitspiegel sehen und hören.

Die Karikatur der Woche mit Gustav Peichl als „Ironimus", aktuellen Sport mit Edi Finger und Fass das Glück mit Heinz Conrads.

Ab 22 Uhr ist autoritäre Bettruhe. Die meisten liegen schon um 20 Uhr in ihren Betten. Lesen oder unterhalten sich. Wenn an den Wochenenden die Heurigen offen sind, lauschen sie bis 23 Uhr der Heurigenmusik, dem Gesang, Gelächter und Stimmengewirr der Besucher, das durch die offenen Fenster dringt.
„Ich habe mir für Grinzing einen Dienstmann engagiert, der mich nach Hause führt, wann irgendwas passiert, denn auf den Wein kann sich der Mensch ja nicht verlassen,
da wackelt z'erscht der Kopf und dann die ganze Gassen!"
Lächelnd schläft Christine ein.

Nach einer Woche holt sie Fürsorgerin Frau Ramberger für ein Vorstellungsgespräch ab. Christine wird als Büro-Kaufmann/frau- Lehrling ab nächsten Monat in einer Auto-Elektrik im 20. Wiener Bezirk Brigittenau angestellt.
Die Inhaber Holickyn sind ein kinderloses älteres Ehepaar, die diese Firma zusammen mit dem Bruder Hans aufgebaut haben. Im Büro arbeiten eine Buchhalterin und eine Praktikantin, die ihre Lehre bei der Firma Holickyn erfolgreich abgeschlossen hat und noch in diesem Monat eine Verwaltung–Stelle in einer Großfirma antritt. Das neue Lehrmädchen Christine ist willkommen.
In der Auto-Werkstatt sind nur männliche Arbeiter. Zwei, die ihre Ausbildung bald beenden werden und vier Automechaniker.
Sämtliche Kosten, Vorbereitungen für den Anstellungsvertrag, Anmeldung in der Berufsschule,

Besorgung von Fahrkarten und Schulmaterial übernimmt die Stadt Wien, der Regierungsrat.

Vom Verdienst der Auszubildenden bleiben den Mädchen achtzig Prozent. Das Geld kommt auf ihr persönliches Sparbuch. Beim endgültigen Verlassen des Domizils wird es ihnen ausgehändigt.

Wöchentlich erhalten die Zöglinge Zwanzig Schilling Taschengeld. Wenn ihr Spar-Guthaben es erlaubt, können sie einmal im Monat einen Antrag für größere Einkäufe, wie Kleidung und Extras stellen. Die Aufwendungen dürfen jedoch nie ein festgelegtes Grundkapital überschreiten.

Bei gemeinsamen Ausflügen und festlichen Anlässen erhalten die Mädchen passende Einheitskleidung: Kostüme, Röcke, Blusen, Dirndln und eine Schiausrüstung. Auch Jacken und Wintermäntel. Sie können auch privat, je nach Belieben getragen werden.

Drei Mal täglich wird Essen ins Heim geliefert. Für die Berufstätigen kommt es an Wochentagen in aller Herrgottsfrüh in fest verschließbaren Menasch-Schalen, die im Wasserbad in ihrer Firma gewärmt werden können.

An dem jetziges Zuhause von Christine ist nichts auszusetzen. Keiner schimpft, niemand schlägt sie oder beschuldigt sie ungerecht. Wenn nicht die Mädchen selbst untereinander streiten. Die Erzieherinnen sind unglaublich nett und meist gut gelaunt. Rund um die Uhr sind sie abwechselnd für die Kinder da. Christine ist hier in bester Obhut und unglaublich gut versorgt. Und doch ist sie nicht glücklich. Spricht kaum ein Wort, Freundinnen hat sie nicht gewinnen können. Nicht gewinnen wollen.

৳৵ ✶ ৶৴

Die Firmung

Durch die Firmung sollen katholische Kinder, die bereits die erste heilige Kommunion empfangen haben im Glauben gefestigt werden. Gerade bei Heimkindern ist es wichtig, dass ihnen der eigene Glaube Kraft schenkt und sie stärkt. Es gibt Phasen und Situationen, bei denen sie oft ins Zweifeln geraten, ihr Weg schwer und unüberwindbar erscheint und sie Stütze brauchen. Zudem symbolisiert das Sakrament der Firmung den Übertritt von der Kindheit in das Erwachsenenalter.

Jedes Jahr führen namhafte Personen aus Wien, Kinder aus Heimen zur Heiligen Firmung. Die Firmpaten selbst müssen einige Voraussetzungen mitbringen. Ihre Ansichten im Glauben und im Leben sollten gefestigt sein, und mit schwierigen Themen und anstehenden Problemen gut umgehen können.

Der Direktor der Linde Werke hat sich für Christine entschieden.

Für diesen besonderen Tag erhalten die Mädchen dunkelblaue Kostüme, weiße Blusen mit ausgeschlagenem Kragen, Seidenstrümpfe und schwarze Halbschuhe, sowie je eine Firm-Kerze.

Kardinal Franz König, ehemaliger Erzbischof von Wien übernimmt die feierliche Zeremonie.

Während der Firmung steht der Firmpate hinter dem Firmling. Er legt Christine seine Hand auf die Schulter, als Zeichen der Verbundenheit und Unterstützung. Der Firmpate ist der persönliche Lebens- und Glaubensbegleiter und wird dem Firmling in schwierigen Zeiten zur Seite stehen.

Der Direktor der Linde Werke lädt Christine sie zu sich nach Hause ein. Im Wiener 8. Gemeinde-Bezirk, der Josefstadt. Er hat zwei Kinder, die jünger als Christine sind. Eine Tochter und einen Sohn. Seine Tochter zeigt

Christine gleich ihr Können am Klavier. Sie fordert Christine auf, sich neben sie zu setzten und die Tasten zu berühren. Nach kurzer Zeit spielt Christine „ Brüderlein fein". Der Bub reicht Christine Kekse.

Der Nachmittag vergeht schnell, zu schnell. Christine will pünktlich im Heim sein. Der Direktor drückt ihr beim Abschied einen Pack Fahrscheine in die Hand:

„Wenn du Kummer und Sorgen hast und was brauchst, die Tür steht dir immer offen. Komme so oft du möchtest."

Christine weiß, dass jedes Jahr ein anderes Kind sein Firmling ist. Sie wird nie wieder zu ihm kommen. Mit Kummer und Sorgen wird sie selbst fertig werden. Brauchen tut sie auch nichts. Außerdem hat er selbst zwei Kinder. Weshalb sollte er sich dann auch noch um sie kümmern wollen.

Seine Worte sind nur Höflichkeits-Getue. Reine Floskeln.

Die Lehrzeit

Anfang November ist der erste Berufstag in der Auto-Elektrik in Brigittenau. Von Nussdorf aus läuft Christine über die Nussdorfer Wehr- und Schleusenanlage, der Löwenbrücke vom Donaukanal, bis zur Leipzigerstraße im 20. Wiener Bezirk. Sie ist eine dreiviertel Stunde zu Fuß unterwegs. Mit der Straßenbahn wären es dreißig Minuten, und einen kleinen Fußmarsch erspart es ihr auch nicht.

Das erste Mal im Leben arbeitet sie für Lohn. Es gefällt Christine ganz gut in der Auto-Elektrik-Firma. Als erste Aufgabe wird ihr das Magazin, das Materiallager sehr an Herz gelegt. Sie solle sich die Ersatzteile mit deren Benennung und Nummern, wie Klasse, Ident- usw. einprägen, um schneller die Teile an Monteure und

Kunden ausgeben zu können. Fehlende oder bald ausgehende Artikel umsichtig nachbestellen. Besonders die Lieferzeiten der jeweiligen Firmen beachten. Ausgelaufene, nicht mehr brauchbare Teile müssen gesondert deponieren werden. Außerdem hat sie von jedem Fahrzeug, das in den Hof fährt, diskret Nummernschild und so gut wie möglich, die Namen der Kunden zu notieren.

Um die private Kleidung zu schonen erhalten alle Mitarbeiter Arbeitskittel. Mechaniker haben blaugraue, Angestellte grüne und der Chef einen schwarz glänzenden Arbeitsmantel. Das Gesamtbild der Firma soll im guten Licht erscheinen.

Da passiert es Christine, dass sich Leute beim Chef über sie beschweren, weil sie Freunde und Besucher nach dem Namen fragt, aber das Nummernschild „unauffällig" notiert hat.

Nicht nur Kunden, auch ein Fahrer vom Fuhrunternehmen Frigo sind von dem neuen Lehrling der Firma Holickyn überhaupt nicht begeistert.

„Sagt mal, kann euer neuer Lehrling auch mal lächeln und etwas freundlicher sein? Die rennt ja rum, als hätten ihr die Hühner das Brot weg gefressen."

„Tja, da war ihre Vorgängerin intelligenter und aufgeweckter. Aber die ?" Pflichtet die Buchhalterin dem Fahrer bei.

„Wieso nehmt ihr so was Mürrisches denn? Ist ja ekelhaft, wie verdrießlich und unfreundlich sie ist. "

„Naja. Wir tun ein gutes Werk. Sie ist ein Heimkind. Vielleicht wird's noch mal besser." Sagt die Buchhalterin Groberger, die als einzige erwachsene Frau im Büro ist, und das Zepter führt.

Nach paar Wochen spricht der Chef, Franz Holickyn ein ernstes Wort mit Christine.

„Du müsstest dich jetzt bereits eingelebt haben. Wenn du nicht besser wirst, schauen wir uns nach einem anderen Lehrling um."

„Was mache ich falsch?" Fragt sie schüchtern.

„Falsch ist nicht der richtige Ausdruck. Du könntest, wenn du wolltest. Man gewinnt den Eindruck, du wirst zu was gezwungen. Du tust alles nur notgedrungen. Ohne Pepp und Lust. Hängst rum wie ein Miesepeter. Gefällt es dir hier nicht?"

„Doch. Mir gefällt die Arbeit sehr gut. Ich muss mich halt noch eingewöhnen!"

„Die Probezeit ist bald um. Dann müssen wir uns was einfallen lassen. Also geh und lächle mal. Die Kunden beschweren sich schon. Außerdem solltest du auf deine Kleidung achten. Wir haben deswegen Arbeitsmäntel, um die private Kleidung zu schonen. Den Arbeitskittel müsstest du mal zum Waschen nach Hause nehmen. Der klebt ja vor Dreck. Fast keine grüne Farbe blickt mehr durch. Weder meine Kunden noch ich, sehen gerne eine verdreckte Angestellte."

„Werde ich übers Wochenende mitnehmen und waschen." Sagt Christine kleinlaut.

Die Ersatzteile sind meist voll Öl und die zu reparierenden Starter, Lichtmaschinen arg verunreinigt und sehr schwer zu tragen. Herr Holickyn gibt ihr endlich einen Ersatzmantel, weil in den Wintermonaten die Wäsche nicht so schnell trocknet.

Im Keller vom Lehrlingsheim befindet sich eine große Waschküche. Warmwasser, Tröge, Waschrumpel und Bürsten sind immer vorhanden. Nur das Waschpulver fehlt oft. Das müssen sich die Mädchen selbst vom Taschengeld besorgen.

Das erste Taschengeld hat Christine in Süßigkeiten umgesetzt. Cremeschnitten, Punschkrapfen,

Kokosstangerln, Manner-Schnitten Manner-Zuckerln, einige Kaugummi „Bazooka Bubble Gum ". Aber auch in Seidenstrümpfe, Zahnpasta und eine große Packung Haarklammern sind dabei. Jetzt ist sie blank.

Sie hat jetzt wieder längere Haare und kann sich eine Hochfrisur stecken, die zurzeit sehr modern ist. Dafür benötigt sie viele Haarklammern und Haarclips, von denen die meisten wieder verloren gehen. Sonst trägt sie ihren geliebten Pferdeschwanz und hat auch Ponyfransen.

Nun kommt sie nicht umhin, Mädchen anzusprechen, weil sie Waschpulver braucht. Ob sie ihr so ein Pulver geben werden? Vom nächsten Taschengeld würde sie es zurückgeben. Natürlich bekommt sie Waschpulver. Sogar von mehreren ihrer Mitbewohnerinnen. Damit die Waschküche und Trockenplatz nicht überfüllt sind, hängt ein Plan an der Wand, in dem die Mädchen ihre Waschtermine eintragen. So trägt sich auch Christine ein und darf den Termin nicht verpassen.

Aber das Waschen mit ihrem Arbeitskittel eilt. Hilfsbereit sind die Mädchen. Christine kann einen Waschtermin noch diesen Samstag mit einer anderen tauschen.

Sie schwitzt schon vor lauter Plage, die schwarzen Ölflecken und andere Schmierer mit Kernseife, Waschrumpel und Bürste zu entfernen.

„Schmeiß doch den Kittel in den Kochtopf Christine. Das bekommst du so nie raus, " wird ihr geraten.

Nach reiflicher Überlegung, liegt der grüne Kittel im Kochtopf mit Waschpulver und kocht fleißig. Na klar, das sind Ölflecken. Und die gehen nur ganz heiß raus. Nach dem Mittagessen holt Christine ihren Kittel mit großer Neugier aus dem Kochtopf.

„Oh, nein! Was ist denn das?!"

Vor Schreck setzt sich das Mädchen erst mal auf einen Stuhl. Starrt auf den Klumpen, der nun auf dem Boden vor ihr liegt. Zaghaft zieht sie mit dem Holzlöffel das heiße Stück auseinander. Schreit auf, läuft in den Schlafsaal, wirft sich aufs Bett und vergräbt ihr Gesicht im Polster.

Ein Mädchen aus dem oberen Stockwerk, das bald aus dem Heim entlassen wird entdeckt Christines Wäschestück, muss laut lachen und sucht die Besitzerin auf. Sie findet das Mädchen heulend auf dem Bett. Will sie trösten, doch Christine ist untröstlich:

„Die möchten mich eh schon aus ihrem Betrieb schmeißen und jetzt? Jetzt haben sie noch einen Grund mehr. Ich brauch erst gar nicht mehr weiter die Lehrstelle antreten."

Das Mädchen aus dem oberen Stockwerk streichelt Christine:

„Das wird schon wieder. Ich gucke mir dein Prachtstück an, ob was zu retten ist und dann schauen wir weiter. OK?" Sie geht zur Heimleitung.

„Frau Dr. Gettinger, es ist ein Malheur passiert."

Zu dritt begutachten sie Christines Arbeitskittel, die Heimleitung, das Mädchen vom oberen Stock und die Gruppen-Erzieherin.

„Da ist wohl nichts mehr zu machen."

Die Knöpfe sind zerschmolzen, die Farbe vom Stoff ist ausgebleicht, fleckig hellgrün. Die Gruppen-Schwester geht zu Christine.

„Komm hoch. Alles wird wieder gut. So was passiert halt und deswegen dürfen sie dich gar nicht raus werfen. Da müsstest du schon silberne Löffel stehlen. Die werden sie bestimmt nicht in so einer Werkstatt haben."

Sie streichelt Christine.

„Na komm. Wir trinken zusammen den Nachmittagskaffe oder möchtest du was anderes? Kakao vielleicht? Es gibt heute Streuselkuchen."

„Es ist ja nicht der Kittel allein."

„Was denn noch?"

„Ich schau nicht freundlich genug und schreibe Leute auf, die ich nicht aufschreiben soll. Ich kann Freunde und Bekannte nicht von den Kunden unterscheiden.

„Das ist auch kein Grund, dich zu entlassen. Das kannst du in so kurzer Zeit nicht wissen. Wir reden mal mit deinem Chef und jetzt komm Kaffeetrinken."

Sie gibt Christine einen freundschaftlichen Klaps und nimmt sie mit in den Speisesaal.

Christine geht pflichtbewusst wieder zu Ihrem Ausbildungsplatz. Jedoch sehr ängstlich, weil sie nicht weiß, was sie erwartet. Wie durch ein Wunder sind Herr Holickyn und Frau Groberger sehr freundlich zu ihr. Nachmittag kommt Frau Holickyn mit drei Stück Torten ins Büro. Für die Buchhalterin für sich selbst und für Christine.

Ab diesem Zeitpunkt taut das Mädchen auf. Sie wirkt freundlich und aufgeschlossen. Sie wird auch jetzt von Kunden und den Leuten in der Werkstatt gemocht.

Ein junger Monteur stellt sich öfter zur Buchhalterin und erzählt ihr von manchen Abenteuern, die er so hinter sich hat. Heute hat er die Gesellenprüfung bestanden und es wird ihm gratuliert. Auch Christine beglückwünscht ihn. Er macht ihr laufend Avancen und möchte mit ihr übers Wochenende einen Ausflug machen. Er hat ein neues Motorrad. Christine lehnt ab.

Die Inventur im Materiallager führt der Lehrling ganz allein und gewissenhaft durch. Schub auf, zählt schreibt auf und bestellt, wenn Teile zu wenig vorhanden sind,

Schub zu. Harald Menky, so heißt der junge Monteur, kommt öfters als sonst ins Material-Lager. Er fragt ihr ein Loch in den Bauch. Es fällt jedem auf, dass dieser junge Mann ein wenig zu oft Ersatzteile braucht. Mal soll Christine ihm das falsche Teil ausgehändigt haben, dann hat er sich selbst vertan.

Betriebsschluss ist`s. Christine geht wie immer ihren Fußweg nach Hause. Harald steht mit seinem Motorrad und wartet auf sie.

"Steig auf, ich fahr die Heim."

Hm, das wäre schon schön. Sie ist sehr müde und möchte sich noch vor dem Abendessen duschen. Der Inventurstaub klebt an ihr, besonders in den Haaren.

„Ach nein. Danke, ich möchte mich auf dem Heimweg ein wenig entspannen und in die Donau schauen."

„Dann laufe ich neben dir her und begleite dich."

„Harald, bitte sei mir nicht böse, ich möchte allein sein. Lieb von dir. Bis morgen, Servus"

Am nächsten Tag ist Harald Menky nicht auf seinem Arbeitsplatz erschienen. Weder eine Entschuldigung noch ein Telefonanruf kam in die Firma. Ist er eventuell krank oder hat er gar einen Unfall? Christine macht sich Gedanken. War sie gestern zu barsch? Hätte sie ihm den Gefallen tun sollen? Ach es geht doch gar nicht um sie. Aber weshalb macht sie sich Gedanken über diesen Mann?

Am Nachmittag trifft Harald Menky in der Firma ein. Er hatte ein Vorstellungsgespräch bei Mercedes und wird die Firma Holickyn in drei Monaten nach der Kündigungsfrist verlassen. Christine ist erleichtert, dass nichts Schlimmes passiert ist und führt im Magazin ihrer Arbeit fort. Harald folgt ihr.

„Du pass mal auf, Harald. Das fällt allen hier schon auf, dass du nur einen Grund findest, um hier rein zu kommen."

„Na und ? Ich mag dich halt. Würdest du dich heute heimfahren lassen? Bei dem Wetter erkältest du dich noch."

„Haha auf deiner Maschine wohl nicht? Du weißt aber schon, dass mein Zuhause das Lehrlingsheim in Nussdorf ist, gell?"

"Ja, das ist mir bekannt. Ich werde nichts tun, um dir Schwierigkeiten zu machen."

Christine geht ihm aus dem Weg. Läuft raus in den Hof, um wieder Autonummer aufzuschreiben. Ihr kommt der Bruder vom Chef entgegen, Hans und er lächelt sie an. Hans ist genauso kleinwüchsig wie ihr Chef. Ihr Chef hat einen Spitzbauch der noch größer wirkt, weil sein schwarzer Arbeitskittel so sehr glänzt. Hans dagegen hat einen runden Bauch. Der wirkt unter seinem blaugrauen Arbeitsmantel auch ziemlich groß. Dick sind sie nicht die zwei, nur ihre Bäuche stehen vor. Frau Holickyn ist genau so klein. Christine schätzt, dass die drei so je um die 156 cm groß sind.

Hans hat von seiner Frau für sich und Christine einen Apfelstrudel mitbekommen.

„Komm her Christine, der ist von meiner Frau mit lieben Grüßen an dich."

In der Thermoskanne hat Hans auch noch Kaffee und füllt zwei Plastikbecher. Christine schaut durch das große Verbindungsfenster zwischen Werkstatt und Büro zur Buchhalterin, ob es auch recht ist, dass sie jetzt Kaffee trinkt.

Diese nickt zustimmend. Und schon wieder steht der Harald Menky bei der Buchhalterin Frau Groberger. Sie ist alleinerziehende Mutter. Ihr schulpflichtiger Junge geht wahrscheinlich nachmittags in einen Hort.

Harald möchte Christine wieder nachhause fahren. Diesmal hat er ein Auto dabei. Marke Morris Minor. Es gehört seinem Vater.

„Heute würde ich an deiner Stelle mein Angebot nicht abschlagen. Scheußliches Wetter. Was meinst du? Ich bringe dich gut heim. Versprochen."

„Fahr doch die Groberger heim". Ui, ist Christine jetzt gar eifersüchtig?

„Ne-ne, das mache ich nicht. Die wohnt doch bei der Spinnerin am Kreuz. Das ist eine halbe Weltreise. Die soll mit der Tram fahren."

Christine lässt sich heimfahren. In der Kahlenberger Straße soll Harald das Auto parken. Das Stück zur Hammerschmidgasse möchte sie gehen. Allein. Harald beugt sich halb über Christine. Sie rückt weg, sagt:

„Tschüss, Ba-Ba . Danke fürs Fahren. Bis morgen" und steigt aus.

Ein Schäferhund-Welpe für Christine

Die Tage werden immer kälter und kürzer. Christine bekam wie alle anderen Mädchen einen grauen warmen Woll-Wintermantel. Sie schlendert gerne bei trockenem Wetter nach der Arbeit über die Donau zwischen den Gärten in ihr Heim.

Heute ist Freitag. Das Wochenende beginnt. Sie kommt an einem Hundezwinger vorbei. Vier Schäferhund-Welpen vergnügen sich darin. Christine geht näher ran, hökert sich davor hin und spricht mit den kleinen Hunden. Alle schwänzeln mit dem ganzen Körper hinterm Zaun.

Christine ist wahnsinnig begeistert. Sie jubelt und freut sich ganz laut.

„Möchtest du einen haben?" Fragt plötzlich ein Mann im Zwinger.

Das braucht man Christine nicht zweimal fragen. „Ja, sofort!"

„Dann komm mal rein und suche dir einen aus".

Schwupps war das Mädchen im Zwinger. Ein dicker kleiner Knäuel von einem Hund springt gleich auf Christines Füße. Sie bückt sich:

„Den will ich. Komm her mein Kleiner." Sie vergräbt ihr Gesicht in das Fell des Welpen.

„Darf ich den wirklich haben, so ohne alles?"

„So ohne alles. Machst gut ihr beiden!"

Überglücklich steckt Christine den Welpen unter ihren Mantel und geht freudestrahlend ins Heim. Sie postiert den kleinen Hund in die Mitte vom Aufenthaltsraum auf den Boden. Große Begeisterung und Jubel aller Mädchen. Die Erzieherin Schwester Benno betritt den Saal.

„Ja um Gottes Willen, das ist ja ein Hund! Schafft den Hund raus! Der brunzt gleich hier rein".

Freilich pinkelt so ein kleiner Hund vor Schreck bei so einem Gezeter. Jedes kleine Kind würde in die Hosen machen. Der Kleiner hat gebrunzt, und tappt seelenruhig von einem Mädchen zum andern. Freuden- und Jubelgeschrei. Alle freuen sich und lachen. Christine, läuft auf den Gang zum Putzschrank und holt schnell einen Wischlappen.

„Wer hat den Hund hierher gebracht?"

Schwester Benno ist außer sich. Jeder weiß, was jetzt folgt. Der Hund muss wieder weg. Es ist aber schon stockdunkle Nacht.

Christine hat zwischenzeitlich die Pipi-Lache aufgewischt, den Fetzen ausgewaschen und zum Trocken auf die Heizung gelegt. Sie hebt den Hund hoch, setzt sich an den Tisch zu den Mädchen streichelt ihn.

„Du warst es also! Das hätte ich mir denken können. Und wo soll jetzt der Hund schlafen? Bei dir im Bett?"

Hocherfreut ruft Christine: „Jaaaa!"
„Jetzt bist du doch von allen guten Geistern verlassen. Bring den Hund runter zum Portier. Sofort! Und morgen ist er dort, wo du ihn her hast. Verstanden?!"
„Lassen sie halt den Hund noch ein kleines bisschen hier! Bitte Schwester Benno." Sagt ein anderes Mädchen und die anderen johlen zustimmend.

"jaaa. Biiiitte, bitte." ertönt es von allen Seiten.
„Kommt nicht in Frage. Ich bin allergisch gegen jedes Tier. Besonders gegen Hunde."

Das ist Christine gänzlich unverständlich, dass man gegen einen Welpen allergisch sein kann. Sie trägt den Hund runter zum Portier und spielt noch eine Weile mit ihm.
„Gell du lässt den Hund jetzt bei mir?"
„Ich darf ihn nicht oben behalten, die Schwester ist allergisch. Dabei würde er ja nur bei mir schlafen. Morgen soll ich ihn wieder in den Zwinger bringen."
„Jetzt stell dir mal vor, jedes Mädchen würde ein Tier hier anschleppen. Wir haben zwar einen großen Park aber für euch und nicht für Tiere. Ist besser, wenn du den Hund wieder zurück trägst."
„Darf ich wieder kommen und nach ihm schauen?"
„Na klar, so oft du willst. Ich habe Nachtschicht bis 5 Uhr Früh."

Schwester Benno ist beruhigt. Sie hat ihren Dienst in dem Heim für heute beendet und verabschiedet sich mit den Worten.

„Du sorgst doch immer wieder für Aufregung Christine. Morgen will ich den Hund hier nicht mehr sehen. Gute Nacht Kinder."

Gemurmel der Mädchen. Christine wartet zwanzig Minuten und schleicht wieder zum Portier.

„Nimm den Hund bloß mit zu dir. Das Gewinsel ist ja nicht zu ertragen."

Juchhuuuu – nichts lieber als das.

Und schon ist der kleine Hund unter Christine Schlafdecke und beide schlafen selig bis sie geweckt werden und Gott sei Dank nicht von der Schwester Benno. Es ist Sr. Singer, Christines Lieblingsschwester. Sie achtet nicht darauf was Christine unter der Decke hat. Sie sieht gleich, dass das Mädchen eilends in den Park läuft. Ja, dort muss ihr Hund Gassi und dann bekommt er Wasser und was zu essen. Sie hat noch genug Taschengeld um Futter zu kaufen. Heute ist Samstag. Sie kann stets raus. Muss sich aber jedes Mal ab- und wieder anmelden beim Portier.

Dieses heimliche Behalten von dem Hund schafft sie bis zum Montag. Es herrscht bis dahin eine frohe Stimmung in der Gruppe. Schwester Benno erscheint. Sie erblickt den Hund. Nichtsahnend ließ ihn Christine umherlaufen. Mittlerweile hat sie entdeckt, dass es ein Weibchen ist und dem Welpen eine riesengroße rosa Schleife um den Hals gebunden.

„Jetzt ist das Vieh immer noch da! Was habe ich dir denn gesagt? Heute noch ist der Hund weg, Christine! Du tust ihm weh, wenn du ihn noch länger an Dich gewöhnst. Es kann kein Tier in dem Heim bleiben. In keinem! Versteh das doch endlich!"

Und ob Christine verstanden hat, das hat ihr auch der Portier erklärt.

„Und ihr anderen auch. Schleppt bloß keinen Hamster oder sonst was rein."

Ein Mädchen lacht und ruft: „ Doch! Ich mag kleine weiße Mäuse!"

Allgemeines Gelächter aber großes Mitgefühl zeigen sie der Christine. Sie umarmen sie.

„Das tut uns leid. Aber sie hat recht, die Schwester, gell?"

Ja, natürlich hat sie Recht. Christine fährt rechtzeitig Montag in der Früh mit der Straßenbahn zur Arbeit. Sie hat ausreichend Zeit den kleinen Schatz wieder in den Zwinger zu bringen. Es besteht überhaupt keine Eile. Der Hund steckt wieder unterm Mantel. Es wird sehr warm an ihrer Brust. Der Kleine hat Wasser lassen. Neben dem Haus ist der Hundezwinger angebaut. Christine klingelt. Es meldet sich niemand. Sie guckt zum Zwinger. Sie sieht nur einen Welpen und die Hundemama.

„Naja, mein liebes Hündchen, wenigsten bist du nicht allein"

Sie klingelt abermals und pocht an die Tür. Kein Mensch ist daheim. Jetzt drängt die Zeit. Am Arbeitsplatz möchte sie pünktlich erscheinen. Das ist sie auch - mit dem Hund.

In der Firma Holickyn sind zu so früher Zeit nur zwei Mechaniker in der Werkstatt. Christine kann unbemerkt mit dem Hund ins Material-Lager gehen und richtet ihm im Eck vom hinteren Gang ein kuscheliges Plätzchen ein. Sie legt Zeitungspapier aus, im Falle dass er muss. Trockenbrot und eine Schüssel Wasser, das für Kunden-Hunde in der Halle bestimmt ist, stellt sie in seine Nähe. Mit dem Gefühl alles richtig gemacht zu haben, geht sie heute mit guter Laune an die Arbeit. Das Trockenbrot stammt aus der Heimküche. Sie hat noch was für sich übrig und isst. Wenn Frau Groberger oder ihr Chef kommt, wird sie alles erklären.

Frau Groberger mag keine Hunde. Sie tut gerade so, als würde sie von dem kleinen Wollknäuel aufgefressen. Auch ihr Chef ist sehr erbost, dass sie ein Tier mit ins Büro nimmt. Er bleibt ja nicht auf seinem Platz, der kleine Racker. Er läuft vergnügt zwischen den Beinen ihrer Vorgesetzten rum. Dass die Leute von dem Zwinger nicht daheim waren interessiert Herrn Holickyn nicht:

„Das ist mir wurscht. Du bringst das Vieh sofort weg. Ist mir egal wohin. Nur weg."

Bedrückt aber mit den Gedanken, dass alle Recht haben, marschiert sie während der Arbeitszeit los. Im Hundezwinger steht der gleiche Mann, aber, er trägt eine Polizei-Uniform und stellt gerade Schüsseln mit Futter und Wasser auf. Die Mutter von den Welpen erscheint auch. Eine wunderschöne Schäferhündin. Als der Polizist Christine mit betrüblichem Gesicht und den Hund mit der großen rosa Schleife sieht, sagt er verständnisvoll:

„Du darfst ihn nicht behalten, gell?"

„Nein, ich wohne doch in einem Heim. Da sind Tiere nicht erlaubt."

„Wohnst du in Nussdorf?"

„Ja"

„Na, dann gib schon her. Wir werden für dein kleines Mädchen einen guten Platz finden. Es wird mal ein Polizeihund, ein Wach-, Such- und Spürhund. Das sind sehr intelligente Tiere."

Christine kuschelt ihr Gesicht zum letzten Mal in das Fell, setzt den kleinen Schatz auf dem Boden, dreht sich um und geht lautlos weinend zur Löwenbrücke.

Ist Christine normal? Warum hat sie nur fortwährend solch ausgefallenen Ideen, die anderen nicht gefallen? Hund ins Heim bringen. Sie ist mürrisch, lacht kaum und spricht nur das Notwendigste. Wieso ist so anders als die andern. Einige Erwachsene und auch Mädchen nennen sie schon „ Muli". Einen Maulesel. Sie pfeift jetzt auf ein Pflichtbewusstsein. Sie hat keine Pflichten mehr zu erfüllen. Sie stürzt sich jetzt in die Donau. Dann ist alles vorbei.

Wie sie so an dem Gelände der Löwenbrücke steht und in den reißenden Strom hinabschaut, denkt sie an die Situation in der Donau mit Helene. Damals hat sie Helene mit in die Donau zum Schwimmen genommen und versprochen, in ihrer Nähe zu bleiben. Aber als Helene ein paar Burschen gesichtet hat, war Christine in dem Strom allein. Der Fluss hat sie übermächtig mitgerissen. Sie kämpfte mit großer Anstrengung gegen die Strömung und wollte ans Ufer. Wie im Film fuhr das Ufer rasend vorbei. Sie landete damals unsagbar erschöpft auf den großen Felsbrocken vom Donaudamm.

Wie blöd ist das denn? Wenn sie ins Wasser springt und dann aus Reflex unwillkürlich schwimmt? Das Aufsehen, das sie erregen würde, wäre dann ja noch schlimmer. Sie wäre Spott und Hohn ausgesetzt. Eine gezeigte Verachtung könnte sie auch nicht verkraften.

Was macht sie nur? Erfüll deine Pflicht. Gehe zur Arbeit zurück und tu so, als wenn nichts gewesen wäre. Ja, damit kann sie leben.

ᘇᘚ ✶ ᘇᘚ

Engerl und Bengerl

Nikolaustag ist, der 6. Jänner. Krampus war einen Tag zuvor. Der wird in Heimen nicht zugelassen. Das sind Schreck-Gestalten mit rasselnden Ketten und Ruten in Begleitung des Heiligen Nikolaus und hauen böse Kinder aus.

Der Nikolaus beschenkt die braven Kinder. Und das sind die Heimkinder – brav, wenn sie schlafen.

Nach dem Abendmahl besucht der Nikolaus die Mädchen im Heim. Jeder Zögling wird einzeln aufgerufen, erhält ein Nikolaus-Säcken. Darin befinden sich Wal- und Erdnüsse, Mandarinen, getrocknete Feigen, Äpfel und ein Schokoladen-Nikolaus. Und jedes Kind bekommt einen persönlichen Spruch. Christine liest ihren Spruch:

> „Christine kann weinen,
> um den lieben Hund den kleinen,
> Doch eines sollst du dir merken,
> den Menschen sollst du höher werten"

Und gleich darauf fließen wieder ihre Tränen. Sie verschwindet ganz schnell in ihr Bett, zieht die Decke über sich und schluchzt.

Vor Weihnachten werden Lose verteilt. Es gibt davon zwei Arten.

Das eine Lose heißt Engerl, das andere Bengerl. Auf den Losen stehen Namen. Jedes Mädchen ist für ein anderes ein Engerl und auch gleichzeitig für ein anderes das Bengerl.

Das Engerl hat die einzige Aufgabe, auf sein Bengerl in der Weihnachtszeit bis zu Heilig Abend unauffällig zu achten, ihm zu helfen und es zu beschützen.

Es geht während dieser weihnachtlichen Vorzeit unwahrscheinlich liebenswürdig zu. Christines Bengerl wurde jedes Mal an den Wochenenden von der Erzieherin bestraft, weil sie ihren Kleiderschrank nicht ordentlich aufgeräumt hat. So hilft sie ihrem Bengerl, den Kleiderspind in Ordnung zu bringen. Wenn ihr Bengerl müde von der Arbeit kommt, muss es nicht selbst das Essen vom Tresen holen, Christine bringt es ihrem Bengerl.

Weihnachten ist ein hoch emotionales Fest und wird von den Erzieherinnen besonders erbaulich gestaltet. Jeder Zögling, der nicht von den Eltern abgeholt wird, soll sich heimelig fühlen. Es ist erstrebenswert, dass gerade in diesem Heim, Geborgenheit und Vertrauen aufbaut wird.

Vor dem Tor steht schon seit der ersten Adventswoche ein hoher Tannenbaum mit Lichtern. Ein Willkommens-Weihnachtsgruß. Im Speisesaal steht ebenfalls ein riesengroßer Christbaum. Ihn haben die Erzieherinnen und die Nicht-Berufstägigen mühe- und auch liebevoll geschmückt.

Jeden Abend findet ein „Bengerl„ ein Betthupferl vor. Wenn`s mal vergessen wird oder absichtlich nichts im Bett vorfindet, denkt das Bengerl über den vergangenen Tag nach „was habe ich falsch gemacht". So passiert es Liane Rakowitsch.

Zweimal liegt schon kein Betthupferl in ihrem Bett. Sie fragt nicht, denn sie weiß ja weshalb. Sie kommt nachts sehr spät ins Heim. Eine einleuchtende und akzeptable Entschuldigung hat sie nie für die Erzieherin und bekommt jedes Mal am Wochenende, Hausarrest.

Schlafenszeit ist`s. Das große Licht im Schlafraum ist bereits ausgemacht. Schwester Benno hat Nachtdienst. Um ein Uhr früh trudelt Liane Rakowitsch ein. Schwester Benno spricht mit ihr über eine halbe Stunde, dann krabbelt Liane ins Bett.

„Jetzt hattest du schon jedes Wochenende Hausarrest. Lohnt es sich wegen diesem Kerl?" Flüstert ihre Bettnachbarin Helga Holzinger.

„Oh, ja. Ich bete ihn an."

„Er dich auch?" fragt Helga.

„Er trägt mich auf Händen und liest mir jeden Wunsch von den Augen ab."

„Dann läuten wohl bald die Hochzeits- Glocken. Sind wir eingeladen?"

„Ihr seid alle eingeladen. Ihr werdet von ihm die Brautjungfer-Kleidung bekommen. Er bezahlt alles."

„Ist er denn so reich?"

"Schwerreich. Er besitzt ein großes Unternehmen."

„Der ist doch sicher verheiratet."

Nicht mehr lange. Die Scheidung läuft. Sie schlafen schon über ein Jahr nicht mehr zusammen."

Das Getuschel weckt einige der anderen Mädchen. Sie scharen sich um Liane und wollen jetzt alles wissen.

Liane verrät ihren Freundinnen gleich von vornherein das heutige große Ereignis.

„Mädels – ich bin keine Jungfer mehr."

„Pfau ! Hoffentlich bist du nicht schwanger!"

„Na und? Was macht das schon. Er hat ein Haus, Garten mit Pool – er ist reich." Schwelgt Liane

„Ein alter Knacker also! Ist verheiratet, betrügt nach Strich und Faden seine Alte und steht auf junges Gemüse."

„Muss einer gleich ein alter Knacker und verheiratet sein?", empört sich eine andere.

„Aber ja. Was weißt du denn über ihn Liane?"

„Er wird seine Frau bald verlassen. Sie behandelt ihn schlecht. Sie verstehen sich nicht mehr. Er liebt nur mich."

„Oh, mei, bist du blöd! Der lügt dir doch das Blaue vom Himmel. Und du naive Gurke glaubst den Schmus? Der will eine junge, hübsche, wie dich einfach nur so nebenbei und heimlich. Wenn du älter bist nimmt er die nächste. So sind`s die Reichen. Die Prahler. Und immer gibt's so Törichte wie dich, Liane."

„Genau, und für deinen Leichtsinn hast jetzt wieder am Wochenende Ausgangssperre. Er holt dich doch eh nur unter Woche ab. Büro- Überstunden. Hahaha"

„Dann wird ihn seine liebe Ehefrau übers Wochenende und zu den Feiertagen trösten. Mensch, Liane! Hoffentlich bist nicht schwanger."

„Ach lasst mich doch in Ruhe! Ich habe mich euch anvertraut, dann seid gefälligst auch lieb zu mir. Ihr versteht doch noch gar nichts von Liebe."

„Wie ist das denn, wenn man entjungfert wird?", will Christine wissen.

„Er hat ihr die Unschuld geraubt" kichert ein Mädchen.

„Möchte ich auch wissen, so sag schon." Fordert eine andere. Sogleich haben sie die restlichen Mädchen, die wach geworden sind, neugierig um Liane gesetzt.

„Na gut, ich sag`s euch. Wir kennen uns schon einige Monate. Ich bin ja bald 16. Wenn ihr ehrlich seid, kribbelt es euch doch auch manchmal. Er holt mich mit seinem Sportwagen ein paar Meter weiter von hier ab. Habt ihr mich noch nie mit ihm gesehen?"

„Einen Sportwagen hat er auch. Bei dieser Kälte."

„Machst du dich jetzt lustig, oder was? – Also, wir fahren stets in sein Wochenend-Haus.

„Aber nur unter der Woche", spöttelt Hanne.

„Hanne, gib Frieden!"

„Ach. Noch so eine böse Bemerkung und ich sage euch gar nichts mehr.

„Nein, sie hat sich schon im Griff – die Hanne!" Sagt Christine und betont „ Hanne" ganz besonders als Mahnung.

Gut. Ich sage euch, er hat jedes Mal irgendeine Überraschung für mich.   Es ist unwahrscheinlich romantisch in seinem Haus. Kerzen sind angezündet. Der offene Kamin ist angemacht, ein dickes Fell liegt davor. Dort kuscheln und schmusen wir. Die ganze Zeit hat er davon gesprochen, er möchte mich ganz und inständig. Schaut her, den Ring hat er mir geschenkt. Naja, und noch so paar Kleinigkeiten."

Liane streckt stolz ihre Hand aus. Am Goldring glitzert ein Zentimeter großer Rubin, der mit kleinen Brillanten eingefasst ist.

„Bumm, der muss wirklich reich sein."

„Ist er auch. Ich soll ihn so lieben, wie er mich, dann wäre es auch mein Wunsch, ihn ganz und gar zu Besitzen.

Heute war`s mein Wunsch. Schuld sind nur „The Platters"

„Haha. Die Platters haben dich aber nicht verführt." Spottet Hanne.

„Sei doch nicht so unsensible und unromantisch. „Only You" und ich war nicht mehr ich selbst.

„Jetzt weiß ich immer noch nicht, ob´s wehgetan hat." Unterbricht Christine.

„Ein bisschen. Er war sehr behutsam."

„Na hoffentlich war er bis zum Schluss behutsam und du bist nicht schwanger", sagt wieder Hanne.

„Du kannst einem aber auch alles kaputt machen, Hanne. Na und, dann heiratet er mich sofort." Liane hebt ihre Augenbrauen und verdreht schwärmerisch ihre Augen.

„Hat er gesagt. Hahaha. Und sie glaubt ihm."

„Hanne!" Ermahnen die Mädchen „Ist es wohl dir so ergangen? Hat man dich nach dem Entjungfern wohl sitzen lassen?" wird Hanne gefragt.

„Hab`s schon verschmerzt. Ist schon ein halbes Jahr her. Er hat Ähnliches wie Lianes reicher alte Knacker gefaselt. Nur meiner war jünger.

Ja, ich war verliebt und es hat gejuckt. So."

Im Schlafsaal geht das große Licht an. Schwester Singer steht in der Tür.

„Mein Damen, es ist über zwei Uhr früh!
Aha! Eine kleine Aufklärungsstunde, Liane? Na, dann wisst ihr meine Mädchen, was man nicht tun soll. Und was ich euch allen sehr ans Herz legen möchte ist:
Bevor ihr euch mit einem Burschen oder einem Mann einlasst, schaut ihn euch bitte genau an. Ob er auch der Vater eurer Kinder sein kann. Ich meine damit nicht sein Aussehen.
So nun schlaft schön". Sr. Singer knipst den Lüster aus. Gleich herrscht unheimliche Stille. Sicher denkt jetzt jedes Mädchen über ihre eigenen Probleme nach.

ೞೲ **✴** ೞೲ

Die Heimleitung ruft Christine zu sich. „Deine Mutter möchte, dass du am ersten Weihnachtstag zu ihr kommst. Sie wohnt wieder in der Siedlung. Du bekommst Ausgang bis 20 Uhr."
Das Mädchen erschrickt. Und Gleich Ausgang bis 20 Uhr. Das ist wirklich nicht nötig.
„Muss ich tatsächlich hinfahren, Frau Dr. Gettinger?"
„Probier's nochmal, Christine. Deine Mutter hat so geklungen, als ob sie dich sehr gerne bei sich haben möchte. Zur Weihnachtszeit gehört halt die Familie zusammen".
Seufz. Wenn sie fährt, dann nicht allein. Sie befürchtet wieder gedemütigt zu werden.
Da ist die Link Marga. Ihre Eltern sind in Afrika. Gestern hat sie Geschenks Pakete von ihnen geschickt bekommen. Über Weihnachten wäre sie auch allein im Heim.

„Du, Marga? Möchtest du mich zu meiner Mutter begleiten? Sie hat sicher hervorragend und viel gekocht, du isst doch so gerne."

Marga willigt ein. Sie ist selbstbewusst, anständig und hilfsbereit.

Der erste Weihnachts-Feiertag kommt immer näher. Er ist viel zu schnell da.

Mit Bangen fährt Christine und Marga in die Siedlung. Marga führt Christine an der Hand und schlendert vergnügt von der Tramway zum Siedlungshaus.

Überraschender Weise ist Editha guter Laune und sehr freundlich. Sie hat für ihre Tochter einen blau–weiß gemusterter Winter Pullover mit Rollkragen gestrickt. Zusammen mit dem Stiefvater nähten sie aus braunen Fellstoff einen arg großen Teddybären. Also der Bär ist mindestens 80 cm hoch. Editha fordert die beiden Mädchen auf, sich am Sofa beim Esstisch bequem zu machen.

Großzügig tischt Editha einen leckeren, herzhaft duftenden Festtagsbraten auf. Ein echtes Highlight auf dem Tisch. Dazu Semmelknödel und verschiedenes Gemüse.

„Wo ist Großvater?"

„Der ist schon lange in tot."

Christine würgt es, sie schluckt. „Großvater ist tot." Wiederholt sie mechanisch. „Seit wann denn?"

Ihre Mutter lenkt ab und fragt Marga, wieso sie nicht an Weihnachten bei ihren Eltern sei. Welche Berufe ihre Eltern haben und wieso sie im Heim ist. Marga lässt sich das Essen munden. Trinkt Cola, greift kräftig beim Fleisch zu und beantwortet zwischendrin Edithas Fragen.

„Hm, Frau Bleisteiner, sie sind eine Koryphäe. Ich werde sie als meine Köchin einstellen."

„Ja, ja das ehrt mich Marga. Was treibt ihr denn so den ganzen Tag im Heim. Habt ihr Freunde?

„Haben wir Freunde Christine?"

„Ja sicher, das ganze Heim voll", antwortet Edithas Tochter.

Marga lacht.

„Und du Marga, erlernst du einen Beruf?" fragt Editha

„Wenn meine Eltern aus Afrika zurück sind steige ich in die Firma ein."

Editha wendet sich an ihre Tochter: „Ich habe gehört du hast eine Lehrstelle? Bei wem und was machst du dort?"

Das ist nett, denkt Christine, dass sich ihre Mutter auch mal für sie interessiert und erzählt von der Auto-Elektrik im 20. Bezirk, und dass sie einmal die Woche donnerstags in die Berufsschule geht.

„Was sind das für Leute in dieser Auto-Elektrik?"

„Was sollen das schon für Leute sein? Chef und Chefin, Buchhalterin und einige Monteure in der Werkstatt."

„Männer?"

Hm. Na klar Männer. Christine wird es unheimlich. Ihre Mutter fragt schon wieder so komisch. Sie geht zur Toilette.

„Habt ihr wirklich keine Freunde? In eurem Alter ist das doch ganz normal, Marga. Hat Christine einen Freund?" Editha fragt während Christine Abwesenheit Marga aus.

„Nein. Glaube ich nicht. Ab und zu hat sie mal ein junger Mann ins Heim gefahren. Aber nur bei schlechtem Wetter. Sicher nichts Ernstes."

„Aha. Und geht ihr auch mal in ein Kino oder so?" Ich frage deswegen sagt Editha, „weil ich mich um meine

Tochter sorge. Ich mag junge Leute wie dich sehr. Du bist ein aufgewecktes Mädchen Marga. Du gefällst mir."

Marga lächelt: „Kino? Nur wenn es ein besonderer Film gibt. Ja, ab und zu. Wir haben doch einen Fernseher im Heim. Und Fußball gucken wir auch", grinst Marga.
„Und danach? Ich meine nach dem Kino. Was macht ihr dann? Trinkt eine Kleinigkeit irgendwo, in einer Bar vielleicht? Man will sich doch nach noch ein wenig unterhalten, oder?" fragt Editha
Christine kommt zurück, hat den letzten Satz ihrer Mutter gehört und schubst Marga unterm Tisch.
„Och, Frau Bleisteiner, Christine und ich sind meist schon um 19 Uhr im Heim. Vielleicht die größeren Mädchen. Mag sein, aber das weiß ich nicht".
„Also das Kino ist doch erst um 22 Uhr aus, wie könnt ihr da schon um 19 Uhr im Heim sein."
Die Unterhaltung ist jetzt auch für Marga peinlich. Sie steht auf:
„Wo ist ihre Toilette bitte?"
Raimund Bleisteiner stößt beinahe mit Marga in der Mitte vom Wohnzimmer zusammen. Marga dreht sich angeekelt ab. Raimund Bleisteiner hat eine riesen Alkoholfahne.
„Hallo Girls. Ja, da staune ich. Meine bildhübsche Stieftochter ist da. Hurra! Und hat eine Freundin dabei. Pah! Was sucht die denn hier?"

„Verschwind und schlaf deinen Rausch aus. Du Suffkopf!", sagt Editha und fügt sogleich hinzu: „Da machst was mit, wenn du so einen Saufbold als Mann hast. Da büßt du deine sämtliche Sünden ab, wenn du welche hast, versteht sich", sagt Editha und lacht.
Christine zeigt Marga die Toiletten und wartet vor der Tür.

„Komm, Marga lass uns ins Heim zurückfahren", bettelt Christine.

„Ja, gleich."

Raimund Bleisteiner steigt polternd die Stiegen nach oben ins Schlafzimmer und wird jetzt seinen Rausch ausschlafen. Editha hat inzwischen Kakao und Kaffee gemacht und eine Sachertorte auf den Tisch mit Schlagobers (geschlagene Sahne) gestellt.

Marga läuft das Wasser im Mund zusammen.

„Wie köstlich, Frau Bleisteiner. Das möchte ich noch genießen. Aber dann müssen wir wieder ins Heim zurück." Sagt Marga, die der Torte nicht wiederstehen kann.

Christine ist schon vom Fleisch und Gemüse Papp satt. Sich in so kurzer Zeit vollzustopfen tut ihr nicht gut. Sie schafft kein Stückchen der Torte zu essen. Das missfällt ihrer Mutter und sie widmet sich nur Marga.

„Marga, darf ich dir noch ein Stück geben? Marga, möchtest du noch Kakao?"

„Ja, bitte gerne. Der schmeckt ja hervorragend, Frau Bleisteiner."

„Marga, möchtest du Obst ins Heim nehmen. Ich packe dir welches ein."

„Wie liebenswürdig, Frau Bleisteiner. Sie verwöhnen mich."

„Marga schmeckt es dir auch. Greif ordentlich zu."

Marga, Marga, Marga. Christine ist für ihre Mutter nicht vorhanden.

„Pfau, Frau Bleisteiner. Jetzt platze ich bald aus den Nähten. Sie haben so wunderbar gekocht und so liebevoll alles hergerichtet. Augen und Gaumen sind voll auf ihre Kosten gekommen. Vielen herzlichen Dank. Aber jetzt müssen wir wirklich fahren." Marga steht auf nimmt Christine bei der Hand.

„Deine schönen Geschenke von deiner lieben Mutter, die darfst du doch nicht hier lassen. So ein süßer, weicher, samtartiger Bär. Ist das dein Spielzeug gewesen, Christine?"

„Nein, der ist neu", sagt Christine.

„Den haben mein Mann und ich selbst geschneidert aus Plüsch." Sagt Editha stolz. „Das war eine Heidenarbeit. Es ist reine Handarbeit! Für unsere Tochter, liebe Marga". Editha heischt wieder um Lob von Marga.

„Haha, Christine. Wenn Dich unsere Freundinnen mit diesem Ungetüm sehen, haut`s, den stärksten Bären um", lacht Marga.

Mit dem riesigen Bären und dem Pullover in der Hand will Christine sich mit einem Bussi bei ihrer Mutter bedanken und sich verabschieden. Diese dreht den Kopf zur Seite und geht weg.

„Ba-Ba Mama und vielen Dank für alles", sagt Christine.

Hand in Hand allerdings schweigend, gehen Marga und Christine, die den riesigen Bären unterm Arm trägt, den Weg zur Tramway.

„Kannst nicht das Vieh irgendwo liegen lassen. Hier zum Beispiel im Gebüsch?" fragt Marga.

„Also Marga. Du zeigst dich jetzt von deiner anderen Seite, der unschönen. Zuvor hast du noch – ach, ich sag nichts mehr dazu."

Christine ist enttäuscht und denkt an Großvater. Kein Mensch hat ihr zukommen lassen, dass er gestorben ist, obwohl jeder wusste, dass sie ein inniges Verhältnis hatten. Sie ist arg betrübt, dass sie sich nicht von ihm verabschieden und nicht mal auf seine Beerdigung konnte. Während der Fahrt in der Bim sagt Marga:

„Das tut mir so unwahrscheinlich leid, Christine. Wie dich deine Mutter so herzlos übergangen hat. Das hat mir richtig wehgetan.

„Sei doch nicht so scheinheilig, Marga. Nichts tut dir leid. Du hast meine Mutter doch völlig mit deinen Komplimenten überhäuft, um dich ins beste Licht zu rücken."

„Na und? Was war falsch daran? Dass ihr zwei euch nicht verträgt, sieht ein Blinder mit dem Krückstock. Jede Frau braucht mal ein Kompliment.

"Ja, ist ja gut, Marga."

„Nix ist gut, jetzt bist du auf mich sauer? Hättest mich halt nicht mitgenommen. Du kennst mich doch. Ich spiel gerne die erste Geige. Und das ist mir heute wieder gelungen - Bäh.

Ist dein Vater immer so besoffen? Also der hatte vielleicht eine Fahne. Die hätte mich beinahe glatt umgehauen."

Christine antwortet nicht. Sie überlegt, wie und wo sie den Bären im Heim unterbringen kann, damit sie die Mädchen nicht auslachen. Dann denkt sie, warum soll ich mich schämen, es ist ein Geschenk. So trägt sie den riesigen Bären mutig in den Schlafsaal und setzt ihn mitten auf ihr Bett.

Schwester Benno bekommt einen Lachkrampf als sie den Bären in Christines Bett entdeckt.

„Du wirst doch wohl nicht mit diesem großen Vieh schlafen wollen?"

Doch, Christine wird. Es ist ja kein lebendiger Hund. Sie schläft mit dem riesen Ding und gibt ihm auch genug Platz. Die anderen Mädchen lassen Christine in Ruhe und sagen nichts. Nur Marga macht eine Grimasse.

ଓଃଡ଼ ✸ ଓଃଡ଼

Silvester und der Regierungsrat

Über die Weihnachtsfeiertage sind die meisten Mädchen bei Angehörigen oder Verwandten. So auch Christines Freundin, Schneider Christel, die Piepsi genannt wird. Am Silvestertag erscheint diese vollgepackt mit Geschenken wieder im Heim. Legt einige ihrer Präsente auf einen Tisch:

„Bedient euch Mädels, ich brauch nicht alles."

Stellt sich wie üblich auf den Tisch unter die Pendelleuchte, zieht diese bis in Augenhöhe runter und feilt ihre Fingernägel. Schneider Christel ist enorm kurzsichtig. Ihren Spitznamen „Piepsi„ erhielt sie von ihren Freundinnen, weil sie manchmal anstatt normal spricht nur piepst.

„Du warst bei deiner Mutter, Chrissy habe ich gehört? Wie war`s denn?"

„Ja, ganz nett. Ich war ja nur einen halben Tag dort. Habe Marga mitgenommen."

Christine wird von ihren engen Freundinnen „Chrissy" genannt. Enge Freundinnen hat sie zwei. Piepsi und Bauxi.

„Weshalb gerade die Marga. Und? Hat sie wieder die große Klappe gehabt, die Marga?", fragt Piepsi.

„Das war ganz gut so. Dann musste ich nicht viel reden."

„Hahaha", lacht Piepsi und springt vom Tisch.

Bauxi erscheint. „Hei, ihr zwei. Wisst ihr schon? Heute bekommen wir ganz hohen Besuch."

„Bauxi", so wird Reiner Lotte genannt. Wegen ihres kleinen Spitzbauchs.

„Hm, nein. Am Abend nach dem besonderen Menü darf getanzt werden. Mehr weiß ich nicht. Wer kommt denn?" will Piepsi wissen.

„Und eine riesige leckere Silvesterplatte gibt es auch", mischt sich Marga ein, die so rein zufällig bei den Dreien vorbei geht.

„Ja, ja. Essen ist für dich das wichtigste", entgegnet ihr Piepsi, die Marga nicht besonders leiden mag.

„Ich weiß, wer kommt!" Brüstet sich Bauxi. Christine müsste es auch wissen. Unser großer Besuch ist der Oberregierungsrat. Irgendwann am Abend trifft er ein. Er ist doch unser aller Gönner und ein spezieller Freund von Dr. Gettinger", verrät sie.

„Ach ja", mischt sich Christine ein, „deswegen hatten wir heute die Chorprobe. Ich habe bloß nicht richtig zugehört weshalb und warum".

„Ein Freund der Heimleiterin? Na klar! Deshalb geht es uns hier so gut. Woher weißt du, dass er heute zu uns kommt?" fragt Piepsi.

„Ich mag vielleicht blind sein, aber hören tu ich recht gut." Piepsi reagiert auf Bauxis Frage etwas eingeschnappt.

„OK meine Damen. Macht euch fesch. Ein Mann kommt zu Besuch. Ein uralter Knabe. Haha", wirft Marga ein.

„Hast du ein Problem mit dir Marga?" Piepsi wendet sich zu ihren Freundinnen: „Wenn die nicht gleich ihren Schnabel hält und sich nicht ständig in unser Gespräch mischt, kriegt sie bald eine auf ihre Goschen von mir."

Die drei Freundinnen trennen sich. Liane stürzt aufgelöst in den Raum:

„Kinder, Kinder, man hat mir meinen Ring gestohlen!"

„Den, den du von deinem verheirateten Liebhaber geschenkt bekommen hast? Nomen ESt Omen, Liane. Dein Ring ist nichts wert. Also, wer soll ihn denn gestohlen haben, du Schlampeline?" äußert sich Marga.

Über Weihnachten bis Neujahr sind nicht viel Mädchen im Haus. Das müsste sicher herauszufinden sein, ob und wer diesen Ring mit dem Rubin und kleinen Brillanten entwendet hat. Die Mädchen schauen sich untereinander verdutzt fragend an. Einige sind Liane behilflich und suchen erst im dann unterm Bett, im Waschraum und gehen alles ab, wo sich Liane in letzter Zeit aufgehalten hat. Der Ring ist nicht zu finden.

Marga ergreift wieder das Wort: „Melde dich du Diebin. Du bekommst auch einen Finderlohn. Noch einen Ring von Lianes verheiratetem Liebhaber. Hahaha", spöttelt Marga und starrt dabei Piepsi, Bauxi und Chrissy an und fährt fort:

„War es eine von euch Dreien oder gar alle drei?"

Piepsi platzt der Kragen. Sie springt auf Mara zu und klatsch ihr links und rechts auf ihr freches Maul. Marga lässt sich nichts gefallen und schlägt zurück. Sie raufen sich an den Haaren, beißen, kratzen und kreischen.

Schwester Singer erscheint und klatscht in die Hände. Doch die beiden kämpfen weiter. Sie packt die zwei an ihrer Kleidung und zieht sie auseinander.

„Ihr beide kommt in mein Büro – sofort!

Und das eine sage ich euch allen, ihr habt alle so lange Hausarrest, bis der Ring gefunden ist.

Was soll sich denn unser heutiger Besuch von euch für ein Bild machen? Ich wünsche, dass ihr ordentlich hier aufräumt, vielleicht findet sich das Schmuckstück."

Liane sitzt auf ihr Bett und weint:

„Das hätte ich nicht von euch gedacht. Von keiner von euch! Eine ist die Diebin. Kameraden-Diebstahl ! Oh, wie schändlich."

Der Silvesterabend wird im großen Saal abgehalten. Putzfrauen haben einen Tag zuvor das ganze Haus wegen dem hohen Besuch auf den Kopf gestellt. Vom Keller über die Treppen zu den einzelnen Räumen, Waschräume und Toiletten bis zum Dachboden ist alles blitz-blank sauber. Die Küchenhilfen polierten sämtliches Inventar.

Von einem Spulen-Tonbandgerät wird Musik abgespielt. Anfangs klassische Stücke von bekannten österreichischen Komponisten. Interpreten sind unter anderem die Wiener Philharmoniker. Nach dem Essen ertönt Tanzmusik. Die Stimmung ist trotz des Zwischenfalls wegen dem Ring ganz gut. Die Mädchen putzen sich raus. Nur die Chor-Mitglieder tragen einheitliche Kleidung. Sie haben bereits den Oberregierungsrat musikalisch begrüßt. Er wird mit ihnen Speisen.

Christine ist auch im Chor. Nach dem Gesangs-Auftritt macht auch sie sich etwas hübsch. Sie legt einen zum Kostüm abstechenden Modeschal in zarten weiß-blau-rosa Farben mit wunderschönem Ornamente- Design und abgeschrägten, gewellten Abschlüssen um den Hals. Ein modischer Hingucker zu ihrer weißen Bluse. Dieses Accessoire kaufte sie um 210 Schilling von ihrem Sparbuch ihres Monats-Antrags.

CRXEO ✶ CRXEO

Was nur einmal im Jahr vorkommt

Nach einer rührenden, kurzen Ansprache des Oberregierungsrats und der Heimleitung wird ein Fünf-Gänge-Menu mit den jeweils gewünschten Getränken – außer Alkohol - von Angestellten der Stadt Wien den Mädchen serviert.

Halbe Stunde nach dem Festschmaus spielt die Tanzmusik, etwas lauter als zuvor. Der Oberregierungsrat eröffnet den Tanz mit der Heimleiterin Dr. Gettinger. Bis Mitternacht herrscht unwahrscheinlich gute Stimmung. Lediglich Liane hängt etwas mürrisch im Fernsehraum rum. Und Marga? Sie trägt ein bezauberndes Swing-Cocktailkleid aus Organza mit tiefem Rückenausschnitt. Ein Satinband betont den Taillenbereich. Es ist wohl das teuerste Kleid in diesem Saal. Mit einer aus Strass verzierten Haarkrone fühlt sie sich wie auf dem Opernball. Sie wirft ihren breiten Seidenschal in Wellen um sich, tänzelt lächelnd mit ihren hochhackigen Sandaletten zwischen den Mädchen, um die Aufmerksamkeit auf sich zu lenken. Sie wird beachtet und bekommt sogar vom Oberregierungsrat Applaus.

Es ist Mitternacht. Der Donauwalzer erklingt. Christines Lieblingsstück. An der schönen, blauen Donau von Johann Strauß. Christine schließt die Augen und genießt. Eine Hand erfasst die ihrige. Der Oberregierungsrat fordert sie für diesen Walzer zum Tanz auf. Welche Ehre. Christine hat noch nie mit jemandem einen Walzer getanzt. Wie durch Magie schwebt sie mit halb geschlossenen Augen über den Boden im Dreivierteltakt. Die Gruppen-Erzieherin macht Fotos. Ein Erinnerungsfoto von dem Abend bekommt Christine geschenkt. Auf dem Bild sind Christine und der Oberregierungsrat beim Walzertanz.

•♪♫˳˒˳•✿˳˒˳♫♪•.

Der Alltag beginnt. Lianes Ring ist immer noch nicht gefunden bzw. abgegeben worden und die Mädchen haben Ausgassperre.

„Du Christine? Ich glaube, ich habe deinen Freund unten gesehen." Marga zieht Christine ans Fenster. „Ist er es? " fragt sie.

Christine wird bleich. Was macht er hier?
„Ja, das ist er. Das ist Harald Menky. Wir haben aber keine Verabredung!" Sagt Christine.

„Warte. Ich schleiche mich unauffällig beim Portier vorbei und frage deinen Freund was er will, OK?" Die Situation ist für Marga wie zugeschnitten. Mysteriös und hintergründig.
Marga schafft alles wenn sie möchte. Durch ein Ablenkungsmanöver mit einem anderen Mädchen schleicht sie sich in gebückter Haltung hinaus zu Christines Freund. Reinzukommen war nicht so schwierig. Der Portier weiß ja nicht, dass die ganze Gruppe Arrest hat.
Aufgelöst berichtet Marga was ihr Christines Freund sagte.
„Du, der ist sichtlich sehr wütend auf Dich. Wie der Gas gegeben hat, kommt er nicht so schnell wieder", meint Marga.

Wenn schon. Woher sollte Christine wissen, dass Harald gerade heute Geburtstag hat und er sie zu seinen Eltern bringen wollte. Sie macht sich weiter keine Gedanken. Wenn er sie wirklich so liebt, wie er die ganze Zeit spricht, dann wird er sicher verstehen, dass das Heim obere Priorität hat. Doch nie wird sie ihm sagen, weshalb sie Ausgangssperre hat.

Alles geht wie im vergangenen Jahr seinen Gang. Arbeit und Berufsschule. Danach wieder zur Arbeit. In der Schule ist Christine nicht mehr so gut wie sie mal war. Sie hat den Eindruck, die Lehrer sind nur Pauker. Ihr Interesse gilt allein, den Lehrstoff durch zubringen. Egal ob ein Schüler es begriffen hat. Es fehlt der Antrieb. Von Motivierung ganz zu schweigen. Kein Reiz ist vorhanden, lernen zu wollen. Entweder du machst mit oder du bleibst auf der Strecke.

Christine erhält ihre Arbeits-Proben zurück. Note Vier in den drei wichtigsten Fächern. Buchhaltung, in Maschinenschreiben und in Stenografie. Eine ganz miese Zensur.

Niedergeschlagen kommt sie in die Firma, sagt trotzdem freundlich jedem noch „Guten Tag", geht hinaus in den Hof um Fahrzeuge aufzuschreiben, dann ins Magazin, um keinen begegnen zu müssen.

Harald Menky kommt ihr ins Material Lager nach und macht seinem Ärger Luft, weil er sie nicht abholen konnte. Dass sie Ausgangssperre hatte, und den Grund dafür verschweigt sie. Aber gar so verärgert scheint er nicht zu sein. Er möchte Christine trotzdem seinen Eltern vorstellen. Darauf kann Christine auch keine Antwort geben. Denn bis der Ring nicht aufgefunden ist, haben die Zöglinge keinen Ausgang.

Kunden stehen am Tresen. Christine muss kassieren. Sie hat seit Anfang des Jahres die Kasse und muss die doppelseitige Buchhaltung führen. Sie hat keine Zeit für Haralds Sorgen. Er geht zurück in die Werkstatt.

Der Chef mit Frau kommt aufgebracht vom Mittagstisch ins Büro. Er schließt die Tür, das eigentlich noch nie vorgekommen ist. Stützt sich auf den Tresen und sieht Christine erzürnt und herausfordernd an. Die Buchhalterin sitzt daneben und hinter ihr steht Frau Holickyn.

Christine kommt sich vor, wie vorm Jüngsten Gericht - und das auf Arbeit.

Ui-ju-ju-jui ! Sie hat doch noch niemanden von den schlechten Zensuren berichtet. Sind die Leute Hellseher oder wurden sie von der Schule informiert?

„Pass mal auf Christine. So geht das mit dir nicht mehr weiter. Wir müssen uns so eine bodenlose, unverschämte Frechheit nicht gefallen lassen. Diesmal kann dir weder deine Heimleitung noch die Fürsorgerin oder der Regierungsrat helfen. Wir haben es endgültig satt. Packe deine Sachen, du brauchst hier nicht mehr zu erscheinen."

Mit gesenktem Kopf geht Christine aus der Firma mit dem Ziel - Löwenbrücke. Auf halben Weg hält ein Pkw an der Straßenseite. Sie blickt hoch. Ein Mann grüßt freundlich, steigt aus seinem Wagen und reicht Christine die Hand. Jetzt erkennt Christine Charly Seemayer. Sein Gesicht ist einigermaßen wieder gut hergestellt.

„Servus. Wie geht's dir Christl."

„Gut. Sehr gut und dir?" sagt Christine.

„Du, ich habe dir sehr viel zu verdanken. Mein Verlobte ist jetzt meine Frau und bald werde ich Vater."

„Schön. Dann wünsche ich euch weiterhin alles Gute. Ich muss jetzt weiter."

„Moment mal. Du wohnst jetzt in einem Heim, habe ich gehört? Das ist aber nicht schön. Kann ich dich hinfahren?"

„Nein, ich möchte meinen Kopf ausrauchen lassen."

„Dann wünsche ich dir auch alles, alles Gute und nochmals - Danke." Sagt Charly Seemayer, steigt in sein Auto und fährt in anderer Richtung weg. Christine drücken Tränen. Sie weint aber nicht. Auf der Donau treiben kleine Eisschollen. Wenn sie jetzt da hineinspringt, landet sie sicher auf so einem schwimmenden flachen Stück Treibeis. Und dann? Dann wird sie mit großer übertrieben Szene und gebrochenem Bein gerettet und der Retter kommt in die Zeitung. Vielleicht noch ins Guinnessbuch. Nein, nein. Das ist nicht das Wahre.

Sie geht ins Heim und erzählt ihrer Lieblings-Erzieherin, von den schlechten Zensuren und im Betrieb vorgefallen ist. Sie muss ja begründen, warum sie nicht mehr die Lehre weiter machen kann.

„Das ist ja unglaublich." Entrüstet sich ihre Lieblings-Erzieherin. Ab sofort übst du unten im Büro. Ich diktiere dir, du notierst in Steno, dann schreibst du das Diktat an unserer Schreibmaschine. Buchhaltung machst du ja in der Firma. Wo hast du da ein Problem?"

„Naja, jetzt keines mehr. Ich weiß schon, worauf es ankommt. Soll und Haben ist bei mir wie rechts und links. Das verwechsle ich öfter. Wenn ich scharf nachdenke, dann kann ich es schon."

Schwester Singer lächelt: „Das bekommen wir schon wieder hin. Mache dir keine Sorgen. Ich spreche mit Dr. Gettinger. Jetzt gehe in den Speisesaal und esse kräftig."

„Da ist noch was Schwester Singer. Also, der Harald Menky – naja, er ist mein Freund, oder er wird es werden - vielleicht. Er wollte mich an seinem Geburtstag, gerade als wir Ausgangssperre hatten, seinen Eltern vorstellen. Die hatten alles für die Geburtstagsfeier vorbereitet gehabt. Ich war ja verhindert. Harald war ziemlich sauer. Sicher seine Eltern auch. Er hat für das nächste Wochenende geplant, mich seinen Eltern vorzustellen. Ich habe gar nichts dazu gesagt. Was soll ich tun?" Klagt Christine.

„Ah, das weißt du ja noch gar nicht. Der Ring ist wieder da. Und stell dir vor wer ihn hatte?" sagt Sr. Singer.

„Oh, das ist ja erfreulich. Wer hat ihn denn entwendet?"

„Niemand! Eine Putzfrau hat den Ring im Waschraum gefunden, ihn in ihre Schürzen Tasche gesteckt und dann vergessen. Wir haben ihr schon gesagt, was sie damit heraufbeschworen hat. Sie hat sich vielmals entschuldigt. Mit zwei Torten, die sie selbst backt entschuldigt sie sich bei euch persönlich."

Die Fürsorgerin Frau Ramberger fährt zur Auto-Elektrik. Fragt bei Herrn Holickyn nach, weshalb er Christine entlassen möchte.

Herr Holickyn regt sich abermals enorm auf. Er brüllt die Fürsorgerin an:

„Wir haben hier einen angesehenen Betrieb! Wir lassen uns nicht in schlechten Ruf bringen. Und schon gar nicht zu einem Puff verschreien!"

„Wie? Puff? Wieso Puff"? fragt entgeistert Frau Ramberger. Sie sieht überhaupt keinen Zusammenhang.

„Die Mutter von Christine war hier und sagte unverhohlen vor allen Leuten, sogar vor Kunden, ich können ihre Tochter nicht zu einer Prostituierten machen. Ein junges Mädchen der kompletten Männerwelt aussetzen. Ich solle meinen Puff zusperren."

Die Fürsorgerin ist entsetzt und das sagt sie auch. Sie wird dafür Sorge tragen, dass so etwas nicht mehr vorkommt.
„Das können sie sich schenken Frau Beamtin. Das Mädchen wollen wir hier nicht mehr haben. Keiner will das. Das ist nun ein triftiger Grund zur Kündigung. Adieu!"

Die Fürsorgerin, Frau Ramberger hat sich bisher zu sehr für die Mutter von Christine eingesetzt. Sie hatte Mitleid mit Editha Bleisteiner, geborene Handel. Sie glaubte der Mutter bis jetzt alles.

CR80 ✦ CR80

Christine erhält eine neue staatliche Betreuung. Herrn Schwemmer. Ab jetzt bleibt es Christine überlassen, wann und ob überhaupt sie ihre Mutter besuchen möchte. Sie wird nicht mehr gezwungen. Herr Schwemmer verspricht Christine volle Unterstützung, sie muss es ihm nur wissen lassen.
Nach einer Woche darf Christine wieder die alte Lehrstelle antreten. Frau und Herr Holickyn und auch der Bruder Hans meiden Christine, wo sie nur können. Torte oder Kuchen bekommt nur die Buchhalterin, Frau Groberger. Diese ist bemüht, den Vorfall Christine nicht anzulasten.

Arbeit und Berufsschule machen Christine wieder Spaß. Endlich lächelt sie und spricht mit Kunden sowie mit den Mechanikern freundlich und sachlich. Selbst die Chefin, Frau Holickyn bringt nach langer, langer Zeit nicht nur für die Buchhalterin und sich Torten und Kuchen mit, auch wieder für das fast ausgelernte Lehrmädchen.

Christine ist sichtlich froh und befreit, dass Harald Menky nicht mehr in der Firma arbeitet. Sie kann sich endlich offen und frei bewegen, muss keine Angst haben, dass er ihr auf Schritt und Tritt folgt.

CR80 ✦ CR80

Das Wochenende ist da.

Herrliches Samstags-Wetter. Für die Heim-Mädchen ein Putz- Feg und Einkaufs-Vormittag. Sie säubern ihren Spind, bringen ihre Wäsche in Ordnung, machen Hausaufgaben und lernen für die Berufsschule. Christine sitzt im Büro der Erzieherinnen und tippt an der Schreibmaschine. Das Blindschreiben im Zehn-Finger-System wird immer besser. Nach einer Stunde dehnt und streckt sie sich und geht nach draußen. Kauft sich vom Taschengeld Seife, Zahnpasta und holt sich vom Zuckerbäcker ein paar Süßigkeiten. Harald Menky steht an der Ecke vom Heim.

„Ich möchte dich heute zu meinen Eltern mitnehmen. Sie warten auf dich. Könntest du jetzt mitfahren?"

Christine überlegt. Eigentlich hat sie in der Gruppe alles in Ordnung gebracht. Einer überraschenden Kontrolle durch die Heimleitung kann sie getrost entgegen sehen.

„Ok. Ich hole mir nur eine Jacke und melde mich ab." Stimmt Christine zu.

„Jacke brauchst du nicht. Ich bin nicht mit dem Motorrad, sondern mit dem Auto da. Aber wenn es dich in einem offenem Cabriolet mit Heizung friert, dann nimm die Jacke getrost mit."

„Dann melde ich mich noch schnell vom Heim ab. Du musst einen Moment warten."

Sie fahren mit dem offenen Cabriolet durch Wiens Straßen in den 10. Wiener Bezirk. Haralds Eltern empfangen die Freundin ihres einzigen Sohnes sehr freundlich. Der Kaffeetisch ist mit Mühe und Sorgfalt gedeckt. Für ein erfreuliches Gemüt steckt ein kleiner Strauß Schnittblumen in der Vase und eine Kerze ist angezündet.

„Sehr nett und einladend haben sie den Kaffee-Tisch hergerichtet, Frau Menky." Sagt Christine.

„Dann lasse es dir gut schmecken."

Nach dem Kaffee verschwinden Harald und sein Vater nach in den Garten. Die Mutter spült das Geschirr und Christine trocknet es ab. Frau Menky hat eine Menge Fragen. Die erste Frage ist:

„Wieso wohnst du in einem Heim? Sind da nicht die schwer Erziehbaren drin?

„Nein, es gibt auch noch andere Mädchen-Heime. Ich bin nicht schwer erziehbar. Meiner Mama ist es nicht möglich ein Kind zu ernähren."

Die Fragen von Haralds Mutter werden immer peinlicher. Christine möchte nicht lügen, will auch nichts dagegenhalten und schweigt. Frau Menky spricht und spricht und gibt sich gleich selbst die Antworten.

„Frau Menky, es wird Zeit für mich. Ich muss jetzt ins Heim zurück?"

„Du wirst doch noch bei deinem Freund seiner Eltern eine Weile bleiben dürfen.

Aha, es ist ein Gefängnis. Das habe ich doch gewusst! Deswegen hat mein Sohn gesagt, ´sie hat keinen Ausgang bekommen`. Die werden schon wissen, weshalb ihr da drin eingesperrt seid. Und in sowas hat sich mein einziger Sohn verknallt?"

„Danke für den Kaffee, Frau Menky. Auf Wiederschauen".

Christine nimmt ihr Täschchen und geht ohne Haralds Mutter die Hand zu reichen. Draußen sieht sie Harald auf dem Kirschenbaum, Äste ausschneiden. Sein Vater steht unten und hält die Leiter. Christine bleibt eine Weile stehen und erwartet, dass er runter klettert sie wenigstens fragt, was los war und sie wieder nach Hause fährt.

Nein, er macht so gar keine Anstalten sie heimzufahren. Er winkt ihr nur vom Baum zu. Sein Vater hat kurz zu

Christine geblickt, dann sich umgedreht und sich Harald zugewendet.

„Harald Menky, du wirst nie der Vater meiner Kinder. Du bist aus meinem Leben gestrichen".

Sagt sie zu sich selbst und ist froh, genug Geld für die Tramway dabei zu haben, um pünktlich ins Heim zu kommen.

Eine eminent verregnete Woche und es ist sehr kühl für die Jahreszeit. Sie ist bei Chefs und den anderen Betriebsangehörigen endlich anerkannt. Harald Menky arbeitet bei Mercedes im 10. Wiener Bezirk. Der Bruder von Franz Holickyn, Hans ist wieder freundlich zu ihr. Nach Betriebsschluss steht Haralds Ex-Kollege, mit dem er sich sehr gut verstanden hat um die Ecke der Straße vom Betrieb. Er scheint auf jemanden zu warten.

„Ich möchte dich ins Heim fahren, bei diesem schrecklichen Wetter", sagt er zu Christine, als diese an ihn vorbei geht.

„Nein danke. Mir macht das miese Wetter nichts aus. Auf deinem Gefährt könnte ich mir auch eine Lungenentzündung holen", lacht sie.

„Na dann begleite ich dich ein Stück", Rudolf, der beste Freund von Harald Menky lässt sich nicht abschütteln. Jetzt wird es Christine zu bunt:

„Weißt du was ich nicht verstehen kann, Rudolf?"

„Nein, was denn?" fragt er hellhörig.

„Ständig schwärmst du von deiner Susi. Erzählst den ganzen Betrieb wie glücklich du mit ihr bist, und dann willst du mich nach Hause fahren oder begleiten? Was soll ich von dir halten? Die arme Susi wird doch bloß von dir verarscht. Schäme dich Rudolf."

„Nau Servus, jetzt hast du es mir aber gegeben, Christine. Das hat gesessen!"

„Ich verachte dein Benehmen, Rudolf"

„Oh, das ist schlecht. Wir arbeiten in einem Betrieb. Na dann, muss dir jetzt was erklären."

„Fang an. Ich bin gespannt!"

„Dein Harald". Setzt Rudolf an.

Christine unterbricht ihn: „ Es ist nicht mein Harald!"

„Ok, Harald hat mich gebeten, dich mal zu testen. Weil du eben aus einem Heim kommst. Es gibt halt Gerüchte, dass Heim-Mädchen, naja, du weißt schon. Dass sie halt schlecht sind. Und man soll vorsichtig sein, wenn man sich mit ihnen einlässt."

„Das ist ja die Höhe! Das schlägt doch dem Fass den Boden durch. Dieser hinterhältige, scheinheilige, heuchlerische, ach ich habe keinen Ausdruck mehr für diesen - Und was bist jetzt Du, Rudolf?" ereifert sich Christine.

„Bitte sei jetzt nicht böse auf mich. Harald ist mein Freund. Sei nicht eingeschnappt. Verrate mich nicht. Sag ihm nicht, dass ich dir`s gesagt habe."

„Rudolf, ich danke dir für die Aufklärung."

Christine wendet sich ab und geht. Sie denkt, eigentlich ist ihr dieser Harald völlig egal. Aber, wenn die beiden ein falsches Spiel spielen, dann sie auch. Bei der nächsten Gelegenheit – sollte es überhaupt noch eine geben – wird sie Haralds guten Freund Rudolf verpetzen. Vielleicht hat auch dieser Rudolf ein falsches Spiel getrieben. Das würde sich ja dann herausstellen.

C３８０　✳　C３８０

Endlich sind Sommer-Ferien

Strahlend blauer Himmel, ein fantastisches Badewetter. Gewitter sind meist nachts, tagsüber ist es heiß. Bei lauen Nächten hören die Mädels wieder die Heurigenlieder aus den Grinzinger Buschen Schenken. Wunderbar und traumhaft empfindet Christine diese Geselligkeit und schläft in angenehmer Atmosphäre ein.

Am Tag schlendert Christine mit ihren zwei Freundinnen, Piepsi und Bauxi in die Kuchelau zum Baden. Sie haben aus der Küche Marillenknödel in drei Menasch-Schalen dabei und etwas Obst. Die Obstknödel haben die drei gestern Abend von den Mädchen, die pappsatt waren, oder nur gesättigt zu sein schienen, abkassiert.

Die drei Freundinnen halten sich unterm Donaudamm auf der Kuchelauer Seite auf. Es ist die Petticoat-Zeit. Unter weiten Röcken oder Kleidern werden Unterröcke aus transparentem und schillerndem Organza getragen. Die drei entkleiden sich bis auf den Bikini. Breiten eine große Decke aus, rollen Nackenstützen aus Handtücher, legen sich bequem nebeneinander hin und lassen die Sonne auf sich wirken.

„Auja, was war das?" Piepsi schießt erschreckt hoch. Chrissy und Bauxi ignorieren Piepsi oder sie sind eingeschlafen.

Zum Kuckuck, was ist denn das?" Chrissy und Bauxi sind nun auch hoch geschossen und was entdecken sie?

Oben auf dem Donaudamm sitzen drei Jünglinge. Zwei bemühen sich, mit kleinen Steinchen die Mädchen auf der Decke zu treffen und amüsieren sich köstlich.

„Komm wir setzen uns neben dem älteren Herren dort hin. Dann werden die drei schon verschwinden", meint Bauxi.

Wie gesagt so getan. Sie nehmen ihren ganzen Plunder und ziehen um.

„Geht`s nur her, ihr Pupperln. Ihr Zucker-Goscherln, ihr lieben."

Nein, neben so einem Wüstling können die drei auch nicht bleiben. Der hat ja gar keine Badehose an. Vorn ein Fleckerl und hinten im Po ein Schnürl.

„Der hat das berühmter Lobauer-Fleckerl, einen String-Tanga", kichert Bauxi. „ A so a Ferkel."

Sie wandern wieder auf ihren alten Platz. Denn bald wird die Kuchelau überfüllt sein und die schönsten Plätze sind weg.

„Was machen wir denn jetzt?" Fragt Bauxi. Sogleich ruft Christine hinauf zu den Dreien:

„Wollt ihr mit uns Kartenspielen"?

Mit zwei drei Sprüngen waren die drei Burschen unten bei den Mädchen. Sie machen sich untereinander bekannt: Günther, Heinrich und Peter. Sie spielen „Quartett."

Einer von den Dreien spricht nicht wienerisch. Er ist auch etwas schüchtern. Das gefällt Christine. Mit der Zeit haben sich Sympathien entwickelt. Beim Quartett-Kartenspiel muss man von irgendeinem Mitspieler eine Karte verlangen, bei dem man denkt, dieser könnte die brauchbare besitzen.

Peter verlangt meist nur von Christine eine Karte. Diese sagt, wenn sie die Karte nicht hat: „abgeblitzt" und darf weiter für Quartett- Karten abfragen. Was tut Christine? Sie sagt retour zu Peter: „Ich verlange von Dir „

„Grrrrrr – Hallo ihr zwei! Wir sind auch noch vorhanden!" meckert Bauxi.

Entrüstet sind auch die zwei anderen Mitspieler. Es wird mit der Zeit langweilig und sie erfrischen sich im Wasser. Sie schwimmen wie die Ratten, besspritzen sich scherzend und tun so, als ob sie sich gegenseitig untertauchen wollen.

Christine schreit Heinrich an: „Wenn du das bei mir tust, wenn du mich untertauchst bin ich für immer verschwunden. Ich mag das nicht!"

Sie geht aus dem Wasser und legt sich mit dem Bauch auf ihr Handtuch. Peter setzt sich neben sie.

Mit einem Mal hat sie ein „PEZ-Bonbon" vorm Mund. Sie schaut hoch. Ein Mädchen steht vor ihr.

„Willst du ein Pez?"

Sie hat die gleiche Aussprache wie Peter. Es ist Peters kleine Schwester. Sie ist neun Jahre und ihrem Bruder zum Donau-Arm nachgekommen. An einem kurzen dicken Betonpfeiler lehnt Peters Vater. Ein großer beleibter Mann mit dunklen Haaren, der Christine zu mustern und zu fixieren scheint.

Christine wollte eigentlich nicht mehr ins Wasser. Sie kann jedoch dieses Anstarren nicht haben. Wie durch einen Reflex springt sie auf, hopst die Steintreppen runter und Schwupps ist sie drin - im kalten Wasser. Erst als Peters Vater nicht mehr in Sicht ist, robbt sie aus dem kalten Donauarm die Treppen hoch zum Badetuch.

Es ist nicht mehr viel Zeit, sich von der Sonne trocknen zu lassen. Um 19 Uhr sollen die drei Mädchen im Heim sein. Es ist Viertel davor. Wenn sie zu spät kommen wird ihnen die Zeit vom nächsten Ausgang abgezogen und sie werden in das „schwarze Buch" eingetragen.

Die Burschen begleiten die Mädchen nach Hause. Sie sind alle sechs in guter Stimmung und laufen in Richtung Nussdorf. Ein Kleinlastwagen mit offener Ladefläche fährt vis-à-vis der Bundesheer Marine-Kaserne Tegetthoff die Kuchelauer Hafenstraße entlang. Christine stellt sich in die Mitte der Straße und winkt. Der Fahrer vom Laster stoppt und alle sechs Leute klettern auf die Ladefläche. Der Laster poltert die unebene Straße dahin. Es rüttelt und schüttelt die sechs so richtig durch. Peter hält eine Hand an der Rampen-Stange, die andere schützend um

Christine an der Bordwand. Ab und zu berühren sich durch das Gepolter Peter und Christines Körper. Normalerweise würde sie bei jeglichem Körperkontakt protestieren und sich entfernen. Sie tut es nicht. Sie nimmt es wohlwollend an. In Nussdorf hält der Lastwagenfahrer wie besprochen an.

Die Mädchen dürfen ihre Freunde nicht vors Gebäude des Heimes bringen. Das würde Gerede bei der Bevölkerung geben. Sie verabschieden sich in der Kahlenberger Straße und verabreden sich für den nächsten Vormittag in der Kuchelau.

Fast jeden Tag ihrer Ferien verbringen die drei Mädchen und die drei Jungs die Zeit miteinander. Peter bringt seinen Radio und zur Badeinsel mit. Seine kleine Schwester ist stets dabei.

Peters Opa ist pensionierter Bahnbeamter. Er bewohnt mit seiner Frau ein Bahnwärterhaus mit Garten in unmittelbarer Nähe der Kuchelau, an der Franz Josef-Bahn. So richtig romantisch mit Weinlaube, Nuss-Zwetschgen- und Marillen Baum. Im Gemüsegarten wachsen herrliche Tomaten, Kohlrabi und verschiedene Gewürze. Allein Peters Oma pflegt diesen Garten. In diesem Bahnwärterhaus ist Peters Mutter aufgewachsen. Alle Jahre in den Ferien besucht sie mit ihrer Familie das Elternhaus.

Peters Großeltern laden Christine zum Mittagessen ein. Sie wollen sie kennen lernen. Bauxi ist mit Heinrich beim Baden in der Kuchelau. Piepsi ist bereits wieder auf Arbeit.

Peters Familie weiß, dass Christine aus dem Heim in Nussdorf ist. Sie sind unwahrscheinlich nett zu ihr und verwöhnen sie, als wäre sie ihr eigenes Kind. Und das tut ihr so unglaublich gut. Sigrid, Peters Schwester holt aus dem Zimmer neben der Küche eine nackte Puppe raus:

„Kannst du meiner Puppe genauso ein Kleid nähen, wie du eines trägst? Mit Petticoat?"

„Na klar, kann ich das", verspricht Christine. Ihren Rock und Bluse hat sie auch selbst genäht.

Es wird Zeit wieder ins Heim zu gehen. Peter begleitet sie diesmal nicht. Seine Oma übergibt Christine einen Korb voll Zwetschgen.

„Ich glaube, das wird euch schmecken".

Gesättigt und beschenkt geht Christine zu ihren Freundinnen zum Donaudamm. Bauxi ist allein.

„Wo hast du Heinrich gelassen?"

„Als du weg warst, ist im eingefallen, dass er noch was zu erledigen hat. Chrissy, ich glaube, der ist in dich verschossen und nicht in mich."

„Quatsch. Wir sind in nichts und niemanden verschossen. Das wäre doch noch viel zu früh", tröstet sie Christine.

„Was du nichts sagst", spöttelt Bauxi.

Nichts desto trotz treten sie Hand in Hand den Heimweg an.

Hältst du heute ein Auto auf oder soll ich`s wieder tun?" Fragt Christine.

„Du! Du hast die besseren Chancen, wie immer." Bauxi ist irgendwie verärgert.

„Wie meinst du das?" Fragt Christine.

„Mich hat Peter nicht mitgenommen. Und Heinrich hat mich sitzen lassen. Peter gehört wohl jetzt dir?"

„Mein Gott bist du doof. Kein Mensch hat irgendwie Besitz von irgendjemand ergriffen. Dann nimm dir doch den Peter. Blöde Kuh." Jetzt ist Christine verärgert.

„Aber dich hat er zu seinen Leuten mitgenommen, nicht mich." Sagt gekränkt Bauxi.

„Bestimmt nur deswegen, weil du dauernd mal mit Günther und mal mit Heinrich geflirtet hast. Nimm dich doch mal bei deiner Nase. Bauxi".

Ein Auto fährt an der Donauwarte in Richtung Heiligenstadt. Christine stellt sich an den Straßenrand und winkt. Das Auto hält ungefähr 100 Meter nach ihnen. Die Mädchen laufen los. Christine trägt die ganzen Badesachen und Bauxi den Korb mit den Zwetschgen und der nackten Puppe.

Bauxi stolpert und fällt hinter dem haltenden PKW. Die Zwetschgen rollen über die Fahrbahn und in der Mitte liegt die nackte Puppe. Der Rock und der Petticoat sind über Bauxis Kopf. Man sieht ihre Unterhose. Christine stülpt flink Bauxis Röcke runter und hilft ihr hoch. Sammelt die nackte Puppe und ein auch ein paar Zwetschgen. Sie kann sich vor Lachen kaum gerade halten. Bauxi legt ebenfalls lachend noch ein paar Zwetschgen in den Korb. Der Fahrer des Pkws wartet geduldig auf die Mädchen. Sicher hat er das Schauspiel der beiden im Rückspiegel verfolgt. Lachend lassen sie sich auf den Rücksitz vom Auto fallen und kichern weiter.

„Wo wollt ihr denn raus?" fragte der Fahrer.

Die beiden Mädchen brüllen vor Lachen aufs Neue los. Sie hatten nicht mal ihr Ziel sagen können, wo sie aussteigen müssen. Gerade noch rechtzeitig schmettern sie „Nussdorf„ raus.

Es ist knapp nach 19 Uhr. Wieder zu spät. Sie bekommen jedoch vom Portier keinen Eintrag ins schwarze Buch. Mit der Zunge aus dem Mund hängend, erleichtert aufschnaufend sagen sie danke und begeben sich in ihre Gruppe.

Nach dem Abendessen geht's ab in den Waschraum. Dann noch ein bisschen Musik hören, ein wenig rumalbern und ab ins Bett. Die meisten Mädchen tragen die vom Heim gestellten langen Baumwoll-Nachthemden in zartblau oder rosa.

Christine trägt in dieser Nacht ein rosa Nachthemd mit gleichfarbigen Spitzenrand.

Auf ihrem Bett fehlt der große Bär. „Wo ist mein Teddy!"
ruft sie.
„Welcher Teddy"? kommt es spöttelnd aus dem
Schlafraum. „Teddy. Teddy, wo ist denn Christines
Teddy." Allgemeines Gelächter.
„Ihr könnt mich mal!"! Christine legt sich beleidigt ins Bett.
Bauxi will sie ganz scheinheilig trösten: „Meinst nicht,
dass du schon zu alt für so einen Teddy bist? Du hast
doch schon einen lebendigen Teddy. Deinen Peter."
Christine hüpft aus dem Bett. Packt Bauxi am Nachthemd
und sie beginnen eine Rauferei. Bauxi steht plötzlich mit
einem rosa Fetzen von Christines Nachthemd in der
Hand verblüfft da. Christine ist gestürzt, kreiselt am
Rücken um das weiße Stahlrohbett. Sie kann vor Lachen
und Kreiseln um die Füße vom Stahlrohbett wegen dem
glatten Boden nicht aufstehen.
Bauxi hilft Christine auf: „Mein Gott Chrissy. Hast du dir
was getan?"
Christine will Bauxi wieder an die Gurgel. Doch als sie
den Fetzen von ihrem Nachthemd in Bauxi`s Hand und
den blauen Fetzen von Bauxi`s Nachthemd in ihrer Hand
sieht, überfällt beide ein Lachkrampf. Die Mädchen im
Saal lachen mit. Bauxi und Chrissy umarmen sich und
überlegen, wie sie die kaputten Nachthemden bei der
nächsten Wäsche-Abgabe rein manövrieren könnten. Sie
bestechen einen Nichtlehrling, der die Aufgabe hat,
wöchentlich von jedem Zögling die Wäsche
entgegenzunehmen.

Sie haben ja noch ihre private Nachtwäsche. Süße Baby-
Dolls aus zartem Blütenstoff mit Rüschen, Spitzen und
schmalen Trägern. Diesen kleinen zierlichen Pyjama
haben sich die Freundinnen selbst geschneidert. Sie
kleiden sich um.

Christine liegt wieder im Bett, hört entspannt der Heurigen-Musik zu und guckt an die Decke. Es überfällt sie abermals ein Lachkrampf.

Am Lüster hängt ihr riesiger Bär und guckt nach unten. Lächelnd schläft Christine ein.

Der Tag des Abschieds

Die Ferien gehen zu Ende. Für Peter und Christine heißt es Abschied nehmen. Nach dem Austausch ihrer Adressen reichen sie sich die Hand und blicken für längere Zeit in die Augen. Peters Schwester unterbricht die Szene und umarmt Christine an den Hüften.

Peters Eltern sagen auch „Servus und Pfiat di, machs guat", steigen in einen schwarzen, hochpolierten DKW 3=6 ein und ab geht's nach Deutschland.

Nach einer Woche kommt aus Nürnberg die erste Postkarte. Peter schreibt sehr nett und wünscht unter anderem einen guten Arbeitsstart. Zum Schluss malt er ein Herz.

„Na, dein Peter muss wohl hingerissen sein. Nach der Karte zu urteilen, mag er dich sehr und du?" fragt die Erziehern Singer.

Christine erzählt der Schwester was Peter so gesagt und wie er manche Wörter ausgesprochen hat.

„Mädchen, Mädchen, ich habe den Eindruck, du bist mehr in seine Sprache verliebt als in den Mann", lächelt Sr. Singer und besucht die Mädchen im Fernsehraum.

Peter und Christine schreiben hin und her. Sie haben festgestellt, dass Postkarten länger unterwegs sind als Briefe. Aus den kurzen Schreiben der Postkarten wurden seitenlange Briefe, in denen sie ihren Tagesablauf schildern. Im letzten Brief stand als Gruß bereits „Dein

Peter und ein Herz". Christine schreibt das gleiche und noch dazu „Bussi„. Damit der Brief auch als besonderer angesehen wird, kaufen beide nur noch Sonder-Briefmarken.

Es ist Freitagabend. Piepsi überrascht Chrissy: „Du Chrissy, Dein Peter ist hier."

„Was? Wie? Wo? Was heißt er ist hier? Der ist in Nürnberg meine Gute."

Piepsi dreht den Radio lauter – Bayern Drei, "Unsere Top Ten der Woche".

„Ach wie rührend. Piepsi, danke".

„Ich war auch dabei. Es war meine Idee, den Sender zu suchen Chrissy." Mischt sich Bauxi ein.

„Dir danke ich auch recht herzlich, Bussi. Ihr zwei seid ja so lieb."

Die ganze Mädchengruppe hört seitdem jeden Freitag BR 3 und manchmal, wenn sie nicht zu müde sind tanzen sie. Meist Twist und Rock an Roll.

Die Korrespondenz wird von Brief zu Brief inniger. Gestern kam ein Brief, den Christine ständig in ihrer Tasche mit sich trägt und zwischendrin immer wieder liest.

☙ ✯ ♥ ✯ ❧

Im Juni muss Christine vor der Wirtschaftskammer Wien die Kaufmanns-Gehilfen-Prüfung ablegen.

Dafür übt und lernt sie fleißig. Doch einmal hat sie auf die bevorstehende Berufsschul-Prüfung vergessen.

Laue Luft durchzieht sanft die klare Sternen-Nacht. Es ist schon 20 Uhr und die Mädchen liegen gewaschen, Zähne geputzt, Pipi gemacht ohne Zudecke auf dem Bett im Schlafsaal. Wiederholt dringt durch die offenen Fenster Heurigen Musik, Singen und Stimmengewirr der Gäste vom Heurigen. Die Mädchen meditieren in den Schlaf hinein.

„Jössas!" Schreit Christine auf. „Ist heute Mittwoch?"
Zurück ruft ein Mädchen: „den ganzen Tag schon, meine
Liebe, aber nimmer lang."
„Warum? Was ist denn los?" Fragt Piepsi.
„Morgen habe ich doch Berufsschule und eine wichtige
Betriebslehre-Prüfung. Ich hab`s ganz und gar
verschwitzt und nichts gelernt. Was mache ich jetzt?
Noch einen Vierer und ich kann einpacken." Jammert
Christine.
"Bauxi aufstehen, wir müssen Chrissy helfen", ruft Piepsi.
Das haben wir gleich, warte ein bisserl. Piepsi und Bauxi
gehen aus dem Schlafsaal, schleichen sich ins
Studierzimmer. Bauxi steht Schmiere. Piepsi holt eine
Kreide vom Lehrerpult und sie sausen flink wieder zurück
in den Schlafsaal.
"Mund auf Christine und Zunge raus", befiehlt Bauxi.
Piepsi reibt die Kreide an Christines Zunge ab und etwas
ins Gesicht.
„Jetzt schnell ins Krankenzimmer und sage dir ist
schlecht."
„Meinst, die Schwester kauft mir das ab?" zweifelt
Christine
„Moment", ruft Marga, „ich habe was". Sie holt eine
Zigarette, zündet sie an und befiehlt „Christine zieh in
schnellen Zügen!"
Christine zieht in schnellen Zügen an der Zigarette und
ihr wird schwindelig und enorm übel.
„Schnell mit ihr zur Krankenschwester!"
Dir drei Mädchen führen Christine ins Krankenzimmer.
„Schwester bitte helfen sie unserer Christine. Der ist
plötzlich übel geworden!"
Der ausgeheckte Plan wurde also in die Tat umgesetzt.
Christine spielt nach kurzer Übelkeit die Sterbende und
die Schwester ist sehr besorgt. Das Krankenzimmer ist
im Parterre. Die Fenster und die Tür zum Gang sind zu.

Keine Heurigenmusik schläfert sie heute ein. Es ist Finster. Lediglich aus der Tür vom Arbeitsraum der Schwester ist Licht. Die Kreide und der Rauch der Zigarette schmecken blöd. Christine hat Durst und stöhnt. Die Schwester hört sie nicht. Hm. Was jetzt? „Schwester", jammert Christine als läge sie in den letzten Zügen.

„Schwester bitte".

„Oh, mein Kind ist dir wieder übel? „ Sie bringt ihr ein Glas Wasser. Hastig, zu hastig für einen sterbenden Schwan leert sie das Glas und fällt wie entkräftend zurück in die Kissen. Die Schwester fühlt ihren Pulsen, greift ihr auf die Stirn:

„Armes Kind. Morgen sieht die Welt wieder besser aus. Schlaf schön".

Am nächsten Morgen weckt Christine eine andere Krankenschwester.

„Aha, wir haben einen Neuzugang? Ich hatte gelesen dir war gestern sehr übel. Aber Fieber hattest du Gott sei Dank keines, nur erhöhte Temperatur. Wie geht es dir denn heute?"

„Ich weiß nicht so recht, keine Ahnung. Heute kann ich sicher auch noch nicht aufstehen."

„Hm. Na, dann ruhe dich heute noch mal richtig aus. Bleib liegen, bis ich wieder komme, dann helfe ich dir beim Aufstehen." Die Schwester geht in ihren Arbeitsbereich.

Piepsi und Bauxi besuchen Christine.

„Na, siehst du! Alles paletti! Keine Prüfung heute. Flüstern sie und kichern. Hihi. Zu dritt folgt das „ Gif me Five - Klatschen.

„Ich habe eine Bitte an euch. Ich soll ja nicht aufstehen, weil der Kreislauf versagen könnte. Bringt ihr mir die Betriebslehre-Unterlagen aus meinem Spind und mein Federpenal?"

„Na klar. Jetzt kannst in Ruhe lernen". Piepsi und Bauxi bringen Christine das Gewünschte und begeben sich zu ihren Ausbildungsplätzen.

Der zweite Tag ist angebrochen. Christine hat gelernt und ist voll gesund. Sie steht auf und bittet die Schwester um eine schriftliche Entschuldigung der fehlenden Tage für Berufsschule und Arbeitsstelle.

„Hm. Mädchen bis jetzt haben wir dein Spiel mitgespielt. Glaubst du wirklich du bist die einzige in unserer langjährigen Tätigkeit, die mit diesem Trick sich ein paar Tage stiehlt? Wegen irgendetwas, das ihr Mädchen nicht tun oder euch von Unannehmlichkeiten entziehen wollt? "

Christine wird kreidebleich. Jetzt ist ihr wirklich schlecht.

„Na, komm schon Mädchen. Nicht den gleichen Trick nochmals anwenden. Das zieht bei mir nicht. Du musst mit der Angelegenheit selbst fertig werden. Stelle dich deinem Lernherrn und deinem Lehrer. Ich kann und möchte einen Betrug und wenn er noch so klein ist, nicht unterstützen".

Christine ist kreidebleich und taumelt. Sie sitzt wieder auf dem Bett. Die Schwester nimmt die Lage jetzt ernst. Fühlt den Puls, legt Christines Beine aufs Bett und stellt den Kopfkeil höher. Dann holt sie das Fieberthermometer und steckt es Christine in den Mund.

„Dein Hals ist rot. Tut dir das Schlucken weh?"

Vor lauter Aufregung, die Schwester beschwindelt zu haben, merkte Christine ihre Rachenentzündung kaum und hat bereits eine Temperatur von 38.2.

Piepsi und Bauxi staunen nicht schlecht, als sie Christine noch immer im Krankenzimmer auffinden.

„Kommt mal her ihr beide", ruft die Schwester die Freundinnen von Christine zu sich. Eure Tricks sind ja ganz lustig, wir spielen eine Zeitlang mit. Unterstützen können wird das nicht. Christine ist jedoch wirklich krank. Kommt ihr nicht zu nahe damit sie euch nicht ansteckt, sonst wäret ihr drei Mädels ja wieder zusammen und heckt noch mal was aus. Macht mal euren Mund auf. So. Ihr seid ebenfalls ab jetzt krank. Ab ins Bett mit euch."

„Oh, nein, wir haben nur ein wenig Halsweh. Mehr nicht." Widerspricht Bauxi.

„Ihr habt alle drei „Pharyngitis", sagt die Krankenschwester.

Ui ! Ist das Gefährlich? So wie Scharlach? Ich bin doch geimpft", protestiert Piepsi.

Das wird die Untersuchung ergeben. Ihr habt euch durch Tröpfchen-Infektion angesteckt. Entweder beim Sprechen oder durch Niesen. Wir wollen doch nicht das ganze Haus krank machen. Also ab ins Bett mit euch. Mindestens drei Tage.

Dafür bekommt ihr auch eine schriftliche Entschuldigung und sogar mit Stempel und Siegel."

Die Krankenschwester geht wieder in Ihren Arbeitsraum.

Die drei Kranken bekommen aus dem Krankenzimmer-Schrank lange, dünne, blaue Baumwoll-Nachthemden. Ihnen wird außer Medizin schlucken und Gurgeln, absolute Bettruhe verordnet. Ein wenig übertreibt die Krankenschwester schon. Ja. Die Mädchen sollten einen kleinen Denkzettel erhalten. Aber ohne Grund meldet sich kein Kind freiwillig krank.

So schlimm sind die Krankentage für die drei Freundinnen gar nicht. Sie werden von früh bis abends mütterlich von den Krankenschwestern versorgt. Dürfen Radio hören, lesen, schreiben - was sie möchten, aber sie müssen im Bett bleiben. Nur zur Toiletten dürfen sie aufstehen. Damit man sieht, wie arg krank sie sind, tragen sie tagsüber dicke Schals um ihren Hals und bedauern sich gegenseitig. Nachts liegen die Tücher unterm Kopfkissen. Sie würden sich damit zu Tode schwitzen. Sie erzählen sich Witze, amüsieren sich belebend, bringen sich zum Lachen. Zu guter Letzt folgt eine lustige Polster Schlacht, sodass gewaltige Staubstreifen im Sonnenlicht tanzen.

„Seid ihr verrückt geworden?!" Schimpft die Krankenschwester. „Die Luft ist ja hier zum Schneiden", und öffnet die Fenster.

Die Mädchen kichern und liegen wieder brav in ihren Betten.

„Ihr seid morgen alle wieder von der Krankenstation entlassen.

Christine, dein Blut muss nochmals untersucht werden. Komm morgen früh nüchtern zu mir."

„Wieso? Was ist denn?"

„Du hast Hypotonie und neigst zu Anämie. Das bekommen wir mit richtiger Ernährung wieder in den Griff." Sagt ihr die Krankenschwester.

„Deshalb hast du auch oft Schwindelanfälle. Bringt deinen Kreislauf durcheinander. Du brauchst eisenhaltiges Essen. Viel Gemüse, mein Kind. Also bis morgen Früh, gell?"

Am nächsten Morgen wird Christine nochmals Blut abgenommen und die drei Mädels sind von der Krankenstation entlassen. Sie erhalten eine schriftliche Entschuldigung für drei Tage mit Stempel und Unterschrift der Krankenstation und der Heimleitung. Am darauf folgenden Tag können sie wieder ihren Pflichten nachgehen.

In der Auto-Elektrik hat man Christine nach und nach sämtliche Büroarbeiten übertragen. Den Abschluss der doppelten Buchführung macht sie bereits ganz allein. Führt täglich Kassenbericht und bringt einmal die Woche den größten Teil der Bareinnahmen und die Schecks zur

Bank. Quittungen, Rechnungen und Kassenzettel trägt sie sofort ins Journal ein.

Erstaunlich ist, findet es Christine, dass immer etwas schief gelaufen ist, wenn sie von der Berufsschule ins Büro kommt. So auch gegenwärtig. Es fehlen in der Kasse genau Fünfhundert Schilling. Die Buchhalterin prüft jeden Morgen die Kasse, und vergleicht diese mit dem Journal.

Christine nimmt es zur Stunde nicht so tragisch. Es kann nur ein Beleg verlegt, unter dem Metallkästchen oder dahinter sein. Sie sucht. Die Buchhalterin sucht nicht, weil sie der Meinung ist, dass um eine derart runde Summe von genau 500 Schilling nichts gekauft worden ist. Es ist ja ein einziger Schein. Frau Holickyn steht daneben und schaut sehr bedenklich.

Wo lag der Kassenschlüssel? War das Büro abgesperrt? Wer könnte wissen, wo der Kassen Schlüssel aufbewahrt wird?

Tja, nur der Chef, die Buchhalterin und Christine. Aber auch noch die Chefin, Frau Holickyn. Doch die hat sich noch nie in irgendeiner Weise in den Betrieb eingemischt. Keinem ist es möglich, das Verschwinden der 500 Schilling sich zu erklären.

Das große Fenster zur Werkstatt ist heil und geschlossen. Also auch kein Einbruch festzustellen.

Was Christine erstaunt, dass sie diesmal nicht sofort beschuldigt wird. Das freut sie doch irgendwie und denkt weiter nach, wo dieses Geld geblieben sein mag. Es betrübt sie schon, denn insgeheim denken die beiden Frauen bestimmt, dass Christine das Geld genommen haben könnte. Weil sie ein Heimkind ist. Nach der Menschen Vorurteile, stehlen solche Kinder – alle.

Es ist Mittag. Die Menasch-Schale mit dem Saftgulasch aus der Heim-Kantinenküche hat Christine diesmal nicht ins Wasserbad gestellt. Ihr ist der Hunger vergangen.

Außerdem kann sie den Geruch nicht mehr ertragen. Das Essen riecht und schmeckt in letzter Zeit penetrant und immer gleich. Ja, immer gleich unangenehm. Egal ob es Gulasch, Saftfleisch oder Hackbraten heißt. Sie schüttet den Inhalt in die Toilette und spült das Geschirr. So, jetzt riecht es nicht mehr.

Nachmittag trifft ihr Chef, Herr Holickyn ein. Er geht nachdem er in der Werkstatt war und sich mit seinem Bruder kurz unterhalten hat, direkt zur Buchhalterin. Der Chef übergibt ihr einen Beleg von 458,-- Schilling und legt des Rest in bar auf 500 Schilling auf ihren Schreibtisch.

„Chef ! Das dürfen sie nicht mehr tun!" tadelt Frau Groberger Herrn Holickyn.

„Was denn nicht?" Fragt Herr Holickyn.

„Sie müssen doch bei Entnahme von Bargeld einen Zettel in die Kasse legen!" Entrüstet sich die Buchhalterin.

„Habe ich das nicht getan? Oh, Verzeihung. Das habe ich doch glatt vergessen. Ist doch nicht so schlimm. Kurz vor Geschäftsschluss habe ich mich für das besondere Angebot entschieden. Na dann habe ich halt schnell die 500 Schilling rausgenommen. Jetzt haben sie ja den Beleg und das Restgeld."

Christine hört im Material-Lager zu und stößt befreit und erleichtert einen großen Seufzer aus. Das darf sich aber auch nur der Chef erlauben. Gleich zieht Frau Holickyn los und bringt zwanzig Minuten später zwei Tortenstücke. Hm, nur zwei denkt Christine. Will man ihr schon wieder was anlasten oder hat sie was nicht richtig gemacht?

Sie hat alles richtig gemacht und bekommt einen Teller mit einem Tortenstück auf ihre Schreibplatte gestellt. Natürlich auch die Buchhalterin.

„Warum essen sie heute keine Torte, Frau Holickyn", fragt Christine besorgt.

„Mädel, ich muss eine Zeitlang fasten. Mein Arzt ist gar nicht mit mir zufrieden."

„Das tut mir leid." Sagt Christine. „Und macht es ihnen nichts aus, wenn wir vor ihnen einfach so schlemmen?"

„Lass es dir nur schmecken. Nein es macht mir nichts aus." Sagt die Chefin und unterhält sich mit der Buchhalterin über sämtliche Krankheiten, die sie hat und haben könnte, und die sie nicht hat, und die sie noch bekommen könnte.

Krankheitsangelegenheiten hört Christine nicht gerne. Davon versteht sie auch nichts. Will sie auch nicht wissen. Sie ist froh, die Torte essen zu können. Ihr Magen hat schon geknurrt. Das Saftfleisch lehnte er aber ab.

Nach der Arbeit schlendert sie langsam den Weg zum Heim. Ihr Kopf qualmt. Sie möchte ihn ausdampfen lassen. Es war wieder sehr viel, das auf sie heute geprasselt ist. In der Kahlenberger Straße lehnt ein Mann an einem Auto. Christine muss an ihm vorbei. Sie schaut auf – es ist Harald. Halard Menky mit seinem Cabriolet. Christine möchte schnell vorbei. Er hält sie am Arm an:

"Willst du mich nicht begrüßen?"

„Nein."

„Na komm schon. Gib mir zur Begrüßung einen Kuss. Du weißt doch, dass du mein Schatz bist. Das weißt du doch, oder?"

"Genau, ODER. Weißt du, ich möchte mich mit dir nicht mehr unterhalten, denn sonst müsste ich mal meinem Ärger Luft machen."

Christine wollte weiter gehen, doch Harald hält sie immer noch am Arm fest.

„Lass mich los, Du tust mir weh"!

„Dann sag mir was die ärgert und ich lasse dich gehen", meint Harald. Christine traut ihm nicht. Sie befreit sich ruckartig, bleibt aber dann doch stehen.

„Dass mich deine Mutter mit einer Gefängnisinsassin, sprich Verbrecherin verglichen hat, dafür kannst du nichts. Aber dass du mich dorthin gebracht hast und mich dann in meinem Kummer allein die weite Strecke nachhause gehen hast lassen und lieber auf dem Kirschenbaum gehockt bist, dafür kannst du."

„Ach so. Das ist doch nicht schlimm. Und das hat dich geärgert? Ich hab doch meinem Vater geholfen." Sagt Harald leichtfertig.

„Ach so? Nicht schlimm? Dann helfe deinen Vater weiter und lasse mich in Frieden. So, jetzt kennst du meinen Ärger. Auf nimmer Wiedersehen, Herr Menky. Außerdem habe ich einen festen Freund."

„Du? Einen Freund? Einen festen auch noch? Nie und nimmer!" Harald ist jetzt dreist.

„Du Alleswisser! Wieso nie und nimmer?" jetzt wird Christine grantig.

„Weil ich dich beobachtet habe und dir paarmal nachgefahren bin. Du hast niemals einen Freund. Absolut nicht." Ganz schön eingebildet, dieser Harald.

„Ach, ja. Ich habe dich schon gesehen, als ich mal in der Straßenbahn gesessen bin. Da war ich wohl allein." Sagt Christine.

„Das war ja nur einmal. Ich war aber öfter hinter dir her, meine Liebe. Du warst immer allein."

„Ich bin nicht deine liebe – egal was. Da fällt mir ein, ich wollte es dir mal sagen, dann wieder nicht. Aber jetzt wo du gar so anmaßend und stolz daher redest, du Klugscheißer, sage ich dir's:

Deine Prüfung, den Treuetest mit dem du deinen besten Freund Rudolf angestiftet hast, mich zu verführen, spricht für deinen miesen Charakter. Und jetzt zeige ich dir meinen Freund."

Harald lacht hämisch und schaut belustig, ja spöttisch, mal unters Auto, neben sein Auto, hebt die Hand zur

Stirn und guckt nach oben: "Ah ja, da kommt er schon geflogen".

Christine holt aus ihrer Tasche Peters Brief.

Im Inneren triumphierend zeigt sie ihm auch das Kuvert mit der abgestempelten Briefmarke. Faltet Peters Brief so, dass Harald nur den Anfang und das Ende davon sehen kann und überreicht ihm das Blatt.

„Liebe Christine … Dein dich innig liebender Peter."

Harald entfaltet den Brief und liest alles. Wütend wirft er den Brief zu Boden, tritt mit seinem Fuß eine Delle in sein Auto und brüllt:

„Blöd war ich, dass ich dich nicht entjungfert habe, sonst würdest du jetzt mir gehören."

Christine hebt den Brief auf und legt ihn sorgfältig zurück in ihre Tasche.

„Dein schönes Cabriolet ist jetzt optisch hin. Ah, da ist noch was Harald. Du warst sehr oft bei Frau Groberger gestanden. Hast dich lange mit der der Buchhalterin unterhalten. Ich war im Magazin."

„Na und?" Harald ist sichtbar ärgerlich.

„Unter vielen anderen Schmarrn hast du ihr gesagt, und DAS habe ich mir genau eingeprägt, Harald - Du hast gesagt: „Die guten Mädchen werden mir davon laufen, bei einer Doofen bleib ich hängen". Kannst dich noch erinnern?"

Harald schweigt.

„Siehst? Ich will und werde nicht die Doofe sein. Tschüss". Christine geht in raschen Schritten davon.

Oh, sich Luft zu machen das hat gut getan. Sie hat dem eingebildeten Fatzke mal so richtig die Meinung sagen können. Egal, ob sie jetzt zu spät ins Heim kommt, das musste sein. Sie kommt zu spät, jedoch sie bekommt weder Tadel noch einen Eintrag ins schwarze Buch.

Überhaupt werden ihr in letzter Zeit mehr Zugeständnisse gemacht. Liegt es an ihrem Alter? Sie ist Ende des

Jahres sechszehn. Es liegt nicht an ihrem Alter. Sie hat einen neuen Fürsorger, der sich im Hintergrund um seinen Schützling kümmert.

Osterbesuch

Peter hat geschrieben, er konnte seine Eltern überreden, die Osterferien wieder im Bahnwärterhäuschen zu verbringen. Sie hätten ihm nur einen Vorwurf gemacht: „Zuerst mussten wir dich zwingen mit uns nach Wien zu reisen. Wir haben dir versprochen, dass es das letzte Mal sein wird. Danach kannst du machen was du willst. Und jetzt zwingst du uns mehrmals nach Wien zufahren. Sag jetzt bloß nicht du hast Sehnsucht nach Opa und Oma."
Christine liest den Brief ein paar Mal. Also sind seine Eltern mit ihr als Freundin für ihren Sohn einverstanden. Immer, wenn es die Zeit erlaubt schneidert sie für die Puppe von Peters Schwester aus ihren Stoffresten Bluse und Rock. Das Ostergeschenk ist fertig. Sie können kommen.
Im Bahnwärterhäuschen wartet Christine seit den frühen Morgenstunden auf die Ankunft der Familie aus Nürnberg. Jeder herankommende schwarze Pkw versetzt ihr einen Stich ins Herz. Vorbei ratternde Züge der Franz-Josefs Bahn entreißen sie aus ihrer ungeduldigen Erwartung.
„Jetzt sind sie da – nein doch nicht."
„Sie fahren sieben Stunden, Christine. Kannst es nicht mehr erwarten?" Lächelt Oma Mimi.
Die heurigen Ostertage sind ziemlich kühl. Peters Opa sorgt für Fleisch und Brennmaterial. Heizt den Küchenofen und den kleinen Ofen im Wohn-Schlafraum. Die Tür zum Kabinett in dem Tochter mit Ehemann schlafen werden, steht offen, damit die Wärme auch in den letzten Winkel zieht.

Oma Mimi hat für den Aufenthalt ihres Besuchs zu deren Wohlbefinden alles vorbereitet. Gekocht, geputzt, die Betten frisch überzogen und einen elektrischen Heizlüfter ins Kabinett gestellt. Christine hilft, wo sie gebraucht wird. Die angekleidete Puppe sitzt mit einem Blümchen in der Hand auf dem Schlafsofa, auf dem Peters Schwester Sigrid schlafen wird.

Am späten Nachmittag parkt der schwarze DKW auf dem Rasen vorm Fenster des Wohnschlafraums. Nach langem, langem Warten sind sie doch noch angekommen.

Christine kann ihr Augenmerk von der Fensterscheibe endlich entfernen. Verlegen und hoch erfreut begrüßen sich als erstes Peter und Christine im Hof vor dem Bahnwärterhäuschen.

Sigrid schreit beglückt aus dem Schlafraum:

„Wie schön! Meine Puppe hat ein neues Kleid. Danke, Chrissy".

Herzlich umarmt sie Peters Freundin. Die Eltern betrachten wohlwollend Sigrids Puppe.

Hand in Hand gehen Peter und Christine durch den Garten. Sigrid verfolgt sie.

"Wollen wir auf den Donaudamm spazieren gehen", fragt Peter.

„Oh, ja!" ruft Sigrid.

„Dich habe ich nicht gemeint" und Peter schiebt seine Schwester zur Seite.

„Lasse sie doch mitkommen", entgegnet Christine.

Sigrid springt vor und mal hinter dem Paar her, um ja nichts zu verpassen. Am Donaudamm bleibt Peter stehen.

„Ich habe dich sehr vermisst, Chrissy. Ich konnte die Tage bis zu unserem Wiedersehen kaum erwarten. Was ist mit diesem Harald?"

„Nichts mehr. Wir haben uns seit dem ich ihm deinen Brief zeigte weder gesehen noch gesprochen."

„Und wie ist es dir ergangen in der Zeit, in der wir uns nur geschrieben haben?"

„Ähnlich wie dir. Ich war heute schon um 7 Uhr bei deiner Oma."

„Dann hast du meine ganze Fahrtzeit miterlebt", lächelt er. Zieht Christine näher an sich heran, guckt ihr in die Augen und sie teilen den ersten Kuss. Zuerst schüchtern und zart, dann berühren sich ihre Zungen. Christines erster Körperkontakt mit einem Mann. Vielleicht auch seiner mit einem Mädchen oder Frau?

Auf Sigrid haben die beiden nicht mehr geachtet. Christines Magen knurrt. Er meldet wieder Kohldampf zum ungeeignetsten Zeitpunkt. Sie gehen zurück zum Bahnwärterhaus, in dem Eltern und Großeltern mit hoher Dringlichkeit ihre Kinder zum Essen erwarten.

Sigrid springt zu ihrer Mutter und flüstert ihr was ins Ohr.

„Genau, Sigrid", sagt ihr Bruder. „Deswegen haben wir dich mitgehen lassen, damit du alles genau berichten kannst."

Peters Eltern planen einen Ausflug. Auf die Hausberge von Wien, Kahlen- und Leopoldsberg, über die Höhen Straße nach Schönbrunn. Die Zeit der Rückkehr ist offen. Denn sie wollen Verwandte besuchen und sogleich Christine vorstellen.

Die Osterferien sind vom Samstag, 9. April bis zum Dienstag, den 19. April. Peters Vater kann nur über die Feiertage in Wien bleiben. Er muss zurück, die Arbeit ruft. Seine Familie fährt mit. Peter möchte die Ferien mit Christine auskosten und sagt:

„Vater ich komme mit dem Zug nach, oder du nimmst Christine mit."

Großeltern und Eltern blicken sich erstaunt an. Sigrid ruft:

„Oh ja, Chrissy kommt mit!"

„Wie soll das so kurzfristig gehen? Sie braucht doch die Erlaubnis von Heim? Kannst du die bekommen Chrissy? Hast du einen Pass? Ich will übermorgen fahren."

Christine hat keinen Reisepass. Den muss sie sich erst vom Amt ausstellen lassen. Sie ist noch minderjährig, wie soll das funktionieren?

Das wäre der pure Wahnsinn. Gleich mit Peter und seiner Familie zum ersten Mal ins Ausland fahren! Sie wird heute Abend bei der Heimleitung anfragen. Außerdem muss sie auch noch die Zusage wegen dem Ausflug nach Schönbrunn und zu deren Verwandten einholen. Hoffentlich stimmt das Heim zu.

Am Abend ist keiner mehr in der Heimleitung zu erreichen. Nur die Schwestern sind anwesend. Sie geben Christine die Zusage, an dem besagten Ausflugstag bis 24 Uhr Ausgang zu haben. Sehr erfreulich für Christine und Peter. Die Reise nach Bayern muss sie auf den Tag X verschieben. Peter bleibt bis Ende der Osterferien allein in Wien in dem Bahnwärterhäuschen bei seinen Großeltern.

Aufregende Tage, sie vergehen viel zu schnell. Peter und Christine unternehmen Ausflüge mit dem Bus, der Bahn und zu Fuß. Auf der Himmelwiese unterm Leopoldsberg zwischen Kammerjoch und Donauwarte befindet sich oberhalb des Steinbruchs die „Himmelwiese". Dort setzen sich beiden hin und schauen runter auf Kuchelau und die Donau.

„Du, Peter? Willst du gar nicht wissen, weshalb ich im Heim und nicht wie es normal wäre bei Eltern wohne?" fragt Christine.

„Natürlich möchte ich das wissen. Meine Familie hat sich das auch schon gefragt. Sie und ich wollen dir Zeit geben, es selbst zu sagen. Es freut mich jetzt ungemein, dass du es ansprichst. Sag schon, mein Liebling."

Unangenehm ist es ihr schon. Aber Peter soll alles wissen über sie. Alles? Naja, die ganz groben Dinge wohl nicht, jetzt noch nicht. Sie möchte ihn nicht vor den Kopf stoßen. Christine schildert einige schlimme Kleinigkeiten und dass Ihre Mutter sie nicht besonders mag. Sie beichtet ihm auch den bitterbösen Brief, den sie an ihr Großmutter schreiben musste, geschrieben hat, weil er ihr diktiert wurde. Von Großvater und von Prinz.

Peter nimmt sie in den Arm und küsst sie auf den Hals. Drückt sie näher an sich und küsst sie abermals, ganz zart.

Christine hat das Gefühl, Peter versteht sie voll und ganz. Es kribbelt im Bauch. Sie hat zum ersten Mal in ihrem Leben diese berühmten „Schmetterlinge" darin.

Peter erzählt auch von sich. Er berichtet ihr von seinem erwählten Beruf, dass er bald mit dem Polytechnikum fertig ist und locker eine Familie ernähren kann. Peter sieht Christine dabei so innig an, nimmt ihr Gesicht in seine beiden Hände, führt ihre Lippen an die seinen. Er berührt sie ganz zart, als wäre sie zerbrechlich und steigert seine Zärtlichkeit. Seine Küsse schmecken süß, dann wieder fordernd, dann wild und feucht. Mal küssen sie stürmisch und heftig, dann wieder sanft und zärtlich. Beide sind erregt. Sie pressen ihre Körper eng aneinander. Sie spürt seinen Penis. Er ist sehr hart und merkt gleichzeitig, dass ihre Scheide feucht wird. Plötzlich reißt sich Christine los.

„Bitte nicht weiter machen! Ich kenne da ein Sprichwort das besagt, „Sieh dir den Mann genau an, ob er auch der Vater deiner Kinder sein kann."

„Bin ich der Mann nicht?" fragt Peter erstaunt.

„Doch! Ich denke schon. Ich habe da ein großes Problem. Es fällt mir nicht leicht darüber zu sprechen."

„Möchtest du es mir schreiben?"

„Auf keinen Fall, dann lieber darüber reden."

„Es besteht kein Zweifel, dass meine Mutter durch ihre schlechte Kindheit ihr Erlebtes weitergibt. Hm, wie soll ich dir das erklären."

„Ich verstehe schon, sie reagiert sich an dir ab? Lässt ihre Wut an dir aus."

„Hm, naja, ja. Ich meine, ich denke, ich glaube, sie kann nichts dafür. Meinen Vater kenne ich nicht. Ich weiß nicht mal seinen genauen Namen. Nur dass er lebt."

„Ach Chrissy, ich will weder deine Mutter, noch deinen Vater. Ich will Dich. Chrissy! Ich liebe dich. Sehr sogar. Ich möchte ohne dich nicht mehr sein."

„Du verstehst mich nicht, Peter!"

„Dann sprich weiter, bitte, meine liebe Chrissy."

„Werde auch ich die richtige Frau und Mutter für deine Kinder sein, Peter?"

„Mein geliebtes Herz, du. Natürlich! Wir bekommen lauter kleine Chrissys und Peterleins, das sind dann unserer Herzileins."

„Scherze nur. Es ist mir völlig ernst, Peter. Bevor ich nicht weiß, wer mein Vater ist, möchte ich weder Geschlechtsverkehr, noch mich binden. Sollte mein Vater ähnlich wie meine Mutter sein, dann werde ich nie heiraten und als alte Jungfer sterben."

Peter verbeißt sich ein Lachen. Nimmt Christine in seine starken Arme und küsst sie abermals.

„Dann werden wir deinen Vater bald ausfindig machen. Hast du Papiere, ich meine deine Geburtsurkunde?"

„Ja schon, darin steht Vater unbekannt."

"Dein Vater wohnte doch bei deiner Großmutter als Untermieter?"

„ Ah - Ja! Du bist klug! Na klar, sie muss ihn doch damals angemeldet haben! Wow Peter! DAS ist die Idee."

„Suche sie auf, deine Großmutter und ich werde mit den Daten zum Roten Kreuz gehen. Ich verspreche dir, mein Herz, wir finden deinen Vater.

Sag mal, Chrissy. Wie wirst du dich verhalten, wenn dich dein Vater nicht sehen möchte?"

„Keine Ahnung. Dann gehe ich halt wieder. Aber ich muss wissen, wie seinen Charakter und sein Ego ist. Wie er lebt. Ich muss ihn kennen lernen. Ich kann nicht umhin, habe keine andere Wahl. Verstehst du das? Ich muss wissen WER er ist."

Peter nimmt sie in den Arm und streichelt sie. Er kennt solche Verhältnisse nur vom Hörensagen. Er war und ist immer ein geliebtes und behütetes Kind seiner Eltern. Lebt bis heute glücklich und unbeschwert im Elternhaus.

Die Nähe dieses Mannes gibt Christine Wärme und Geborgenheit. Sie verspürt ein tiefes inniges Gefühl und hat Vertrauen zu ihm. Er wird ihr der Fels in der Brandung sein. Auf ihn ist Verlass.

Die Osterferien sind zu Ende. Peter fährt mit dem „Donaukurier" nach Nürnberg. Christine begleitet ihn zum West-Bahnhof. Sie stehen händehaltend wartend vorm Geleis bis der Zug einfährt. Immer wieder hängen sie küssend zusammen. Er küsst sie zärtlich auf Wange, Stirn, und auf die Augen. Sie macht es ihm gleich. Es sind nicht die gleichen Küsse wie auf der Himmelwiese. Es sind gehauchte Küsse, vielversprechende, die die nächste Begegnung bereits jetzt schon begehrenswert machen. Der Zug fährt ein.

Lächelnd und unter Tränen gehen sie auseinander. Winken sich zu, bis der rollende Wagen außer Sicht ist.

രുള്ള ✦ രുള്ള

Der Tag der Kaufmannsgehilfen-Prüfung rückt immer näher. Je mehr sich Christine den Lernstoff einprägen möchte, umso weniger bleibt im Hirnkastel hängen. Es ist zum Haare ausreißen. Sie plagt sich, lernt und lernt, liest und schreibt wie verrückt und wenn sie sich selbst abfragt, verwechselt sie den Sachverhalt. Und warum? Sie denkt dann an Großvaters Worte: „Mein Engel, wenn du wirklich willst, dann schaffst du es auch".

Genau, sie ist nicht mit Leib und Seele dabei. Manche Sachen versteht sie nicht, oder will`s nicht verstehen. Wie zum Beispiel den Hochofenprozess, Gewinnung von Eisen. Für was braucht sie das? Sie wird nie Erz suchen gehen oder es verschmelzen wollen. Sie schreibt an Peter, ob er ihr in kurzen Sätzen den Hochofenprozess so erklären kann, dass sie es versteht und es sich merkt. Postwendend kommt eine Karte mit dem Bild der Nürnberger Burg. Dahinter die Beschreibung des Hochofen Prozesses. Christine lernt die Sätze auswendig. Ihre einzige Chance.
Die schriftliche Prüfung vor der „Kammer der gewerblichen Wirtschaft für Wien" ist noch vor der mündlichen.
Während der Buchhaltungs-Prüfung sucht sie schon wieder einmal einen Groschen im Journal. Verdammt das gibt's doch nicht, dieser blöde Groschen! Wo hat sie sich vertan. Sie stupst mit dem Bleistift ihren Vordermann an. Der kennt das Problem und steckt ihr einen Zettel zu. Höchst zufrieden, radiert sie die ähnlichen Beträge aus und stellt es richtig. Gott sei Dank! – Null auf null geht jetzt ihr Abschluss auf. Die schriftliche Prüfung ist vollbracht.
In der Pause bedankt sie sich bei ihrem Retter aus höchster Not mit einem Cola.
Für die mündliche Prüfung hat sich Christine ein schlichtes marineblaues Hemdblusen-Kleid genäht. Der weiße ausgeschlagenen Kragen und die weißen Stulpen an den dreiviertel Ärmel lassen sie sehr artig und wohlerzogen erscheinen.

Ob ihr tugendhaftes äußeres Bild den Prüfungs-Ausschuss beeindrucken wird? Sie sieht fast aus wie eine Nonne. Und es sind nämlich vier ehrenamtliche Herren der Kammer Wien.

Vier Herren sitzen vor Christine am Podium. Der Vorsitzende der Prüfungs-Kommission, ein Gewerkschaftler, ein Herr aus Handel und Industrie, sowie ein Berufsschullehrer.

Die erste Frage stellt der Mann aus Handel und Wirtschaft: Was gewinnen wir aus Holz .

„Papier", kommt spontan wie aus einer Kanone rausgeschossen.

„Ja gut, was noch."

Der Mann von der Gewerkschaft zupft an seinem Anzug. Christine überlegt scharf. Wenn sie jetzt sagt „Anzug„, fliegt sie mit Pauken und Trompeten durch und der Gewerkschaftler hätte ihr umsonst Hilfe geleistet. Impulsiv sagt sie: „Stoffe"

„Wie gewinnen wir Eisen", ist die nächste Frage.

„Oh! Hm. wie gewinnen wir Eisen. Wir gewinnen Eisen aus Erz, das von Bergleuten abgebaut und dann weiter verarbeitet wird. Im Hochofen."

„Und was weißt du über den Hochofen-Prozess?"

Ha! Prozess. Das ist das Stichwort für Christines Gehirn. Peters Karte läuft jetzt darin ab. Sie leiert das auswendig Gelernte wie im Flug runter. Der Mann aus Industrie und Handel stellt ihr eine Zwischenfrage. Christine stockt und überlegt. Sie hat keine Ahnung, was der Prüfer wissen möchte. Langsam und bedächtig liest sie aus ihrem Kopf Peters Karte abermals von vorne.

Der Fragende gibt auf. Es folgt endlich das, was sie gelernt hat. Organisation des Industriebetriebes, Kaufvertrag, Recht und Gesetz, Kaufmannsbegriff, Rentabilität usw.

Bestanden!

Im Betrieb behalten sie Christine über die Zeit vom Lehrvertrag hinaus. Man ist mit ihr sehr zufrieden.

In der Freizeit besucht Christine ihre „ Mutti", Großmutter. Sie möchte nicht nur Prinz den Hund wiedersehen, sondern nach Daten ihres Vaters fragen. Dazu braucht sie ihren ganzen Mut, denn der besagte schlimme Brief haftet immer noch an ihr. Sie kleidet sich extra pik fein ein. Mit einem selbst geschneiderten weiten Rock aus Baumwolle mit verschieden großen roten Rosen, grünen Blättern, zwei Kunststoff-Petticoats, die beim Gehen etwas rascheln, einem schicken, selbst genähten weißen Top mit Spitzen und Flügelärmel möchte sie Eindruck zu schinden. Außerdem trägt sie hauchdünne Perlonstrümpfe in Glanzlack-Ballerina Schuhen mit großen Schleifen an der Spitze. Sie möchte Mutti gefallen und mit ihrem Können strahlen.

Naja, sich brüsten. Doch das geht in jeder Hinsicht, voll und ganz daneben. Sie hat ihre Absicht nicht erreicht, nicht ganz erreicht.

In ihrer schicken Aufmachung läuft Christine in großer Erwartung über die Donaubrücke und Überschwemmungsgebiet durch die Au bis zur Pragerstraße. Eine ziemlich weite Strecke. Ihr Hund Prinz belohnt sie dafür. Trotz der langen Zeit, die sie nicht mehr in der Parzelle war, hat er sie wieder erkannt. Er wedelt und springt wie ein junger Hund, dabei ist er schon sehr betagt. Prinz meldet mit seinem Gehabe die Ankunft eines für ihn erfreuten Besuchs an.

„Wer ist da?" fragt Mutti und ist genau wie Roswitha überrascht, Christl vor sich zu sehen. Roswitha füttert gerade ihre beiden Kinder mit zerdrückten Bananen. Sofort meldet sich Christines Magen und knurrt. Die beiden Jungs sind satt, sie mögen keine Banane mehr und Roswitha streift den Teller mit dem restlichen Bananenbrei in den Abfalleimer. Ui – Schluck, den Teller hätte jetzt Christine gerne abgeleckt. Erledigt.

„Was führt dich denn auf einmal zu uns?" Fragt Roswitha.
„Ich wollte nur mal nach euch sehen, weil ich wahrscheinlich Wien verlasse und nach Deutschland gehe."
„Ah, die Madam verlassen Österreich. Was Besseres gefunden, wie?" sagt ihre Mutti.
„Ich habe eine Bitte, Mutti. Kannst du mir Näheres von meinem leiblichen Vater sagen? Der hat doch hier bei dir gewohnt und war doch sicher gemeldet?"
„Was willst denn von deinem Vater? Der ist gefallen! Tot. Basta!"
„Nein, das ist er nicht! Bitte sage mir seinen Namen und seinen damaligen Wohnsitz." Fordert Christine. Sie wirkt nicht energisch aber ziemlich entschlossen.
Nach einigem Zögern und mürrischen Nebenwörtern, bringt Agnes Prochazka einen verblichenen zerwühlten Zettel.
„Da hast es! Das ist alles was ich hab." Sie setzt sich an den Küchentisch zu einem Häferl Kaffee und sagt zu Christine:
„Siehst du! Das hast du jetzt davon, weil du dich damals für deine Mutter entschieden hast. In Heimen hat`s dich rumbollern lassen und wieder eine Dreck um dich geschert. Mir hast du den abscheulichen Brief geschrieben. Schweig! Jetzt red` i.
Christine wollte gar nichts sagen. Sie hat nur tief geschnauft.
„Wer hat dir denn diese noblen Klamotten gekauft? Kommst daher wie ein Modepüppchen." Äußert sich Mutti weiter.

„Die habe ich selbst geschneidert", antwortet Christine gedrückt.

Ihre Großmutter sagt nur: „So, so".

Christines Magen ist ziemlich unanständig und knurrt laut. Mutti und Roswitha haben ihr nichts zu Essen oder zu Trinken angeboten. Ihre Leute um Essen anbetteln, will sie nicht. Sie geht mit Prinz nach draußen. Auf einmal schießt der Nachbars Hund Rex aus einem Zaunloch und direkt auf Prinz zu. Rex ist ebenfalls ein Rüde und meist kläffend hinterm Zaun.

Prinz hatte schon immer eine gesteigerte Aggression gegenüber anderen Hunden. Besonders wenn er meint, jemanden beschützen zu müssen. Sie raufen fürchterlich und beißen sich fest. Früher hat Christine die Hunde mit einem Eimer Wasser auseinander getrieben aber heute bleibt keine Zeit dafür und sie greift handlich ein. Dabei steigen die Hunde in Ihre neuen Plastik Petticoats und verheddern sich darin. Mit dieser Ablenkung und Verwirrung haben die Hunde ihren ernsthaften Streit beendet und Christine zieht Prinz ins Haus zurück. Schallendes Gelächter von Roswitha, die die Szene an der Eingangstür vom Haus beobachtet:

„Hahaha. Schaut`s euch die an! Jetzt trägt´s ihren schicken Unterrock im Schlepptau."

Ihr Lachen und ihre Worte verletzen Christine arg. Ohne Gruß geht sie in Gedanken sehr, sehr langsam den gleichen Weg ins Heim zurück. Sie zieht sich unterwegs den zerfetzten Unterrock und die kaputten Strümpfe aus. Rollt dies zu einem Päckchen zusammen und entsorgt es im nächsten städtischen Mülleimer.

Ihre ganze Anstrengung gilt nun, einen Reisepass zu bekommen. Sie möchte ausreisen. Nach Deutschland. Um eine Ausreisegenehmigung zu erhalten, benötigt sie Arbeits- und Wohnungs-Bestätigung aus dem Ausland. Und, sie müsste volljährig sein. Christine ist sechzehn.

Volljährig ist man erst mit 21 Jahren. Deshalb fährt sie der neue Fürsorger Herr Schwemmer zum Magistrat MA11, Amt für Jugend und Familie, Wien, um die Anträge zu stellen.

Kurz nach dem Aufstehen wird Christine schwindelig und ihr ist übel. Das passiert in letzter Zeit sehr oft. Manchmal ist es so arg, dass sie sich übergeben muss. So wie jetzt in der Personal-Toilette vom Amt. Der Kreislauf spielt wieder verrückt und sie ist käseweiß. Ganz schlimm und peinlich ist ihr dieser Zustand. Was sich die Verwaltungs-Beamten und die Schreibkräfte denken, kann Christine aus ihren Gesichtern lesen, das Mädchen ist schwanger.

Damit liegt sie gar nicht falsch. Denn unerwartet erhält sie nach einer Woche. und das ist schon eine Sonderleistung der Beamten, eine Aufforderung, Pass und Volljährigkeits-Urkunde am Amt zu unterschreiben.

Ah! Da schau her, der Österreichische Staat will sie loswerden.

Somit ist Christine mit sechszehn Jahren übereinstimmend mit dem Gutachten der Vormundschaft vom Jugendgerichtshof Wien unter Nachsicht des Alters für volljährig erklärt. Für die Richtigkeit der Ausfertigung, unterschreibt der Leiter der Geschäftsabteilung.

Sie kann in dem Heim bleiben, bis sie einen anderen Wohnort gefunden hat. Peters Großeltern bieten Christine das Zimmer neben dem Wohnschlafraum im Bahnwärter-Häuschen an. Obwohl man denken könnte die Eisenbahn rattert durch Haus, ist es dort idyllisch und sogar romantisch. Christine nimmt das Angebot an.

Mitten in der Nacht rumort Peters Oma in der Küche rum. Christine hört sie bis ins Kabinett und steht auf.

„Was ist Oma?"

„Ich habe Ohrenschmerzen. Ich helfe mir mit meinen Hausmitteln selber". Zu Christines großem Erstaunen steckt sich Oma eine geschälte Knoblauchzehe ins Ohr und wickelt sich ein Kopftuch um.

„So, morgen früh sind die Schmerzen weg", sagt sie mit Bestimmtheit und beide gehen wieder zu Bett. In aller Herrgottsfrüh weckt Oma Christine:

„Kannst du versuchen die Knoblauchzehe mir aus meinem Ohr zu ziehen?"

Christine versucht es mit einer Pinzette und schafft es nicht.

„Oma, weißt was, ich hol den Staubsauger." Sagt Christine und ist über ihre Idee hocherfreut.

„Nein, nein, lasse das! Ich hab doch noch so arges Stechen im Ohr", jammert Oma.

„Also hat der Knoblauch deine Schmerzen nicht weggenommen? Dann auf zum Arzt. Der hat bestimmt das richtige Besteck zum Rausziehen."

„Bist närrisch? Der lacht mich aus! Nein, zum Arzt gehe ich nicht."

„Dann komme ich mit dem Staubsauger," droht Christine.

Oma protestiert energisch. „Bleib mir mit dem Staubsauger von Leib. Dann gehe ich lieber zum Arzt."

Christine spricht ihr zu: „Glaub mir der hat sicher schon andere Dinge irgendwo rausgeholt. Also, komm. Wir ziehen uns an und gehen, OK?"

Der Arzt lacht nicht und ruck zuck hat er den Knoblauch rausgefischt, zeigt ihn der Oma und fragt:

„Wollen sie ihn wieder reinstecken?" Grinsend tröpfelt er Oma was ins Ohr und überreicht ihr ein Fläschchen mit Ohrentropfen.

„Wer ist denn ihre Begleitung?" fragt der Arzt.

„Von meinem Enkel die Freundin. Sie wartet auf die Aufenthaltsgenehmigung aus Deutschland, und will dort Arbeit finden.

„Ah, sie fährt nach Deutschland! Nach Bayern? Wenn ich mich recht erinnere wohnt dort ihre Tochter." Oma nickt und hält sich ihr Ohr.

„Wird bald besser. Die Tropfen wirken schnell. Aber sagen sie, ich könnte zwei Fliegen mit einer Klappe schlagen, wenn das Mädchen einverstanden ist". Der Arzt wendet sich an Christine.

„Magst du Kinder?" Als der Arzt den fragenden Blick von Christine bemerkt, meint er: „ würdest du wochentags auf einen dreijährigen Jungen aufpassen?"

„Ja, gerne" sagt Christine

„Du musst es nicht umsonst tun. Es handelt sich um meine Nachbarn. Beide sind Lehrer. Da ist auch noch ein vierjähriges Mädchen. Das geht in den Kindegarten. Du könntest während der Wartezeit Geld verdienen und meine Nachbarn in Ruhe ihren Beruf ausüben. Einverstanden?"

Natürlich ist Christine einverstanden. Das ist ja ein fantastisches Angebot.

„Ich muss noch eine Woche zur Arbeit in den 20. Bezirk, dann fahre ich für eine Woche nach Deutschland. Will mich umschauen, ob für mich überhaupt eine Arbeitsstelle frei ist bewerben. Dann komme ich wieder zurück und würde gerne das Angebot annehmen", sagt Christine.

„Hervorragend. Das ist ja prima! Dann kann ich meinen Nachbarn schon mal die freudige Nachricht überbringen, dass sie in zwei Wochen mit dir rechnen können".

Der Arzt überreicht Christine die Visitenkarten der Lehrersfamilie mit dem Hinweis, sie möge aber erst ab 17 Uhr hingehen.

Der letzte Arbeitstag in der Auto-Elektrik ist für Christine eingetreten. Sie ist reichlich beschenkt worden. Leider kann sie die Geschenke nicht mitnehmen. Sie ist mit dem

Fahrrad unterwegs und das Wetter recht mies. Den Blumenstrauß vergibt sie an die Belegschaft. Die Pralinen verschenkt sie an die Buchhalterin Groberger und den Obstkorb stellt sie für die allgemeine Belegschaft auf den Tresen. Die herzliche und rührende Abschiedsrede vom Chef hat so manchen der Belegschaft Tränen in die Augen getrieben.

Christine ist heute nicht nach sentimentalen Regungen zumute, sie hat am Abend noch was ganz großes vor. Was ganz Großes.

ॐ❧ ☙ ❧ॐ

Es regnet in Strömen und es dämmert schon. Ihr Weg führt nicht mehr ins Heim nach Nussdorf, sie wohnt bereits in der Schüttau beim Kammerjoch unterm Leopoldsberg. Das sind neun Fahrkilometer. Fast schon bei Klosterneuburg. Der Wind weht ihr den Regenmantel und die Kapuze nach hinten. Das Fahrradlicht flackert. Der Dynamo hat keinen richtigen Kontakt mit dem Reifen. Ja, sicher, die Reifen sind voll mit Lehm verklebt, sodass der Dynamo nicht richtig greift. Der Fahrrad Sattel wackelt. Er rutscht mal nach vorne und mal nach hinten. Was soll`s. Es ist ein uraltes Fahrrad, dass ihr Peters Opa heute gegeben hat, um schneller daheim zu sein. Die Zeit drängt.

Auch das noch! Der Bahnschranken ist zu. Christine guckt nach links und rechts, die Lampe ist zwar rot, aber kein Zug in Sicht. Also krabbelt sie unterm Schranken und zieht das Fahrrad mit ihren vor Kälte steif gewordenen Fingern durch.

Tropfend nass und durchgefroren steht sie vorm Opa, der sie schon erwartet.

„Die Oma ist schon am West Bahnhof und besetzt ein Abteil für dich."

Was Christine noch nie in ihrem Leben von einem Mann erfahren hat wird sie gleich erleben.

Opa Pepi, so nennen ihn die Verwandten und Bekannten, trocknet mit einem Handtuch Christine das Haar. Stellt den Küchenhocker in die Mitte, am Boden das Email-Lavour und schüttet heißes Wasser rein, das immer am Küchenherd im Wasserschacht bereit ist. Mischt es mit Quellenwasser aus der weißen Gießkanne - es gibt zwar im Garten einen Brunnen aber das Trinkwasser holt Opa aus der naheliegenden Quelle vom Berg. Opa prüft, ob das Wasser die richtige Temperatur hat, zieht Christine die Schuhe und die nassen Strümpfe aus.

„Stell deine Füße rein". Opa legt ein Handtuch auf Christines Knie.

Auf dem Küchentisch breitet er eine dicke Wolldecke auf, legt den nassen Mantel von Christine darauf. Nimmt das Bügeleisen vom Küchenherd und bügelt den nassen Pepita-Mantel von Christine von allen Seiten trocken.

Opa will das Fahrrad in den Schuppen stellen:

„Christine wo hast du denn den Fahrradsattel verloren?"

„Oh? Der ist nicht mehr drauf? Dann muss er bei Bahnschranken liegen, weil ich das Fahrrad dort durchgezogen habe. Ach Opa, pass auf dich auf, wenn der Zug kommt."

„Lass nur Mädel, ich kenn mich schon aus. Er nimmt die Zugschlusslaterne auch Signallampe genannt, leuchtet den Weg ab und findet den Sattel genau beim Bahnschranken der zwischenzeitlich offen steht.

Opa Pepi hat nie jemals zuvor andere Menschen bemuttert oder irgendwann was gebügelt. Auch nicht für sich selbst. Das ist Frauensache. Was er heute an Christine vollbracht hat, ist sehr erstaunlich.

Christine fährt noch in dieser Nacht mit dem Donaukurier nach Nürnberg. Im Zugabteil sitzt bereits Oma Mimi. Auf den Sitzen stehen verteilt Christines Koffer, eine Tasche voll Geschenke für Omas Familie in Nürnberg, sowie eine Tasche gefüllt mit Proviant für Christine. Sie besetzt ein ganzes Zug-Abteil, damit Christine nicht belästigt wird.

Noch rechtzeitig trifft Christine im Westbahnhof am Gleis vom Donaukurier ein. Oma winkt ihr mit einem großen Kopftuch aus dem Zugfenster.

„Hier bin! Hier bin, komm schnell!"

Christine steigt in das Abteil, das Oma voll in Beschlag genommen hat.

„Jessas, Mädchen hast du große Strapazen hinter dich gebracht. Hast dich arg beeilen müssen? Und das auch noch bei dem schlechten Wetter mit dem Fahrrad. So eine weite Strecke. Naja, du bist noch jung, du packst das schon noch."

Es bleibt gerade noch so viel Zeit, die vielen liebe Grüße an Kinder und Kindeskinder Christine mitzugeben. Anweisungen, dass sich alle gesund halten und auf sich aufpassen sollen. Sie freue sich schon aufs nächste Wiedersehen. Wünscht Christine viel, viel Glück. Und schon ertönt die Trillerpfeife von Schaffner.

„So, jetzt muss ich raus, sonst sperrn´s mich noch wegen Schwarzfahren ein".

Bussi – Bussi und Umarmung – Oma steigt aus. Der Schaffner ruft Türen zu und der Zug rollt aus dem Westbahnhof nach Nürnberg zu Peter. Aufregend!

ᘓᘔ ✳ ᘓᘔ

Christine ist in Nürnberg angekommen. Bevor sie den eigentlichen Grund ihrer Fahrt wahrnimmt zeigt ihr Peter übers Wochenende die historische Stadt und einige Sehenswürdigkeiten.

Zuvor kauft er seinem Liebling zwei Kugeln Fruchteis in der spitzen Waffeltüte. Woher wusste Peter, dass sie so gerne Fruchteis leckt. An ihren Augen? Klar, sie stierte ja förmlich auf die Eisbude.

Peter mag Eis nicht besonders. Ab zu leckt er daran, weil es ihm Christine hinhält. Probiere doch mal. Sie möchte nicht gerne allein genießen.

Damit sich Peters Großeltern keine Sorgen machen und wissen, dass es allen hier gut geht. sendet Christine gleich von der Burg aus eine Ansichtskarte. Peter schreibt eine Zeile darunter. „Mein Schatz ist gut angekommen und wird zu schnell wieder bei Euch sein. Ich möchte sie schon hier behalten. Gruß Euer Peter."

„Schau mal hier!" Peter deutet zur Burgmauer. Hier siehst du den Hufabdruck vom Pferd im Stein, mit dem der gefürchtete fränkische Raubritter Eppelein von Gailingen über die Mauer geflüchtet ist. Er rief: Die Nürnberger hängen keinen, denn sie hätten ihn zuvor! Jahre später hat man ihn in Neumarkt in der Oberpfalz gefangen, aufs Rad gebunden und hingerichtet".

Sie gehen weiter und blicken in den „Tiefen Brunnen der Kaiserburg".

„Der Grundwasserspiegel ist von der Pegnitz", erklärt Peter.

„Ui, muss der tief sein. Ich sehe nur schwarz", sagt Christine.

„Ich auch. Der Brunnen ist ja nur 53 Meter tief", lacht Peter.

Sie fahren weiter zum Dutzendteich. Von weitem das Reichsparteitags-Gelände die unvollendet gebliebene Kongresshalle.

„Eigentlich beeindruckend der imposante Bau." Staunt Christine.

„Man plante die Rednerkanzel für Adolf Hitler in die Mitte der Halle zu bauen, um die Tribüne für Zuschauer drum herum auszurichten."

„Aha" bemerkt Christine.

Das war mal alles sumpfiges Gelände". Führt Peter weiter aus. „Eine Menge Betonpfähle, ich glaube so um die zwanzigtausend hat man in die Erde gelassen. Interessiert es dich, Christine?"

„Ja, doch. Aber wer hat denn das alles bezahlt? Doch nur das Volk. Mhm, Peter, das sieht ganz imposant aus." So arg ist das Interesse von Christine ja doch nicht an der Kongresshalle.

„Ah, ja. Deine Uhr im Magen meldet sich. Peter lacht. „Dann wollen wir ihm doch gleich eine Freude machen." Christine lächelt verschmitzt und wird rot.

Sie fahren nach Fürth in ein Restaurant. In den Wienerwald. Auf der glänzenden Menü-Karte finden sie ein großes Speise- Angebot. Gebäck ist bereits im Körbchen, zugedeckt mit rot-weiß-karierten Tuch zum sofortigen Verzehr am Tisch.

„Was möchtest Du gerne zur Vorspeise?" fragt Peter und liest weiter in der Karte.

Beide wählen zur Vorspeise geröstete Hühnerleber. Als Hauptgericht je ein viertel Backhähnchen mit Salat. Dazu ein viertel Welsch-Riesling nur für Christine. Peter trinkt Wasser, er ist mit dem Auto unterwegs und hat eine kostbare Fracht an Bord.

„Hm, Hühnersuppe mit feinen Nudeln. Möchtest du auch eine zuvor?" fragt Peter.

„Nein, danke, lieb von dir. Das wird mir dann doch zu viel. So laut hat der Magen auch wieder nicht geknurrt", lacht Christine.

Sie lassen sich Zeit beim Essen. Zwischen den Gängen reichen sich oftmals überm Tisch die Hände, suchen den Blickkontakt zum anderen und deuten mit spitzem Mund Küsse an. Unterm Tisch berühren sich ihre Füße und Beine. Die sanften Berührungen ziehen durch Christines

Körper und lassen wieder die Schmetterlinge im Bauch tanzen. Sie sind hoffnungslos verliebt.

Peter und Christine sehen glücklich und zufrieden aus. Naja, sie sind gesättigt und außerdem vorzüglich bewirtet worden.

Bevor zum Abschluss der Mocca serviert wird, stellt die Bedienung zur Reinigung der Hände, zwei kleine Glasschüsseln lauwarmem Wasser mit je einer Scheibe Zitrone und mit rot-weiß-roter Schleife gebundene, gerollte blütenweiße Frotteetücher auf den Tisch.

„Wunderbar! Das ist Wien in Bayern", schwärmt Christine.

Die Woche, die sich Christine in Nürnberg aufhält, wohnt sie bei Peters Eltern. Kaum sind die beiden paar Minuten allein in einem Raum, wird ständig die Tür aufgerissen. Entweder sucht seine Schwester oder seine Mutter irgendwas.

„Wo hat sie nur das hingelegt" tz – tz tz -

Dabei sitzen Peter und Christine nur nebeneinander auf dem Sofa - sittsam. Lediglich händchenhaltend. Und ein wenig kuschelnd. Jedes Mal beim Türöffnen fahren die beiden erschreckt auseinander. Schlechtes Gewissen? Nein ! Sie kuscheln nur.

Am nächsten Wochentag fährt Peter mit Christine nach Fürth zum Bayerischen Roten Kreuz. Vielleicht kann dieser weltweite Spitzenverband der Freien Wohlfahrtspflege Hilfe leisten und Christines Vater ausfindig machen. Anhand des verblichenen Zettels, den Agnes Prochazka ihrer Enkelin ausgehändigt hat, geben sie eine Vermissten-Anzeige auf.

„Wir können ihnen nicht sagen, ob wir überhaupt fündig werden und wie lange es dauern wird, bis wir Konkretes haben. Wir schreiben sie an, sobald uns was vorliegt."

„Kann es länger als eine Woche dauern?" will Christine wissen.

„Ja, davon könnt ihr ausgehen. Nicht nur weil es ein kommunistisches Land ist, sondern auch wegen der Sprache und der kyrillischer Schrift ist die Verständigung nicht leicht. Wir tun unser Bestes".

Hoffnungsvoll gehen sie aus dem Gebäude, in dem das Rote-Kreuz eine Abteilung hat.

„Christine, lass den Kopf nicht hängen. Der Anfang ist gemacht. Jetzt müssen wir abwarten. Ich werde, wenn du wieder in Wien bist, öfter mal nachfragen, damit sie uns nicht vergessen." Tröstet sie Peter.

„Wie ich weiß, gehst du morgen mit meiner Mutter auf Arbeitssuche?"

„Ja, wir gehen als erstes zu Gustav Schickedanz. Das Großversandhaus Quelle gehört auch dazu. Meinst die brauchen mich?"

„Aber sicher. Du hast doch einwandfreie Zeugnisse, ein gutes Führungszeugnis und machst außerdem einen sehr guten Eindruck."

Peters Mutter begleitet Christine am nächsten Morgen, gleich nach einem guten Frühstück zu Fuß von der Stadtgrenze Nürnberg/Fürth in die Hornschuch-Promenade zur Firma Gustav Schickedanz. Sie müssen wieder nach Nürnberg zur „Quelle" in die Ausländer-Abteilung. Christine stellt sich dort vor. Die Frau am Schalter staunt nicht schlecht, dass Christine so eine hervorragende deutsche Aussprache hat. Als sie die Zeugnisse sieht lacht sie und meint:

„Da sind sie bei mir nicht an der richtigen Stelle. Bitte gehen sie in die Personalabteilung."

Nach einer Stunde kommt Christine zu Peters Mutter zurück, die geduldig wartet.

„Und?" fragt sie.

„Ich bin eingestellt!" Sagt Christine heiter.

„Ich muss auf die Arbeitserlaubnis warten, die mir nach Wien zugestellt wird. Formalitäten mit der Bundesagentur für Arbeit erledigt die Firma Schickedanz. Alle Jahre muss die Arbeitsbewilligung erneuert werden.
Jetzt bräuchte ich nur noch eine Bestätigung eines festen Wohnsitzes, dann kann ich nach Deutschland ziehen".
„Den festen Wohnsitz hast du. Unsere Andresse". Sagt Peters Mutter.
„Wenn du wieder hier bist, finden wir ein Zimmer in der Nähe für dich. Hier gilt immer noch der "Kuppelparagraph". Wir als Eltern von Peter dürfen dich nicht für längere Zeit unter einem Dach mit ihm wohnen lassen."

Die Woche ist so schnell um. Christine fährt mit dem Donaukurier wieder zurück nach Wien. Für Peters Großeltern bekommt sie mehrere Lebkuchenpakete der Original Nürnberger Lebkuchen vom Lebkuchen-Schmidt mit. Ein Päckchen der Lebkuchen ist für die Kinder der Lehrersfamilie gedacht, bei denen sie sich nach ihrer Ankunft in Wien am nächsten Tag um 17 Uhr vorstellt.

ﻌﻌ **✶** ﻌﻌ

Aus einer Villa mit großem Vorgarten in dem Tannen wachsen und der Pflasterstein-Weg mit Blumen eingesäumt ist, kommt ein kleines Mädchen zum Zaun gerannt. Ihr folgen Mama und Papa mit dem dreijährigen Buben am Arm. Sie wissen schon, wer Christine ist. Sperren lächelnd das Gartentor auf und reichen ihr erfreut die Hand:
"Wie schön, dass sie gekommen sind. Werden sie bald bei uns anfangen können."
„Bitte sagen sie „du„ zu mir. Ich könnte morgen schon beginnen".

Sie führen Christine ins Haus. Die kleine Monika legt ihre Hand in Christines Hand und strahlt sie an:

„Wirst du auch auf mich aufpassen und mit mir spielen, wenn ich nicht im Kindergarten bin?"

„Wenn ich kann! Ja, immer, Monika: Ich bin für dich und deinen kleinen Bruder da".

Das Schwergewicht legt das Elternpaar auf Achtsamkeit des kleinen Franz. Er ist zurzeit erkältet und braucht Salben-Einreibungen an Brust und Rücken, Hustensaft etc. Christine möge dann morgen schon um 7 Uhr hier sein. Sobald einer der Eltern zu Haus ist, könne sie Feierabend machen.

In dem Haus ist alles pick fein. Die Familie hat auch eine Reinemache-Frau, die einmal die Woche an den Samstagen putzt. Christine braucht nicht zu putzen. Nur das, was Franz und sie verursacht haben.

Franz ist ein ganz lieber Bub. Aber wehe, wenn er nicht gut drauf ist. Trotz seiner Erkältung zeigt sich der kleine Mann so richtig von seiner wildesten Seite. Belustigt wirft er Bausteine durch die Gegend, freut sich besonders, wenn er Christine trifft und diese laut aufschreit. Er lacht so herzhaft schallend, dass Christine mit lacht, ihn dann kurz kitzelt, so dass er weiter lachen muss. Mit den Kasperl-Marionetten, die sie unterm Bett aus einer Kiste holt, lenkt sie den Wildfang ab. Franz hört bemerkenswert aufmerksam zu, was die Puppen miteinander reden. Er empfindet nach, wenn sich die Marionetten freuen oder leiden. Auch, wenn die Puppen Bausteine auf Lebewesen werfen. Bevor Franz zu weinen beginnt, sagt einer der Puppen

„Tut mir so leid. Daran habe ich nicht gedacht, dass es dir so weh tut. Bitte verzeihe mir."

Franz würgt Tränen runter. Christine nimmt ihn in den Arm. Er will die Puppen weiter sprechen hören. Christine erfindet lustige Tiergeschichten.

Immer funktioniert der Trick mit den Marionetten nicht. Franz hört einfach nicht und will provozierend wissen, wo die Grenzen gesteckt sind. Er zupft an den Blättern der Blumenstöcke und guckt Christine herausfordernd an. Diese tut so, als ob sie´s nicht sehen würde. Bis er die Blätter richtig abreißt – und das von einem großen alten Ficus Benjamina.

„Franz, das tut der Pflanze weh! Sie weint. Siehst du die Tropfen?"

Franz lacht und macht weiter. Christine zieht ihn von der Pflanze weg, setzt ihn auf seinen Hochstuhl vorm Küchentisch und stellt ihm seine Tee in der Wipp Tasse hin. Mit einer schnellen Armbewegung fliegt die Tasse durch die Küche.

„Franz jetzt ist aber Schluss mit deinen Faxen. Ich bin heute nicht in Stimmung, dir alles hinterher weg zu putzen. Du hebst jetzt die Tasse auf und wischt den Tee vom Boden."

Christine hebt den Jungen vom Hochstuhl gibt ihn das Wischtuch in die Hand und sagt energisch:

„Das hast du mutwillig gemacht, weil du mich ärgern möchtest. Willst du, dass ich nett zu Dir bin? – Ha ?"

Franz bockt.

„Soll ich es mit dir genauso machen und deine Spielsachen rumschmeißen, dich an deinen Haaren zupfen? Soll ich das? Hier mache es wieder gut, dann spielen wir wieder miteinander."

"Schlimme Tante Klissi, schlimme Tante Klissi", meckert er. Wischt auf, so gut er`s kann und stellt die Tasse wieder auf den Tisch.

„Jaja, ich bin schlimm, kleiner Mann. Und du? Bist jetzt wieder mein lieber Franzi?"

Franz nickt. Sie sammeln zu zweit die abgerissen Blätter auf und werfen sie in den Müll. Christine wärmt die Salbe, die sie Franz auf Brust und Rücken schmieren soll erst mal in ihrer Hand und streift sie sanft auf seinen kleinen Körper. Verabreicht ihm spielerisch den Hustensaft: „Achtung der Hubschrauber kommt geflogen. Brumm, brumm - Mund auf er will in die Garage."

Schon war der Saft geschluckt. Vom Bücherregal soll sich Franz ein Buch aussuchen, woraus ihn die schlimme Tante Klissi vorlesen wird. Beide setzen sich gemütlich aufs Sofa und Christine beginnt zu lesen. Franzi drückt sich an sie. Christine streichelt ihn am Kopf. Franzis Kopf wird immer schwerer und schwerer, neigt sich und fällt dann völlig in Christines Schoss. Er schläft. Behutsam legt sie ein Kissen unter sein Haupt und deckt ihn mit einer Wolldecke zu. So lieb und brav liegt er da. Eigentlich ein ganz, ganz lieber kleiner Mann, der versucht herauszufinden, wie weit er gehen kann. Christine genießt es. Vielleicht bekommt sie auch mal so einen lebhaften, lieben Jungen.

Es vergehen zwei Wochen. Zwischendrin war auch die vierjährige Monika vom Kindergarten bei Christine. Die Lehrersfamilie ist voll und ganz mit ihrem Kindermädchen zufrieden. Das freut Christine und sie will die Familie mit einem Abendessen erfreuen und schaut sich in die Vorratskammer. Eine Gemüsesuppe aus Kartoffel, Karotten, Zwiebeln und Knoblauch kann sie kochen. Würstel findet sie im Kühlschrank, die sie zum Schluss rein schneidet. Ein Glas Apfelmus findet sie auch. Dazu passen hervorragend Palatschinken (Pfannkuchen). Franzi und Monika verfolgen sie auf Schritt und Tritt. Die Kinder mögen Pfannkuchen liebend gerne und helfen den Teig zu machen. Sie beschäftigt sich am Herd. Das

Öl in der Pfanne muss heiß sein, dann kann sie den Teig schön schwenken. Sie zeigt und erzählt den beiden, wie sie den Teig mit dem Schöpflöffel in die Mitte der Pfanne laufen lässt und ihn durch Schwenken der Pfanne verteilt, dann einmal wendet. Die Kinder gucken begeistert zu. Christine versucht den Pfannkuchen in die Höhe zu schupfen. Das hätte sie lieber lassen sollen. Er fällt daneben. Die Kinder gucken erst ernst und lachen aus vollem Hals, weil auch Christine lacht. Der erste Pfannkuchen ist fertig. Der nächste ist schon in der Pfanne. Es klingelt an der Tür. Christine läuft die Treppen runter. Am Gartentor steht ein Hausierer. Er will Teppiche verkaufen. Sie schlägt die Tür zu und rast in die Küche. Und darin qualmt es. Der Pfannkuchen ist verbrannt.

„Oh, Gott!" Ruft sie und reißt die Fenster auf, guckt zu Franzi und zu Monika. Die stehen verblüfft da. Damit sich die Kinder nicht ängstigen, sagt sie zum Pfannkuchen:
„Du schlimme Palatschinke!" und wirft die verbrannte Palatschinke in den Treteimer, den sie erst vor einer halber Stunde entleert hat.
Christine betont abermals: „Du schlimme Palatschinke!"
Deckel zu. Sie erhofft sich damit, dass die Kinder es gut verkraften und den Vorfall auch vergessen.

Sie spült die Pfanne aus und backt weiter Stück für Stück Palatschinken, bis der Teig aufgebraucht ist. Den Esstisch in der Küche deckt sie für vier Personen mit Hilfe von Franz und Monika. Suppentassen und flachen Teller, sowie Besteck. Für Franzi stellt sie den Hochstuhl an den Tisch, seine Wipp Tasse und drei Trinkgläser. Sie wartet mit Spannung auf die beiden Lehrer, ob die sich die Überraschung freuen.

Und ob! Ihr die Überraschung ist gelungen. Wohlwollend sieht das Lehrerpaar den gedeckten Tisch und laden Christine zum Essen ein. Hm. Christine weiß, wieviel Palatschinken sie allein verdrücken kann und denkt, dass es viel zu wenig für die Familie ist, auch wenn sie Suppe gekocht hat. Sie lehnt dankend ab mit der Ausrede, Oma wartet mit dem Essen auf sie. Eigentlich ist es keine Ausrede. Oma hat immer was zum Essen bereit.

Nicht mal die Jacke konnte die Mama in die Garderobe hängen. Franzi zerrt seine Mama in die Küche zum Treteimer.
„Mama! Mama!" ruft Franzi aufgeregt und deutet aufgeregt auf den Mülleimer hin. Seine Mama tritt darauf und sieht die verkohlte Palatschinke. Franzi schreit gleich drauf los: „Schlimme Palatschinke!"

Seine Mama muss lachen, sieht Christines betroffenes, rotes Gesicht und umarmt sie.

ᘓᘓ ✸ ◉ ✸ ᘓᘓ

Peters Oma erwartet Christine bereits in der Tür vom Bahnwärterhäuschen. Sie winkt ihr ein größeres Kuvert von weitem zu. Ah, die Bewilligung ist eingetroffen. Christine bleibt solange bei der Lehrersfamilie, bis diese ein Ersatz-Kindermädchen gefunden haben. Dann reist sie für immer nach Deutschland. Nach Bayern, nach Nürnberg.
Peter war in der Zwischenzeit sehr oft beim Roten Kreuz. Leider ohne Ergebnis. Peters Mutter kaufte täglich vom Kiosk die NZ, Nürnberg Nachrichten und ging die Mietangebote durch. Jede Annonce, die für Christine interessant sein könnte, kreiste sie ein. Ein einziges Angebot sagt Christine preislich und örtlich zu. Das

Zimmer ist zwar auch nicht nahe an der Arbeitsstelle und Peters Wohnort, aber gut mit der Straßenbahn zu erreichen.

Die Vermieterin, eine ältere Frau, die mit ihrem männlichen Enkel den ganzen ersten Stock bewohnt, nimmt Christine sofort auf. Das Zimmer ist in Nähe Plärrer, in der Eberhardhofstraße. Ausgestattet ist es mit einem weißen Holzbett neben einem Fenster zum Innenhof, einem zweitürigen Kleiderschrank, einem Schreibtisch und einem großen Waschbecken. Darüber hängt ein Spiegel. Ein Stuhl und ein Hocker stehen noch darin. Es kosten im Monat 80 DM. Herrenbesuche sind bis 22 Uhr erlaubt. Die Toilette befindet sich am Gang. Es ist ein Gemeinschafts-WC.

Die erste Nacht in der neuen Umgebung war für Christine schrecklich. Nachts reißt sie lautes Gezänk aus dem Schlaf. Am Gang dürfte die Vermieterin mit ihrem Enkel heftig debattieren. Der scheint so um die zwanzig Jahre zu sein und betrunken. Irgendwann schläft sie wieder ein.

Die Fahrt mit der Straßenbahn ist überhaupt kein Problem. Die Haltestellen sind nicht weit weg. Sie fiebert ihren ersten Arbeitstag bei Quelle - Gustav Schickedanz entgegen. Freundlich führt man sie in ein Abteil, das durch zwei Glaswände vom Schreib-Büro getrennt ist. Sie wird als Sekretärin für den Abteilungsleiter Herrn Jens vom Einkauf geführt. Herr Jens, sieht aus wie ein Baron aus den Filmen. Es fehlt nur das Monokel. Im angrenzenden Schreibbüro tuschelt man und möchte die Neue kennen lernen. Es befinden sich drei Sachbearbeiter und deren Tipp-Mamsell, Schreibkräfte in dem großen Raum. Herr Jens stellt Christine vor und bittet Erika Mauer, Christine den Betrieb zu zeigen. Erika geht von Schreibtisch zu Schreibtisch mit einem Block und notiert deren Essenwünsche. Sagt zu Christine: „Kommen sie mal mit?"

Sie fahren im Aufzug hoch zur Kantine. Oh, ist das groß! Die Theke beinhaltet Fleischhacker (Metzger), Bäcker, Getränke - alles was der Mensch so verzehrt. Ah – ja! Christine versteht! Erika Maurer kauft für die Belegschaft die Jause.

„Sie können sich auch was bestellen."

„Oh, ich habe aber jetzt kein Geld bei mir." beteuert Christine.

„Macht nichts, ich lege es ihnen aus und sie geben es mir unten." Sagt Erika Maurer.

Christine bestellt aufgeschnittene Wurst, die sie liegen sieht.

„10 Deka Extrawurst, 10 Deka Pariser Wurst und drei Semmeln, bitte."

Die Frau hinterm Tresen stutzt und Erika Maurer bekommt einen Lachkrampf.

„Was möchten sie?", fragt die Frau."

Jetzt ist Christine unsicher und deutet auf die jeweilige Wurst und sagt ein paar Scheiben von der und ein paar Scheiben von der."

Erika lacht immer noch: „Und das sagen sie einfach so ganz laut. Hahaha"

„Was denn", fragt Christine.

„Allmächt, sie kennt sich nicht aus". Spottet Erika Maurer.

Während der Aufzugsfahrt nach unten klärt Erika Maurer Christine auf:

„Ein „Pariser„ ist doch ein Kondom! Haha. Und sie bestellen auch noch die Extrawurst dazu. Haha."

„Jetzt kriegen sie sich mal wieder ein! Glauben sie ihre Ausdrucksweise mit ihrem kindischen „Weckerli, Brödli und dem doofen, ständigen Ausruf „Allmächt„ hört sich besser an?"

Sie bleiben bevor sie in die Abteilung gehen noch unten vorm Aufzug stehen und debattieren eine Weile. Sie einigen sich, dass aus Rücksicht des ersten Arbeitstages von Christine die Abteilung von ihrer mysteriösen Bestellung in der Kantine niemand was erfährt.

Kaum sitzt Christine bei ihrem unmittelbaren Vorgesetzten und schreibt in Steno sein Diktat, hört sie schon das Gelächter, ja sogar Gewieher der Mädchen aus dem Schreibbüro. Auch die Sachbearbeiter haben gelacht. Christine ist von Erika Maurer bitter enttäuscht und auf ewig nicht gut zu sprechen. Ihre erst Feindschaft in Bayern.
Herr Jens ist mit seiner Sekretärin sehr zufrieden. Die Belegschaft bekommt sogar eine Gewinnausschüttung, da die Firma eine AG ist. Christine bekommt nach der Probezeit Gehaltserhöhung. Sie hat sich prima eingewöhnt, sich integriert. Nur der Maurer Erika geht sie aus dem Weg.

෴ ✶ ෴

Ein Abteilungs-Essen wird gestiftet. Die ganze Abteilung trifft sich mit ihren Partnern in Fürth im Wienerwald um 18 Uhr. Peter begleitet Christine und wie`s der Teufel will, sitzt die Erika Maurer ihr gegenüber am Tisch. Das hat dieses Biest sicher mit Absicht gemacht. Christine möchte kein Aufsehen machen und bleibt, um den Schein eines guten Betriebsklimas zu wahren, lächelnd sitzen. Maurer Erika plappert und plappert und erzählt Peter unter anderem, sie sei geschieden,hätte keinen Mann im Haus und müsse alles selber machen.

Hm. Soso. Schon geschieden? Na, der ihr Mann hat es auch nicht lange mit ihr ausgehalten. Ach was geht es Christine an.

Die Bedienung serviert schon die ersten Grill-Hähnchen. Peter und Christine haben wie beim ersten Mal Backhähnchen bestellt. Maurer Erika führt das große Wort am Tisch. Guckt von einem Kollegen zu anderen, fragt ob deren ihre „Güggeli„ auch so schmecken, wie sie aussehen. Eine antwortet mit „ja danke", eine andere Schreibkraft spricht etwas leiser mit vorgehaltener Hand zu ihrer Nachbarin „diese Wichtigtuerin".

Der Abteilungsleiter ergreift noch bevor seine Mitarbeiter zu Essen beginnen, das Wort.

„Ich freue mich, dass ihr alle kommen konntet und begrüße auch die jeweiligen Partner. Herzlichen Dank für die bisherige hervorragende Zusammenarbeit. Und jetzt, guten Appetit. Lasst es euch schmecken."

Die Bedienung bringt Erika Maurer Ihr Grillhähnchen. Erika Maurer möchte wohl die ganze Aufmerksamkeit auf sich lenken. Sie steht auf und ruft laut überm Tisch:
„Ha, was ist das für ein knuspriges „Güggeli„

Sticht mit der Gabel von oben nach unten rein – pflutsch, ihr „Güggeli" springt rüber zum Nachbarn.

Christine kann sich vor Lachen kaum halten. Auch ein paar der anderen Kollegen, die den Hühnerflug mitbekommen haben brechen in Gelächter aus. Die Bedienung möchte Erika ein anderes Hähnchen bringen, doch Erika Maurer lehnt lachend ab. Sie hat das „Güggeli" wieder vor sich und guckt Christine an.

Christine hält ihre Hand vorm Mund. Sie lacht. Maurer Erika auch.

Pffffff - Jetzt ist aller Bann gebrochen - die beiden „feindseligen" Damen lachen. Nach paar Sekunden, reichen sie sich die Hand. Noch am selben Abend haben sie sich das „DU„ angeboten und mit einem Stamperl Schnaps besiegelt.

„Noch eins„ ruft Erika Maurer der Bedienung zu.

„Allmächt" spöttelt Christine, „wir werden doch nicht betrunken werden? – Allmächt!"

Erika Maurer lacht und wollte was sagen. Christine stoppt sie:

„Bitte nicht die Kantine wieder erwähnen". Peter lacht auch, denn er weiß von der Sache mit den Wurstsorten.

Ab diesem Zeitpunkt hat Erika Maurer Christine fast jeden Wunsch im Betrieb erfüllt. Wenn Schreibpapier, Stenoblocks knapp und Stifte nicht gespitzt waren, Erika Maurer hat es für Christine erledigt. Die Jause holt sie sowieso für alle.

„Du, pass mal auf Christine. Bei uns heißt das nicht „Jause" sondern „Veschper „ und wir sind nicht in Bayern, sondern in Franken, in Mittelfranken. Die Bayern sind Zuagraste.

„Haha, wie ich?" fragt Christine

„Na! Du bist a Ausländerin. Pscht, aber eine lieeabe Ausländerin. Obwohl ich ja die Österreicher gar nicht leiden mag."

„Ich bin doch aus Wien", entgegnet ihr Christine.

„Allmächt! Des is ja no vü schlimma!"

ೞ৪ಐ ✶ ೞ৪ಐ

Peter holt Christine von der Arbeit ab. Er hat eine erfreuliche Neuigkeit. Das Rote Kreuz hat die vollständige Anschrift von ihrem Vater.

Noch am gleichen Abend schreibt Christine auf ein mit Blümchen verziertem Briefpaper an die Adresse.

Sehr geehrter Herr Alexander Kamenew.
Mein Name ist Christine Handel. Ich bin die Tochter von Editha Handel und 16 Jahre. Sie haben ab dem Jahr 1943 in Wien bei einer Frau Agnes Prochazka gewohnt. Ihren Unterhalt während Ihres Studiums bei der Metallfabrik Firma Elvira und Eduard Wichert aufgebessert.
Wenn sie mich kennen lernen möchten, bitte ich sie, mir zu antworten. Ich würde mich sehr freuen, wenn sie mir zurück schreiben.
Hochachtungsvoll
Christine Handel

Sie gibt die Anschrift von Peter an. Das ist sicherer als bei der Vermieterin Frau Schwenk in der Eberhardshofstraße. Denn Christine hat nicht zum ersten Mal bemerkt, dass jemand in ihrem Zimmer war. Durch den Briefwechsel mit Peter haben sich Sonder-Briefmarken angesammelt.
Diese löste sie mit Wasser von den Umschlägen ab, legte sie zum Trocknen auf Tücher und platziert diese auf Tisch, Bett und Hocker. Einige Briefmarken lagen unterm Bett und unterm Tisch. Die vom Hocker waren samt Tuch ganz weg. Das Tuch hat sie auf dem Bett gefunden.
Ein Luftzug kann es nicht gewesen sein, denn das Fenster ist stets geschlossen, wenn Christine weg ist. Außerdem waren Ihre Aquarell-Zeichnungen nicht auf dem Schreibtisch, sondern in der Schublade. Sie sollten auf dem Tisch ebenfalls trocknen. Christine informiert Peter.
„Du brauchst bald nicht mehr dort wohnen, mein Herz."

Es vergeht kein Tag, an dem Christine nicht nach Post fragt. Peter tröstet seinen Schatz: „Du wirst sehen, wenn du gar nicht mehr daran denkst, kommt eine Nachricht von deinem Vater. Ganz bestimmt."
Christine sieht ihn zweifelnd an.
Fast jeden Abend hält sich Christine bei Peters Familie auf und bekommt dort ihr Abendessen. Peter ist mit seinem Vater im Hof bei den Lastwagen oder im Keller in seiner Werkstatt und bastelt. Wenn die Küche blitz blank ist, gucken Peters Mutter, die Schwester und Christine Fernsehen.
Bei jedem Abenteurerfilm oder Krimi hält sich Peters Schwester Sigrid ein Sofakissen vors Gesicht. Das ermuntert Christine, sie zu erschrecken und klopft mitten im Film auf das Kissen. Sigrid schreit, Christine lacht und Peters Mutter ist erbost.
Naja, man muss ja auch mal Leben reinbringen.
Nach vier Wochen fragt Christine nochmals, ob Post gekommen ist. Peters Eltern fühlen mit dem Mädchen.

„Vergiss ihn doch endlich. Er ist es gar nicht Wert, so eine liebe Tochter zu haben, " sagt Peters Vater.
"Jetzt ist es mir eh schon so was von `wurscht`. Ab jetzt habe ich keine Verwandtschaft mehr. Aus fertig – Ende."

Christine legt ihren Kopf enttäuscht auf Peters Brust. Er streichelt sie und sagt:
„Ich habe ein anderes Zimmer für dich gefunden. Ganz nahe deiner Arbeitsstelle und nahe bei mir."

ೞ ✴ ೞ

Es ist nur eine Straßenbahnstation bis zur Stadtgrenze Fürth. In der Nürnberger Straße bietet man ihr in einem alten Patrizier Haus ein Zimmer an. Sie wohnt jetzt ganz vornehm. Mit bleiverglasten Fenstern im Erker, von wo sie um die Ecke gucken kann und zwei dreiflügelige Fenster machen das Zimmer hell. Ein großer antiker Kachelofen, der bis an die Decke reicht, steht auf einem kleinen Podest. Dieses herrliche Schmuckstück kann man leider nicht mehr verwenden.

Die Vermieterin Frau Gartener bewohnt mit ihrer Tochter entweder das ganz Haus oder nur Wohnungen im Obergeschoß. Für die Miete verlangt sie von Christine monatlich 60 DM und fordert gleich, man möge ihr den Kachelofen abbauen. Das findet Christine einfach unverschämt und wollte das Zimmer nicht mehr haben. Aber Peter stimmt zu.

Es gibt wiederum nur ein WC für die Allgemeinheit von dem Stockwerk. Fast wie in jedem alten Bau. Auch Wasser muss Christine vom Gang holen und das Schmutzwasser in die Toilette leeren. Das Zimmer heizt ein großer Elektro Heizer, den Peter besorgt hat.

Außerdem fordert Frau Gartener von Christine monatlich die Hausordnung zu machen. Breite gewachste Holztreppen müssen gekehrt, gewischt, manchmal auch mit Stahlwolle abgeschliffen, dann frisch gewachst und gebohnert werden. Ah, das kennt sie noch aus der Vergangenheit. Arbeit scheut Christine nicht.

Sie selbst und Angehörige können bei Quelle-Gustav Schickedanz bei Vorzeigen eines Ausweises mit einem 10%igen Nachlass einkaufen. Sie richtet sich das Zimmer geschmackvoll ein. Ein wunderschöner großer, trittfester Teppich macht ihr Zimmer behaglich. Neue duftige Vorhänge verhindern den Blick von Gegenüber. Das Zimmer ist komfortabel, gemütlich und heimelig eingerichtet. Kerzen und Vasen mit Blumensträußen dürfen natürlich nicht fehlen.

Heute ist Christine nicht zum Essen zu Peters Mutter abgeholt worden. Sie haben sich auf ihrem Zimmer verabredet. Das Feinste für den Gaumen besorgte sie aus dem Gemüse- und Delikatessen-Geschäft vis-a-vis und hat die Leckereien mit Trauben, Feigen sowie Bananen- und Kiwi-Scheiben garniert. Kerzen leuchten. Radio Musik ist an. Peter hat Geburtstag.

Er ist da. Seine Hände sind am Rücken. Neugierig wie Christine eben ist, geht sie um ihn rum. Er dreht sich mit ihr und zeigt ihr partout nicht, was er da versteckt.

„Erst einen dicken Begrüßungskuss." Verlangt Peter. Sie schnalzt ihm ein Busserl hin.

„Das war nichts besonders, einen ordentlichen. Ich habe ja heute Geburtstag."

Ah – ja, das ist ein Grund! Und schon hängt Christine an seinen Lippen, dass sich aufs Sofa fallen lassen. Schwups hat ihm sie ihm sein Geheimnis aus der Hand gerissen.

WOW – Ein Brief aus Sofia.

Beide gucken auf den Inhalt. Tatko, so soll Christine ihren Vater nennen, musste erst sein Schreiben übersetzen lassen. Deswegen die lange Wartezeit dazwischen. Er bittet Christine, sich ein Visum zu besorgen und ihn zu besuchen. Er ist verheiratet und hat noch eine Tochter mit neun Jahren. Er freut sich auf eine positive Nachricht.

„Ist das heute nicht ein Freudentag, mein Herzblatt?" fragt Peter.

Na klar. In jeder Hinsicht. Peter und Christine feiern, lassen den Sektkorken knallen, schmusen zwischen Essen und Trinken und sind fröhlich. Peter ist zu Fuß da.

415

Er darf heute so viel trinken wie er möchte. Er trinkt nie über den Durst. Er könnte bei Christine übernachten, aber nein, was übers Kuscheln hinausgeht, will Christine nicht, noch nicht.

Sie besorgt sich ein Wörterbuch. Bulgarische Wörterbücher sind nicht vorhanden, es müsste bestellt werden. Aber ein russisches. Jetzt lernt sie nicht nur das Kyrillische Alphabet, sondern auch das Schreiben.
Der erste Brief von Christine in der kyrillischen Schrift ist ein echtes Kauderwelsch. Zum Glück schreibt Christine auch in deutscher Sprache. Ihr Vater lässt den Brief wieder übersetzten.
Ein Visum für die Einreise nach Bulgarien muss durch einen Notar beglaubigt werden. Christine bezahlt 80 DM. Außerdem ist es notwendig, wegen dem Zoll an den Grenzübergängen Österreich, Jugoslawien, Bulgarien, sich mit Deutschem Geld einzudecken, hat man ihr gesagt.

Mit dem Orient-Expreß nach Sofia

Es ist Dezember. Vierzehn Tage sind für Bulgarien Aufenthalt geplant. Peter hat mit Christine vieles durchgesprochen. Zu ihrem siebzehnten Geburtstag sollte Christine bei Peter in Deutschland sein. Nach dem Ticket kommt sie aber erst am 30. Dezember in Nürnberg wieder an. Der Tag der Rückankunft ist fest ausgemacht:

„Egal was passiert, solltest du um diese Zeit nicht hier sein, werden wir die Polizei einschalten. Wenn dir was nicht geheuer vorkommt, gehe sofort zur Österreichischen Botschaft. Du bist noch Österreicherin. Pass auf, wenn du umsteigen musst. Auf jeden Fall schreibe mir - uns - augenblicklich nach deiner Ankunft. Oder rufe mich an, wenn du kannst. Versprich mir das!"
Peter ist sichtlich besorgt.
Christine verspricht alles zu befolgen. Sie stehen am Abend auf dem Nürnberger Hauptbahnhof. Der Orientexpress fährt beinahe pünktlich ein. Es ist ein reiner Sitzwagen Schnellzug und fährt bis Istanbul.
Nach vielen Küssen, Umarmungen, und besorgten Mienen steigt Christine mit einer Tasche voll Proviant und einem Koffer mit Kleidung in den Zug. Peter und seine Eltern winken besorgt mit dem Taschentuch. Christine ist nur aufgeregt. Für sie beginnt ein Abenteuer ins Ungewisse.
Einen ganze Nacht und einen vollen Tag sitzt sie schon im Zug. Bis zur österreichischen Grenze ist sie allein im Abteil. Der Schaffner brüllt:
„Pass Port bereithalten!"

Christine hält ihren Pass in der Hand. Im Nu ist jeder Sitz vom Abteil von Männern belegt. Dazwischen und am Gang stehen auch noch Männer mit einer Menge großer Gepäcksstücke. Elektro-Geräte, neutral verpackt. Sie stellen drei dieser großen Geräte ins Abteil, sodass Christine ihre Beine fest anziehen muss. Die Männer stapeln noch paar Pakete oben drauf. Es sind Türken. Einer davon spricht Christine an:
„Du Mädchen aus Österreich, setzen da drauf. Nehmen Tasche und Koffer daneben - nix sagen, wenn Zoll kommt. Nur deuten auf Tasche und Koffer. Du verstehn?"

417

Was war da nicht zu verstehen? Solange sie schmuggeln und sie in Ruhe lassen kann es ihr egal sein. Sich in dieser Situation der Rechtschaffenheit zu bedienen, wäre jetzt der falsche Moment. Also lässt sie sich auf die Stapel der Elektrogeräte-Pakete setzen, weil ja sonst eh kein Platz frei ist. Und steckt sich eine Semmel in den Mund. Der Zollbeamte kommt, spricht aber deutsch: „Paßport vorzeigen - Was zu verzollen?"

Die Männer halten brav ihren Pass bereit und benehmen sich wie unschuldige Lämmer. Reden zwischendrin ruhig und gedämpft irgendwas miteinander und lachen sogar.
Der Zollbeamte hat sichtlich viel Zeit, sehr viel Zeit. Ganz langsam öffnet er jeden Pass. Dreht und wendet ihn, guckt die Person an und händigt ihm den Pass wieder aus. Wenn sich Christine jetzt nicht täuscht, liegt doch in einem Pass Geld. Hat gelegen. Jetzt ist es weg. Geht ihr das was an?
Die Luft in dem Abteil knistert. Für Christine jedoch außerordentlich unangenehm. Die Männer stehen so locker und entspannt da, dabei ist die Lage zum Platzen.
Es riecht förmlich nach verbotenem Tun.
Autsch! Der Zollbeamte kommt jetzt zu ihr.
Christine steckt sich schnell noch ein Stück der Semmel in den Mund. Sie kann nicht sprechen und deutet wie befohlen auf Koffer und Tasche. Ihr langer weiter Mantel liegt über den Gepäckstücken. Ihre Augen haften mit Spannung auf den Beamten.
Er schaut sie bedächtig an und öffnet langsam den Pass. Schaut nochmals auf Christine, abermals in den Pass, neigt den Kopf zu Seite, klappt den Pass geräuschvoll zu – behält ihn noch ein bisschen in der Hand. Schaut nochmals Christine fest in die Augen und händigt ihr endlich den Pass aus.

Mein Gott, war das jetzt aufregend. Der Zollbeamte geht aus dem Abteil und bald darauf die Männer mit ihrem Gebäck auch. Christine kann wieder auf ihren harten Sitzplatz zurück.

Sie ist unwahrscheinlich müde. Hält eine Hand auf ihrem Koffer und die andere auf ihrer Tasche. Reisepass und Geld hängen unsichtbar an einem Halsband unter ihrem Rollkragen-Pullover. Sie nickt unter dem ständigen Gedudel der türkischen Musik ein. Gedudel weckt sie auch wieder auf. „Dudl – dudl - dudl„ in hohen Tönen. Das ist nervtötend.

Der Zug hält an der jugoslawischen Grenze und steht erneut arg lange. Die nächste Nacht ist auch schon angebrochen.

„Wann kommt denn bitte Sofia", fragt sie den Beamten, der grad ihren Pass kontrolliert. Anscheinend versteht er sie nicht. Mein Gott! Sofia spricht man genauso in einer fremden Sprache aus. Sofia ist die Hauptstadt von Bulgarien und hat sicher auch so einen riesigen Bahnhof wie den Westbahnhof.

„Hallo?! Sagt sie jetzt energischer „Sofia„
S-o-f-i-a-?!"
„Eine Station nach Grenze. "

Na also! Er kann doch wenn er möchte. Eine Station nach Grenze hat er gesagt. Nach dieser hier? Kommt noch eine Station? Nein. Nach Jugoslawien kommt Bulgarien. Also nach dieser hier meint er.

Sie wird höllisch aufpassen und keine Auge mehr zumachen.

Sapperlot aber auch, diese Eisenbahnfahrt dauert schon arg lange. Der Zug fährt ja gar nicht. Der steht doch die meiste Zeit. Der Name „Orient – Express" passt nicht zum ihm. Orient ja, aber von Express ist keine Spur. Dann noch diese ungewohnte Musik, die sich ins Gehör

bohrt. Ist es türkische traditionelle klassische Musik? Ab und zu findet sie Gefallen an der Tonkunst. Aber nur ab und zu. Ständig das gleiche dudl – dudl - dudl und nichts mehr anderes. Und dann noch das ewige Ratter – Ratter - Ratter der Waggons. Es nervt! Sie will fahren – endlich ans Ziel gefahren werden. Die Ankunftszeit ist längst überschritten. Und jetzt steht der Orient-Express seit über einer Stunde noch an der Grenze zwischen Österreich und Jugoslawien.
Endlich sieht Christine wieder einen Schaffner.
Aufgelöst fragt Christine: „Sagen sie mir bitte, warum stehen wir denn hier so lange?"
„Lok wird getauscht", sagt er und weg ist er.

Eine Orient-Schnecke haben sie aus dem deutschen Express gemacht.
Eine dampfende alte Lokomotive zieht die Eisenbahn durchs das bereits stockdunkle Land. Keine Sorge, der Bahnhof von Sofia ist wie der Wiener Westbahnhof hell beleuchtet. Er hat auch sicher zuvor große lesbare Schilder mit SOFIA. Christine wird sie nicht übersehen.
Endlich hält der Zug. Christine blickt aus dem Fenster. Sie sieht eine größere Holzhütte, um die eine Menge Leute mit Blumensträußen stehen. Hm. Jetzt ist sie unsicher. Ist das die Station nach der Grenze? Kann das der Bahnhof von Sofia sein? Sie fragt im nächsten Abteil aus der die Dudl-Musik kommt:

„ist das Sofia. S-O-F-i- A ?"
„Du bleiben bis Istanbul, du nix Sofia."

Der Zug fährt an. Christine blickt nach draußen und liest im Vorbeifahren an der Holzhütte „Sofia". Jetzt gerät sie in Panik. Ergreift angstvoll Koffer und Tasche, reißt die Zugtür auf. In diesem Augenblick, wo sie raus springen

will, drängt sie der Schaffner zurück. Christine plärrt den Schaffner an:
„Nix da. Ich muss Sofia raus! Sofia !"

Der Bahnbeamte versperrt mit seinem breiten Rücken den Abstieg. Sie ist am Verzweifeln und hat Angst, dass sie in Istanbul landet. Plötzlich rumpelt der Waggon recht arg. Sie sieht wie der Zug in eine Weiche rollt.
Endlich sagt der Bahnbeamte was:
„Zug rangieren. Du gleich kommen nach Sofia". Er deutet mit der Hand paarmal nach unten sozusagen „beruhige dich".

Was soll sie tun? Na, was schon? Abwarten was weiter geschieht. Einige Waggons wurden, wie in Österreich abgehängt. Die Lok auch wieder ausgetauscht und jetzt rollt der Zug zurück zum Geleis - zum Bahnhof Sofia.
Voller Unruhe und Nervosität steigt Christine aus dem Zug und geht zu dem inzwischen menschleeren kleinen Bahnhof. Es ist zwei Uhr früh.
Sie geht schwer betroffen in den Holzbau einige Treppen hoch und ist überrascht. Ein großer hell erleuchteter Wartesaal tut sich auf und für die Uhrzeit befinden sich ziemlich viele wache Leute darin. Wollen die alle noch mit einem Zug irgendwohin fahren? Auf Bänken liegen vereinzelt schlafende Kinder und Männer. Sie schaut sich um, ob eventuell ihr Vater darunter sein könnte. Blödsinn! Und wenn, würde er doch sicher zu ihr kommen, oder? Naja, nach den Briefen zu urteilen, ja! Sie setzt sich auf eine Bank und wartet. Ihr Vater kommt bestimmt und holt sie hier ab.
Ein kleiner Junge schaut sie ganz lieb an. Christine holt ein Orange aus ihrer Tasche, schält sie und reicht die Hälfte dem Buben. Ein zweites Kind kommt. Ein

Mädchen. Dem gibt sie die eine Banane. Beide laufen freudig zu den rumstehen Leuten.

Tja, was soll Christine nun machen? Mit einem Taxi zu der Adresse fahren? Ha, wie denn? Sie hat doch keine Lewa, überhaupt kein bulgarischen Geld. Nur Deutsch Mark. Naja, das wäre ja kein Problem, die Mark würden sie schon nehmen. Aber wie soll sie sich verständigen? Und wenn dieser Taxifahrer kein anständiger Mensch ist. Nein, sie bleibt hier sitzen bis ihr Vater sie holt. Schließlich ist sie sein Kind.

Bei dem Gedanken rollen Christine ungewollt Tränen übers Gesicht. Sogleich stehen ein paar Leute um sie rum und sehen sie fragend an. Den Zettel mit Namen und Anschrift von ihrem Vater sowie ein Briefkuvert von ihm kramt sie aus ihrer Tasche und überreicht es dem Mann, der unmittelbar vor ihr steht. Er spricht mit anderen, die suchen in ihren Hosentaschen nach Geld und geben es dem Mann der mit Christine gesprochen hat. Er geht weg. Nach zehn Minuten kommt er mit einem quasi Dolmetscher wieder, gibt Christine Zettel und Kuvert zurück und sagt:

„Dein Vater kommen. Telefon gut. Du warten".

Christine ist gerührt. Sicher sind das arme Leute. Sie haben ihr Geld für ein Telefonat oder mehrere Telefonate zusammengelegt, um ihr zu helfen. Vielleicht waren es ihre letzten Stotinki oder Lew.

So ein fürchterlicher Nervenkitzel. Jedes Mal, wenn eine Tür aufgeht und ein Mann tritt in die Halle mustert sie ihn genau. Kann das mein Vater sein. Bei Frauen entspannt sie sich ein wenig. Der Mann, der für sie telefonierte nickt ihr aufmunternd zu.

Die Bahnhofs Uhr zeigt bereits die vierte Morgenstunde an. Ihr Körper ist nicht müde, nur voll Spannung und ihr Geist in höchster Aufruhr. Wieder geht die Tür auf. Christine möchte schon gar nicht mehr hingucken. Aber dann tut sie sich doch. Mustert den Mann der immer näher kommt.

Das soll ihr Vater sein? Hm. Nie und nimmer und guckt weg. Der fremde Mann steht vor ihr. Fragend guckt sie ihn an.

„Du Mädchen aus Germany, Christine? Du kommen mit mir. Ich bringen zu Vater".

Sie folgt ihm. Was soll ihr Misstrauen? Sie ist in einem fremden Land. Ist der Sprache nicht mächtig. Nicht mal die kyrillische Schrift kann sie richtig lesen. Denn russisch weicht vom Bulgarischen etwas ab. Der Mann trägt den Koffer. Die Tasche gibt Christine nicht aus der Hand. Sie geht hinter ihm her bis zu einem Lastwagen. Der Fremde hilft ihr rauf. Sie poltern über Kopfsteinpflaster, so dass es sie rüttelt und schüttelt. Sie weiß nicht wie lang sie noch so lärmend durchgerüttelt wird - viel zu lang. Spontan fällt sie in sich zusammen.

Der Laster hält an. Christine schaut hoch. Aus einem beleuchtenden Haus laufen ein großer starker Mann und ein Mädchen zum Lastwagen. Der Fahrer hebt Christine raus.

WOW - Ja . DAS steht ihr Vater. Sie ist hellwach. Der Mann, ihr Vater hat Tränen in den Augen.

„Meine Taschtera (Tochter). Meine große Kind."

Das Mädchen neben ihm strahlt Christine an: „ moi Kako „ (meine große Schwester)

und umarmt ihr große Schwester. Dann ist da noch die Frau von Christines Vater. Sie nimmt Christine in ihre Arme und küsst sie stürmisch im ganzen Gesicht ab. Plötzlich sind eine Menge Leute anwesend. Vaters Frau hat die Verwandten telefonisch verständigt.

Es sind die gleichen Leute anwesend, die auf dem kleinen Bahnhof von Sofia mit Blumensträußen auf die

Ankunft von Alexander Kamenew große Tochter Christine gewartet haben.

Keiner ist mehr müde. Nach einer Stunden essen, trinken und Freude und Bewunderungen, fahren die Verwandten und Bekannten nach Hause. Die Familie Kamenew samt Christine fallen in ihre Betten.

Über Nacht ist viel Schnee gefallen. Maika (Mutter) macht reichlich und gutes Frühstück, das Christine mit der ganzen Familie nach der Körperpflege einnimmt. Danach schreibt sie sofort eine Postkarte nach Nürnberg, dass sie gut angekommen ist.

Trotz des vielen Schnee zeigt ihr Tatko (der Kosename von Christines Vater) die Stadt mit der wunderschönen Alexander-Newski-Kathedrale. Den sagenhaften Bau des Nationaltheater „Iwan Wasow" der seit 1907 besteht. Sofia hat unglaublich viele Sehenswürdigkeiten.

Am Abend gehen sie ins National Music Theatre "Stefan Makedonski". Man muss die Sprache nicht verstehen. Musik hat eine internationale Sprache, und die geht Christine durch und durch.

Maika singt in einem Chor. Sie hat eine klangvolle Stimme. Sie trägt ein sehr schönes, nein ein prächtiges, zauberhaftes, wunderschönes Folklore Kostüm. Sie sieht damit sehr stilvoll und attraktiv aus.

Fast jedes Gebäude trägt den fünfzackigen roten Stern. Das befremdet Christine ein wenig:

„Dass Bulgarien ein kommunistisches Land ist, weiß ich, aber was bedeuten die roten Sterne?" fragt sie.

„Ist Symbol für die kommunistische Weltanschauung. Für eine klassenlose Gesellschaft. Fünf Zacken für die fünf zivilisierten Kontinente". Erklärt ihr Tatko.

"Hm. Eine klassenlose Gesellschaft ? Gibt es die bei euch? Danach richtet sich aber niemand. Es wird immer arme und reiche geben."

Tatko hat sich vorgenommen mit Christine einen Ausflug ins Witoscha Gebirge machen. Der höchste Gipfel ist 2.290 Meter. Das Gebirge ist nicht sehr weit von Sofia entfernt. Aber erst mal ein paar Tage mit Mimi, Christines Halbschwester zusammen sein. Sie verstehen sich ausgezeichnet trotz verschiedener Sprachen. Sogar streiten können sie miteinander.
Maika (Mutter), schickt ihre Tochter Mimi um Milch und Brot. Mimi nimmt das Geld und Christine trägt die Milchkanne. Christine ist den Weg bereits mit Tatko gegangen und weiß, wo die Lebensmittel zu holen sind. Mimi geht in die andere Richtung.

„Mimi, das ist die falsche Richtung! Hier müssen wir gehen". Sagt Christine.

Mimi frotzelt irgendwas auf Bulgarisch und Christine versteht, sie möchte Spaß mit ihr treiben. Sie veräppeln und trätzen sich. Die beiden streiten.
Christine deutet grinsend auf die Milchkanne und Mimi zeigt mit ausgestreckter Zunge das Geld.
Was soll Christine mit der Milchkanne ohne Geld? Und was soll Mimi mit Geld ohne Milchkanne? Nach kurzer Zeit lachen beide und kaufen ein.
Vierzig Tage vor Weihnachten enthalten sich die Bulgaren von allen tierischen Produkten. Das Fasten endet am Weihnachtstag. Für diesen Tag deckt Maika den großen Esstisch mit besonderen bulgarischen Spezialitäten. Und Tatko hat eine ganz große Überraschung für seine beiden Töchter mit nach Hause gebracht.

ଓଃ৩ ★ ✮ 🦌 ✮ ★ଓଃ৩

Eine Tanne, die Maika mit Strohsternen und roten Maschen schmückt. Mimi muss so einen Weihnachtsbaum zum ersten Mal zu Hause haben. Sie ist unheimlich von dem Baum im Raum begeistert.

Über Nacht hat es wieder viel geschneit und es ist bitterkalt. Der Ausflug zum Witoscha Gebirge war vor einer Woche schon geplant, also wird er auch heute durchgezogen. Es fahren noch zwei Männer mit. Onkel Lüwen und ein junger Mann.
Tatko sagt, Nürnberg hat dieses Jahr einen harten Winter. Es herrschen Temperaturen bis zu 24 Grad. Seit Jahrzehnten eine arktische Kälte. In Sofia sind die Straßen zugeschneit. Der Himmel heute klar und die Sonne scheint. Tatkos Auto bewegt sich tapfer über die Steigung vom Gebirge und durch den hohen Schnee und hinterlässt die ersten Fahrspuren.
Sie sind oben am Witoscha und gucken durchs Fernrohr. In Bulgarien dürfen Wölfe abgeschossen werden. Für einen Wolf bekommt man einhundert Lewa. Christine sieht beim Nebenmann ein Gewehr, guckt durchs Fernrohr und schreit:
„Das ist kein Wolf, das ist ein ganz normaler Hund!" und wird unruhig. Sie befürchtet, der Mann schießt den Hund ab.
Gut wäre, wenn Christine die Sprache verstehen könnte, denn alle lachen. Tatko erklärt ihr, dass sie das Tier als Hund erkannt haben und nicht schießen.

„Ist Kutsche – da – da (Ist Hund, ja-ja)

Ach so. Das Gewehr ist auch ein Fernrohr, ein Zielfernrohr. Der junge Mann, neben Onkel Lüwen ist ein stiller Begleiter. Er lächelt nur und spricht kein Wort. Das Wasser vom Witoscha Gebirge ist gesund und auch sehr weich. Sofia bezieht das Trinkwasser von den Gebirgs Quellen. Man merkt das weiche Wasser, wenn sich die Seife schlecht abwaschen lässt. Auf jeden Fall gut für Kaffeemaschinen. Es setzt sich kein Kalk ab.

Ein herrlicher Tag. Es ist zwar kalt jedoch die Luft so klar und frisch. Wir sind oben am Witoscha und sehen schneebedeckte Wälder. Um uns einen Panoramablick über Sofia zu gönnen, müssten wir auf 2.290 Meter steigen, zum Gipfel. Doch es genügt uns der Ausblick der schneebedeckten Landschaft. Nach ungefähr drei Stunden haben wir wieder Sofia erreicht.

Zu Hause fragt Tatko, wie Christine der junge Mann gefällt. Was soll sie jetzt sagen. Hm. Er ist halt ein schweigsamer junger Mann. Groß schlank und grinst.

„Du bleiben in Sofia. Hier ist es schön. Sommer herrlich am Schwarzen Meer. Du studieren, was du möchtest. Junger Mann ist gut für dich. Wird Professor. Du kannst alles hier haben."

Ah, jetzt versteht Christine: „Nein, nein. Ich habe Peter, ich brauche keinen Professor. Habe einen Beruf und verdiene selbst Geld."

„Schade. Wenn du sagen, du haben Peter, dann du haben Peter. Dann ist nix mit andere Professor. Gut. Aber du bleiben bis nach Silvester. Geburtstag hier feiern. Meine große Tochter wird siebzehn Jahr. Dann ganz große Feuerwerk. Alles auf Straße gehen und tanzen. Du mussen bleiben und sehen."

Oh! Das Wohnzimmer ist verändert. Es sieht so leer aus! Da fehlt was. Ah - ja ! Der Tannenbaum ist nicht mehr da! Hm. Warum ist er jetzt schon weg? Christine fragt: „Maika? Wo ist denn der Baum geblieben?"

Maika lacht und sagt: „ Mimi hat in der Schule von dem wunderschönen Baum einem Weihnachtsbaum berichtet und die Lehrerin sagt: „bring ihn halt mit".

Heute Vormittag sind wir los und haben den riesen Baum in die Schule getragen".

Das ist schon ungewöhnlich. Christine guckt zu Mimi und die lächelt.

Auch ohne den so schön geschmückten hohen Tannenbaum feiern sie Weihnacht nach bulgarischem Brauch. Maika singt Lieder im Folklore-Kostüm. Sie ist Vorsängerin im Chor.

Tatko stellte seine große Tochter bei sämtlichen Verwandtet vor. Seine Schwester wohnt in Burgas am Schwarzen Meer. Ein Grund mit der gesamten Familie hinzufahren, um ihr Christine vorzustellen. In der Eingangshalle steht ein Klavier. Darauf spielte seine Nichte zur Begrüßung ein Stück von Vladigerov, Aleksandăr.

Die meisten Sehenswürdigkeiten von Sofia hat Christl gesehen.

Jetzt fährt ihr Vater sie sogar in seinen Betrieb, in dem er Direktor ist. Im großen Konferenzraum ist eine Betriebs-Sitzung anberaumt worden. Seine Sekretärin trägt die Akten. Christine soll es sich auf den breiten Stuhl vor einem riesigen Tisch mit Mikrofon auf einem Podium bequem machen. Unterhalb sitzen eine Menge Betriebsangehörige mit ihren Akten auf dem Tisch. Sie führen ernste Gespräche. Christine versteht kein einziges Wort und schläft auf dem Tisch am Podium ein. Tatko weckte Christine nach ihrer Sitzung behutsam auf. Und sagt zu seinen Leuten:

„Jetzt wisst ihr, wie unsere Gespräche gewirkt haben." Sie lachen.

Die wunderbare Zeit ist wie im Flug vergangen. Jetzt heißt es Abschiednehmen.
Christine ist unwahrscheinlich kulinarisch und kulturell viel geboten worden. Mit einer Menge angenehmer Eindrücke und Geschenke tritt sie die Reise zurück nach Nürnberg zu Peter an.

Ihr Gebäck mussten sie ihr ins Abteil tragen. Es ist Christine unmöglich, die ganzen Präsente in kurzer Zeit allein ins Zugabteil zu schaffen. Vom traditionellen Ton-Geschirr, Plüschkissen mit dem Stern, jedoch nicht in rot, sondern in schwarz/ weiß bis hin zu einer Menge Gebäck und Süßigkeiten. Unter anderem auch das bekannte „Lokum". Das ist was ganz Süßes mit viel Puderzucker umhüllt. Ein kleiner weicher, transparenter gelblicher Würfel aus Sirup mit Zitronen-, Orangen-, Granatapfel-, oder Rosenwasser - Geschmack.
Ein besonderes Geschenk, das Christine in Ihrer Handtasche verwahrt ist das Rosen-Parfüm und Rosenöl in Glasröhrchen. Ein Frauenparfum aus feinstem Rosenwasser der Rosa Damascena. Es hat einen starken, edlen, blumigen Duft und liegt in handgeschnitzten und handbemalten hölzernen runden, kleinen Behältern.

 co80   ✬🚌✬   co80

Inzwischen herrscht in Nürnberg großer Aufregung. Peter hat seit Christine Abreise, und das volle zwei Wochen keine Nachricht erhalten. Er ist besorgt und ruhelos.

Auch seine Familie macht sich große Sorgen. Sie werden Christine doch nicht gefangen halten? Hat sie vielleicht was Unangebrachtes gesagt und hat man sie dann eingesperrt? Oder bleibt sie freiwillig im Balkan? Sie können Peter nicht trösten – er hofft nur, dass sie heute – wie es ausgemacht war am 30. Dezember, am Nürnberg Hauptbahnhof eintrifft.

Seit fast zwei Stunden vor der geplanten Ankunftszeit des Orient-Express steht Peter bei der Kälte schon am Nürnberger Haupt-Bahnhof und wartet auf Zug aus Istanbul.

ೞ **✶** ೞ

Alle lieben Verwandten, Bekannten, Maika, Mimi und Tatko nehmen am Bahnhof Sofia von Christine Abschied. Sie halten schon ihre Wink Tücher bereit. Tatko sagt:
„Wenn meine Tochter wiederkommen, dann ist Bahnhof von Sofia so groß wie Westbahnhof! Du wirst nix mehr vorbeifahren."

Drückt und küsst seine neu gewonnene Tochter, die jetzt wieder für unbekannte Zeit aus seinen Augen verschwindet.
Der Zug mit der Dampflock trottet ein. Christine steht am offenen Fenster und hält ebenfalls ein Winktuch bereit.
Der Zug rollt an. Mimi läuft dem Zug nach und ruft:
„ Kako, Kako"!

Da ist so ergreifend und rührend von dem neujährigen Mädchen, dass jetzt auch Christine weinen muss.
Die stundenlange Fahrt und die Wartezeiten an den Grenzen nimmt Christine gelassen hin. Sie weiß ja, dass

an jeder Grenze wieder die Lokomotiven ausgetauscht werden, Waggon ab- oder angehängt werden. Doch Geräte werden die Leute wohl nicht in den Westen schmuggeln. Sicher nicht.

WAS ist denn nun gegenwärtig wieder los? Im Abteil von Christine sitzt ein Arzt- Ehepaar. Der Zollbeamte öffnet beide Pässe, dreht diese wie sie es schon von der Hinfahrt her kennt nach allen Seiten. Allerdings ist kein Geld drin. Der Beamte nimmt auch Christines Pass entgegen und verschwindet mit allen drei Ausweisen.
Oh Gott, wenn jetzt irgendjemand hier in dem Abteil irgendwas versteckt hat, dann sitzen sie alle im Gefängnis. Auch Christine. Mindestens vierzehn Tage – ohne Verhör.

Beklemmungsgefühl packt sie. Die Blase meldet sich. Sie traut sich aber jetzt nicht aus dem Abteil. Das ganze Gepäck kann sie doch nicht allein im Abteil zurücklassen. Und mit dem ganzen Gepäck kann sie nicht zum WC. Sie muss jedoch ganz, ganz dringend! Egal, jetzt oder nie und reißt die Abteilungstür auf.

Pfau. Die ist versperrt. Hilfe, sie sind schon eingeschlossen. Sie guckt verzweifelnd das Arzt Ehepaar an. Sie dürften ähnlich denken wie Christine.

Wehe, ihr habt Rauschgift geschmuggelt. Wehe euch, ihr Banditen! Aber was nützt ihr heimliches, stilles Geschimpfe. Sie hängt mit drin. Sie sitzt so zu sagen mit in einem Abteil. Mit Schmugglern.
Nach einer geschlagene halbe Stunde kommt ein Bahnbeamter mit einem Schraubenzieher ins Abteil. Christine zwickt ihre Schenkel zusammen, sie muss

wirklich fürchterlich dringend zur Toilette. Sie beobachtet genau was der Mann mit dem Schraubenzieher macht.
Er schraubt nicht nur die Deckenlampen ab, an der waren so und so und nur zwei von vier Schrauben dran, sondern die Wandverkleidungen unterm Fenster. Das Arzt-Ehepaar muss aufstehen.

Bumm! Sogar diese Wand wird aufgeschraubt. Also ist das Paar verdächtig. Aha.
Nein! Das gibt's doch nicht! Auch die Wand hinter ihrem Sitz wir abgeschraubt.

„Bitte, bitte, lieber Gott, mach, dass er nichts findet. Oh, ich muss ganz dringen aufs Klo."

Hallo, bitte Herr Zollbeamte.
Ich muss ganz dringen zur Toilette. Toi – let- - te – We-Ce !"

Der Beamte deutete zur Kabinentür. Aha, sie könnte gehen. Und was ist mit Ihrem Gepäck? Keine Sorge, das hat er schon und untersucht es gerade. Er hat ja auch noch ihren Pass. Was soll's. Christine schnappt ihre Handtasche mit den viele Rosen Parfüms und geht, um sich endlich zu erleichtern. Sie kommt zurück, der Beamte ist immer noch da und durchwühlt das Gepäck vom Arzt-Ehepaar. Haben die keine Spürhunde? Dann müsste der Zug nicht so lange stehen. Aber dann wäre der Beamte zu schnell fertig.

Sie lässt sich auf den Sitz fallen und denkt, LMA – macht was ihr wollt. Ihre Blase ist entleert, sie hat sich erleichtern können und schließt die Augen. Die Warterei, das Rumgeschnüffel, dieses Misstrauen und das übereifrige und übertriebene Pflichtbewusstheit des

Beamten regen sie auf. Sie setzt sich spontan aufrecht hin und blickt den Beamten böse an. Sehr böse. Mit dem Blick sagt sie ihm, Du möchtest unbedingt was finden? Was? Sicher! Du brauchst ein Erfolgserlebnis.

Vielleicht hat der Beamte ihren Blick richtig gedeutet, vielleicht auch nicht. Es lässt ihn kalt. Tot umgefallen ist er auch nicht. Aber er ist jetzt fertig. Sagt überraschender Weise doch noch höflich:
"Gute Fahrt."

Er kann ja Deutsch! Am liebsten hätte sie ihm die Zunge gebleckt. Eineinhalb Stunden sind sie gestanden und der Zug rollt immer noch nicht weiter. Wenn er diese Zeremonie in jedem Abteil macht, na dann Prost Mahlzeit.
Der Schaffner pfeift. Oh, wie auf einmal so ein Pfeifen gut klingen kann!

Endlich kann`s wieder losgehen. Ja. Der Zug rollt wieder. Ab Österreich wird die elektrische Lok als Zugpferd angekuppelt. Ohne Zwischenfälle kommt der Orient-Express mit vier Stunden Verspätung in Nürnberg an.

Einer vorgezogenen Hochzeits-Nacht mit Peter steht nun nichts mehr im Wege.

CB80 ✷ CB80

Als Brautjungfer holt sich Christine ein Jahr vor der Hochzeit ein Waisenkind aus einem Nürnberger Kinderheim.

Die Oberschwester gibt ihr Ute. Ein fünfjähriges Mädchen.

Christine heiratet mit 21 Jahren. Nach zwei Jahren schenkt sie einem gesunden und allerliebst süßen Knaben das Leben.

Nach weiteren zwei Jahren kommt der zweite gesunde, herzallerliebste Sohn zur Welt.

Das Ehepaar baut sich ein Haus.

Mit der Brautjungfer Ute, die mittlerweile fünf Kinder hat, ist Christine immer noch Kontakt.

Und wenn sie nicht gestorben sind,
dann leben sie noch heute.

જૐ ✶ જૐ

രു✿ ✶ രു✿

Kinder aus den 50ziger Jahren stammen aus der sogenannten Prügel-Generation. Die Aussage, eine Watschen oder paar Ohrfeigen hat noch niemandem geschadet, war zu dieser Zeit ganz normal.
Ein Kind wird geprägt durch die Erzieher, sie Umwelt und anderen Einflüssen. Es sucht sich ein Idol.
Willenskraft und eine riesige Portion Glück bringen einen Menschen aus der Problematik eines miesen Milieus.

Erziehung durch Züchtigung, Gewalt und Demütigung ist grausam.

CഴBഅ ✶ CഴBഅ

Herstellung und Verlag: BoD–Books on Demand, Noderstedt

9 783746 057057